ホワイトノイズ

White Noise
ドン・デリーロ
都甲幸治・日吉信貴 訳
ホワイトノイズ
水声社
Don DeLillo

フィクションの楽しみ

目次

第一部　波動と放射　13
第二部　空中毒物事件　115
第三部　ダイラーの大海　173
訳者解説　都甲幸治　329

【主な登場人物】

ジャック・グラッドニー　五十一歳。丘の上大学ヒトラー学科の創始者にして学科長。

バベット（バーバ＝師匠）　ジャックの現在の妻。

トウィーディ・ブラウナー　ジャックの三番目の妻。現在の夫は、インドネシアに駐在する外交官マルコム・ハント。

マザー・デヴィ（ジャネット・セイヴァリー）　ジャックの二番目の妻。僧院で暮らしている。

ダナ・ブリードラヴ　ジャックの一番目と四番目の妻。外国語に堪能なＣＩＡの契約エージェント。

ハインリッヒ　ジャックとマザー・デヴィとのあいだにできた子。十四歳。グラッドニー家に同居。

デニース　バベットと四年間結婚生活を送っていたボブ・パーディーとのあいだにできた子。十一歳。グラッドニー家に同居。

ステフィ（ステファニー・ローズ）　ジャックとダナ・ブリードラヴとのあいだにできた子。九歳。グラッドニー家に同居。

ワイルダー　バベットと以前の夫とのあいだにできた子。グラッドニー家に同居。

ビー　ジャックとトウィーディ・ブラウナーとのあいだにできた子。十二歳。ワシントンの郊外に住む七年生。

ユージーン　バベットと以前の夫とのあいだにできた子で、ワイルダーの実の兄。八歳。西オーストラリアで父と暮らす。

メアリー・アリス　ジャックとダナ・ブリードラヴのあいだで、一度目の結婚の際にできた子。十九歳。ハワイ在住。

マーレイ・ジェイ・シスキンド　丘の上大学の客員講師。専門はエルヴィス・プレスリー研究。ユダヤ人。

ウィニー・リチャーズ　丘の上大学の神経科学研究者。

アルフォンス（・ファーストフード）・ストンパナト　丘の上大学アメリカ環境学科長。

ハワード・ダンロップ　ジャックのドイツ語教師。

サンダー・チャクラヴァーティ　ジャックの担当医。

オレスト・メルカトル　ハインリッヒの友人。

ヴァーノン・ディッキー　バベットの実父。

ウィリー・ミンク　謎の人物。

スー・バックとロイス・ウォレスへ

第一部

波動と放射

Waves and Radiation

1

何台ものステーションワゴンが正午に着いた。輝く長い列をなして、西キャンパスを進んでいた。一列に並び、I字鋼でできたオレンジ色の彫刻の周囲をゆっくりとめぐり寮に向かう。ステーションワゴンの屋根はさまざまな荷物でいっぱいだった。夏物や冬物の衣類が詰められて注意深く固定されたスーツケース。毛布、ブーツや靴、文房具や本、シーツ、枕、キルトの掛け布団の入った箱。巻いた敷物と寝袋。自転車、スキー、リュックサック、イギリス鞍《くら》、ウェスタン鞍、膨らませたゴムボート。ワゴンが徐行し、停車すると、学生たちは飛び出して急いで後部ドアに向かい、中のものを下ろし始めた。ステレオ、ラジオ、パソコン、小型の冷蔵庫に卓上コンロ。レコードとカセットテープが入った段ボール箱。ドライヤーとスタイリング用のこて。テニスラケット、サッカーボール、ホッケーとラクロスのスティック、弓と矢。違法薬物、ピルとコンドーム。買い物袋に入ったままのジャンクフード――オニオンとガーリック風味のポテトチップス、ナチョス、ピーナッツクリームのパイ、ワッフエロにカブーム、フルーツチューズにタフィーポップコーン。ダムダムポップス・キャンディ、ミスティックミンツ・クッキー。

私は二十一年のあいだ、九月になるとこうした壮観を見てきた。いつ見ても印象的な光景だ。学生たちはおかしな叫び声を上げながら、酔って倒れるような身ぶりで互いに挨拶する。毎度のことだが、学生たちの夏は犯罪的な楽しみでいっぱいだ。車の横で、父母たちは太陽に目をくらませて立ちつくし、あらゆる方向に自分たちの似姿を見つけ合う。念入りな日焼け。しっかりとした顔にしかめ面。彼らは蘇ったと感じ、集団的な相互承認を体感している。きびきびとした油断のない女たちはダイエット中で、みなの名前を知っている。夫たちは時計を見て満足している。よそよそしい態度だが、別に嫌だと思っているわけではない。彼らは親であることによく慣れている。彼らの様子を見ていると、とても広い範囲をカバーする保険に守られているとわかる。この一年でするだろう何にも負けず劣らず、そして、教会の儀式ばった礼拝や法律などよりもよほど、このステーションワゴンの集結によって、彼らは自分たちが同じような考え方の精神的な同族だ、国民であり部族なのだ、と気づくのである。

私は研究室を出て丘を下り、町に入った。町には小さな塔や、二階建ての玄関ポーチのある家々が並んでいる。ポーチでは、とても古い楓《かえで》の木陰に人々が座れるようになっている。ギリシャ様式の家もあれば、ゴシックの教会もある。精神病院には、細長い屋根つきの玄関ポーチがあり、屋根窓には飾りがついていて、急な屋根の先端部分にパイナップル型の装飾が施されている。バベットと私と、互いの以前の結婚でできた子供たちは、静かな通りの突き当たりに暮らしている。ここはかつて深い峡谷のある、樹木の生い茂った場所だった。現在、裏庭の向こうには高速道路がある。我が家よりずっと低いところだ。夜になり我々が真鍮のベッドに横になると、ときおり車が通り過ぎていく。遠くから聞こえる一定の囁《ささや》きが眠りを取り巻く。それはまるで、死後の魂が眠りの端でぶつぶつつぶやいているようだ。

私は丘の上大学《カレッジ・オン・ザ・ヒル》にあるヒトラー研究学科の学科長だ。一九六八年三月、私は北米におけるヒトラー研究を創始した。その日はよく晴れていて肌寒く、ときどき東からの風が吹いていた。ヒトラーの人生や業績を専門分野とする学科を創ってはどうですか、と私が学長に提案すると、彼はすぐさま実現の可能性を認めてくれた。学科は即座に驚くほどの成功を収めた。学長はニクソン、フォード、カーターの顧問を務めたあと、オーストリアのスキーリフトで死んだ。

　四番通りと楡の木通り《エルム・ストリート》の交差点で車は左に曲がり、スーパーマーケットに向かう。箱のような車のなかにうずくまった婦人警官がこの地区をパトロールしている。違法駐車や、パーキングメーターの不正使用や、期限切れの点検ステッカーを取り締まっているのだ。町中の電信柱には、いなくなった犬猫を探す手製の張り紙がある。ときには子供の字で書いてある。

2

　バベットは背が高く、かなり体格がいい。胴回りもあるし体重もある。髪はイカれたブロンドのモップみたいで、そうした色合いの黄褐色は、かつてダーティ・ブロンドと呼ばれていた。もしバベットが小柄な女性だったら、この髪はかわいすぎ、いたずらっぽすぎ、わざとらしすぎて見えただろう。大柄なせいで、こうした乱れはある種の真面目さに変化している。太った女はそんなこと計算しない。そんな女にこっそり体型をごまかすずるさなんかない。

「君もあそこにいればよかったな」私はバベットに言った。

「どこ？」

「ステーションワゴンの日だったんだよ」

「私また見逃したの？　事前に教えてくれるはずだったでしょ」

「ものすごく延びた列が、音楽図書館を越えて州間高速道路まで続いてたよ。青、緑、暗めの赤、茶色。まるで砂漠のキャラバン隊みたいに陽の光で輝いてた」

「教えてくれなきゃだめじゃない、ジャック」

　髪が乱れたままのバベットには、物事にかまわない人種の威厳が備わっている。大事なことに夢中になりすぎて、自分の見た目になど気づかないしかまわない、という人種の持つ威厳だ。とはいえ彼女が、広く世界に認められた偉大な才能の持ち主であるというわけではない。子供たちを集めて世話をし、成人教育課程で一コマ教え、盲人に音読をするボランティア団体に属している。週に一日、町はずれに住むトレッドウェルという年配の男に音読をする。彼はトレッドウェル老《オールドマン・トレッドウェル》と呼ばれている。まるで目印になる有名な岩場か陰気な沼地みたいだ。バベットは『ナショナル・エンクワイラー』、『ナショナル・エクザミナー』、『ナショナル・エクスプレス』、『グローブ』、『ワールド』、『スター』などを音読する。老人は毎週マニアックなミステリーも読んでほしがる。どうして拒めるだろう？　重要なのは、バベットが何をしていようが、彼女のおかげで私はよく報われている、ちゃんとした魂を持つ女性とつながっていると感じられることだ。陽の光と充実した人生、さまざまなものであふれた家族の雰囲気を愛する女性とである。バベットがよく考えた順序で巧みに、いかにも楽々と物事をこなすのを私はいつも眺める。前の妻たちとは違う。彼女たちはよく、客観的に存在する世界から疎外されていると感じていた——いつも物思いに耽《ふけ》っていて、ひどく神経質で、諜報機関とつながりがあったりした。

「私が見たいのはステーションワゴンじゃないの。みんなどういう格好をしてる？　女の人たちは格子縞のスカートをはいてる？　縄編みのセーターを着てるの？　男の人たちはスポーツ用の上着を着てる？　スポーツ用の上着って何？」

「連中は自分の収入に満足してるよ」私は言った。「自分たちはその収入にふさわしいと本気で思ってる。そう確信してるおかげで、下品なほど健康だ。少しばかり輝いてもいる」

「あれだけの収入がある人たちが死ぬなんて想像できないわ」彼女は言った。

「もしかしたら、我々が知っているような死は迎えないのかもしれないな。ただ書類の名義が代わるだけ、みたいに」

「私たちだってステーションワゴンを持ってないわけじゃない」

「小さいし、メタリックの灰色で、ドアがまるまる一枚錆《さ》びてる」

「ワイルダーはどこ？」彼女は言った。いつもうろたえながらその子の名前を呼ぶのだ。バベットの連れ子の一人で、裏庭で三輪車にまたがりじっとしていた。

　バベットと私はキッチンで話す。ここではキッチンと寝室は大切な部屋である。それは力の在りかであり源なのだ。その他の部屋は物置だと考えている点で、我々二人は似通っていた。家具、おもちゃ、以前の結婚生活で使っていたものや、違う組み合わせの子供たちの不用品すべて、もう死んだ親戚からもらった贈物やお下がり、がらくた。物や箱。こうした所有物はどうして悲しげな重さを帯びているんだろう？　そうした物には暗さや不吉さが張りついている。そのせいで、私は個人的な失敗や敗北よりもっと一般的な、範囲も内容ももっと大きなものまで警戒してしまう。

バベットはワイルダーとキッチンに戻ってきて、彼をカウンターの上に座らせた。デニースとステフィが一階に下りてきた。私たちは二人が必要な学用品について話した。そのうち昼時になった。我々は混沌と騒音の時間に突入した。動き回り、少しばかり口論し、台所用具を床に落とした。食器棚や冷蔵庫からかっさらい、奪い合い、ようやく手に入れられたものに満足した。黙って明るい色の食べ物にマスタードやマヨネーズを塗り始めた。ひどく本気な期待感と、ようやく報酬を獲得したという思い。テーブルの上はいっぱいで、バベットとデニースは互いに二度肘で突き合ったが、二人とも何も言わなかった。ワイルダーはまだカウンターの上で、その周囲には開いた箱、丸まったアルミ箔、ポテトチップスの輝く袋、ラップでくるんだ練り物が入ったボウル、プルトップのリングとビニタイ、一枚ずつ包まれた薄切りのオレンジチーズが転がっていた。ハインリッヒ——男の子では唯一私と血のつながりがある——が入ってきて、この光景を注意深く眺めると、やがて裏口から出て行った。

「これは私が食べようと思ってた昼ごはんじゃない」バベットは言った。「本当はヨーグルトと小麦胚芽を食べようと思ってたの」

「その話、前にどこで聞いたんだっけ？」デニースが言った。

「たぶんここ」ステフィが言った。

「ママはそれを買い続けてる」

「でも絶対に食べない」ステフィが言った。

「買い続ければ、処分のために食べなきゃならならない、ってママは思ってるから。そうやって自分をだまそうとしてる」

「それでキッチンが半分埋まっちゃった」

「でも駄目になっちゃうから、食べる前に捨てるんだよね」デニースが言った。「それからママはもう一度全部やり直す」

「どこを見ても」ステフィは言った。「同じものばっかり」

「ママは買わないと自分を責め、買って食べないと自分を責め、冷蔵庫のなかで見て自分を責め、捨てながら自分を責めるの」

「ママが煙草を吸ってるのに吸ってないことになってるのと同じね」ステフィは言った。

デニースは十一歳で、頑固な子供だった。無駄だとか危険だとか思った母親の習慣に、ほとんど毎日抗議し続けている。私はバベットの肩を持った。食べ物に関する規律をきちんと保つのは私の役目だとバベットに告げた。私がどれだけ彼女の見た目を気にいっているかを思い出させた。過度にでなければ、体の太い人は正直に見えると私は言った。人々はある程度太っている人を信頼するものだ。

だが、バベットは自分の尻や腿《もも》が嫌いで、速足で歩き、新古典主義様式の高校にある競技場の階段を駆け上がる。私が欠点を褒めるのは、愛する者に真実を見せまいとする性質《たち》だからだ、と彼女は言った。真実のなかには何かがひそんでいるものよ、と彼女は言ったのだった。

二階の廊下で煙報知機が鳴っていた。電池が切れたと知らせているのか、あるいはこの家が燃えているんだろう。我々は黙ったまま昼食を終えた。

3

丘の上大学の学科長は大学用の礼服を着ている。引きずるほど裾が長い荘重なものではなく、肩に襞《ひだ》のあるチュニックだ。それを着るのはいい考えだと私は思う。服の襞から腕を出して時計を見るのがいい。時間を確認するという単純な行為が服で変化する。華やかな身ぶりで暮らしにロマンが加わる。学科長がキャンパスを横切りながら、中世の礼服から腕を出して肘を曲げ、晩夏の夕暮れの光にデジタル時計が輝くのを見たら、暇な学生たちは時間そのものを、込み入った装飾品、あるいは人間の精神におけるロマンとして見るかもしれない。礼服はもちろん黒で、ほぼ何にでも似合う。

ヒトラー校舎という名の建物はない。我々の学科は百周年記念ホールに入っている。暗い色のレンガ造りで、大衆文化学科と建物を共有している。そちらの正式名称はアメリカ環境学科で、興味深い一団だ。教員はほぼニューヨークからの移住者ばかりで、賢く、ゴロツキじみていて、映画狂で、トリビアおたくである。彼らはここで文化という自然言語を読み解き、ヨーロッパの影響下にあった子供時代に知った輝かしい楽しみを、しっかりとした正規の方法で追求しているのだ——風船ガムの包み紙や洗剤のコマーシャルソングを扱うアリストテレス哲学だ。学科長はアルフォンス（・ファーストフード）・ストンパナトで、胸ががっしりしたしかめ面。戦前のソーダ水の瓶をコレクションしていて、壁のくぼみでそれを永久展示している。教員全員が男で、服は皺くちゃ、髪は伸びすぎていて、自分の脇の下に向かって咳をする。集団でいると、まるで全米トラック運転手組合の職員が、手足の切断された同僚の遺体でも確認しに集まったみたいだ。彼らの与える印象は、染み入るような辛辣《しんらつ》さ、疑念、陰謀である。

そういった連中に対する例外はマーレイ・ジェイ・シスキンドだ。元スポーツ記者で、食堂で一緒に昼食を食べようと私に声をかけてきた。食堂では、はっきりとは何だかわからない食べ物の放つありがちなにおいのせいで、ぼんやりした暗い記憶が蘇った。マーレイは丘の上大学に着任したばかりで、猫背で小さな丸眼鏡をかけ、アーミッシュ風の顎鬚《あごひげ》を生やしていた。彼は現代の偶像について講じる客員講師で、今まで大衆文化専門の同僚から聞いてきたことのせいで混乱しているようだった。

「音楽はわかる、映画もわかる、漫画が我々に何を教えてくれるかさえわかる。でもここには、シリアルの箱を読んでるだけの正教授がいるんだ」

「この国で唯一の前衛はそれだからな」

「文句を言ってるんじゃないよ。僕はここが好きだ。この場所にすっかりほれてる。田舎町という環境にね。僕は都会や男女関係のもつれから離れていたいんだ。熱だ。僕にとっての都会とは熱のことだよ。電車を降りて駅から出ると、強烈な突風に吹きつけられる。空気や交通や人々の熱。食べ物やセックスの熱。高い建物の熱。地下鉄やトンネルから出る熱。都会ではいつも八度は暑い。熱は歩道から立ち昇って、汚染された空から降り注ぐ。バスが熱を吐き出す。買い物客や会社員の群れから熱が出る。あらゆるインフラが熱の上に成立している。必死に熱を使い果たし、熱を生み出す。科学者たちが好んで語りたがる、来るべき宇宙の熱力学的死はもうとっくに進行中だし、大都市や中都市にいれば、その熱力学的死がそこらじゅうで起こっていることは肌で感じられる。熱と湿気」

「君はどこに住んでいるんだ、マーレイ？」

「下宿だよ。僕はその下宿にすっかり魅了されてて、本当に夢中なんだ。精神病院の横の、古くて豪華な、今にも崩れそうな家で、下宿人が七、八人いて、僕以外は多かれ少なかれ、みんなずっとそこに住んでる。恐ろしい秘密を抱えた女。取り憑かれた顔の男。決して部屋から出てこない男。何時間も郵便受けの横に立って、来るとは思えない何かを待つ女。過去のない男。過去のある女。映画に出てくるような、不幸な人々の集《つど》う場所のにおいに、僕は強く反応するんだ」

「で、君はそのうちの誰なんだ？」私は言った。

「ユダヤ人だよ。他に何がある？」

マーレイがほぼ全身コーデュロイずくめなことは、どこかしら哀感を誘う。ごみごみとしたコンクリート造りの一画に住んでいた十一歳のころから、彼はこのしっかりした生地と、信じがたいほど遠くの木陰で行われているはずの高等教育とを結びつけて考えてきたんだろう、と私は思った。

「ブラックスミスという名前の場所にいれば、どうしても幸せを感じてしまうよ」彼は言った。「僕はもつれた関係を避けるためにここに来たのさ。都会はもつれた関係でいっぱいだ。性的にずるい人間ばかりで。僕の体には、もう女には自由に触らせたくないところがある。デトロイトで僕は、ある女ともつれた関係にあった。離婚訴訟でそいつには僕の精液が必要だった。皮肉なことに、僕は大の女好きで、長い脚を見るとドキドキする。元気よく大股で、まるで川から吹いてくるそよ風みたいに、ウィークデイの揺れる朝日のなかを歩いていく脚を見るとね。二つ目に皮肉なのは、僕が究極的に求めているのは女体じゃなく心だってことだ。女の心が。慎重に部屋まで連れて行き、どどっと一方向に流れる。物理の実験みたいだね。ストッキングを履いて脚を組んだ聡明な女と話すのはなんて楽しいんだろう。こすれあうナイロンの立てるかすかな雑音を聞くと、僕はいくつかの次元で喜びを感じるんだ。これに関連して、三つ目に皮肉なのは、すごく複雑で神経質で気難しい女にいつも僕は惹きつけられるってこと。僕は単純な男と複雑な女が好きなんだ」

マーレイの髪はぴっちりとしていて重たげだった。眉毛は濃く、首の側面で毛の細い束が巻いていた。小ぢんまりとした硬い顎髭は他の部分には拡がっておらず、口髭はなかった。まるで顎髭は付属品で、状況に合わせて着脱できるように見えた。

「どんな講義をするつもりなんだ？」

「まさにそのことを話そうとしてたんだ」彼は言った。「君はここで、ヒトラーに関する素晴らしいものを打ち立てた。君が生み出し、育て、君自身のものにしたんだ。アメリカのこの地域にある単科大学や総合大学のどんな教員も、君のいる方角に向かって頭を下げることなしにヒトラーという言葉は口にできない。文字どおりにも、比喩的にもね。ここここそ中心地、紛《まご》う方なき源泉なんだよ。今や彼は君のヒトラー、グラッドニーのヒトラーなのさ。君は心から満足してるだろうね。この大学はヒトラー研究のおかげで国際的に有名になった。ここには独自性や達成感がある。このヒトラーという人物の周囲に、君は一つの知の体系をまるまる生み出した。その体系には数えきれないほどの副次的な体系や、関連する学問分野が連なっている。歴史のなかの一つの歴史さ。僕はこうした努力に驚嘆しているんだ。見事で、抜け目なく、すさまじいほど先進的だ。僕は同じことをエルヴィスでしたいんだよ」

　何日か経って、アメリカでもっとも写真に撮られた納屋として知られる観光名所についてマーレイが訊ねてきた。我々は車で三十五キロ走り、ファーミントンの郊外にたどり着いた。牧草地やリンゴの果樹園があった。うねる平原に白いフェンスがずっと延びていた。そのうちに標識が見えてきた。**アメリカでもっとも写真に撮られた納屋**。標識を五つ通過したあと、観光名所に着いた。仮設駐車場には車が四十台と観光バスが一台停まっていた。我々は牛の通り道を歩き、見物したり写真を撮ったりするための小高い場所に来た。全員がカメラを持っていた。三脚や望遠レンズ、フィルター一式を持っている者もいた。売店で男が絵はがきとスライドを売っていた――小高い場所から撮った納屋の写真だ。我々は木立のそばに立ち、写真を撮っている人々を見ていた。マーレイはずっと黙ったままで、ときおり小さな手帳にメモを書き込んだ。

「誰も納屋を見ていない」ついに彼は言った。

　長い沈黙が続いた。

「納屋の標識を見たら、もう納屋を見ることはできないんだ」

　彼はまたもや黙った。カメラを持った人々は小高い場所から立ち去り、すぐに他の人々と交代した。

「僕らがここに来たのはイメージを維持するためじゃない。イメージを記録するためだ。すべての写真はアウラを強化する。感じないかい、ジャック？　名もなきエネルギーが積み上がっていくのを」

　長い沈黙があった。売店の男が絵はがきとスライドを売っていた。

「ここにいるってこと自体、精神的な降伏みたいなものだね。我々は他のやつが見たものしか見ない。過去ここに来た何千もの人間、将来ここに来る人間。集合的な知覚に参加することを僕らは受け入れたんだ。こうした知覚が僕らの見るものを文字どおり染め上げるのさ。ある意味で宗教的な経験だ。すべての観光と同じようにね」

　再び沈黙が続いた。

「みんな写真を撮ることを写真に撮ってるんだ」彼は言った。

　マーレイはしばらくしゃべらなかった。パシャッというシャッター音や、ジッというフィルム送りのレバーの音が絶え間なく続くのを我々は聞いていた。

「写真に撮られる前の納屋はどんなだったろう？」彼は言った。「どんな姿だったろう、他の納屋とどれだけ違ってて、どれだけ同じだったろう？　僕たちはもう標識を読んだし、スナップ写真を撮る連中も見たから、こうした問いには答えられない。アウラの外には出られないんだ。僕らもアウラの一部になってしまった。僕らは今、ここにいる」

　彼はそれがものすごく嬉しいようだった。

4

　悪い時代には、人々は過剰に食べねばと思う。ブラックスミスは肥満の大人と子供でいっぱいだ。彼らはぶかぶかのズボンをはき、短い脚でよたよた歩く。小型車から降りようとしてもがいている。スウェットを着て、見晴らしのいい場所を家族で走る。食べ物を頰張って道を歩く。店で、車内で、駐車場で、バスの列や映画館の列で、立派な樹の下で食べる。

　食べることへの熱狂から逃れているのは年寄りだけのようだ。ときに彼らは、自分たち特有の言葉や身振りを持たず、痩せていて健康そうだ。女たちはきちんと身《み》繕《づくろ》いしているし、男たちは目的意識をちゃんと持ち、身なりもよく、スーパーマーケットの表に並んだショッピングカートを選んでいる。

　私はハイスクールの芝を横切り、校舎の裏に回って、小さな野外競技場にたどり着いた。バベットが競技場の階段を駆け上がっていた。私はフィールドを挟んで反対側の、石でできた座席の最前列に腰かけた。空は雲の筋でいっぱいだった。バベットは競技場の最上段まで上がると立ち止まり、一息つくと、両手を高い手すりに当て、もたれかかって休んだ。そしてこちらを向くと、段を歩いて下りた。胸が揺れていた。大きすぎるスウェットが風ではためいた。彼女は両手を尻に当て、そのまま指を拡げて歩いた。顔を斜めに上げて涼しい風を受けていた。私のほうは見なかった。いちばん下の段まで下りると、振り返って観客席のほうに向かい、首のストレッチ運動をした。それから階段を駆け上がり始めた。

三度階段を上り、ゆっくり下りてきた。周囲には誰もいなかった。バベットは激しく運動していた。髪が波立ち、脚と肩が動き続けた。上までたどり着くたびに、彼女は手すりに手を当ててもたれかかり、頭を下げた。上半身が脈打っていた。最後に下りてきたあと、私は競技用フィールドの端でバベットを迎え、抱き締め、彼女のはいている灰色の木綿のズボンのゴムに両手を入れた。木々の向こうから小さな飛行機が現れた。バベットは湿っていて温かく、生き物特有の雑音を放っていた。

彼女は走り、雪をシャベルですくい、バスタブやシンクの水漏れを修理する。ワイルダーと言葉遊びをし、夜にはベッドでエロティックな古典を声に出して読む。私は何をする？　ゴミ袋を振り回し、ビニタイで口をくくり、大学のプールで何往復も泳ぐ。散歩に行けば、ジョギング中の人間が音もなく背後に忍び寄ってきて、さっと横に現れ、私はばかみたいに怖がって飛び上がる。バベットは犬や猫に話しかける。私の右目の視野のすみには色のついた斑点が見える。バベットは行きもしないスキー旅行を計画する。彼女の顔は興奮で輝いている。私は徒歩で丘を上がり、学校へ行く。新しい家々の敷地内の私有車道に、石灰の塗料を塗った石が並んでいることに気づく。

どちらが先に死ぬのか？

我々はこの疑問をときどき口にする。車のキーはどこにあるんだ、という疑問のように。この疑問のせいで会話は途切れ、二人はしばし見つめ合う。肉体的な愛には本来、こうした疑問も含まれているのだろうかと私は考える。生き残った者に悲しみと恐れを与えるという、逆ダーウィン主義だ。あるいは、こうした考えは我々が呼吸する空気のなかの、何らかの不活性な要素なんだろうか？　ネオンのように希薄で、融点と微細な質量を持つ何かだ。競走用トラックの上で、私はバベットを抱き締めた。子供たちが我々のほうに走ってきた。明るい色の半ズボンをはいた三十人の少女が、現実感のない塊となって飛び跳ねていた。熱心な呼吸、重なる足音のリズム。我々の愛は未熟なのだろうか、と私はときどき考える。死の疑問のおかげで、二人は事態をきちんと思い起こす。その疑問のおかげで、我々の未来に関する無知は取り除かれる。死のような単純なことは運命で決まっている。あるいは、そう考えること自体が迷信なのだろうか？　少女たちが再び回ってくるのを我々は見ていた。今や彼女たちは長い列をなしており、精進中のその表情と足どりはまるで無重力であるかのように思わせ、みなやわらかに足を進めていた。

空港のマリオット、ダウンタウンのトラベロッジ、シェラトン・インに大会議場。

帰宅途中で私は言った。「クリスマスにビーが来たいって。ステフィの部屋で一緒に寝かせればいいね」

「あの子たち会ったことあるの？」

「ディズニー・ワールドで会ったよ。大丈夫」

「ロサンゼルスにはいついたの？」

「アナハイムのことだろう」

「アナハイムにはいついたの？」

「オーランドのことだろう。もう三年くらい経つよ」

「そのとき私はどこにいたの？」バベットは言った。

私の娘のビーは、トウィーディ・ブラウナーと結婚していたときの子で、ワシントンの郊外で七年生になったばかりだった。韓国で二年過ごしたあと、娘はアメリカでの生活にうまく馴染めないでいた。学校にタクシーで通い、ソウルや東京の友達に電話をかけた。外国ではケチャップのサンドイッチと棒に絡めたトリックスを食べたがっていた。今は激しく湯気を立てる分葱《わけぎ》や小エビの料理を作り、トウィーディのプロ用ガスレンジを独り占めしている。

その晩は金曜だったが、我々は中華の出前を頼んで、六人一緒にテレビを見た。これはバベットの言いだした決まりだった。彼女はこんなふうに考えているようだった。もし一週間に一度、子供たちが夜に親や継親《ままおや》とテレビを見たら、目の前でこのメディアの魅力は失われて、テレビは健全な家庭の娯楽になるんじゃないか。テレビの持つ催眠的な引き波と、脳を吸い出す不気味で病的な力は徐々に減っていくんじゃないか、と。こうした理屈について考えると、私は何となくばかにされているように感じた。たしかに我々全員にとって、その夜は漠然とした懲罰の時間だった。ハインリッヒは座ったまま黙って春巻きを食べていた。画面上の誰かが侮辱されるような、傷つけられるようなことが起こりそうになるたびに、ステフィは動揺した。彼女は他のどんな人間のためにも動揺できるという、やたらと広い心を持っていたのだ。しばしばステフィは部屋を出ていき、その場面が終わったとデニースに告げられるまで戻ってこなかった。こうした機会を利用して、デニースは自分より年下の女の子に、逞《たくま》しくあることの意義や、この世界で意地悪く厚顔無恥であることの必要性を教えた。

金曜日にテレビの前で夕方を過ごしたあと、夜遅くまでじっくりとヒトラーに関する本を読むのが私の習慣だった。

そんなある晩、私はベッドに入り、隣に寝ているバベットに言った。かつて一九六八年に学長はこんな忠告をしてくれた。君がヒトラー学の革新者だと本気で思われたいのなら、名前と見た目を変えたほうがいいよ。ジャック・グラッドニーじゃだめだと学長は言い、他にどんな名前が名乗れるかと訊いてきた。話し合った結果、もう一つイニシャルを作って加え、自分をJ・A・K・グラッドニーと名乗ることになった。その名称を、私は借りてきたスーツのように着こんだ。

私が自分を弱々しく見せがちなこともだめだと学長は言った。もっと体重を増やすべきだと彼は強く主張した。私にはヒトラーに見合うまで「大きく」なってほしいと学長は言ったのである。彼自身も背が高く、太鼓腹に赤ら顔の二重顎で、足が大きく、動きがのろかった。恐るべき組み合わせだ。ありがたいことに私はかなり背が高く、手足も大きかったが、これに加えてどうしても横幅が必要だった。あるいは学長はそう信じていた――不健康な贅肉により出る雰囲気、詰め物と誇張、どっしりとしたばかでかさの醸《かも》し出す雰囲気だ。もし私がもっと醜くなれたら、すさまじく仕事の助けになるだろう、と彼は言っているようだった。

こうして、ヒトラーは私に、大きくなり成長していく目標を与えてくれた。そんな努力をしながらも、ときに私はためらいもしたが。黒く太く重そうなフレームと暗いレンズの眼鏡をかけるのは自分の思いつきだった。私がもじゃもじゃの顎鬚を伸ばすのを当時の妻が嫌ったので、かわりに眼鏡をかけたのだ。J・A・Kという文字の連なりは好きだし、単に人目を引くための安っぽい工夫だとも思わないとババベットは言った。そこに彼女は威厳と、重要さと、名声を読み取った。

私とはこの名前のあとを追いかけ続ける偽物だ。

5

可能なうちはこの無目的な日々を楽しもう。私は自分に言い聞かせながら、何かがなめらかに加速してしまうのを恐れていた。

朝の食卓で、バベットは本を音読するときの声で星占いを読み上げた。私は自分の星の部分は聞かないように努めた。でも実は聞きたがっていたのだと思う。そこに何か手がかりがほしかったのだと思う。

夕食のあと、階段を上がっていると、テレビの声が聞こえてきた。「蓮華のポーズで座って背骨を意識しましょう」

その晩私は、眠って数秒経ったところで、自分自身のなかを落ちていくように感じた。浅く沈みながら心臓が止まりそうになったのだ。ぎくりとして目覚め、暗闇を見つめながら、不随意痙攣と呼ばれる、よくある筋肉の収縮を起こしただけだと気づいた。死もこんなふうに、突然、有無を言わせずやってくるのだろうか？　私は思った。死とは、白い翼を拡げた白鳥が優雅に水に潜り、そのあとには水面に波紋も残らない、といったものであるべきではないか？

青いジーンズが乾燥機のなかで回っていた。

我々はスーパーマーケットでマーレイ・ジェイ・シスキンドに遭遇した。彼のカゴには会社名のない食べ物や飲み物が入っていた。白いパッケージに品名だけ書いてある、ノーブランドの商品だ。**缶詰桃**と書かれた白い缶があった。ベーコンの白いパッケージには、中身の一部を見せる透明の窓がなかった。炒ったナッツの瓶の白い包装紙には**規格外ピーナッツ**と書いてあった。私が紹介するあいだ、マーレイはバベットに向かってうなずき続けた。

「これは新たな質素さなんです」彼は言った。「無味乾燥なパッケージ。僕はこうしたものに惹かれるんです。お金を節約するだけでなく、精神的な多数意見みたいなものへ参加しているように感じます。まるで第三次世界大戦です。すべてが白い。我々から明るい色が奪われて戦争遂行に利用されるんです」

彼はバベットの目を見つめながら、我々のカートから商品をつまみ上げ、においを嗅いだ。

「僕もこのピーナッツを買ったことがあります。丸かったり、立方体だったり、表面がくぼんでたり、ひびが入ってたりする。壊れたピーナッツです。瓶の底にはたくさんの粉がたまってる。でもおいしい。何より、僕はパッケージそのものが好きです。ジャック、君は正しかった。これは最後の前衛なんだ。新しく大胆な形式。人に衝撃を与える力」

女が倒れ、店の入口あたりにあるペーパーバックの棚に突っこんだ。遠くの角の一段高くなった小部屋からがっしりした男が現れ、用心しながら女のほうへ向かった。何が起こっているのかよく見えるように、彼は首を斜めに傾けていた。レジの女の子が言った。「レオン、パセリは」彼は倒れた女に近づきながら答えた。「七十九セント」彼の胸ポケットはフェルトペンでぱんぱんだった。

「じゃあ、あなたは下宿で料理をするのね」バベットは言った。

「部屋にコンロがあるんでね。下宿では楽しくやってますよ。テレビ番組表を見て、『UFO研究の今』の広告を読みます。アメリカの魔術や恐怖に浸《ひた》りきりたいんです。セミナーもうまくいってます。学生たちは頭がいいしよく反応してくれます。学生たちが質問して僕が答える。僕がしゃべると、学生たちはサッとノートを取る。人生でこんなことが起こるなんて本当に驚きです」

彼は我々のカートから特別強い鎮痛剤の瓶を取り上げると、子供が開けられないようになっているふたの縁ぞいを嗅いだ。彼は甘露メロンを嗅ぎ、ソーダやジンジャーエールの瓶を嗅いだ。バベットは冷凍食品の並ぶ通路に歩いて行った。近づかないほうがいいと私が医者に言われている場所だった。

「奥さんの髪は現代の奇跡だね」マーレイは言い、私の顔をしげしげと眺めた。まるでそうすることで、この新情報のおかげで深まった尊敬の念を私に伝えようとしているみたいだった。

「そうだね」私は言った。

「貴重な髪だ」

「何を言いたいのかはわかるよ」

「奥さんの素晴らしさを君もちゃんとわかっているといいんだが」

「もちろんさ」

「ああいう女性はめったにいない」

「知ってる」

「子供の世話もうまいんだろうな。それだけじゃない、家族に何か恐ろしいことが起こったとき、彼女がいると心強いだろう。奥さんは周りに指図できるタイプだ。しっかりしてて、人にきちんとものを言える」

「実はけっこう取り乱すがな。あいつの母親が死んだときも取り乱した」

「誰だってそうだろう？」

「ステフィが林間学校で手の骨を折って電話してきたときも、バベットは取り乱したよ。一晩中夫婦で車を運転しなきゃならなかった。気づいたら材木会社の道に入りこんでたりしてね。バベットはずっと泣いてた」

「自分の娘が遠くで他人に囲まれて苦しんでるんだ。誰だってそうだろう？」

「血のつながった娘じゃないんだ。私のほうの娘なんだ」

「自分の娘でさえない」

「そう」

「素晴らしいね。本当に感動するよ」

入口に散らばったペーパーバックを避けるよう巧みにショッピングカートを動かしながら、我々三人は一緒に店を出た。マーレイは我々のカートを一台押しながら駐車場を横切り、商品の詰まった、二重にした買い物袋を持ち上げてステーションワゴンの後部に押し込むのを手伝った。車が何台も入ってきて、出て行った。ジッパーで開け閉めする幌つきの小型車に乗った婦人警官が、パーキングメーターに赤い表示が出ていないか見て回っていた。我々は白い商品を入れたマーレイの軽い袋を一つだけ荷物に加えると、楡の木通りを渡って彼の下宿に向かった。私はこんなふうに感じていた。バベットと私は多彩で大量の購入物に囲まれて、ぎっしりと詰め込まれた買い物袋が示すような完璧な豊かさのなかにいる。重さと大きさと数、見慣れたパッケージのデザインと鮮やかな商品名、特大サイズ、蛍光色で特売と書かれたステッカーの貼ってある家族用のバーゲン品。満たされている感覚、これらの商品のおかげで魂のなかの心地よい家は、安全で快適で幸福になっているという感覚のなかにいる――どうやら我々は満ち足りた人生を手に入れたらしかった。そうした思いは、これ以上ものを必要とせず、これ以上の希望も抱かず、夕方の一人歩きを中心に人生を組み立てている連中にはわからない。

去り際にマーレイはバベットの手を取った。

「僕の部屋にお招きしたいんですが、なにぶん狭すぎて、お近づきになる覚悟がなければ二人は入れないので」

マーレイは胡散くさく、同時に率直な顔ができる。大災害と情事の成功を等しく信頼している顔だ。彼は言う。かつて都会でもつれた男女関係に巻き込まれていたころ、女性を口説くにはたった一つの方法しかないと信じていた。それは欲望をはっきりとあからさまに示すことだ。彼が努めて避けたのは、自虐、自嘲、曖昧さ、皮肉、繊細さ、傷つきやすさ、洗練された厭世観、悲劇的な歴史観――自分にとってドンピシャで自然なものばかりだと彼は言う――だった。こうしたもののうち、あからさまに欲望を示すという企てのなかに、彼が少しずつ加えていったのは傷つきやすさだけだった。彼は女たちが魅力的に思うように、傷つきやすさを伸ばしていこうとしているのだ。マーレイはそれを意識的に鍛えている。ちょうどジムでウエートと鏡を使ってそうする男のように。でも今のところ、その努力で彼が得たのはなかば胡乱《うろん》な顔だけだった。とても内気で、同時に人をたぶらかそうとしている顔だ。

彼は我々に乗せてくれた礼を言った。傾いた玄関ポーチに向かう彼を我々は目で追った。コンクリートブロックに支えられたポーチでは、揺り椅子に座った男が宙を見つめていた。

6

ハインリッヒの生え際が後退しつつある。妙な話だ。妊娠中に母親が遺伝子を損なうような何かを多く摂ったのだろうか？　私にも何らかの責任があるのだろうか？　知らず知らずのうちに、化学物質のゴミ捨て場の近くで、あるいは頭皮を衰《おとろ》えさせたり日没を見事なものにしたりするような産業廃棄物を含んだ風の通り道で、息子を育ててしまったんだろうか？（三、四十年前には、ここらの日没はこんなにすごいものではなかったと聞く）歴史における、そして己《おの》が血潮における人間の罪は、科学技術によって複雑化してしまった。不実な死は日ごとに忍びこんでくるのだ。

ハインリッヒは十四歳で、しばしば質問をはぐらかし、ふさぎこんでいる。そうでないときはこっちが不安になるほど従順だ。我々の希望や要求にすぐ応えるというのは、彼にとって自分なりの非難の武器なんだろう。バベットは恐れている。ハインリッヒがいつの日か、バリケードで入口を固めた部屋に立てこもり、無人のショッピングモールで自動小銃を何百発も撃ちまくるんじゃないか、そして彼を捕まえに重火器とメガホンと防弾服を身につけた特殊部隊《SWAT》がやってくるんじゃないか、と。

「今夜は雨だね」

「もう降ってるよ」私は言った。

「ラジオは今夜だって言ってた」

ハインリッヒが喉の痛みと熱から回復した翌日、私は息子を車で学校まで送っていった。丈長の黄色いレインコートを着た女が道路を遮り、子供たちを何人か横断させていた。私はこんなスープのコマーシャルを思い描いた。彼女が油布の帽子を脱ぎながら気持ちのいいキッチンに入ると、そこに立った夫が燻《いぶ》したような味のするロブスターのクリームスープの鍋を見下ろしている。小柄な男で、余命はわずか六週間。

「フロントガラスを見てみな」私は言った。「これは雨か、雨じゃないのか？」

「ラジオでそう言ってたってだけだよ」

「ラジオで言ってたからといって、自分の感覚を通じて得た証拠を信じちゃいけないってことにはならないだろ」

「自分の感覚？　自分の感覚なんて正しいより間違ってることのほうがはるかに多いでしょ。実験室でも証明ずみだよ。見た目通りのものなんて何もないっていう法則を知らないの？　心のなか以外には過去も現在も未来もないんだよ。いわゆる運動の法則なんてまったくのでっち上げさ。音さえ僕らの心を欺《あざむ》いてるんだ。音が聞こえないからといって、それが存在しないことにはならない。犬には聞こえる。他の動物にも。それに犬にさえ聞こえない音だってたしかにあるんだ。それでも空気中に、振動としてあるんだよ。ひょっとしたら音はまったく途切れないのかもしれない。高い、高い、高い音さ。どこから来る音」

「雨は降ってるのか」私は言った。「それとも降ってないのか？」

「あんまり言いたくない」

「もし誰かが頭に銃を突きつけてるとしたら？」

「誰、父さんが？」

「誰かさ。トレンチコートを着て黒っぽい眼鏡をかけた男。そいつがお前の頭に銃を突きつけて言うんだ。『雨は降ってるのか、降ってないのか？　ただ真実を言ってくれれば、俺はこの銃をしまって次の飛行機でいなくなる』」

「その人が聞きたがってるのはどんな真実なの？　他の星雲にいて、ほぼ光の速度で移動中の人にとっての真実？　中性子星を周回している人にとっての真実？　もしもそういう人たちが僕らを望遠鏡で見られるなら、僕らは身長三十五センチで、雨が降ってるのは今日じゃなくて昨日かもしれないよ」

「そいつは君の頭に銃を突きつけてる。君にとっての真実を知りたがってるんだ」

「僕にとっての真実なんて何の意味があるの？　僕にとっての真実なんて無意味だよ。もしその銃を持った男が、まったく違う太陽系からやって来たんだとしたら？　僕らが雨と呼ぶものをその人は石鹸と呼び、僕らが林檎と呼ぶものをその人は雨と呼ぶとしたら。なら僕はその人に何て言えばいいの？」

「男の名前はフランク・J・スモーリーで、セントルイスから来たんだ」

「その人はたった今、この瞬間に雨が降ってるかどうかを知りたいの？」

「今ここでだ。そのとおり」

「今なんてものがある？　口に出したとたん『今』はやってきて消えていくんだよ。僕が口にしたとたんに、父さんの言ういわゆる『今』が『さっき』になるんだとしたら、雨が今降ってるかどうかなんてどうして言える？」

「過去も現在も未来もないって君が言ったんじゃないか」

「僕たちの使う動詞のなかにだけあるってことだよ。そういうものが見つかるのはそこだけさ」

「雨は名詞だよ。ここ、ぴったりこの場所で、君が質問に答えようと選んだ二分後までのある瞬間に雨は降ってるのかい？」

「もし明らかに動いてる乗り物にいて、ちょうどこの場所のことを父さんが話そうとしてるとしたら、この議論には問題があると思うけど」

「とにかく答えるんだ、いいね、ハインリッヒ？」

「せいぜい推測できるだけさ」

「雨は降ってるのか、降ってないのか？」私は言った。

「たしかに。僕が言いたいのはそこだよ。推測するしかないのさ。一方からは六、もう一方からは半ダースってね」

「でも雨が降ってるのは見えるだろう」

「太陽が空を横切っていくのが見える。でも太陽が空を動いてるの、それとも地球が回ってるの？」

「その比較は認めんぞ」

「父さんはあれが雨だって確信してるんだね。川向こうの工場が出した硫黄酸化物じゃないってどうしてわかるの？　中国の戦争で使われた核兵器の死の灰じゃないってどうしてわかるの？　父さんは今ここでの答えを知りたがってる。今ここで、あれが雨だって証明できる？　父さんが雨と呼んでるものが本当に雨だって僕にどうしてわかる？　一体全体、雨って何なの？」

「空から降ってくるもので、人をいわゆる濡れた状態にするやつだ」

「僕は濡れてない。父さんは濡れてるの？」

「わかった」私は言った。「すごいな」

「いや、真面目に訊いてるんだけど。父さんは濡れてるの？」

「素晴らしいよ」私は彼に言った。「不確定性、でたらめさ、混沌《カオス》の勝利というわけだ。科学最良の時代ってとこだな」

「それ嫌味でしょ」

「詭弁家と屁理屈屋が最良の時代を楽しんでる」

「いいよ、嫌味言ってなよ。どうぞお好きに」

ハインリッヒの母親は今、僧院に住んでいる。マザー・デヴィという名前で、事務部門を統括しているのだ。僧院は以前、銅の精錬で知られたモンタナ州タブの郊外にあり、今はダラムサラプールと呼ばれている。いつもこんな噂でもちきりだ。性的放縦、性的隷従、薬物使用、裸体生活、精神支配《マインドコントロール》、不潔状態、税金不払、猿類崇拝、激しい責苦、長引かされた惨《むご》たらしい死。

　私はハインリッヒが土砂降りのなか、学校の入口まで歩くのを眺めていた。彼はわざとゆっくり歩き、入口から十メートルまで来ると変装用の野球帽を脱いだ。こんなとき、私は狂おしく動物的な愛情を感じ、どうしても彼を私のコートでくるんで強く胸に抱き締め、そこに保って守りたくなる。彼は危険を引き寄せているように見える。危険は空中で集まると、部屋から部屋へ彼を追っていく。バベットは彼が好きなクッキーを焼く。我々は彼が、本や雑誌で埋め尽くされた、ペンキを塗られていない机に着いているのを見る。彼は夜中まで熱心にチェスの動きを考えている。刑務所にいる有罪判決後の人殺しと手紙で試合をしているのだ。

　次の日は日差しもあって暖かく、丘の上大学の学生たちは芝生の上や寮の窓辺に座り、音楽をかけたり日光浴をしたりしていた。空気は物憂げな夏の白昼夢のようで、最後の気怠《けだる》い日、もう一度手足を剝き出しにし、刈り取られたクローバーのにおいを嗅ぐいい機会だった。私は美術重層棟に行った。構内でもいちばん新しい建物で、正面が酸化アルミニウムでできた翼棟があり、海のような緑色の壁に雲が映っている。一階には映画館があり、暗い色のカーペットを敷いた傾斜のある内部には、ビロード張りの座席が二百あった。私は弱い明かりのなか、一列目の端に座り、専門課程の学生たちを待っていた。

彼らは全員がヒトラー専攻で、私がまだ教えている唯一の授業、ナチズム上級を取っていた。週に三回あって、認められた専門の学生しか登録できない。この授業は歴史的視野、理論的厳密さ、ファシストの独裁制がいまだに持つ大衆への魅力に関して慎重な洞察を深めるのが目標で、特に行進や集会や制服に注目する。三単位でレポート必須だ。

毎学期、私は背景のわかる映像を見せることにしていた。それはプロパガンダ映画、党大会の場面、そして体操選手や登山家による行進が出てくる神秘的な叙事詩的作品のなかのボツになった部分からなっていた。そういったものを私が八十分の印象派風なドキュメンタリーにまとめたのだった。群衆シーンが際立っていた。ゲッベルスの演説のあと、競技場の周りでひしめいている数千の人間のクローズアップ。人が波のように押し寄せ、一つの塊になって勢いよく道路を通り抜けていく。講堂には鉤十字の垂れ幕が何枚も下がっていて、葬儀場の花輪も髑髏《どくろ》の記章も見える。旗を持った何千もの人々が凍りついた光の柱の前に整列し、百三十本の防空サーチライトが上空を照らしている――幾何学的な憧れにも似た光景は、ある力強い集団的な欲望の公式記録だった。ナレーションはなかった。あるのはただ詠唱、歌、独唱、演説、叫び声、歓声、非難、悲鳴だけだった。

私は立ち上がり、中央の通路のスクリーン近くに陣取って、入口に向かい合った。

彼らは陽の光をくぐって入ってきた。平織りのバミューダパンツや限定物のTシャツ、手入れが簡単なニット、ポロシャツや縞のラガーシャツ姿で。彼らが席に着くのを私は見ていた。彼らの抑《おさ》えられたうやうやしさ、はっきりとしない期待を感じた。ノートとペンライトを持っている者がいた。明るい色のバインダーの講義資料を抱えた者もいた。学生たちが一人ずつ座るたびに、囁き声や紙のこすれる音、座面を下ろす音が聞こえた。私は張り出し舞台にもたれながら、最後の数人が入ってくるのを待っていた。誰かが扉をぴったり閉じて、気持ちのいい夏の日をしめ出すのを待っていた。

すぐにみな黙り込んだ。私が導入の説明を始めるタイミングだった。しばらく沈黙が深まるのを待ったあと、身振りを自由にするために大学用のローブの襞から両腕を出した。

上映が終わったあと、ヒトラーを殺す陰謀について誰かが訊ねた。議論は陰謀一般に移っていた。集まった学生たちに自分がこう言っているのに気づいた。「すべての陰謀《プロット》は死に向かっていくものだ。それが陰謀の本性だからね。政治的陰謀、テロリストの陰謀、恋人たちの物語《プロット》、話の筋《プロット》、子供たちの遊びの一部としての企て《プロット》。我々は企《プロット》てるたびにじりじりと死に近づいていく。それは我々全員がサインしなくちゃいけない契約書みたいなものだ。企てる者も、企ての対象となる者もね」

これは本当なのだろうか？　どうして私はそう言ったのか？　それはどういう意味なのか？

7

週に二晩、バベットは町の反対側の端にある会衆派の教会に行き、地下室で正しい姿勢について大人たちに講義している。教えているのは基本的に、立ち方、座り方、歩き方だ。学生の大部分は年寄りである。どうして彼らが姿勢をよくしたいのか私にはわからない。きちんとした身のこなしの決まりに従っていれば死を遠ざけられる、と人々は信じているらしい。ときどき私は妻と教会の地下室に行き、彼女が立ち、向きを変え、さまざまな英雄的姿勢を取り、優美な身振りをするのを眺める。彼女はヨガや剣道や恍惚状態での歩行について語る。イスラム神秘主義者の踊り手やシェルパ族の登山家について話す。老人たちはうなずきながら聞いている。異質なものなど何もなく、あまりにも隔たっているために使えないものなど何もない。彼らが受け入れて信じてしまうことに、その信頼の愛らしさに、いつも私は驚く。生涯続けてきた悪い姿勢から自分の体を解放するために、役立てられないほど疑わしいものなど何もない。これは懐疑の終わりだ。

我々はマリーゴールド色の月の下、歩いて家に帰った。家は道の突き当たりにあって、古く弱々しく見えた。プラスチック製の三輪車と、色のついた炎を三時間たて続ける、おがくずと蠟を詰めた丸太の山を玄関ポーチの明かりが照らしていた。デニースはキッチンで宿題をしながらワイルダーを見張っていた。ワイルダーはふらふらと下の階に下りてきて床に座り込み、オーブンの扉からなかを見ていた。玄関は静かで、傾いた芝生は陰になっていた。我々は扉を閉め、服を脱いだ。ベッドはぐちゃぐちゃだった。雑誌、カーテンを吊るす棒、子供の汚れた靴下。バベットはブロードウェイの劇の曲をハミングしながら、カーテン棒を部屋の角に置いた。我々は抱き合い、注意しながらベッドの上に横向きに倒れ、姿勢を変えながら互いの肉に浸り込み、シーツを蹴って足首を自由にしようとした。彼女の体には長いくぼみがいくつもあった。どこなのか探ろうとして暗闇のなかで手が止まる場所、愛撫が遅くなる場所がそこだった。

　地下室には何かが住んでいると我々は信じていた。

「あなたは何がしたいの？」彼女は言った。

「君がしたいことなら何でも」

「あなたにとっていちばんいいことなら私は何でもしたいの」

「私にとっていちばんいいのは、君を喜ばせることさ」私は言った。

「あなたを幸せにしたいの、ジャック」

「私は君を喜ばせているときが幸せなんだ」

「あなたがしたいことを私はしたいだけよ」

「私は君にいちばんいいことなら何でもしたいんだ」

「でも私があなたを喜ばせるのを許すことを通じて、あなたは私を喜ばせてるのよ」彼女は言った。

「夫婦の男性側として、相手を喜ばせるのは私の責任だと思うが」

「それが優しい思いやりのある言葉なのか、それとも性差別的な発言なのか、私にはよくわからない」

「パートナーに思いやりを持って接するのは、男として間違ってるかな？」

「テニスをするときには私はあなたのパートナーよ。そうね、私たちまたテニスを始めるべきね。それ以外のときには私はあなたの妻よ。何か本を読んでほしい？」

「素晴らしいね」

「官能的なやつを読んでほしいんでしょ」

「君もそれが好きなんだろう」

「基本的には、本を読んでもらってるほうが利益と満足を得るものなんじゃないの？　トレッドウェル老に読むときだって、ゴシップ紙が刺激的だと思ってそうしてるわけじゃないし」

「トレッドウェルは盲人だが私は違う。君はエロティックなくだりを読むのが好きなんだと思ってた」

「それであなたが喜ぶなら、私はそうするつもり」

「でも君も喜ぶんじゃないとだめだよ、バーバ。でなければ私はどう考えたらいい？」

「私が読むのをあなたが楽しんでたら、私は嬉しいの」

「重荷がずっと行ったり来たりしてるって感じがするんだ。喜ばされる側になるっていう重荷が」

「私は読みたいの、ジャック。本当に」

「完全に完璧にそう思うか？　だってもし君がそうじゃなかったら、我々二人ともぜんぜんそう思ってないことになるんだが」

廊下の突き当たりで誰かがテレビをつけた。女の声が聞こえてきた。「もし簡単に細かく砕けるなら、それは泥炭岩です。濡れると粘土のようなにおいがします」

ゆるやかに下っていく夜の車の流れを我々は聞いていた。

私は言った。「どの世紀か選んでくれよ。エトルリア人の奴隷少女の話を読みたいかい？　ジョージ王朝の放蕩者？　鞭打ちができる売春宿の話もあったと思う。中世は？　睡眠中に犯してくる男女の悪魔ものもあるよ。尼もたくさん出てくる」

「あなたがいちばんいいやつならどれでも」

「君に選んでほしいんだ。そっちのほうが興奮できるだろう」

「一人が選んで、もう一人が読む。そういうバランスが、やり取りが必要じゃない？　だから興奮できるんじゃないの？」

「緊張、不安ね。素晴らしいよ。僕が選ぼう」

「私が読みます」彼女が言った。「でも『男が女のなかにいる』とか、『男が女のなかに入る』みたいなやつは選んでほしくないの。『俺は彼女のなかに入った』、『彼が私のなかに入ってきた』なんてね。私たちはロビーやエレベーターじゃないのよ。『彼を私のなかにほしい』まるで彼そのものが這《は》って入ってきて、宿泊名簿に名前を書いたり眠ったり食べたり、いろいろできるみたい。そういうのはやめてくれる？　入ったり入られたりしなければ、そういう人たちが何をしても私、気にしないから」

「わかったよ」

「『俺は彼女のなかに入って突き始めた』」

「完全に異議なしだ」私は言った。

『入ってきて、入ってきて、そう、そう』」
「ばかげた言い方だな。まったく」
「『あなたを突っ込んで、レックス。あなたを内側で感じたいの。激しく入ってきて、深く入ってきて、そう、今よ、ああ』」

私は勃起し始めたのを感じた。すごくばかげてるし、場違いだ。バベットは自分の言ったことに笑っていた。テレビの声が聞こえた。「フロリダの外科医が人工のひれをつけるまでは……」

バベットと私は互いに何でも話す。今までの妻たち全員にも、そのときどきの出来事を何でも話してきた。もちろん結婚生活が長引けば、それだけ話すことも多くなる。けれどもすべてを打ち明けるべきだと信じていると私が言うとき、安っぽい意味で、根拠の曖昧な気晴らしや、浅薄な啓示として語っているのではない。それは自己革新の一つの形であり、互いを信じ思いやるという身振りでもある。愛のおかげで我々はアイデンティティを確かなものにまで育てられるし、他者の配慮や保護にそれを委《ゆだ》ねられるようにもなるのだ。バベットと私は互いへの深い思いやりから、自分たちの人生の流れを変えた。月光に照らされながら、青白い両手のなかで変えたのだ。深夜まで、互いの父親や母親、子供時代、友人関係、目覚め、昔の愛、昔の恐れについて話した（死への恐怖以外は）。どの細部も見逃されてはならない。斑点のある犬や、がんばって虫を食べた近所の男の子さえも。食料貯蔵室のにおい、午後の空っぽな感じ、事実や情熱といったものが肌の上に降り注ぐ感覚、そして苦痛の、喪失の、失望の、息もできないほどの歓喜の感覚。こんなふうにあれこれと子細に語らう夜には、我々は当時感じたことと、今話すことのあいだに隙間を設けるようにしている。それは皮肉や共感や愉快なお楽しみのために確保しておく隙間であり、そのおかげで我々は自らを過去から救い出せるのだ。

私は二十世紀に判決を下す。バスローブをまとい、廊下を歩いてハインリッヒの部屋まで行き、バベットが読んでいるかもしれないくだらない雑誌を見つけた。読者が自分たちの性体験を細かく綴った手紙が載っているたぐいのやつだ。これはエロティックな行為の歴史において、現代の想像力が貢献できた数少ない事例ではないかと私はふと思った。こうした手紙では二重の幻想が作動している。人々は空想の挿話を書き、それが全国誌に載っているのを見るのだ。どちらの刺激のほうが強いだろう?

　ワイルダーがそこにいて、ハインリッヒが金属の球とサラダボウルを使って物理の実験をしているのを見ていた。ハインリッヒはタオル地のバスローブを着て、タオルを首に巻き、もう一枚を頭に巻いていた。下の階を見るよう私に言った。

　いろいろなものが重ねてあるなかに私は何冊か家族の写真アルバムを見つけた。一、二冊は少なくとも五十年は前のものだった。私はそれを寝室まで持って上がった。我々はベッドで半身を起こし、何時間もそれを見ていた。子供たちは太陽の光に目を細め、女たちは日除け帽をかぶり、男たちはぎらぎらとした光から目を守ろうと手をかざしている。まるで過去は光のような性質を持っているのだが、もはや我々にはそれを感じ取れないようだ。日曜日に目がくらみ、おかげで教会に行くための服装をしている人々は表情を硬くし、未来に対して斜にかまえ、どうも将来を避けようとしているふうにも見えた。硬直したかすかな笑みを浮かべ、箱型カメラの持つ力をいくらか疑っている。

　先に死ぬのはどちらだろう?

8

　ドイツ語との格闘は十月なかばに始まり、ほとんどまる一学年続いた。北米のヒトラー研究におけるもっとも著名な人物として、ドイツ語ができないという事実を私は長らく隠そうとし続けてきた。ドイツ語は話すことも読むこともできなかった。話された言葉を理解することもできなかったし、もっとも単純な文章を紙に書きつけることもできなかったのだ。ヒトラー学科の同僚のうち数人は、そこそこはドイツ語ができるという程度だった。他の者たちは流暢に話せるか、もしくは結構よくできた。少なくともドイツ語を一年間履修しなければ、丘の上大学ではヒトラー研究を専攻できなかった。つまり私は、巨大な恥辱と直面するか否かの瀬戸際を生きていたのだ。

　ドイツ語。肉感的で、捻《ね》じ曲がり、唾を飛ばし、紫がかっていて、残酷だ。誰しも最後はドイツ語と向き合わなければならない。ヒトラーがドイツ語で自己を表現すべく行った格闘こそ、バイエルンの丘陵地帯にある要塞監獄で、わめき立てるがごとき膨大な自伝を口述したことの、隠れた理由なのではないか? 文法と構文。ヒトラーは刑務所とは別のものに閉じ込められているとも感じていたのかもしれない。

私は何度もドイツ語を習おうとしてきた。その起源や構造や核心を本気で調べようとしたのだ。私はその言語の致死的なほどの力を感じた。ドイツ語をうまく話せるようになりたかったし、呪文として、我が身を守る道具として使いたかった。実際の単語や文法や発音を前にたじろげばたじろぐほど、先に進むことがより重要に思えた。触れたくないと思うことこそが、しばしば救済の織物だったりする。けれども基本的な音声を聞くと気持ちがくじけた。単語や音素の、北方を感じさせる激しい奔流、命令するような口調。舌のつけ根と口蓋のあいだで何かが起こり、そのせいでドイツ語の単語を発音しようとする努力は無に帰した。

私はまた挑戦する決意をかためた。

私が高い職業的地位を得ているからこそ、講義にはたくさんの学生が出席し、著名な雑誌に論文が掲載されているからこそ、大学にいるあいだ、私は昼も夜も教授用のガウンを身にまとい、色の濃い眼鏡をかけているからこそ、体重百キロで身長百九十センチの体格だからこそ、そして手足が大きいからこそ、私のドイツ語レッスンは秘密裏に行われなければならないとわかっていた。

私は大学と関係のない男と連絡を取った。マーレイ・ジェイ・シスキンドが教えてくれた人物だ。ミドルブルックにある、緑色のこけら板に覆われた家に二人とも下宿していた。男は五十代で、歩くとき少々足を引きずった。髪は薄くなりつつあり、なんということのない顔つき、シャツの両腕を腕まくりしていて、その下から保温性の高い下着が見えていた。

肌は肉色と呼びたくなるような色合いだった。名前はハワード・ダンロップだ。以前は指圧師をしていたということだが、どうして辞めたのかは教えてくれなかったし、いつどうしてドイツ語を学んだのかも言わなかった。そして彼の素振りのせいで何となく、私にはそうしたことが訊けなかった。

我々は下宿屋にある、彼の暗く狭い部屋に座っていた。アイロン台が拡げたまま窓辺に立っていた。タンスの上には欠けたエナメルのポットや台所用具の入ったトレーが置いてあった。ぼんやりした印象の家具は捨て子のようだ。部屋の端には必要最低限のものがあった。剝き出しの暖房機、軍の毛布が拡げられた簡易ベッド。ダンロップは背のまっすぐな椅子に浅く腰掛け、文法の概論を節をつけて唱えていた。彼が英語からドイツ語にかえたとき、まるで喉《のど》のなかで声帯をひねったようだった。その声に突然感情がこもり、うがいのような音やこする音はまるで、動物の叫びの始まりのようだった。彼は口を開いて私のほうを見ながらジェスチャーをし、しゃがれた声を出した。締め殺されるさなかのような声だった。舌のつけ根から音が噴き出した。激しい雑音は情念に湿っていた。彼は基本的な発音のパターンをいくつか示していただけだったが、顔と声の変化のせいで、まるで彼が存在のレベルを変えているかのように私には思えた。

私は座ってメモを取っていた。

時間はすぐに過ぎた。この授業のことは誰にも言わないでくださいと言うと、ダンロップはわずかにだけ肩をすくめた。他の下宿人についてマーレイが簡潔に教えてくれたとき、決して部屋から出てこない男と言っていたのはダンロップのことだったのではないかと私は不意に思った。

マーレイの部屋に寄り、私の家に来て一緒に夕食を食べないかと誘った。彼は『アメリカの服装倒錯者』という本を置き、コーデュロイの上着をさっと着た。我々は玄関ポーチで立ち止まった。そのあいだにマーレイは、そこに座っていた大家に二階のトイレの蛇口から水が漏れていると言った。大家は血色のいい大柄な男で、潑剌《はつらつ》としていて、はちきれんばかりに健康で、我々が見ている今にも心臓麻痺を起こしそうだった。

「大家さんは時間を見つけて直してくれるよ」二人で楡の木通りに向かって歩いているとマーレイが言った。「彼は結局は何でも直してしまう。町に住む人たちが名前も知らないような、小さな道具や取りつけ具や装置を扱うのがとてもうまいんだ。そういうものの名前は遠くの地域でしか知られていない。小さな町や田舎でしか。彼がそういう偏屈者なのは残念だけど」

「どうして偏屈者だってわかる?」

「ものを直せる人はだいたい偏屈者に決まってる」

「どういうことだ?」

「何かを直しに家に来る連中のことを考えてみなよ。みんな偏屈者だろう?」

「そんなの知らないよ」

「彼らは小型のバンを運転してるだろう、なあ。それで天井には伸ばせる梯子《はしご》が載っていて、バックミラーからはプラスチックのお守りがぶら下がってるよな?」

「知らないよ、マーレイ」

「明らかにそうだよ」彼は言った。

今までこんなに何年もレーダーをすり抜けるように、ドイツ語ができないのを知られずにいられたのに、どうして特に今年、ドイツ語を勉強する気になったのかと彼は訊ねた。丘の上大学で来春、ヒトラー学会が開催される予定なんだと私は言った。講義とワークショップと公開討論会が三日間続くのだ。十七の州と九つの国からヒトラー学者たちがやって来る。本物のドイツ人たちも出席することになっているのだ。

家でデニースは濡れたゴミ袋をキッチンのゴミ圧縮機に入れた。機械の電源を入れた。ハンマーが歪《ゆが》んだ恐ろしげな音を立てて打ち下ろされ、不気味な雰囲気でいっぱいだった。子供たちはキッチンを出入りしていた。水はシンクでぽたぽたと落ち、洗濯機は戸口のところでうめいていた。マーレイは偶然の網の目に夢中になっていた。金属の甲高い響き、瓶が破裂する音、プラスチックが砕かれ平らになる音。デニースは注意深く耳を傾け、ものをつぶす騒音に正しい音の要素だけ含まれているかどうかを確認していた。もしそうなら、機械はちゃんと動いているということになる。

ハインリッヒは電話で誰かにこう言っていた。「動物はいつも近親相姦してる。だったらそれが自然じゃないなんてことありえる？」

バベットがジョギングから戻ってきた。ジャージが汗でびしょ濡れだった。マーレイはキッチンを横切って行き、彼女と握手した。彼女は椅子にどっかりと座り込み、部屋を見渡してワイルダーを探した。デニースが母親のジョギング用の服と、自分が圧縮機に入れた濡れたゴミ袋とを心のなかで比較するのが見えた。彼女の瞳に嘲笑的な連想が浮かぶのを私は見て取ったのだ。人生におけるこうした二つ目の水準、こうした五感以外のきらめきと存在の流動的な陰影、こうした不意に現れる同調の小領域のおかげで、我々は魔術の使い手たりうるのだと私は信じている。大人も子供もみな、不可思議な部分を持ち合わせているのだ。

「水は沸騰させなきゃいけないの」ステフィは言った。

「どうして？」

「ラジオで言ってた」

「水を沸騰させろっていつも言うのよ」バベットは言った。「新知識なのね。車が横滑りしたら同じ方向にハンドルを切れ、みたいな。ほら、ワイルダーが来た。それじゃあ食事にしましょうね」

その小さな子供は体を揺すって、大きな頭を振りながら歩いていた。そして母親はワイルダーがやって来るのを見ながら、嬉しそうな表情を浮かべた。幸せそうでへんてこな顔をしたのだ。

「ニュートリノは地球を突き抜けるんだ」ハインリッヒは電話口で言った。

「そうそうそう」バベットは言った。

9

火曜日、全員が小学校から退避しなければならなかった。子供たちは頭が痛い、目がチクチクする、口のなかで金属の味がすると訴えた。教師の一人は床で転げ回りながら外国語を口にしていた。何が悪いのかは誰にもわからなかった。調査員は以下のものが原因かもしれないと言った。換気設備、ペンキかニス、発泡プラスチックの断熱材、電気の絶縁体、カフェテリアの食事、マイクロコンピューターから出る電磁波、防火用のアスベスト、出荷用段ボールに使われた接着剤、塩素殺菌したプールから立ち上るガス、あるいはもっと深い、もっと微粒子の何か、物事の基本的な状態に緊密に織り込まれた何かなのかもしれない。

デニースとステフィはその週は家にいた。そのあいだマイレックスの防護服を着て防毒マスクをつけた男たちが、赤外線を感知し計測できる器具を使って建物全体を組織的に調べ上げた。マイレックスそのものが疑わしい物質なせいで、結果は曖昧なものになってしまい、より厳しい二度目の検査を計画せねばならなくなった。

その二人の女の子とバベット、ワイルダーと私はスーパーマーケットに出かけた。入店して数分後、我々はマーレイに出くわした。そのスーパーマーケットで彼を見たのは四、五回目だった。彼を大学構内で見たのもだいたい同じ回数だった。彼はバベットの左上腕部をがっしりとつかむと、彼女ににじり寄った。まるでバベットの髪のにおいを嗅いでいるように見えた。

「素敵な夕食でした」彼は言い、彼女の真後ろに立った。「僕も料理をするのが好きなんです。それで料理の上手な人への賞賛の気持ちも倍増してます」

「いつでも来てくださいね」マーレイをなんとか見ようとして振り向きながら彼女は言った。

やたらに涼しい店内を我々は一緒に移動した。ワイルダーは買い物用カートについた座席に座り、通り過ぎる途中の棚から商品をつかみ取ろうとしていた。スーパーマーケットのカートの座席に座るには彼は歳《とし》がいきすぎているし体も大きすぎるのでは、と私はふと思った。なぜワイルダーは単語を二十五個おぼえたところでもう語彙が増えていない様子なんだろう、とも思った。

「ここにいて幸せですよ」マーレイは言った。

「ブラックスミスのこと？」

「ブラックスミスも、スーパーマーケットも、下宿屋も、丘の上大学もです。毎日大切なことを学んでいる気がします。死、病、来世、宇宙空間。ここではすべてがすごく明確なんです。考え、つかむことができるんですよ」

我々はノーブランドの食料品が並んだコーナーに移動した。そしてプラスチックのカゴを持ったマーレイは白い紙箱や瓶を調べようと立ち止まった。彼が言っていることを理解できたかどうか私は自信がなかった。すごく明確って何のことだろう？　何を考え、つかむことができるんだろう？

ステフィは私の手を取った。そして我々はフルーツの大箱の列を通り過ぎた。壁ぞいにフルーツのコーナーが四十メートル続いていた。大箱は斜めに置かれていて、その後ろは鏡になっていた。上の列のフルーツを取ろうと手を伸ばした人は間違って鏡をたたいてしまっていた。スピーカーから声が流れてきた。「クリネックス・ソフティークが入口付近で台車に山積みです」整然と積み重ねられた列のどこかから誰かが一個フルーツを取ったせいで、リンゴやレモンが二個、三個と床に崩れ落ちた。六種類のリンゴや、パステルカラーをした外国のメロンがあった。すべては旬のようで、ワックスをかけられ、磨かれ、明るく輝いて見えた。人々は透明なポリ袋を棚から取り、開いているのはどっち側かを確かめていた。この場所は雑音に満ちていると私は気づいた。平板なシステム、滑《すべ》るカートのガラガラ音、スピーカーとコーヒーメーカー、子供たちの叫び声。そしてその上に、あるいはその下に響くのは、どこから来るともしれない鈍いどよめきだった。まるで人間が認識できる領域のすぐ外側に、ある種の生物が群がっているようだ。

「デニースにごめんなさいと言ったかい？」

「あとで言うかも」ステフィは言った。「もう一度言って」

「デニースはとてもいい子だし、もし君に受け入れるつもりがあれば、君のお姉ちゃんに、それから友達にもなりたいって思ってるんだぞ」

「友達っていうのはどうかな。デニースってちょっと威張ってるって思わない？」

「ごめんなさいを言うだけじゃなくて、『医者のための卓上参考書』も返すんだぞ」

「デニースはいつもあれを読んでるの。変だと思わない？」

「少なくとも読書はしてるってことだろう」

「それはね。医薬品や内服薬の表だけどね。それで、どうしてそんなことしてるか知りたい？」

「どうして？」

「バーバが飲んでる薬の副作用を調べたがってるからよ」

「バーバは何を飲んでるんだ？」

「私に訊かないで。デニースに訊いて」

「バーバが何か飲んでるって君はどうやって知ったんだ？」

「デニースに訊いて」

「バーバにパパが直接訊いたらどうかな？」

「バーバに訊いて」ステフィは言った。

通路から出てきたマーレイがバベットのそばを歩いていた。私たちのちょっと前だ。バベットのカートからマーレイは二重になったキッチンペーパーを取って、においを嗅いだ。デニースは何人か友達を見つけ、一足先にペーパーバックの回転棚を一緒に見に行った。きゃしゃな棚に並べられた本のカバーはメタリックに輝き、タイトルは浮き出していて、カルト的な暴力や吹きさらしの荒野でのロマンスの鮮やかなイラストが描かれていた。デニースは頭に緑色のバイザーをかぶっていた。あの子は今まで三週間続けて、一日十四時間そのバイザーをかぶっている、とバベットがマーレイに言うのが聞こえた。デニースはバイザーなしでは外出しないし、部屋さえ出ない。学校があるときには学校でもかぶっていて、トイレにも歯医者の椅子にも夕食にも身につけていく。バイザーの持つ何かがデニースに訴えかけ、完全さやアイデンティティを与えてくれるみたい。

「デニースにとってバイザーは、世界と自分とのインターフェイスになってるんだね」マーレイは言った。

マーレイは商品を詰め込んだバベットのカートを一緒に押していた。彼女にこう言うのが聞こえた。「死と再生とのあいだには移行状態があるとチベット人は信じています。基本的には、死は待機の時期。そのうち新鮮な子宮が魂を受け入れることになります。そのあいだ、生まれることで失った神性を魂はいくらか取り戻します」

反応を確認するようにマーレイはバベットの横顔をじっと見た。「ここに来ると僕はいつもそのことを思うんです。この場所は我々を精神的に充電し直してくれる、準備させてくれる、ここは入口、あるいは道筋なんだと。どれだけ明るいか見てくださいよ。ここは心霊的な情報に満ち満ちている」

妻はマーレイに微笑んだ。

「すべては象徴の向こうに隠されて、神秘のヴェールや文化的素材の層で見えなくされてるんです。でも絶対に心霊的情報ですよ。大きなドアが滑って開き、自動的に閉まる。エネルギーの波動、それに付随する放射。文字と数字のすべてがここにあります。波長の色合いのすべて、声や音のすべて、暗号化された言葉や儀礼的な文句のすべてがここにあるんです。言語化不可能な層をただ解読し、並べ替え、剝ぎ取ればいいだけの話なんですよ。我々はそうしたいとは思っていないし、そうしてもこれといって有用な目的には役立たないんですけどね。ここはチベットじゃないですし。もはやチベットすらチベットじゃないですから」

彼はバベットの横顔をじっと見た。彼女はヨーグルトをカートに載せた。

「チベット人は死を死そのものとして見ようとします。それは物事への愛着の終わりなんです。この単純な真実を見抜くのが難しいんですよね。でもひとたび僕らが死を否定するのをやめれば、静かに死に移行して、それから子宮のなかに再生するか、ユダヤ教やキリスト教的な死後の生を得るか、体外に出るか、UFOに乗って旅をするか、その他どうとでも好きに呼べる体験ができるんです。畏怖や恐怖もなしに、はっきりと視覚を保ったままで。我々はそのために、不自然に生にしがみつかなくていいし、死にしがみつかなくてもいいんです。ただ横に滑るドアに向かって歩いていけばいいだけなんですよ。波動と放射です。何もかもがどんなに明るく照らされているか見てください。この場所は密閉されているし、必要なものはすべて備えている。ここは時間を超越しているんですよ。僕がチベットのことを考えるもう一つの理由はそれです。死ぬことはチベットでは芸術です。僧侶が入ってきて、座り、泣いている親戚を出て行かせ、部屋を密閉させる。ドアや窓がぴったりと閉じられるんです。僧侶にはちゃんとやらなくてはならない大事な仕事があります。詠唱、数占い、星占い、吟唱。ここでは僕たちは死にません。買い物をするんです。でもその違いはあなたが思うほど大きくはないんですよ」

　彼は今やほとんど囁き声になっていた。それで私は自分のカートをバベットのにぶつけないよう気をつけて近づかなければならなかった。とにかくすべてを聞き取りたかったのだ。

「こんなに大きくてきれいでモダンなスーパーマーケットというのは、僕にとっては初めての経験です。僕は小さくて蒸し暑いデリカテッセンで人生を過ごしてきましたのでね。斜めになった陳列棚にはトレーがいっぱいで、淡い色のやわらかでしっとりした食べ物の塊が載っていました。棚は高すぎて、注文するには背伸びしなければならなかったんです。叫び声、訛《なま》った言葉。都会では誰も特定の人の死には気づきません。死は空中を漂っているんです。死はどこにでもあり、どこにもないんですよ。死に直面した人々は叫び、気づいてもらおうと、一、二秒でもおぼえていてもらおうとします。家でなくアパートで死ぬことで魂は意気消沈してしまうでしょう。僕はこう想像するんです。何度か生まれ変わっても、その意気消沈が続くだろうと。町には家があるし、その出窓には植物があります。人々はもっとよく人の死に気づくでしょう。死んだ人の顔もわかるし、乗っていた自動車もわかります。死んだ人の名前を知らなくても、通りの名前や犬の名前は知っているんです。『あの人はオレンジ色のマツダ車に乗ってたよね』みんなはその人について二、三のつまらないことを知っているし、彼が突然死んだときには、それが本人確認の、そして宇宙における彼の配置を知るための重要な事実になるんです。短期間続いた病気のあとで自分のベッドに寝ていて、厚い羽布団とそろいの枕を使いながら、雨の水曜日の午後に発熱し、鼻腔と胸部が少々詰まった状態で、ドライクリーニングに出したもののことを考えながら死んだときのね」

　バベットが言った。「ワイルダーはどこ？」そして振り返り、じっと私を見た。その目は、最後にワイルダーを見てから十分間経ったと語っていた。それほどふさぎこんでいるのでも、後ろめたく思っているのでもなさそうな表情をしているところから、時間が経つほどにますます注意が散漫になっていくのだと感じられた。あたかも「鯨は哺乳類だなんて知らなかった」とでも言うような目だ。時が経つにつれ視線は虚《うつ》ろになり、事態は危険がほとんどないになった。まるで後ろめたさとは、危険がほとんどないときにだけ酔いしれることのできる贅沢品なのだとバベットは考えているようであった。

「私が気がつかないのに、ワイルダーはどうやってカートから降りられたのかしら？」

三人の大人がそれぞれ通路の終点に立ち、カートや滑っていく体の流れを目で追った。それから通路をあと三本見て回った。顔を前に向けたまま視線の方向を変え、そのたびに少しだけジグザグに歩いた。私の右側には色のついた斑点がずっと見え続けていたが、そちらを向くと何もなくなった。何年も前から色のついた斑点が見えていたが、こんなにたくさん、こんなに派手に動いて見えたことはなかった。他の女のカートにワイルダーが乗っているのをマーレイが見つけた。その女はバベットに手を振りながら近づいてきた。彼女は我が家と同じ通りに、十代の娘と、チャン・ダックという名前のアジア人の赤ん坊と一緒に住んでいた。誰もがその赤ん坊を名前で呼んだ。そこには所有者としての誇らしげな響きのようなものさえあったが、誰もチャンが誰の子か知らなかったし、彼、もしくは彼女がどこから来たかも知らなかった。

「クリネックス・ソフティーク、クリネックス・ソフティーク」

ステフィは私の手を握っていた。時間が経つうちに私は気づいたのだが、その握り方は、最初思ったような独占欲の穏やかな表れではなく、私を安心させようとするものだった。これには少々驚いた。その硬く握られた手は私が自信を取り戻すのを助け、憂鬱な雰囲気に飲まれてしまうのを防いでいた。私の体の周りにそうした雰囲気が漂っているのを感じた、とステフィは思っていた。

特急レジに行く前にマーレイは私たちを夕食に誘った。土曜日からの一週間、いつ来てくれてもいい。

「ぎりぎりまで連絡はくれなくていいですから」

「ちゃんとうかがいますよ」バベットは言った。

「たいしたものは準備しないつもりですから、何か起こったら電話してくれるだけでいいです。電話だってくれなくてもかまいません。もし来なかったら、何かが起こって連絡もできなかったんだとわかるし」

「マーレイさん、ちゃんとうかがいますから」

「子供たちも連れてきたらいい」

「それはちょっと」

「わかりました。でも子供たちを連れてくる気になっても何の問題もありませんよ。僕のせいで何かに縛られているような気持ちになってほしくないんです。重い責任を背負い込んだなんて思わないでください。来てくれてもいいし来なくてもいい。どうせ僕は食べなきゃならないんですから、もし何か起こってあなた方が来られなくなっても、別に大惨事というわけじゃない。もし子供たちを連れて、あるいは連れずにちょっと寄ろうと決めたら、そのときは僕は家にいる、とだけわかってほしいんです。僕らは次の五月や六月までこうして過ごすんですから、土曜日からの一週間には何の神秘もありませんし」

「次の学期もここで教えるのか?」私は言った。

「自動車事故を扱う映画の授業をしてくれってさ」

「やるんだな」

「そのつもりだよ」

精算の列で私はバベットに体をこすりつけた。彼女は後ろにもたれてきた。私はバベットを両腕で抱き、両胸に手を当てた。バベットは尻を左右に振り、私は彼女の髪に鼻を突っ込んで囁いた。「淫《みだ》らなブロンド女め」人々は小切手にサインしていた。背の高い少年たちが商品を袋に詰めていた。レジや、フルーツの大箱や冷凍食品の付近、駐車場の車のところでは、全員が英語を話していたわけではなかった。何語かわからない言葉を耳にすればするほど、私が理解できることは減っていった。だが背の高い少年たちはアメリカ生まれだったし、レジの女たちもそうだった。彼女らは背が低く太り気味、青いチュニックを着ていて、伸縮性のあるスラックスを身につけ、小さな白い布製サンダルを履いていた。ゆっくりと動く列が、最後に金を払う場所に、口臭用のミントと鼻の吸入器にじりじりと近づくあいだ、私は両手でバベットのスカートをぐっとつかみ、腹を撫でようとした。

小学校の検査で男が一人死んだという噂を我々が初めて聞いたのはそこの駐車場でだった。マスクをしてマイレックスの防護服を着た男たちの一人だ。重いブーツを履き、かさばる格好をした男が倒れて死んだ。場所は二階の教室だった、という噂が広まっていた。

10

丘の上大学の授業料は、日曜日にブランチもついて年間一万四千ドルだ。この強烈な金額と、図書館の読書コーナーで学生たちがどんな体勢を取っているかは関係があると私は感じていた。彼らは幅広のクッションが置かれた座席の上に、もろもろの見苦しい格好で座っている。それが仲間の集団か秘密の組織に属していることを示すためにうってつけなことは明らかだ。学生たちは胎児のように丸まったり、両足を開いたり、内股になったり、ブリッジをしたり、こま結びになったり、時にはほとんど逆立ちしたりしている。その姿勢はあまりにも巧みに考え抜かれていて、まるで古典的なパントマイムみたいだ。そこには過度の洗練と近親交配が見て取れる。ときどき、あまりにも自分から隔たりすぎていて解釈不能な極東の夢のなかにでもさまよい込んだんじゃないか、と私は思う。だが学生たちが話しているのは、ある経済的階層の言葉でしかない。それを、許される範囲での外的な姿勢という形で語っているのだ。ちょうど年度始めのステーションワゴンの列と同じように。

個別に包装された十六個のチューインガムが入っているお徳用パックについた、小さなセロファンのリボンを母親が引っ張るのをデニースは見ていた。自分の前のテーブルに置いてある住所録のほうに振り返りながら、彼女は目を細めた。十一歳のその顔は、抑えられた憤りを巧みに表す仮面となっていた。

デニースは長いこと待ち、それから単調な声で言った。

「知らないなら言っておくけど、そのガムのせいで実験動物が癌になったのよ」

「シュガーレスのガムを噛んでほしいってあなたが言ったんじゃないの、デニース。あなたの考えでしょ」

「あのときは包装に警告が書いてなかったの。それから印刷されるようになった。ママが見てないなんて、とても信じられないけど」

彼女は名前と電話番号を古い住所録から新しいものに書き写していた。住所は書いていなかった。彼女の友達には電話番号しかなかった。七ビットのアナログの意識しか持たない種類の子たちだ。

「私はどっちでもぜんぜんかまわない」バベットは言った。「だからあなたが決めて。砂糖と人工着色料が入ったガムを噛むか、砂糖も着色料も入ってないけどネズミに害があるガムを噛むか」

ステフィが電話を切った。「噛むのやめれば」彼女は言った。「それは思いつかなかった?」

バベットは木製のサラダボウルに卵を割り入れた。どうしてこの子は電話で話しながら、同時に私たちの話も聞けるのかしら、という顔で私を見た。話が面白いと思ったんだろうと私は言いたかった。

　バベットは娘たちに言った。「ねえ、ガムを噛むか、それとも煙草を吸うかよ。また煙草を吸ってほしいんだったら、チューインガムとホールズのメントール・ユーカリ味を私から取り上げればいいでしょ」

「どうして絶対にどっちかなの？」ステフィは言った。

「どっちもやめれば？」

「どっちもやれば？」デニースは言った。注意深く表情を消していた。「だってそうしたいんでしょ？　みんな自分のしたいことをやるもんじゃないの？　ただ、もし明日学校に行きたくても行けないけど。燻蒸《くんじょう》消毒したりしてるみたいだから」

　電話が鳴った。ステフィが受話器を取った。

「私は犯罪者なんかじゃない」バベットは言った。「私がしたいのはただ、小さくて哀れな味のないガムの塊をときどき噛むってだけ」

「うーん、そんなに単純じゃないけど」デニースは言った。

「とにかく犯罪じゃないの。あの小さな塊を一日二個ぐらい噛んでるだけで」

「でももう噛めないけど」

「噛めるでしょ、デニース。噛みたいの。噛むとなんだかリラックスできるし。あなたつまらないことで大騒ぎしすぎよ」

　顔に浮かべた懇願の表情だけで、ステフィは我々の注意をどうにか引きつけた。手で電話の送話口をふさいでいた。彼女は声を出さずに、しゃべっている口の動きだけした。

　ストーヴァーさんたちが家に来たいんだって。

「親のほう、それとも子供のほう？」バベットは言った。

　娘は肩をすくめた。

「来てほしくない」バベットは言った。

「来させないで」デニースは言った。

　何て言えばいいの？

「何でも好きなように言いなさい」

「とにかく来させないで」

「あの人たちつまんないから」

「家にいろって言って」

　ステフィは電話を持ったまま向こうへ行った。体で電話を覆うような格好をしている彼女の目は恐怖と興奮でいっぱいだった。

「ちっぽけなガムが害になんてならないでしょ」バベットは言った。

「たぶんママが正しいんでしょ。気にしないで。包装に警告が書いてあるだけだから」

ステフィは電話を切った。「健康に悪いってだけ」彼女は言った。

「ネズミにだけよ」デニースは言った。「たぶんママが正しいんでしょ。気にしないで」

「ネズミは眠ってるあいだに死んだんだってママは思ってるのかもしれない」

「ただのろくでもない齧歯類なんだから、そんなの関係ないでしょ？」

「そんなの関係ないし、騒ぐことなんてある？」ステフィは言った。

「それに、ママは一日ガム二粒しか噛んでないって思いたいんだけど。あれくらいの忘れっぽさならね」

「私が何を忘れるって？」バベットが言った。

「いいの」デニースが言った。「気にしないで」

「私が何を忘れるって？」

「さあ、噛んで。警告なんて気にせずに。私にはどうでもいいし」

私は椅子からワイルダーをさっと抱き上げ、耳のところに音を立ててキスした。彼は喜んで身をすくめた。それからワイルダーをカウンターの上に置き、ハインリッヒを見つけに二階に上がった。彼は部屋にいて、配置されたプラスチック製のチェスの駒をじっと眺めていた。

「刑務所の男とまだ対戦中なのか？　どんな状況だ？」

「いい調子だよ。彼を追いつめたと思う」

「その男についてどこまで知ってるんだ？　ずっと聞こうと思ってたんだが」

「誰を殺したかとか？　最近ではそういうのは大きな問題なんだ。犠牲者のことも考えるとね」

「君はその男と何ヶ月もチェスをしている。そいつが殺人の罪で一生刑務所にいること以外の何を知ってるんだ？　若いのか、年寄りか、黒人か、白人か？　駒の動き以外の話はするのか？」

「ときどき手紙の交換はあるよ」

「誰を殺したんだ？」

「追いつめられてたんだ」

「で、何があったんだ？」

「どんどん追いつめられていった」

「だから外に出て誰かを撃ったんだな。誰を撃った？」

「アイアンシティの何人かを」

「何人だ？」

「五人だよ」

「五人か」

「州警察を除いてね。警官が撃たれたのはそのあとさ」

「六人か。彼は異常なまでに自分の武器が好きだったのか？　六階建ての駐車場近くにある小さくてみすぼらしい自分の部屋を武器庫にしていたとか？」

「ピストル何丁かと、照準器つきの手動式遊底のあるライフルを」

「遠くから狙えるやつか。彼は大通りの立体交差か、借りた部屋から撃ったのか？　バーか、クリーニング店か、以前働いていた場所に入っていって無差別に撃ち始めたのか？　人々が散らばり、テーブルの下に隠れる。道行く人は爆竹が鳴っているのかと思う。『バスを待っていたら、爆竹が鳴るようなパンという小さな音がしました』」

「彼は屋根に登ったんだ」

「屋根の上の狙撃者か。屋根に登る前に日記に何か書いたのか？　記憶を蘇らせるために、自分の声を録音して、映画に行き、他の大量殺人についての本でも読んだのか？」

「テープに録音した」

「テープに録音した。そのテープをどうした？」

「愛する人たちに送って、許しを求めたんだ」

「『自分でもどうにもできなかったんだよ』か。犠牲者はまったくの他人だったのか？　怨恨による殺人だった？　仕事をクビになったのか？　何か声でも聞いていた？」

「まったくの他人だった」

「声を聞いていたのか？」

「テレビからね」

「彼だけに語りかける声を？　特別に彼を選んで？」

「自分を歴史に残せと言ったんだ。彼はそのとき二十七歳で、仕事がなく、離婚していて、車は売りに出されていた。とにかくもう時間がなかったんだ」

「つねに追いつめてくる声か。メディアにはどう対応したんだ？　インタビューをたくさん受けて、地方新聞の編集者に手紙を書き、本を出す契約でも結ぼうとしたのか？」

「アイアンシティにはメディアはないよ。もう手遅れになるまで、彼にそんなことは考えられなかったんだ。もしもう一度最初からやり直さなければならないんだったら、普通の殺人じゃなくて、誰かを暗殺しただろうって」

「もっと注意深く選んで、有名人を一人殺してみんなの注目を引き、名前を残しただろうってことか」

「自分は歴史に残らないだろうって彼はもう気づいてる」

「私だって残らないよ」

「でも父さんにはヒトラーがあるじゃないか」

「ああ、そうだな。たしかに」

「トミー・ロイ・フォスターには何があるって言うの？」

「わかった。送ってくる手紙で彼はこんなことすべてを言ってるんだな。で、君はどう答えた？」

「頭の毛が抜けてきたって」

私はハインリッヒを見た。彼はスウェットの上下を着て、首にタオルを巻き、両手首に汗止めのバンドを巻いていた。

「手紙でチェスをやってることについて、君の母親が何を言うかはわかってるよな」

「父さんが何を言うかはわかるよ。今言ってるし」

「母さんはどうしてるんだ？　最近連絡はあるのか？」

「この夏、僕に僧院まで来てほしいって」

「君は行きたいのか？」

「僕がどうしたいかなんて誰にわかるの？　誰かが何かをしたいかなんて誰にわかるの？　そういうことについて、どうすれば確かなことがわかるの？　そういうのはみんな、脳化学や信号の伝達や大脳皮質にある電気的エネルギーの問題なんじゃないの？　あることが本当にやりたいことなのか、それともただ脳内の神経が興奮しただけなのかなんてどうしてわかるの？　大脳半球のなかの重要じゃない場所でほんの些細なことが起こると、僕はモンタナに行きたくなったり行きたくなくなったりするんだ。本当に僕が行きたいのか、あるいはどこかのニューロンが興奮か何かしただけかどうかなんて、どうして僕にわかるの？　ひょっとしたら脊髄のなかで偶然興奮が起こって、突如モンタナにいるんだけど、そもそもそこには行きたくなかった、って自分で気づいたりするんだ。僕には脳のなかで何が起こるかは操作できない。だったら、十秒後に自分が何をしたいかなんてどうして確実にわかるの？　ましてや次の夏にモンタナに行きたいかどうかなんて？　すべては脳内の活動にすぎないし、だから自分が人間として判断したのか、あるいは単にあるニューロンが偶然興奮したりしなかったりしただけなのかなんてわからない。トミー・ロイが人を殺したのもそんなふうだったんじゃないの？」

　朝、私は銀行に歩いていった。現金自動支払機《ATM》まで行き、残高を調べた。カードを入れ、暗証番号を打ち込み、知りたいことを選択した。画面に現れた数字は、書類をさんざん探し回り、自分で複雑な計算をしたあとでやっとはじき出した見積もりと、だいたい一致していた。安堵と感謝の波が押し寄せた。システムが私の人生を祝福してくれていた。システムに支えられ肯定されているのを私は感じた。システムのハードウェアたる、どこか遠くの都市の鍵のかかった部屋に置かれた大型コンピューターに。なんて喜ばしいやりとりだろう。深い個人的価値、だが金ではない、それではまったくないものが正当化され確認されるのを私は感じた。狂った男が二人の武装した警備員に腕をつかまれて出ていった。システムは目には見えない。だからこそ強い印象を与える、だからこそ考えれば不安になる。しかし少なくとも今は、我々は協調している。ネットワーク、回路、流れ、調和。

11

目覚めると死の汗に包み込まれていた。激しい恐怖から身を守ることができなかった。自分の存在の中心で何かが途切れていた。ベッドから出る意志の力も肉体的な力もなかったが、壁や階段の手すりにつかまりながら暗い家のなかを動き回った。道を手探りで探し、再び体のなかに戻り、再び世界のなかに戻るために。あばら骨を汗が滴《したた》り落ちた。時計つきラジオのデジタル表示は3:51だった。こういうときはいつも奇数だ。どういう意味なんだろう？　死は奇数なのか？　人生を高めてくれる数字があり、また別の脅威に満ちた数字があるのか？　眠っているバベットはむにゃむにゃ言い、私は近づき、彼女の熱気を吸い込んだ。

　ついに私は眠った。そしてトーストの焦げるにおいで起こされた。ステフィの仕業だろう。彼女はよく、いつでもわざとトーストを焦がす。ステフィはそのにおいが大好きだった。もはや中毒で、焦げる香りを彼女は熱愛していた。木のチップの煙や消した蠟燭、独立記念日に鳴らされた爆竹の、道を漂う火薬のにおいのどれにも、彼女はそれほどの満足は感じなかった。好みの順番も考え出していた。焦げたライ麦パン、焦げた白パン等々。

私はバスローブを羽織って階下に下りた。子供と真剣な話をしにどこかへ行くときは、いつもバスローブを着ることにしていた。バベットはステフィとキッチンにいた。それを見て私は驚いた。まだバベットはベッドにいると思っていたのだ。

「トースト食べる？」ステフィは言った。

「父さんは来週五十一歳になる」

「そんなに年じゃないと思うけど」

「この二十五年間、ずっとそんなふうに感じてきた」

「お気の毒に。私のママはいくつ？」

「まだ若いよ。パパと初めて結婚したときはまだ二十歳だった」

「バーバより年下ってこと？」

「同じくらいだ。だから、父さんが若い女性を次々見つけてくる種類の男じゃないってわかるだろう」

この答えをステフィに向けて言っているのかバベットに向けて言っているのか、自分でもわからなかった。キッチンではこういうことが起こる、情報が深くたくさんの層を成している場所だから、とマーレイなら言うだろう。

「ママはまだＣＩＡにいるの？」ステフィは言った。

「それについては話しちゃいけないことになっている。それに、彼女は契約エージェントでしかない」

「それって何？」

「今みんなが副収入のためにやってることだよ」

「正確には彼女は何をやってるの？」バベットが言った。

「ブラジルからの電話を受けている。それで行動を始めるんだ」

「それでどうするの？」

「ラテンアメリカの東西南北どこにでも、スーツケースに入れた金を届ける」

「それだけ？　私でもできるじゃない」

「ときどき送られてきた本の書評を書く」

「私、彼女に会ったことある？」バベットが言った。

「ない」

「私、名前は知ってる？」

「ダナ・ブリードラヴだ」

私が発音するあいだ、ステフィは音に合わせて唇を動かした。

「まさかそんなのを食べる気はないよな？」私はステフ

ィに言った。

「自分で焼いたトーストはいつも食べてるでしょ」

電話が鳴り、私が取った。女の声ではっきりと、こんにちは、と言った。これはコンピューターの合成音で、消費者が現在どれほどのことを望んでいるか知るためのマーケティング調査の一部だと語った。これからいくつか質問をするから、一つ一つのあとの無音部分で答えてほしいと言った。

私は電話をステフィに渡した。彼女が合成音に夢中になったのがわかったところで、私は低い声でバベットに話しかけた。

「彼女は陰謀が好きだった」

「誰のこと？」

「ダナだよ。私をいろんなことに巻き込むのが好きだった」

「どんなこと？」

「内輪もめさ。ある友人を別の友人とわざと対立させる。家庭内の陰謀。教職員間の陰謀」

「普通のことに聞こえるけど」

「ダナは私には英語で話し、電話ではスペイン語やポルトガル語で話した」

ステフィは体をもぞもぞとよじり、空いた手で着ているセーターを引っ張るとラベルを読んだ。

「アクリル百パーセントです」彼女は電話口で言った。

バベットは自分のセーターのラベルを確かめた。やわらかな雨が降り始めた。

「ほぼ五十一歳になるってどんな感じ？」彼女は言った。

「五十歳と変わらないよ」

「でも一は奇数で、ゼロは偶数でしょ」彼女は指摘した。

その晩、我々はマーレイの黄色がかった白い部屋で、コーニッシュ種の雌の雛を焼いた豪華な食事をした。カエルの形をした雛鳥は二口のガスコンロで調理されていた。そのあと我々は金属製の折り畳み椅子から二段ベッドに移り、コーヒーを飲んだ。

「僕がスポーツ記者だったころ」マーレイは言った。「いつも旅をしていた。飛行機やホテルやスタジアムの煙のなかに住み続けて、自分のアパートでくつろげたことは一度もなかった。今ようやく居場所ができたよ」

「今まですごいことをしてきたのね」バベットは言った。

彼女はひどくうらやましそうに部屋を見回した。

「狭いし、暗いし、質素だ」彼は自画自賛という口ぶりで言った。「思考の入れ物だよ」

道の向こう側に数百メートル四方で広がる、古い四階建ての建物を私は指さした。「癲狂院《てんきょういん》から何か騒音は聞こえるかい？」

「殴る音とか叫び声とか？　みんながあそこをまだ癲狂院なんて呼んでるのは面白いね。あれはたしかにたいした建築だよ。切り立った高い屋根、高い煙突、円柱、そここにある装飾なんかが古風で不吉だ――どう言ったらいいのかな。あれは療養所にも精神科の建物にも見えない。癲狂院にしか見えないんだ」

彼のズボンは膝のところがテカテカと光っていた。

「君が子供たちを連れてこなくて残念だよ。僕は小さい子供と知り合いになりたいんだ。この社会は子供の社会だよ。学生に言うんだ。この社会を形作る上で重要な役割を果たすには君たちは年を取りすぎているね、って。彼らは一分ごとに互いから離れていく。学生たちに言うんだ。『ここにこうして座っているあいだも、君たちは中核から離れていき、集団としてとらえにくくなり、広告屋だとか文化を大量生産している連中のターゲットになりにくくなっていく。真に普遍的な存在は子供たちだ。でも君たちはとうにその時期を過ぎてしまって、もう漂流し始め、消費する商品が自分ら向けではないように感じ始めている。商品は誰に向けて作られているんだろう？　販売計画における君の位置はどこなんだろう？　いったん学校を卒業してしまえば、集団としての自己意識を失った消費者の抱く、巨大な孤独と不満を経験するのは時間の問題さ』そして僕は鉛筆で机をたたき、不吉にも時間が過ぎ去ってしまったことを示すんだ」

我々はベッドの上に座っていたので、マーレイはぐっと前かがみになり、私が手に持っているコーヒーカップ越しにバベットに話しかけなければならなかった。

「子供は何人いるんだい、全部で？」

彼女は一瞬ためらったようだった。

「もちろんワイルダーがいるでしょう。あとデニース」

マーレイはコーヒーをすすり、カップを下の唇につけたまま、いやらしい流し目で彼女を見ようとした。

「それからユージーンね。今年は西オーストラリアで父親と一緒に住んでるの。ユージーンは八歳よ。父親は奥地で調査をしてる。彼はワイルダーの父親でもあるけど」

「その子はテレビを見ずに育ってるんだ」私は言った。

「マーレイ、だからこそユージーンと話す意味があるかもしれないね。あの子は一種の野性児なんだ。藪から連れてこられた野蛮人で、賢いし文字も読めるが、同年代の子たちを特異なものにしてる深いコードやらメッセージやらを知らない」

「テレビが問題になるのは、どう見聞きすればいいかを忘れたときだけだよ」マーレイは言った。「学生たちと僕はいつもそのことで議論してるんだ。彼らはメディアに背を向けなきゃいけないと感じ始めている。ちょうど前の世代が両親や国家に背を向けたようにね。また子供みたいにテレビを見ることを学ばなきゃだめだ、と僕は学生たちに言うのさ。内容なんて忘れてしまえ。コードとメッセージを見つけろ、だよ。君の言い方で言えばね、ジャック」

「そしたら学生たちは何て言うんだ？」

「テレビはダイレクトメールの別名にすぎないってさ。でもそれは違うって言ってやるんだ。僕はこの部屋に二ヶ月以上座りっぱなしで、夜明け前までテレビを見続け、注意深く耳を傾けながらノートを取っている、って言ってやる。偉大で畏《おそ》れ多い経験だよ、言うならばね。ほとんど神秘的だ」

「君の結論は？」

彼は座ったまま取り澄まして足を組み、カップを膝に置いて、前を向いたまま笑った。

「波動と放射だよ」彼は言った。「テレビというメディアこそ、アメリカ人家庭における第一の力だと僕は理解するようになった。密閉されて永久不変、自己充足的で、自己言及的な家庭のね。それはまるで、まさにリビングルームで生まれた神話のよう、僕らが夢のなかで前意識的に知る何かのようだ。僕はすごく興奮しているんだよ、ジャック」

彼は私を見て、なかば陰険な顔をしてまだ笑っていた。

「みんな見方を学ばなきゃならない。自分自身を情報に向けて開かなきゃならない。テレビは信じられない量の心霊的な情報を与えてくれる。天地開闢《かいびゃく》についての古代の記憶を開示してくれるし、僕らを格子《グリッド》のなかに招き入れてくれる。映像を形作りながらブンブンうなっている小さな点々のなかに。光があり、音がある。僕は学生たちに訊ねるんだ。『これ以上何が必要なんだい？』どれだけ豊かな情報があるか見てみればいい。格子《グリッド》のなかに、明るいパッケージのなかに、ジングルのなかに、人生の一幕を描いたコマーシャルのなかに、暗闇から突然やってくる商品に、コード化されたメッセージと終わりなき反復に、まるで詠唱みたいな、マントラみたいな反復にさ。『**コカ・コーラ最高、コカ・コーラ最高、コカ・コーラ最高**』テレビというメディアは事実上、聖なる決まり文句にあふれているんだ。もし我々が無邪気な反応の仕方を思い出して、いらだちや退屈や嫌悪を乗り越えられればね」

「でも学生たちは納得しないだろう」

「ダイレクトメールよりひどいって言うね。テレビは人間意識の末期の苦悶だと学生たちは言うんだ。彼らはテレビを見てきた過去を恥じている。映画について話したがるんだ」

彼は立ち上がり、またコーヒーをカップに注いだ。

「どうしてそんなにいろいろ知ってるの？」バベットが言った。

「ニューヨーク出身だからね」

「しゃべればしゃべるほど、どんどん陰険な顔になるのね。まるで私たちに何か信じさせようとしてるみたい」

「最高の語り口は人をたらし込むものさ」

「結婚してたことはある？」彼女は言った。

「一度、短い間ね。そのころ僕はジェッツとメッツとネッツの担当だった。君から見たら僕はどれくらいおかしな人間に見えるんだろうね。孤独な変人で、カバーをかけた漫画本の十ほどの山やテレビと一緒に部屋にこもっている。でも夜中の二時か三時ごろに女性が劇的な訪問をしてきたら嫌がるだろう、なんて思わないでほしいな」彼はバベットに言った。「聡明で、ピンヒールを履いてて、スリット入りのスカート姿、衝撃的なアクセサリーをつけた女性のね」

家に向かって歩いているあいだ霧雨が降っていた。私は彼女の腰に腕を回した。道には誰もいなかった。楡の木通りぞいの店は暗かった。二つの銀行にはぼんやり明かりが灯《とも》り、眼鏡屋のウィンドウにあるネオンの飾りが歩道を派手な色に照らしていた。

ダクロン、オーロン、ライクラ・スパンデックス。

「自分が忘れっぽいことはわかってるの」バベットは言った。「でもそんなにあからさまだとは知らなかった」

「そんなことないよ」

「デニースが言ってたの聞いた？　いつだっけ、先週？」

「デニースは頭がよくて粘り強い。他の人は気づかないよ」

「電話番号を回すんだけど誰に電話してるのか忘れるの。お店に行くんだけど何を買うか忘れるの。誰かが私に何か言うけど、私は忘れてしまう。それでまた私に言うんだけど、私は忘れてしまう。それでまた私に言うのよ、変だなという顔をして笑いながら」

「誰だって物忘れぐらいするさ」私は言った。

「名前も、顔も、電話番号も、住所も、約束も、指図も、方向も忘れてしまう」

「多かれ少なかれみんなが経験していることさ」

「ステフィはステファニーって呼ばれるのが嫌いだって。ときどきステフィをデニースって呼ぶことを忘れてた。どこに駐車したか忘れて、それから長い、長いことどんな車だったか思い出せない」

「忘れっぽさは空気や水のなかを漂っているんだ。そして食物連鎖に入ってくるんだ」

「もしかしたら私が嚙んでるガムのせいかもしれない。それってまったくありえないことかしら？」

「もしかしたら別のものかも」

「どういうこと？」

「チューインガム以外にも摂取してるものがあるだろ」

「そんなことどこで思いついたの？」

「ステフィの受け売りだな」

「ステフィは誰から聞いたの？」

「デニースだ」

　彼女は黙り、それからもし噂話や推測の源がデニースだとしたら、それは真実である可能性が高いことを渋々認めた。

「私が飲んでるのは何だってデニースは言ってた？」

「デニースに訊く前に君に訊きたいと思ってね」

「ジャック、私の知るかぎり、物忘れの原因になるようなものなんて何も飲んでないけど。それに、私は年取ってないし、頭に怪我をしたこともないし、傾いた子宮以外に私の家系に問題はない」

「デニースは正しいかもしれないって言うんだな」

「その可能性はないとは言えない」

「物忘れという副作用がある何かを君は摂取しているかもしれないんだな」

「何かを摂取してるけどおぼえてないか、何も摂取してないしおぼえてもいないかよ。私の人生はあれかこれかなの。普通のガムを嚙むか、シュガーレスのガムを嚙むか。ガムを嚙むか、煙草を吸うか。煙草を吸うか、太るか。太るか、スタジアムの階段を駆け上がるか」

「つまらない人生みたいだけど」

「この人生が永久に続けばいいと思ってる」バベットは言った。

やがて道は枯れ葉に覆われた。枯れ葉は屋根の傾斜を転がり、かさかさと落ちてきた。毎日激しい風が吹く時間があり、木々は枯れ葉を落としていった。そして退職した男たちが裏庭や家の前の小さな芝生に、先の曲がった熊手を持って現れた。縁石の脇に黒いゴミ袋がいびつな列を作った。

ハロウィーンの菓子を求めて、怯《おび》えた子供たちが何組も家の玄関にやって来た。

12

私はドイツ語のレッスンに週二回通った。午後遅い時間で、行くたびに暗くなるのが早まった。ハワード・ダンロップの教授法は、レッスン中ずっと二人で向かい合って座り続けるというものだった。彼は私に、子音や二重母音や長短の母音の発音をやってみせるあいだ、舌の位置をよく見ているようにと言った。次に私が真似しようとしてみじめな音を出すと、彼は私の口のなかをじっくりと観察した。

彼の顔は穏やかで静かだった。卵形の顔面には何の特徴もなかったが、それも一連の発音を始めるまでのことだった。それから顔が歪みだした。見るからに不気味なそれは、恥ずかしいほど魅力的だった。まるでよく管理された状況下で引き起こされた発作のようだった。彼は頭を胴体にめり込ませると、目を細め、アンドロイドのようなしかめ面をした。同じ騒音を繰り返す番になると私は同じようにした。口をねじ曲げ、両目を完全に閉じて、どうにか教師を喜ばせようとしたのだ。自分がはっきり発音しようとしすぎていることには気づいていた。あまりにも苦しげなその音は、まるで自然の法則が突如ねじ曲げられたように、あるいは石や木が話そうとしてもがいてでもいるように聞こえたはずだ。目を開けると、彼は私の口からたった三センチのところで屈み込み、凝視していた。口のなかに彼は何を見たのだろう、と私はいつも思った。

レッスンの前後には息詰まるような沈黙が続いた。私は世間話をしようとした。指圧師だったころ、つまりドイツ語を学ぶより前の人生について語らせようとしたのだ。彼は少し遠くへ目をそらした。怒ったのでも退屈したのでも、その話題を避けていたのでもない――ただ超然として、物事のつながりに無関心なだけのように見えた。他の下宿人や大家について話しているときの彼の声にはいらだちが、そして延々と続く不平の響きがあった。要領を得ない連中のあいだで人生を過ごしてきたと信じることが、彼にとっては重要だった。

「生徒は何人いるんです？」

「ドイツ語の？」

「ええ」

「ドイツ語の生徒はあなただけですよ。前は他にもいたんですけどね。ドイツ語は最近人気がないですから。こういうことには浮き沈みがありますしね。どんなことでもそうですけど」

「他には何を教えてるんです？」

「ギリシャ語、ラテン語、それから外洋航海術です」

「ここに外洋航海術を学びに来る人がいるんですか？」

「もうあんまりいないですけどね」

「最近は驚くほど多くの人が何かを教えてますよね」私は言った。「誰にでも一人は何かを教わってる先生がいるんです。知ってる誰もが先生か生徒なんですよ。どういうことだと思います？」

彼はクローゼットの扉のほうに目をそらした。

「他に何か教えてるんですか？」私は言った。

「気象学を」

「気象学ね。それはまたどうして？」

「私は母親の死に恐ろしいほどの衝撃を受けました。完全な虚脱状態に陥《おちい》ってしまって、神への信仰も失ったんです。悲しみに打ち沈んで、自分のなかにすっかり引きこもりました。そしてある日、私は偶然、テレビで天気予報を見たんです。溌剌とした若者が、光る指示棒を持ってカラーの衛星写真の前に立ち、これから五日間の天気を予報していました。彼の自信と力量に、私は座ったまま魅了されました。まるで、気象衛星からメッセージが発信されて、その若者を通って、キャンバス地のソファに座っていた私にまで届いたようでした。私は慰めを求めて気象学を学び始めました。天気図を読み、天気についての本を集め、気象観測用の気球が放たれるところにも立ち会いました。今までの生涯で探し求めてきたのは天気だったんだと気づいたんです。天気のおかげで、今まで経験したことのない心の平安と安心感をおぼえました。露、霜、霧。吹雪。ジェット気流。ジェット気流は壮大だと思います。私は自分の殻から出て、道行く人々に話しかけ始めました。『いい天気ですね』『雨が降りそうですね』『もう寒くないですか？』誰もが天気には気づきます。人は朝起きて最初に窓辺に行くと、天気を確認する。あなたも私もです。私は気象学関連で自分が成し遂げたいことの表を作りました。通信講座を受講して、公的な収容能力が百人以下の建物のなかでなら気象学を教えられる資格を取りました。そして教会の地下室や、トレーラーハウスの駐車場や、個人の書斎や居間で気象学を教えてきたんです。ミラーズクリークやランバーヴィルやウォータータウンで、人々が私の話を聞きに来ました。工場労働者、主婦、商店主、警察署や消防署の職員。彼らの目のなかに私は何かを見ました。飢えを、そして抑えきれない欲求を」

彼の防寒用下着の袖口には小さな穴が空いていた。我々は部屋のまんなかに立っていた。彼が言葉を続けるのを私は待った。一年のこの時期には、そして一日のこの時間には、小さなしつこい悲しみが物事の表面にこびりついた。日暮れ、静けさ、厳しい寒さ。孤独な何かが骨まで入り込んできた。

家に帰ると、ボブ・パーディーがキッチンでゴルフのスイングの練習をしていた。ボブはデニースの父親だ。グラスボロで講演をするために町を車で横切っている途中で、我々みんなを夕食に連れ出そうと思ったのだ、と彼は言った。

彼はしっかりと組み合わせた両手をゆっくり左肩の上まであげ、なめらかに振り抜いた。窓辺のスツールに座っているデニースは彼をじっと見ていた。彼はやや毛羽立ったカーディガンを着ていて、その袖はシャツより長かった。

「どんな講演なの？」彼女は言った。

「えっと、ほら。図表とか矢印とかさ。壁にいろんな色の紙を貼ってね。顧客への基本的な接触手段だよ、デニース」

「また仕事変えたの？」

「資金を募ってるんだ。おまけにすごく忙しい。本当だよ」

「どんな資金？」

「ほら、いろいろあるじゃないか、なあ。みんな俺にフードスタンプとかエッチング画とかをくれたがるんだ。やあ、すごいもんさ、悪くないね」

彼は前に屈んでゴルフのパットをした。バベットは両腕を組んだまま、冷蔵庫の扉にもたれて彼を眺めていた。二階からイギリス訛りの声が聞こえてきた。「くるくると回るわけじゃない目眩《めまい》っていうのもあるんですよ」

「何のための資金？」デニースは言った。

「お前も聞いたことあるかもしれないけどさ、原子力事故準備基金っていう。基本的には、そうした産業を法的に守るための資金なんだ。万が一の、ってやつだよ」

「万が一、何よ?」

「万が一空腹で気絶したら? スペアリブにこっそり迫ろう、さあ。お前には足があるし、胸がある。バベット、どうだい? 俺は自分のガキを食い殺しかねないよ」

「いったいこれで何個目の仕事なの?」

「俺を困らせるなよ、デニース」

「気にしないで、興味ないから、好きにして」

ボブは年長の子供三人をワゴン・ホイール・レストランに連れて行った。私はバベットを川岸の家まで車で送った。そこで彼女はトレッドウェルさんに読み聞かせをするのだ。彼は盲目の老人で、姉と暮らしていた。ワイルダーは私たちのあいだに座って、トレッドウェルさんが読んでほしがる種類の、スーパーで買ったタブロイド紙で遊んでいた。盲人への読み聞かせボランティアとしてのバベットは、その老紳士が言いようもないほどひどいものや不気味なものを読んでほしがることに疑問を抱いていた。障害者はもっと倫理的になって、より高級な娯楽を楽しむべきだ、と彼女は信じていたのだ。我々が人間精神の勝利を彼らのなかに見ることができないとしたら、いったいどこを見ればいいんだ? 彼女が読み聞かせを通して道徳を向上させているように、障害者たちも手本を示すべきだった。けれども彼女はプロ意識をもって業務をこなしたし、死者が留守番電話に伝言を残す話を、子供に対してと同様、彼に対してもとても真剣に読み聞かせた。

ワイルダーと私は車で待っていた。読み聞かせのあと、我々三人はワゴン・ホイールに行った面々とディンキー・ドーナツで合流する。そこで彼らはデザートを食べ、我々は夕食を食べる予定だった。私はその晩そこで読むために『我が闘争』を持ってきていた。

トレッドウェルの屋敷は古い骨組み建築で、玄関ポーチぞいの格子は腐っていた。なかに入ってから五分と経たないうちにバベットは出てくると、自信なげにポーチの向こうの端まで歩いていき、薄暗い庭を見渡した。それからゆっくりと車まで歩いて戻ってきた。

「ドアの鍵が開いてたの。なかに入ったけど誰もいなかった。見回しても、何もないし誰もいない。二階に上がっても生き物の気配がない。何かがなくなってる様子もなかった」

「トレッドウェルさんの姉さんについては何か知ってるのか？」

「彼は盲目で彼女はそうじゃない、ってことを除けば、たぶん彼より体調は悪いと思う」

いちばん近くの二軒の家の窓は暗く、両方とも売りに出されていた。そしてその地域の別の四軒に住む誰も、この数日間、トレッドウェル家の人々がどうしていたかは知らなかった。我々は州警察の詰所まで車で行き、コンピューター端末の前に座っている女性係員と話した。十一秒に一人は行方不明になっているし、我々が言ったことはすべて録音されている、と彼女は言った。

町はずれのディンキー・ドーナツで家族が食べ、しゃべっているあいだ、ボブ・パーディーは黙ったまま座っていた。ゴルファーのやわらかくピンク色の顔は、頭蓋骨から垂れ下がり始めていた。彼の肉は全体的に下がっており、そのせいで、体重を減らせと医者に厳しく命じられている人特有の悲しげな外見をしていた。彼は髪を高級な美容院で切っていて、段カットで一定の量の髪だけを染めてもらい、一定の量の技術を投入してもらっていたが、彼にはもっと動きのある髪型が必要に見えた。バベットが注意深く彼を眺めて、この男の妻としてまたたく間に過ぎた四年間の意味をつかもうとしているのに私は気づいた。まさに大虐殺のパノラマだった。彼は酒を飲み、賭けごとをし、車で堤防に突っ込み、仕事をクビになり、辞め、退職し、変装してコールタウンまで行き、女に金を払うと、セックスのあいだずっとスウェーデン語をしゃべらせた。バベットを激怒させたのはそのスウェーデン語だった。スウェーデン語そのものか、それについて彼が告白しなければならなかったことに対してなのか、いずれにせよ彼女は彼をひどく殴った――手の甲や肘や手首で攻撃したのだ。古い愛情、古い恐怖。今、彼女は愛のこもった共感や思慮深さを抱きながら彼を眺めていた。深く優しく寛大なそれらの感情には、彼が今直面している悲しみの連続に対抗できるだけの不思議な魔力が含まれているように見えた。それでももちろん、読書に戻った私にはわかっていた。これはほんの束の間の愛情なんだ、誰にも理解してもらえないような種類の優しさなんだ、と。

次の日の正午には人々は川をさらっていた。

13

学生たちはいつもキャンパス近くにいる。ブラックスミスの町に行っても、彼らがすることは何もない。彼らには自分たちの食べ物や映画、音楽、劇場、スポーツ、会話、セックスがあるのだ。ブラックスミスはドライクリーニング店と眼鏡屋の町だ。そびえ立つヴィクトリア朝風の家の写真が、不動産会社のウィンドウに飾られている。こうした写真はどれも何年もそのままだ。家々が売られ、朽ち果て、持ちこたえているのは他の州の他の町でのことだ。ここはガレージセールの、そしてヤードセールの町で、不要品が玄関前の私有車道に並べられ、子供たちが店番をする。

百周年記念ホールにある私の研究室にバベットが電話してきた。彼女は言った。ハインリッヒが変装用のキャップをかぶり、インスタマチック・カメラを持って川まで、人々が遺体をさらっているのを見に下りていって、そこでこんな話を聞いた。トレッドウェル姉弟が生きたまま発見された。州間高速道路を通ってずっと行ったところにあるミッドヴィレッジ・モールの、営業をやめたまま放置されていたクッキー売りのキオスクのなかで震えていたのだ。どうやら二人は二日間モールをさまよっていたらしかった。迷い、混乱し、怯え、ゴミだらけのキオスクに避難したのだ。二人はキオスクのなかでさらに二日を過ごし、弱った姉がふらつきながらもどうにか外に出て、漫画のキャラクターの形をした、スイングドアつきのゴミ箱から残飯をさらったのだった。二人がモールで過ごしたのがちょうど気候の穏やかな時期だったのは、まったくの偶然だった。今までのところ、どうして二人が助けを求めなかったのかは誰にもわからなかった。もしかしたら、その場所があまりに広く、しかも高齢の二人がここに来たのは初めてだったので、見知らぬ恐ろしい人たちばかりの光景のなかで、二人は当惑し、混乱してしまったのかもしれなかった。トレッドウェル姉弟はあまり外出しなかった。実のところ、二人がどうやってモールにたどり着いたのかはいまだに誰もわからなかった。ひょっとしたら彼らの甥の娘が車で送っていったまま、迎えに行くのを忘れたのかもしれない。甥の娘からは何の説明ももらえていない、とバベットは言った。

この幸運な発見の前日、警察は超能力者に連絡して、トレッドウェル姉弟の居場所や安否を調べるのを助けてもらった。それについては地元紙で大きく取り上げられた。超能力者は女で、町はずれの森のトレーラーハウスに住んでいた。彼女は自分の名前をアデル・Tとしか明かさなかった。新聞によればこうだ。警察署長のホリス・ライトと彼女はそのトレーラーハウスのなかの椅子に座った。そして彼女はトレッドウェル姉弟の写真を目にし、彼らの洋服ダンスに入っていたもののにおいを嗅ぎ、一時間ほど一人にしてほしいと署長に言った。アデルは礼拝を行い、米とダールを食べ、トランス状態になった。記事はこう続いていた。意識が変容したこの状態のなかで、彼女は自分に入ってくる情報を、これから発見したいと願う、どれほど遠くにいるかもわからない身体組織と結びつけようとした。身体組織とはこの場合、トレッドウェル老とその姉のことだ。ライト署長がトレーラーに戻ると、アデル・Tは彼に、川のことは忘れなさい、そしてトレッドウェル家から半径二十五キロ以内にある、月がよく見える乾いた土地に捜査を集中しなさい、と言った。警察はすぐさま十五キロ下流にある、石膏を処理する施設に赴き、そこでピストルと純粋なヘロイン二キロが入った、航空会社のショルダーバッグを見つけた。

警察はアデル・Tに今まで何度も相談していて、彼女のおかげで、棍棒で殴られた跡のある二人の遺体や、冷蔵庫のなかのシリア人や、合計で六十万ドルにものぼる印つきの紙幣の隠し場所を見つけていた。だがどの場合も、警察が捜していたのは他のものだった、という文章で記事は終わっていた。

アメリカの謎は深まるばかりだ。

14

我々はステフィの小さな部屋にある窓の前に集まり、壮大な日没を眺めていた。ハインリッヒだけいなかったのは、彼が健全で集団的な喜びなど信じていなかったからか、もしくは昨今の日没には何かしら不吉なものがあると信じていたからだった。

その夜、バスローブ姿の私はベッドで起き上がり、ドイツ語を勉強していた。単語を一人でつぶやきながら、春の学会で自分は開会の短い挨拶でだけドイツ語を話せばいいのだろうか、それとも他の参加者たち全員が学会の会期中ずっとドイツ語を使うべきだと考えているのだろうか、と思った。講演も、食事中の会話も、世間話もだ。我々が真剣であり、世界の学問のなかでも独自な存在であることを示すために。

テレビから聞こえてきた。「次に、あなたの金融資産に劇的な影響を及ぼすかもしれないその他の動向です」

デニースがやって来て、ベッドの脚のあたりで大の字になった。折り曲げた腕を枕にして、顔はよそに向けていた。この単純な姿勢にはどれだけの行動規範や、それに対抗するような規範や、社会的な歴史が込められているのだろうか？　まるまる一分が過ぎた。

「バーバのことどうしたらいいと思う？」彼女は言った。

「何だって？」

「何にもおぼえてないの」

「ママは自分が薬を飲んでるかどうか、君に訊いてきたのか？」

「ううん」

「飲んでないってことか？　それとも訊かれなかったってことか？」

「訊かれなかったってこと」

「でも訊いてくるはずじゃないか」私は言った。

「訊いてこなかった」

「どうしてママが薬を飲んでるってわかったんだ？」

「キッチンの流しの下にあるゴミ箱の奥に瓶が突っ込んであるのを見たの。処方薬の瓶よ。ママの名前と薬の名前が書いてあった」

「薬の名前は？」

「ダイラー。三日に一錠だって。危険性があるとか、習慣性があるとか何とかって感じの」

「君の薬のハンドブックにはダイラーはどう書いてあった？」

「載ってなかった。何時間も探したの。索引が四種類もあるから」

「きっと最近売り出されたやつなんだろう。私がもう一回調べてみようか？」

「もう調べたの。調べたのよ」

「医者にはいつでも電話できるよ。でもこのことで大騒ぎしたくないな。みんな何かしらの薬は飲むし、みんなたまにはものを忘れるもんだ」

「ママほどじゃないでしょ」

「私だって忘れてばっかりだよ」

「何を飲んでるの？」

「血圧の薬だろ、ストレスの薬、アレルギーの薬、目薬、アスピリン。ありきたりのやつばかりだが」

「バスルームの薬棚を見たの」

「ダイラーはなかった？」

「新しい瓶があるかも、と思って」

「医者が三十錠処方するみたいな、ありきたりのやつだ。みんな何かは飲むんだ」

「それでも知りたいの」彼女は言った。

会話のあいだ中、デニースはそっぽを向いていた。この状況のなかには何らかの企みがひそんでいる可能性があった。狡猾な策略や秘密の計画が練られているかもしれなかった。けれども彼女は体勢を変えると肘で上半身を支えながら、考え込むような顔をして、ベッドの脚のところから私をじっと見ていた。

「訊いてもいい？」

「もちろん」私は言った。

「怒らない？」

「薬棚に何があるかは見たんだろう。それでもまだ秘密なんてあるのか？」

「どうしてハインリッヒをハインリッヒって名前にしたの？」

「もっともな質問だね」

「別に答えなくてもいいから」

「いい質問だ。訊いちゃだめなわけないさ」

「じゃあどうして？」

「断固とした力強い名前だと思ったんだ。権威みたいなものがある」

「誰かの名前をもらったの？」

「いや。私が学科を始めたすぐあとにハインリッヒが産まれたんだ。それで自分の幸運に感謝したかったんだと思う。何かドイツっぽいことをしたかった。そうした意思表示が必要だと思ったのさ」

「で、ハインリッヒ・ゲルハルト・グラッドニーにしたの？」

「名前の持つ権威があいつ自身にも備わるだろうと思ったんだ。この名前は断固としてて印象的だと思ったし、今でもそう思う。あいつを守りたかった、自信をつけさせたかったんだ。他の人たちは子供にキムとか、ケリーとか、トレーシーとかいう名前をつけるけどね」

長い沈黙があった。彼女は私をじっと見つめ続けた。デニースの目鼻は顔の中心にいささか寄っていて、そのせいで、集中するとパグ犬のようななかば攻撃的な表情になった。

「私の思い違いだったと思うか?」

「私はそういうことを言う立場じゃないから」

「ドイツの名前には、そしてドイツ語には、ドイツのもの、のには何かがあるんだ。それが何かははっきりとはわからない。ただそこにあるのさ。そのすべての中心にはもちろんヒトラーがいる」

「昨日の晩もヒトラーのことテレビでやってた」

「いつもさ。テレビは彼なしじゃいられないんだ」

「ドイツは戦争に負けたんでしょ」彼女は言った。「どうして偉大だなんて言えるの?」

「もっともな指摘だよ。でもそれは偉大とかいう問題じゃないんだ。いいとか悪いとかの問題でもない。それが何なのかはわからないが。こんなふうに考えたらどうだい。いつも好きな色の服を着てる人がいる。銃を持ち歩いてる人もいる。制服を着ると、自分が大きくなったような、強くなったような、安全になったような気がする人もいる。私の強迫観念はこういう領域に属してるんだ」

ステフィがデニースの緑のバイザーをかぶってやってきた。これがどういう意味なのか私にはわからなかった。ステフィはベッドに入ってきた。そして三人で私の独英辞典を調べ、両方の言語でほぼ同じ発音の単語を探した。乱交《オージー》パーティだの靴《シュー》だのだ。

ハインリッヒは廊下を走ってくると突然、部屋に飛び込んできた。「来て。急いでよ。飛行機事故の映像だよ」そして彼はドアから出て行った。少女たちはベッドから離れた。三人ともテレビを目指して廊下を駆けていった。

私はベッドで起きあがったまま、少々呆然としていた。彼らが出て行くときの速度と雑音のせいで、部屋の分子が振動していた。目に見えないものの残骸のなかで、どうやら問題となっているのはこういうことらしかった——ここではいったい何が起こっているんだ? 廊下の突き当たりにある部屋に私が着くころには、画面には一吹きの黒煙しか映っていなかった。けれども事故はあと二回放映された。そのうちの一回はストップモーションで、専門家が急降下の理由を説明しようとしていた。ニュージーランドの航空ショーに出ていたジェット練習機だった。

家には、ひとりでに開いてしまうクローゼットのドアが二つあった。

その晩、金曜日だったのだが、我々はテイクアウトの中華料理を並べてテレビの前に座っていた。それが我が家の習慣であり、決まりごとだった。洪水や地震や土砂崩れや火山の噴火が画面に映し出された。我々は今までこの義務、つまり金曜日の集まりにこんなに夢中になったことはなかった。ハインリッヒはむっつりとふさぎこんではいなかった。私は退屈していなかった。ホームコメディで夫と妻の言い争いを見て泣きそうになるステフィだが、惨事や死のドキュメンタリー映像には完全に没頭している様子だった。バベットはさまざまな人種の子供が混ざった集団が通信衛星を作ろうとする連続コメディ番組にチャンネルを変えようとして、あまりの反対の激しさに驚いた。そのとき以外、我々は黙ったまま、家々が海に滑り落ちるところや、押し寄せる溶岩の大きな塊に飲み込まれた村全体がパチパチと音を立てて燃えるところを眺めていた。どの天災を見ても、もっと壮大でもっと華々しく、もっと圧倒的なやつをもっと見たい、と思った。

月曜日に私の研究室まで歩いていくと、マーレイが机の脇にある椅子に座っていた。まるで血圧の測定器を持った看護師が来るのを待つ者のようだった。彼は言った。

アメリカ環境学科のなかにエルヴィス・プレスリーの研究拠点を作ろうとしているんだけど、問題があってね。学科長のアルフォンス・ストンパナトは、その権利はすでに他の講師のものだ、と思っているみたいなんだ。他の講師とは体重百四十キロで以前ロックンロールの用心棒をしていたディミトリオス・コトサキスのことで、ロックンロール・キングが死んだとき、彼は飛行機でメンフィスまで飛び、キングの取り巻きや家族にインタビューをし、自身もキングに関連した現象の解釈者として地元のテレビでインタビューされたのだった。

ありきたりの成果なんてもんじゃないよな、マーレイはしぶしぶそう認めた。私はこう提案した。君の次の講義に私が顔を出そうか、何気なく、予告もなしにね。そうしたら、君がやっている一連のことは重要だと印象づけられるだろうし、私の研究室や研究テーマ、そして肉体としての私に備わっているはずの影響力や威信を君も役立てられるだろう。彼はゆっくりとうなずきながら、顎鬚の先をいじっていた。

そのあと昼食のとき、私は空いている席を一つしか見つけられなかった。ニューヨークからの移住者たちばかりのテーブルだ。アルフォンスはテーブルの端の席に座り、キャンパスの食堂でも堂々とした存在感で目立っていた。彼は体が大きく、冷笑的で、暗い目でじっと相手を見つめ、眉には傷があり、猛烈な顎髭は灰色で縁取られていた。それは、もし一九六九年に私の二人目の妻でハインリッヒの母でもあるジャネット・セイヴァリーが反対していなければ、今ごろ私が生やしていただろう顎髭そのものだった。「つまんないその顔の広がりをみんなに見せればいいでしょ」彼女は乾いた小さな声で言った。「あなたが思うよりずっと効果的よ」

アルフォンスは熱烈な目的意識ですべてに取り組んだ。彼は四ヶ国語が話せたし、写真のような記憶力があったし、頭のなかで複雑な計算もこなせた。彼がかつて教えてくれたことがある。ニューヨークで人より抜きん出るには、不満をおもしろおかしく表現する技術を身につける必要がある。空気は怒りと不平でいっぱいで、人々を特定の苦境の話で楽しませる方法を知らなければ、誰もそんなもの見向きもしない。アルフォンス自身、時に愉快な口調で他人の意見をやっつけた。彼は自分と対立する意見すべてを受け止めて論破する方法を身につけていた。大衆文化について語るとき、彼は宗教の狂信者特有の閉じた論理を用いた。信仰のためには殺人も厭《いと》わない連中のものだ。彼の息づかいは荒く、不規則になり、眉毛はつながって見えた。他の移住者たちは、彼に挑戦されたり嘲笑されたりするからこそ、自分たちはちゃんと努力し続けられるんだと思っているようだった。移住者たちは彼の研究室で壁にコインを投げつける遊びに耽っていた。

私は彼に言った。「アルフォンス、どうして善意を持った責任感あるまともな人々が、テレビに映った大惨事に夢中になるんだろうな?」

溶岩や泥や荒れ狂う水を見て子供たちや自分がひどく引き込まれた先日の晩について、私は彼に語った。

「もっと、もっとという気持ちに我々はなった」

「自然なことさ、普通なことだ」彼は言い、安心させるように肯いた。「みんなそうだよ」

「どうして?」

「みんな脳が弱ってるからさ。絶え間ない情報の爆撃を打ち破るには、時に大惨事が必要になるんだ」

「そのとおり」ラッシャーが言った。華奢な男で、顔は強張《こわば》り、髪の毛は後ろに撫でつけられていた。

アルフォンスが言った。「情報の流れはとどまるところを知らない。言葉、映像、数字、事実、グラフィックス、統計、点、波、粒子、塵。我々の注意を引くのは大惨事だけだ。我々は大惨事を欲し、必要とし、大惨事に頼っている。それが別のどこかで起こるかぎりはな。それでカリフォルニアが登場するんだ。土砂崩れ、山火事、海岸の浸食、地震、大量虐殺、等々。我々がリラックスしてこの手の惨事を楽しめるのは、カリフォルニアがそういう目に遭うのは当然だ、と心の底で思っているからだ。カリフォルニアの連中はライフスタイルという概念を発明した。それだけでもやつらは破滅に値するよ」

コトサキスはダイエット・ペプシの缶をつぶしてゴミ箱に投げた。

「天災の映像に出てくる場所として、日本はとてもいい」アルフォンスは言った。「インドはまだほとんど出てこないな。飢饉やモンスーン、宗教どうしの衝突、列車事故、船の沈没等々、インドにはとてつもない可能性があるんだけど、あそこの天災は記録されないことが多いんだ。新聞に出ても三行だけとかね。映像も衛星中継もない。だからこそカリフォルニアは重要なんだ。カリフォルニアの連中がゆったりしたライフスタイルや社会に対する進歩的な考えのせいで罰せられているのを見るのが我々は好きだ。それだけじゃなくて、我々は何一つ見逃していないと知っている。カメラはちょうどあそこにあって、すぐそばに立ってるんだ。恐ろしいものは何一つカメラの凝視を逃れてないのさ」

「テレビに出てくる災害に魅了されるのはほとんど普遍的なことだ、と君は言ってるんだね」

「大部分の人々にとって、世界には二つの場所しかない。住んでいるところかテレビのなかだけだ。テレビのなかで何かが起こっていれば、それが何であれ魅力的に思うのは当たり前だよ」

「自分以外にも多くの人々が同じ体験をしていると知って、嬉しく思うべきか残念だと思うべきかわからない」

「そりゃ残念だろう」彼は言った。

「明らかだよ」ラッシャーは言った。「みんな残念に思ってはいるんだ。でもそう思うこと自体を楽しめる」

マーレイが言った。「間違った種類の注意深さのせいでこうなっているんだ。みんな脳が弱ってる。子供みたいに見たり聞いたりする方法を忘れてしまったから、そして情報を集める方法を忘れてしまったからだ。心理的な意味合いでは、テレビに映ってる森林火災は自動万能皿洗い機の十秒スポット広告より低い水準にある。コマーシャルにはもっと深い波動が、もっと深い放射があるんだよ。でも我々はこうしたものの相対的な意義を引き下げてしまった。だから人々の目や耳や脳や神経回路が疲労してしまうんだ。間違った使い方の単純な実例さ」

グラッパはバターを塗ったロールパンの半分をサッとラッシャーに投げつけた。それはラッシャーの肩に当たった。グラッパは青白く、太った幼児のような体型をしていて、彼はラッシャーの注意を引こうとしてロールパンを投げたのだった。

グラッパは彼に言った。「指で歯を磨いたことはある？」

「妻の実家に泊まったとき、初めて指で歯を磨いたよ。まだ結婚する前で、彼女の両親はアズベリーパークで週末を過ごしていた。家族で使っている歯磨き粉はアイパナだった」

「俺は歯ブラシを忘れることに執着がある」コトサキスが言った。「ウッドストックとかアルタモントとかモンテレーとか、それから他に一ダースぐらいの実りあるイベントで俺は指で歯を磨いた」

グラッパはマーレイを見た。

「僕が指で歯を磨いたのは、アリとフォアマンがザイールで闘ったあとだった」マーレイが言った。「僕が指で歯を磨いた南端はあそこだよ」

ラッシャーはグラッパを見た。

「座面のない便器で大便をしたことは？」

グラッパの答えはなかば叙情的だった。「親父が初めて車で都会から外に出たとき、ボストン郵便道路に面したニューヨーク・スタンダードオイルのモービル・ガソリンスタンドにある、汚くて臭い男便所でやったよ。空飛ぶ赤い馬の印のガソリンスタンドでさ。どんな車だったか聞きたいかい？　小さなオプション部品全部まで、事細かく言えるけど」

「こういうことは教えてはもらえない」ラッシャーは言った。「座面のない便器。洗面台での小便。公衆便所の文化だ。かの偉大なる食堂や映画館やガソリンスタンドのすべてさ。道路の倫理のすべてだ。私はアメリカの西部のどこででも洗面台に小便をした。するっと国境を越えて、カナダのマニトバ州でもアルバータ州でも洗面台に小便をした。大事なのはこれだよ。西部の雄大な空。ベスト・ウェスタン・モーテル。食堂とドライブイン。道路と平原と砂漠の詩。汚くてにおうトイレ。ユタ州で私が洗面台に小便をしたとき、気温はマイナス三十度だった。洗面台で小便をしたなかでもいちばん寒かったよ」

アルフォンス・ストンパナトはラッシャーをじっと見ていた。

「ジェームズ・ディーンが死んだときどこにいた?」アルフォンスは脅すような声で言った。

「結婚前で、妻の実家にいて、『空想の舞踏室《メイク・ビリーヴ・ボールルーム》』を古いエマーソンの卓上ラジオで聞いてたな。ダイヤル部分が光るモトローラのやつはもう過去の遺物だった」

「君は奥さんの実家で長い時間過ごしてたみたいだな。セックスしたりして」アルフォンスは言った。

「我々は子供だったんだ。あの文化状況では、実際にセックスするのはまだ早すぎた」

「じゃあ何をしてたのさ?」

「彼女は私の妻なんだよ、アルフォンス。こんな話を満席のテーブルでしろって言うのかい?」

「ジェームズ・ディーンが死んだとき、君は十二歳の子をまさぐってたってわけか」

アルフォンスはディミトリオス・コトサキスをじろりと見た。

「ジェームズ・ディーンが死んだときどこにいた?」

「クイーンズ区のアストリアにある叔父のレストランの裏方で、フーヴァー掃除機で掃除してた」

アルフォンスはグラッパを見た。

「一体全体どこにいたんだ?」彼は言った。まるでグラッパがどこにいたのかの記録なしでは、その俳優の死は完全なものにはならない、と突然思ったかのようだった。

「正確にどこにいたのかはおぼえてるよ、アルフォンス。だからちょっと待って」

「どこにいたんだよ? この野郎」

「いつもこういうことはすごく細かいところまでおぼえてるんだ。でもあのころ自分は夢見る思春期だった。人生にはこういう記憶の欠落があるものさ」

「オナニーのしすぎで忙しかった、って話か?」

「ジョーン・クロフォードのことなら訊いてくれよ」

「一九五五年九月三十日だ。ジェームズ・ディーンが死ぬ。ニコラス・グラッパはどこで何をしてる?」

「ゲーブルのことなら訊いてくれよ、モンローのことなら」

「銀色のポルシェが交差点に近づく。まるで稲妻みたいなスピードで。フォードのセダンを見てもブレーキは間に合わない。ガラスが割れ、金属が叫ぶ。ジェームズ・

ディーンは運転席に座ったまま、首は折れていて、骨折と裂傷もたくさんある。太平洋標準時で午後五時四十五分だ。ニコラス・グラッパはどこにいる？　ブロンクスのオナニー王は」

「ジェフ・チャンドラーのことなら訊いてくれ」

「君は中年男だ、ニッキー。で、自分の子供時代についてごまかしてる。ちゃんと言う義務があるはずだ」

「ジョン・ガーフィールドのことなら訊いてくれよ。モンティ・クリフトのことなら」

コトサキスは分厚く凝縮した筋肉の一枚岩だった。もともと彼はリトル・リチャードの個人的な護衛で、そのあとロック・コンサートで警備の選抜隊を率い、それからここの教員になった。

エリオット・ラッシャーは彼に生のニンジンの一部を投げつけてから訊ねた。「海辺で数日過ごしたあと、背中の剝がれてくる皮を女にむいてもらったことはある？」

「フロリダのココアビーチでね」コトサキスは言った。

「本当に素晴らしかったよ。人生でも二番目か三番目に素晴らしい経験だった」

「彼女は裸だった？」ラッシャーは言った。

「腰まではね」コトサキスが言った。

「それって上からかい、それとも下から？」ラッシャーが言った

グラッパがマーレイにクラッカーを投げつけるのを私は見ていた。グラッパはそれを、まるでフリスビーみたいにバックハンドで投げた。

15

私は濃い色の眼鏡をかけ、表情を和《やわ》らげて部屋に入った。そこには若い男女が二十五人から三十人くらいいて、秋めいた色の服を身にまとい、肘掛け椅子やソファやベージュの広幅絨毯に座っていた。マーレイは彼らのあいだを歩きながら話し、まるで振りつけられたように右手を震わせていた。彼は私を見ると、おどおどと微笑んだ。私は壁にもたれて立ったまま、威厳ある態度を取ろうとして、黒いガウンの下で腕を組んだ。

マーレイは思索的な独白のまっただなかだった。

「エルヴィスが若くして死ぬだろうことを彼の母親は知っていたでしょうか？　彼女は暗殺者について語りました。人生について語りました。こういう種類の重要なスターの人生について。その人生には早世が組み込まれて

いないでしょうか？　ここが大事なところです、そうでしょう？　そこには規則が、指針があるのです。もし若くして死ぬだけの優美さや賢さがなければ、消え去るか隠れるしかなくなります。まるで間違ったことでもしたように、謝罪しなければならないようにです。母親は彼の夢遊病を心配していました。彼が窓から外に出てしまうんじゃないかと思っていました。僕は母親たちについてこう考えています。彼女たちは本当にわかっていると。昔からの言い伝えは正しいのです」

「ヒトラーは母親が大好きだった」私は言った。

学生たちの注意が押し寄せてきた。誰も何も口にしなかったが、ある種の静けさの集中として、内側での緊張として感じ取れた。マーレイはもちろん動き続けた。けれども、さっきより少しだけ意識的に、椅子や床に座った面々のあいだを縫って歩いた。私は壁にもたれて立ったまま、腕を組んでいた。

「エルヴィスと母のグラディスは鼻をこすり合わせたり、愛撫し合ったりするのが好きでした」彼は言った。「エルヴィスが性的に成熟し始めるまで、二人は同じベッドに寝ていました。二人はいつも赤ちゃん言葉で話していました」

「ヒトラーはぐうたらな子供だった。彼の通信簿は不可でいっぱいだった。けれども母クララは彼を愛し、甘やかし、父親にしてもらえなかった分までかまってやった。彼女は物静かな女性で、控えめで信心深く、料理やその他の家事の腕は確かだった」

「グラディスはエルヴィスを学校まで毎日送り迎えしました。道ばたでの小競り合いでは息子を守り、彼をいじめようとしたどんな子供も怒鳴りつけました」

「ヒトラーは空想するのが好きだった。ピアノを習い、美術館や大邸宅をスケッチした。よく家でだらだらしていたが、クララはそれを許した。彼女にとってヒトラーは、幼児期を生き延びた初めての子供だった。すでに三人が亡くなっていた」

「エルヴィスはグラディスにどんな秘密も打ち明けました。恋人たちを家に連れてきて彼女に会わせました」

「ヒトラーは母親へ宛てて詩を書いた。彼の精神にもっとも大きな影響力を持っていた女性は母親と姪だった」

「エルヴィスが陸軍に入ったとき、グラディスは病気になってふさぎ込みました。彼女は何かを感じたのです。おそらく、自分と同じくらい息子についても。彼女の超常的な器官は、何かがおかしいという信号すべてを点滅させていました。胸騒ぎと憂鬱です」

「ヒトラーが我々の言うマザコン男だったことは疑問の余地がない」

　ノートを取っている若い男が一人、ぼんやりとつぶやいた。「マザコン男《ムター・ゼーンヒエン》」私は警戒して彼を見た。それから衝動的に、壁にもたれるのをやめてマーレイのようにゆっくりと部屋を歩き始めた。ときどき立ち止まってジェスチャーをし、耳を傾け、窓から外を眺めたり、天井を見上げたりした。

「グラディスの状態が悪化したとき、エルヴィスは彼女からほとんど目を離せませんでした。彼は病院で寝ずの番をしました」

「母親の病気が重くなったとき、ヒトラーは彼女の近くにいようとしてベッドをキッチンに置いた。料理や掃除をした」

「グラディスが死んだとき、エルヴィスは嘆き、取り乱しました。柩《ひつぎ》のなかの母親を抱き締めて愛撫しました。母親が地中に埋められるまで、彼は赤ちゃん言葉でしゃべり続けました」

「クララの葬式には三百七十クローネかかった。ヒトラーは墓地で泣き、しばらくのあいだふさぎ込み、自己憐憫に耽った。彼は激しい孤独を感じた。何しろ愛する母親だけでなく、家族や家庭の感覚まで失ったのだから」

「グラディスの死のせいで、キングの世界観の中心部で根本的な変容が起こったのはまったく明白です。彼女は彼にとって、錨《いかり》であり安心感の源でした。彼は現実世界から遠ざかると、死の状態へ入っていきました」

「残りの生涯において、ヒトラーはクリスマスの飾りつけには近づけなかった。母親がクリスマスツリーのそばで死んだからだ」

「エルヴィスは殺してやると脅迫したり、されたりしました。葬儀場を旅して回り、UFOに興味を抱きました。『バルド・トドゥル』、一般的には『チベット死者の書』として知られる本を学び始めました。これは死んで生まれ変わるための手引書です」

「何年かのちに、自己についての神話に浸り、人々から遠く離れたヒトラーは、オーバーザルツベルクにある自分の質素な部屋に母親の肖像を飾った。左耳では耳鳴りが聞こえ始めた」

　マーレイと私は部屋のほぼ中央で擦《す》れ違った。危うくぶつかりそうになった。アルフォンス・ストンパナトが入ってきた。後ろに数人の学生を従えていた。おそらく宙を漂う、磁気を帯びた興奮の波や熱狂のようなものに引き寄せられたのだろう。むっつりとした彼は、大きな体を椅子に落ち着けた。そのあいだマーレイと私は互いの周囲を回り、逆方向に向かいながら、目を合わさないようにした。

「エルヴィスは契約期間を満了しました。過剰、劣化、自己破壊、奇怪な行動、肉体的な膨張、脳への一連の攻撃──いずれも自らの手によって。伝説における彼の地位は揺るぎないものです。彼は若くして惨たらしく不必要に死ぬことで、懐疑論者たちを黙らせました。今や誰も彼を否定などできません。彼の母親は亡くなる何年も前に、まるで十九インチの画面に映し出されたように、おそらくこのすべてをすでに眺めていたのでしょう」

マーレイは嬉しそうにこの場を私に委ねると、部屋のすみに行き、床に腰を下ろした。そうして私が一人きりで歩き回りジェスチャーをし、力と狂気と死という職業的なオーラをしっかりと身にまとい続けるに任せた。

「ヒトラーは自身を、虚無からやってきた孤独な旅人と呼んでいた。薬用ドロップを舐めながら、人々に向かって終わりのない独白を続けた。自由連想による独白は、まるで世界を越えた広大な場所からやってきた言葉のようで、彼はただ、啓示を伝える霊媒のようだった。燃えさかる都市の地下にある総統用防空壕《フユーラーブンカー》のなかで、権力を握り始めた頃のことを彼は振り返っていたのだろうか、と考えてみると面白い。母親が生まれ、彼がいとこたちと牛車に乗ったり凧《たこ》を作ったりして夏を過ごした集落を訪れた観光客の小さな団体のことを彼は考えただろうか？　その場所、クララの生誕の地を崇めるために彼らは訪れたのだ。彼らは農家に入り、おずおずと見て回った。思春期の少年たちは屋根に登った。そのうち訪れる人数が増えてきた。彼らは写真を撮り、小物をこっそりとポケットに入れた。群衆が、人々の大群がやってきて中庭をうろつき回り、愛国歌を歌い、壁や農場の動物の腹に鉤十字を描いた。大勢がヒトラーの山荘にやって来た。あまりにも多くて、彼は外に出られなかった。彼らはヒトラーが歩いた道の小石を拾い、土産として家に持ち帰った。群衆は彼の言葉を聞きにやって来た。性的に興奮した群衆が。かつてヒトラーが、自分の唯一の花嫁と呼んだ大衆が。ヒトラーは目を閉じ、声を発しながら両手の拳《こぶし》を握りしめた。汗にまみれた体をよじりながら、自分の声をぞくぞくするような武器へと変えた。『性的殺人』──誰かしらが演説をそう呼んだ。群衆はその声に、党歌に、松明行列《たいまつ》に魅了されるためにやって来たのだった」

私は絨毯を見つめ、静かに七つ数えた。

「だが待ってくれ。これらすべては、なんて見慣れた、なんてありきたりな光景なんだろう。群衆がやってきて興奮し、触れ合い、押し合う――恍惚としたがる人々。こんなのありきたりじゃないか？　我々はこうしたものをよく知っている。あのときの群衆にはどこか違ったものがあったはずだ。それは何だろう？　古英語、古代ドイツ語、古代スカンジナビア語起源の恐ろしい言葉を囁かせてくれ。**死**《デス》だ。群衆の多くは死のために集まった。彼らは死者に尊敬の念を捧げるためにそこにいたのだ。祈禱、歌、演説、死者との対話、死者たちの名前の列挙。彼らは積まれた薪と燃えさかる輪、敬礼のために上げ下げされる何千もの旗、制服を着た何千もの会葬者を見にやって来た。下士官がいて、騎兵大隊がいた。手の込んだ背景幕に血の色の幟《のぼり》、黒い制服があった。群衆は自分たちの死を跳ねのける盾になるためにやってきた。群衆となって死を締め出すのだ。群衆から離れれば、個人としての死を迎える危険、一人で死に直面する危険がある。何よりこの理由で群衆はやって来た。彼らはそこに群衆になりに来たのだ」

マーレイは部屋の反対側に座っていた。その目は深い感謝を浮かべていた。私は自分が持てる力と狂気を気前よく行使して、私の研究対象を、重要さでは無限に劣る人物と結びつけるのを許した。布張りの安楽椅子に座り、銃弾を撃ち込んでテレビを消した男にだ。それは小さなことではなかった。我々にはみな維持しなければならないオーラがあったし、それを友人と共有してしまうことによって、まさに自分を手の届かない孤高の存在にしているオーラというものを私は危険にさらしていたのだった。

周囲に人が集まっていた。学生と職員だ。そして、あまりよく聞こえない感想と周回する声の騒音のただなかで、今や自分たちが群衆となっていることに私は気づいた。今、私は周囲に群衆を必要としてはいなかった。今はそんなものはまったくいらない。ここでは死は厳密な意味で、職業上の題材でしかないのだ。私は死を前にして落ち着いていたし、死を支配してもいた。マーレイは私のそばまでやって来て私につきそい、震える手で群衆をかきわけながら、部屋から連れ出してくれた。

16

その日、ワイルダーが昼の二時に泣きだした。六時になってもまだ泣いていて、キッチンの床に座ったまま、オーブンの小窓を覗き込んでいた。そして我々は夕食をそそくさと食べた。コンロや冷蔵庫まで行こうとして、彼をよけたりまたいだりした。バベットは食べながらワイルダーを眺めていた。彼女は座り方や立ち方、歩き方を授業で教えていた。その授業が始まるのが一時間半後だった。彼女は疲れ切った、泣きつくような顔で私を見た。バベットはワイルダーをあやし、抱き上げ、愛撫し、歯の状態を調べ、風呂に入れ、観察し、くすぐり、食べ物を与え、ビニール製のおもちゃのトンネルに這って入らせようとした。生徒である老人たちが教会の地下室で待っているはずだった。

泣き声にはリズムがあった。強烈な短いうねりが規則的に続くのだ。ときにその声はすすり泣きや、動物じみた不満の声に変わり、疲れて規則性を失ったが、それでもリズムは続いていた。高まる鼓動、ワイルダーの顔を濡らす桃色の悲しみ。

「この子を医者に連れて行こうか」私は言った。「そのあと君を教会で降ろすよ」

「泣いてる子供をお医者さんが診てくれるかしら？　それに、掛かりつけのお医者さんの診療時間は終わっちゃったけど」

「君の掛かりつけは？」

「そっちの診療時間は大丈夫だと思うけど。でも泣いてる子供よ、ジャック。お医者さんになんて言えばいいの？　『私の子供が泣いてるんですよ』」

「いちばんよくある症状だろう？」

そのときまで、自分たちが危機的な状況にあるという感覚はなかった。ただ腹を立て、絶望していただけだ。だがいったん医者に行くと決めてしまうと、我々は焦り、いらだち始めた。ワイルダーの上着と靴を探し、今までの二十四時間に彼が何を食べたかを思い出そうとし、医者の質問を予測して、どう答えるかを注意深く練習した。夫婦で同じ答えができるようにすることが決定的に重要だった。その答えが正しいかはわからなくてもだ。医者は違う答えを言い合う人たちには興味を失う。ずっと前から、私は医者に対して恐れを感じてきた。医者が私に興味を失い、私以外の患者たちの名前を呼ぶように受付に言い、私が死のうがどうしようが気にしない、という恐れを。

楡の木通りの突き当たりにある医療棟に、バベットとワイルダーは入っていった。私は車で待っていた。診療所に行くほうが、病院に行くよりずっと落ち込む。困ったことが明らかになりそうな雰囲気が嫌だった。それに、こういうのも嫌だった。いい知らせを聞かされた患者が、医者の消毒された手を握って上下に振り、声に出して笑い、医者が言うことすべてに笑い、荒々しい力を込めて轟《とどろ》くほど笑い、他の患者を無視しようとしながら待合室を横切り、まだ挑発的に笑っている——こういう弱々しく憂鬱で、不安にさいなまれた哀れな死にかけの人々とは、彼はもう関係ないのだ。それだったら私は、救急病棟を訪ねるほうがましだった。そこは都会の震える井戸で、銃に撃たれ、深く切りつけられ、阿片混合物のせいで眠い目をした、折れた針が腕に刺さったままの人々がやってくる。これらは来るべき私の死とは何の関係もない。非暴力的で、田舎町風の、思いやりに満ちた私の死とは。

バベットとワイルダーは小さくて明るいロビーから通りに出てきた。通りは寒く、人通りがなく、暗かった。息子は母親の隣を歩き、彼女の手を握ったまま、まだ泣いていた。二人は素人画家が描いた悲しみと不幸の光景みたいで、私はほとんど吹き出しそうになった——悲しみにではなく、二人の光景に、実際の苦境と重々しい見た目との不釣り合いに、笑いそうになったのだ。私の優しさと哀れみの感情は、二人の様子を見て弱まった。二人は分厚い服を着込んで歩道を横切っていた。子供は断固として泣き続けていて、髪が乱れた母親は意気消沈して歩いている。みじめで哀れな二人。あからさまな悲しみには、そしてすさまじく一途《いちず》な苦悶には彼らは向いていなかった。職業的な泣き屋がいるのはこのせいだろうか？　彼らは通夜が滑稽な悲しみに陥ってしまうのを防ぐのだ。

「医者は何て言った？」

「ワイルダーにアスピリンを飲ませて寝かせろって」

「デニースもそう言ったじゃないか」

「先生にそう言ったの。そしたら『じゃあどうしてそうしなかったんですか？』って」

「どうしてそうしなかったんだろう？」

「デニースは子供で、医者じゃない——だからよ」

「医者にもそう言ったのか？」

「何て言ったかなんておぼえてない」彼女は言った。

「医者に思うように言えたことなんてないし、ましてや思うように言わせたことなんて一度もない。空中の何かに妨害されてるの」

「言いたいことはよくわかるよ」

「まるで宇宙遊泳中に、あの重い宇宙服を着てぶらぶらしながら会話してるみたい」

「すべては漂い流れるんだ」

「私、いつもお医者さんに嘘を言うの」

「私もだよ」

「でもどうしてかしら？」彼女は言った。

私は車のエンジンをかけながら、ワイルダーの泣き声の高さと質が変わったことに気づいた。リズムのある切迫した声が、長く不明瞭で哀れな音に取って代わっていた。彼は今や泣き叫んでいた。これは中東の哀歌の音調、苦悶の音調で、このあまりに手頃な抑揚を用いて、彼はまさに今、自分を苦しめつつあるものを即座に圧倒しようとしていた。この泣き声には何か終わりのない、魂を打ちのめすようなものがあった。それは生まれたときからの絶望の音だった。

「どうしようか？」

「何か考えて」彼女は言った。

「君の授業が始まるまで、まだ十五分ある。ワイルダーを病院に連れて行こう。救急窓口に。それで何て言われるかだ」

「子供が泣いてるからって、救急には連れて行けないでしょ。それって救急からはいちばん遠いと思う」

「私は車で待ってる」私は言った。

「医者に何て言えばいいの？『子供が泣いてるんです』そもそも救急窓口なんてある？」

「おぼえていないか？去年の夏、ストーヴァー家の人たちを連れて行っただろう」

「どうして？」

「あの家の車が修理中だったんだ」

「もういいから」

「で、錆落《さび》としのスプレーを吸い込んで」

「授業に連れてって」彼女は言った。

姿勢矯正の授業。私が教会の前に車を停めると、彼女の生徒の何人かが階段を下り、地下室の入口に向かっていた。バベットは息子を見た——探るような、請うような、絶望的な目で。この子が泣き始めてから、もう六時間経っていた。彼女は歩道を走っていき、建物に入った。

ワイルダーを病院に連れて行こうかと私は考えた。だが、手の込んだ金メッキの額に入った絵画が壁にかかる、居心地のいい診療室の医者がこの子をくまなく調べてみて、何も悪いところを見つけられなかったのなら、救急の医者たちが何を見つけられるだろう？　患者の胸部に飛びつき、止まった心臓を何度も強くたたくように訓練された彼らが？

私はワイルダーを抱き上げ、ハンドルを背にして私に向かい合うように、両腿の上に立たせた。巨大な哀歌は波また波となって続いていた。その音はあまりにも大きく混じり気がなくて、ほとんど、その泣き声にじっくりと耳を傾け、どうにか理解しようとすることさえできそうだった。まるでコンサートホールや劇場で音を心に刻みつけようとするようにだ。ワイルダーはすすり泣いても、おいおい泣いてもいなかった。彼は泣き叫び、何やらわからないことを言っていて、その深さと豊かさのせいで私は揺り動かされた。この古代の悲歌は、断固として単調であり続けているがゆえに、なおさら印象的だった。まさに号泣だ。私はワイルダーの両脇に手を入れ、彼の背をまっすぐに保った。泣き声が続くうちに、私の考えは興味深い方向におもむいた。必ずしも自分が泣きやんでほしいとは思っていないことに私は気づいた。もう少しここで座ったまま泣き声を聞いているのも悪くないかもしれないと思った。我々は見つめ合った。ぼうっとした表情の向こうに複雑な知性が働いていた。私は彼を片手で抱き、もう片方の手でミトンのなかの彼の指を、声に出してドイツ語で数えた。慰めようもない泣き声が続いていた。私はその泣き声が、まるで土砂降りの雨のように押し寄せるにまかせた。ある意味で、私は泣き声のなかに入っていった。それが私の顔や胸を、飛沫を立てて流れ落ちるにまかせた。私はこう考え始めていた。ワイルダーは泣き叫ぶ音のなかに消えてしまい、彼の失われた、宙づりのままの場所に私も入っていければ、人間にとって理解可能なものの範囲を向こう見ずなまでに拡大するという驚異を二人で繰り広げられるかもしれない。私は泣き声が体の上で砕けるにまかせた。ここで座ったまま、あと四時間、泣き声を聞いているのも悪くないかもしれない、と私は思った。エンジンをかけ、ヒーターをつけたまま、変化のない哀歌を聞いているのはいい気分かもしれない。奇妙なほど癒されるかもしれない。私は泣き声のなかに入っていき、落ちていき、泣き声が私を抱き、覆うにまかせた。ワイルダーは泣きながら目を開き、目を閉じ、両手をポケットに入れ、ミトンをつけたりはずしたりしていた。私は座ったまま物思いに耽り、うなずいていた。私は衝動的にワイルダーを前に向かせて膝の上に座らせると、車を発進させ、彼にハンドルを委ねた。我々は以前にもこうしたことがあった。二十メートルほど、八月の日曜日の日暮れに。道路は静かな影に深く沈み込んでいた。再びワイルダーは応えてくれた。曲がり角でハンドルを切りながら泣き続けた。そして私は、会衆派の教会の前で再び車を停めた。ワイルダーを左の膝に載せ、片腕を彼に回して引き寄せると、ほとんど眠り込むようにぼんやりとした。泣き声は遠くで断続的に聞こえるだけだった。ときおり車が通り過ぎた。私はドアにもたれかかり、親指にワイルダーの息がかかるのをぼんやり感じていた。しばらくして気づくと、バベットが窓をたたいていて、ワイルダーは座席を這っていき、彼女のためにドアの鍵を開けた。バベットは乗り込み、ワイルダーの帽子をかぶり直させると、床の丸めたティッシュを拾った。

家まで半分戻ったところで泣き声がやんだ。止まったのは突然で、それまで調子にも強烈さにも変化はなかった。バベットは何も言わなかったし、私は道路を見続けていた。ワイルダーは我々のあいだに座って、ラジオをじっと見ていた。バベットがワイルダーの背中や頭の向こう側から、安堵や幸福や不確定な希望の眼差しでこっちを見るのを私は待っていた。自分でも今、どう感じているのかわからなかったから、手がかりがほしかった。けれども彼女はまっすぐに前を見ていて、まるで音や動きや表情といった感覚的な印象が変化すればもう一度ワイルダーが泣き始めるのでは、と恐れているかのようだった。

家では誰もしゃべらなかった。全員が部屋から部屋へ静かに移動しながら、遠巻きにワイルダーを眺めていた。こそこそした、敬意に満ちた視線だった。ワイルダーが牛乳を求めると、デニースはパジャマ姿で、音も立てずに裸足でキッチンへ走った。動きを最小限にして足取りを軽くすれば、ワイルダーがこの家に持ち込んだ重々しく劇的な雰囲気を壊さずにすむだろう、とデニースは感じたのだった。ワイルダーは牛乳を飲み干した。まだ服は全部着たままで、袖にはミトンがピンでとめられていた。

みなは畏敬の念のようなものを抱いてワイルダーを眺めていた。ほとんどまる七時間、一心に泣き続けていたのだ。それはまるで、遠い聖地を彼がしばらく彷徨したあと、たった今戻ってきたかのようだった。砂の荒野や雪の山奥――人々がそれをめぐって何かを語り、風景を眺め、長い距離を踏破する場所だ。日常的な苦労のなかにいる我々は、その場所を畏敬と驚嘆の混ざった気持ちで眺めるだけだ。もっとも崇高で困難な偉業のために我々が残しておいた気持ちで。

17

バベットはある夜、ベッドのなかで私に言った。「子供たちみんなと暮らせてるって素敵だと思わない？」

「すぐにもう一人来るよ」

「誰？」

「ビーが明日か明後日来るんだ」

「あら、いいじゃない。そりゃビーに決まってるわね」

次の日デニースは母親が飲んでいる、もしくは飲んでいない薬について彼女に面と向かって訊いてみることにした。バベットにうっかり白状させよう、認めさせるか、あるいは慌てて答えた拍子に何か漏らさせよう、と思ったのだ。この戦略についてデニースと私は話し合ってはいなかったが、彼女の選んだタイミングの大胆さに私は感心した。家族六人全員が車内ですし詰めになって、ミッドヴィレッジ・モールに向かっていた。そしてデニースは会話が途切れたのを見計らって、何の含むところもない声で、バベットの後頭部に向かって問いかけた。

「ダイラーについて何か知ってる？」

「ストーヴァー家でホームステイしてる黒人の女の子でしょ？」

「それはダカールよ」ステフィは言った。

「ダカールは彼女の名前じゃなくて、出身地でしょ」デニースは言った。「アフリカの象牙海岸にある国」

「首都はラゴスよね」バベットは言った。「前に見たサーファーの映画で、世界を旅するやつを見たから知ってるの」

「『完璧な波』」ハインリッヒが言った。「テレビで見たよ」

「でも、女の子の名前は？」ステフィが言った。

「知らない」バベットは言った。「でも映画の名前は『完璧な波』じゃないでしょ。完璧な波はサーファーたちが探してるやつよ」

「サーファーたちはハワイに行くの」デニースはステフ

ィに言った。「で、日本から大津波が来るのを待つのよ。その波はオリガミって名前なの」

「それで、映画の名前は『長く熱い夜』よ」ババベットは言った。

「『長く熱い夜』って」ハインリッヒが言った「テネシー・アーニー・ウィリアムズの戯曲と偶然同じなんだね」

「別に問題ないでしょ」ババベットは言った。「どっちにしろ、題名の著作権なんて取れないんだから」

「もし彼女がアフリカ人だったら」ステフィが言った。「ラクダ《キャメル》に乗ったことあるかな」

「アウディのターボをお試しあれ」

「トヨタ・スープラをお試しあれ」

「ラクダって瘤《こぶ》に何溜めてるの？」ババベットが言った。「食べ物、それとも水？　ずっとわからずにきたんだけど」

「瘤が一つのラクダと二つのラクダがいるでしょ」ハインリッヒが言った。「どっちのことを言ってるのかで変わるよ」

「瘤が二つあるラクダは、片方には食べ物を、もう片方には水を溜めてるってこと？」

「ラクダについて大事なのはね」ハインリッヒが言った。「ラクダの肉は珍味とされていること」

「それはワニの肉だと思ってたけど」デニースが言った。

「ラクダをアメリカに連れてきたのは誰？」ババベットが言った。「ユタ州オグデンでやっと東西がつながったすごい鉄道があるでしょう。あれを作ってた苦力《クーリー》たちに物資を運ぶために、しばらくのあいだ西部でラクダが使われていたのよ。歴史のテストで出た」

「それってリャマのことじゃないの？」ハインリッヒが言った。

「リャマはペルーにしかいないでしょ」デニースが言った。「ペルーにはリャマとビクーニャともう一種類いるの。ボリビアには錫《すず》。チリには銅と鉄よ」

「この車に乗ってる誰でも」ハインリッヒが言った。「ボリビアに住んでる人たちを何て呼ぶか当てられたら五ドルあげるよ」

「ボリビア人じゃないの」我が娘は言った。

家族とは世界の誤情報の揺りかごだ。家族生活には、事実に関する誤りを生み出す何かがあるに違いない。距離が近すぎること、互いの存在が発する騒音と熱気。ひょっとしたらもっと深いもの、生き延びる上での必要性みたいなものかもしれない。我々は事実という過酷な世界に囲まれた弱い生き物なのだ、とマーレイは言う。事実は我々の幸福と安全を脅《おびや》かす。物事の本性を深く知れば知るほど、我々を成り立たせているさまざまな構造は頼りなく思えてくる。家族には世界を閉め出す作用がある。小さな間違いは頭を生やし、作り話は増殖する。無知と混乱は家族を結束させる推進力なんかじゃありえない、と私はマーレイに言う。なんという考え、なんという堕落だ。もっとも発展の遅れた社会にこそ、もっとも強固な家族集団があるのはなぜだい、とマーレイは私に問う。無知とは生存のための武器だ、と言う。魔術と迷信は一族の正統的な信念としてかたく練り上げられる。客観的な現実がもっとも誤って解釈されがちな場所でこそ、家族は最強なんだ。なんて無慈悲な説だ、と私は言う。でもそれは本当だよ、とマーレイは言い張る。

モールの巨大な金物屋で、私はエリック・マッシンゲイルを見かけた。彼はもともとは集積回路の販売担当技術者で、そこから人生の方向を変えて、丘の上大学にあるコンピューター・センターの教員になったのだった。痩せていて青白く、ニヤニヤと危険な笑みを浮かべていた。

「サングラスをかけてないね、ジャック」

「大学でしかかけないんだ」

「なるほど」

我々は二手に分かれて、店の奥深くに進んでいった。まるで動物の種が一つ消滅でもしたような、うるさく鳴り響く騒音が、広大な空間を満たしていた。人々は七メートルの梯子を買い、六種類の紙やすりを買い、木を切り倒せる動力鋸《のこ》を買っていた。通路は長く明るく、大きすぎる箒《ほうき》や、泥炭や肥やしのどっしりした袋や、ラバーメイド社製の巨大なゴミ箱で満ちていた。熱帯の果物のようにぶら下がった縄、美しく編まれた綱。太く、茶色く、強い。ぐるぐる巻いた縄は、見ても触っても本当に素晴らしい。私は麻の縄を十五メートル分買った。ただ所有し、息子に見せ、どこで作られたか、どうやって作られたかを教えてやるためだけにだ。人々は英語を、ヒンズー語を、ベトナム語を、それらと同系統のさまざまな言語を話していた。

私は支払いカウンターで、またマッシンゲイルと出くわした。

「学外では君を見たことがないな、ジャック。サングラスもガウンもなしだと、君は別人みたいだ。そのセーターはどこで買ったんだい？　トルコの軍用セーターか？　通販だろう？」

彼は私をじろじろと眺め、私が腕にかけている防水上着に触れて材質を確かめた。それからあとずさり、視点の位置を変えると、小さくうなずいた。彼の笑みは自己満足の表情に変化した。それは彼の内側で行われた計算の結果を反映していた。

「その靴なら知ってると思う」彼は言った。

その靴なら知ってると思う。どういうことだ？

「君はまるで別人だね」

「別人ってどんなふうにだ、エリック？」

「怒らない？」彼は言った。その笑みは淫らな、秘密の意味に満ちたものに変わった。

「もちろんさ。怒るわけないだろう？」

「怒らないって約束してくれよ」

「怒らない」

「君はすごく無害に見えるよ、ジャック。大きくて、無害で、年寄りで、ぼやけた感じの男に」

「怒るわけないだろう？」私は言い、縄の金を払うと、そそくさと外に出た。

マッシンゲイルと出くわしたおかげで、私は買い物したい気持ちになった。家族を見つけると、みなで駐車場を二つ横切り、ミッドヴィレッジ・モールの中心の建物まで歩いた。そこは十階建てのビルで、噴水や遊歩道や庭園のある中庭を取り囲んでいた。バベットや子供たちは私についてエレベーターに乗り、ずらりと並んだ店々に入り、専門店や各種の売り場を通り抜け、私の買い物欲に当惑しながらも興奮した。私が二枚のシャツのどちらを買うか決められずにいると、両方とも買っちゃえ、と家族は言った。腹が減ったと私が言うと、家族は私にプレッツェルを、ビールを、ギリシャ風のシシカバブを手渡した。女の子二人は前方を偵察し、私がほしがるだろう、あるいは必要とするだろうものを見つけると、私のところまで走って戻ってきて腕をつかみ、ついてきて、とせがんだ。彼女たちは私を、終わりなき幸福へと導く案内人だった。人々はブティックや食通向けの店にくまなく群がっていた。大きな中庭からオルガンの音楽が聞こえてきた。我々はチョコレートやポップコーン、コロンのにおいを嗅いだ。絨毯や毛皮、ぶら下がったサラミソーセージ、致死的な毒性がありそうなビニールのにおいを嗅いだ。我が家族はこの行事に大喜びしていた。とうとう私もその一員となり、買い物をしているのだ。彼らは私に助言をし、私のために店員たちを困らせた。さまざまな表面に不意に自分が映るのを私は見続けた。我々は店から店へと移動し、売り場の一部だけでなく、売り場の多くだけでなく、巨大企業による店舗内全体のあらゆる商品を、あれこれの理由で我々の好みに訴えかけてこないようなものならば、拒絶したのだった。それでもずっと、他にも店が三階分でも八階分でもあったし、地階にはチーズの下ろし金や皮むきナイフがあふれていた。私は向こう見ずなほど気ままに買い物した。直近の必要や遠い不測の出来事のために買い物した。私は買い物するために買い、見て、触れ、買う気のない商品を調べて、買った。私は店員に生地や模様のサンプルの束をめくらせ、なんとも形容しがたいデザインを探させた。私の価値と自尊心は増大し始めた。私は自分自身を満たし、自分の新たな一面を見出し、存在することすら忘れていた一人の人物を見出した。私の周囲は明るくなった。我々は家具を横切って男物の服のところまで行くと、化粧品を通り抜けた。我々の姿は鏡になった柱に、ガラス製品やクロームメッキの商品に、警備員室のテレビ画面に映った。私は金を商品と交換した。使えば使うほど、金は重要でなく思えてきた。こうした金の合計よりも私は大きかった。合計は大雨のように私の皮膚を流れ落ちていった。実際には、これらの合計は、存在の預金という形で私のもとへ戻ってきた。私は鷹揚《おうよう》になり、圧倒的なほど寛容に振る舞いたくなり、いまここでクリスマスの贈り物を選べ、と子供たちに告げた。自分でも鷹揚だと思う態度になった。子供たちが感激したのがわかった。子供たちは方々に散らばった。その各々が突然こそこそと、怪しげに、謎めいた行動を始めた。一人ずつ定期的に戻ってきては、バベットに商品の名前を告げ、他の者には悟られないように注意した。私自身は退屈な細部に悩まされることはなかった。私は後援者であり、贈り物を、ボーナスを、賄賂《わいろ》を、施し《バクシーシ》を与える人物なのだ。当然ながら、贈り物そのものをめぐる専門的な議論には私は参加しないだろう、と子供たちはわかっていた。我々は再び食事をした。バンドがBGMを生演奏していた。庭園や遊歩道から声が、十階分、立ち上ってきた。どよめきが広大な廊下中を反響し、渦を巻き、立ち並ぶ商店の出す騒音や、ぶらぶらと歩く人々の足音、鳴り響くベル、エスカレーターのうなる音、人々がものを食べる音、生き生きと幸福に買い物をする人々のざわめきと混ざりあった。

帰りの車で我々は黙り込んだ。一人になりたくて、各自の部屋へ散らばった。少しあとで、テレビの前にいるステフィを私は眺めた。彼女は唇を動かし、テレビから聞こえてくる言葉に合わせようとしていた。

18

都会を信用しないことは、町に住む人々の本性であり、喜びでもある。概念や文化的活力の中心から流れ出してくる指導原理はすべて、堕落した一種のポルノグラフィとみなされる。町とはそういうものだ。

けれどもブラックスミスは大きな都市ではまったくない。他の町に住む人々のようには、我々は脅かされても苦しめられてもいない。歴史と、それが垂れ流す汚染物質の通り道でぶちのめされたりしていないのだ。もし我々の不平が集中して向けられる対象があるとすれば、それはテレビに違いない。密《ひそ》かな欲望と恐怖を掻き立てるテレビのなかにこそ、外の世界の苦しみはひそんでいる。実際、破壊的影響の徴候としての敵意など、丘の上大学にはほとんど、あるいはまったくない。大学は町の風景の、つねに静かな周縁部にあり、周囲からなかば切り離されていて、多少なりとも風光明媚で、政治的な平穏さのなかに浮かんでいる。それは疑いを増強するような場所としては設計されていない。

小雪が降るなか、私はアイアンシティ郊外の空港へ車で向かった。アイアンシティは混乱に満ちた大きな街で、完全に朽ち果てた都市というより、割れたガラスと遺棄の中心地という感じだった。私の十二歳の娘であるビーは、途中二回の着陸と一回の乗り換えを挟んで、ワシントンからの便で到着することになっていた。けれども到着ロビーに現れたのは、彼女の母親であるトウィーディ・ブラウナーだった。到着ロビーは小さくてほこりっぽい第三世界的な場所で、改装が中断されたままだった。一瞬私は、ビーが死んで、そのことをトウィーディが直接伝えに来たのかと思った。

「ビーはどこだ?」

「もうちょっとしたら着くから。だから私ここに来たのよ。ビーと過ごそうと思って。明日ボストンに行かなきゃいけないの。家族のことでね」

「でも、ビーはどこにいるんだ?」

「父親と一緒よ」

「ビーの父親は私だよ、トウィーディ」

「ばかね、マルコム・ハントのことよ。私の夫の」

「やつは君の夫でも、ビーの父親じゃないぞ」

「まだ私のこと愛してるの、とんまさん《タック》？」彼女は言った。

彼女は私を「とんまさん《タック》」と呼んだ。彼女の母親も夫をそう呼んでいた。ブラウナー家の男たちは全員とんまさんと呼ばれていた。一族が衰え始め、美術愛好家や役立たずを生み出し続けると、一族の女と結婚した男どもすべてがとんまさんと呼ばれるようになったが、それはもっともなことだった。私はそんなふうにとんまさんと呼ばれるようになった最初の男で、その名で呼ばれるとき、彼らの声のなかには洗練されすぎた皮肉が響き始めるのではないかと思い続けていた。伝統があまりに柔軟になりすぎると声に皮肉が響きだすはずだ、と私は考えていたのだ。鼻にかかった発音、当てこすり、自己戯画化等々の形で。彼らを真似てからかったという理由で、一族は私を罰しかねなかった。けれども彼らは親切で、完璧に誠実で、よくぞ一族を引き継いでくれたと言って私に感謝さえしてくれた。

彼女はシェトランド・セーターにツイードのスカートとハイソックス、そしてコインローファーという格好だった。プロテスタント的な荒廃した雰囲気があった。萎《しぼ》んだオーラに包まれた彼女の体はどうにか生き延びようとしていた。色白で骨張った顔、少し腫れた両眼、口元と目元に表れた緊張と不満の徴《しるし》、鼓動するこめかみ、手と首の浮き出た血管。煙草の灰がセーターのゆるい織り目にこびりついていた。

「これで三度目だが、ビーはどこだ？」

「インドネシアよ、たいていは。マルコムは秘密裏に動いて共産主義者の復活を支援してるの。カストロを転覆しようという巧みな陰謀の一環でね。ここから出ましょうよ、とんまさん、物乞いの子供たちが群がってくる前に」

「ビーは一人で来るのか？」

「そうに決まってるでしょ」

「極東からアイアンシティまで来るのは簡単じゃないはずだ」

「ビーはしなきゃならないことはできる子よ。実を言えばね、ビーは旅行記作家になりたがってるの。馬だって見事に乗りこなすのよ」

彼女は煙草を肺の奥までぐっと吸い込むと、鼻と口から煙を、熟練の速さで吹き出した。現在置かれた環境が気に食わないという気持ちを表現する、彼女のいつものやり方だった。空港にはバーもレストランもなかった――あらかじめ包装されたサンドイッチを売る売店だけだ。顔に宗教セクトのマークをつけた男がそこを管理していた。我々はトウィーディの荷物を受け取ると、外に出て車に乗り、アイアンシティを走り抜けた。誰もいない工場がいくつもあった。大通りはほとんど無人だった。丘の街で、ときどき玉砂利の舗装に変わった。そこここにある古くて立派な家の窓には、祝日のための花輪が飾られていた。

「とんまさん、私、幸せじゃないの」

「どうして？」

「正直言ってね、あなたなら私のこと、永遠に愛してくれるって思ってたのよ。頼りにしてた。マルコムはいつも遠くに行ったまま」

「我々は離婚して、金は全部君が持って行き、裕福でいいコネがあっていい服を着た外交官と結婚した。彼の仕事は、やっかいで近づきがたい地域を出入りするスパイを密かに何人も操ることだ」

「マルコムはいつだって密林じみた場所に惹きつけられてきた」

我々は列車の線路と並行に走っていた。雑草は発泡スチロールのコップでいっぱいだった。乗客に列車の窓から捨てられたり、駅から風で北のほうに飛ばされてきたりしたやつだ。

「ジャネットはモンタナ州の、ある僧院に惹きつけられてきた」私は言った。

「ジャネット・セイヴァリーのこと？　なんてこと、一体全体なぜ？」

「今はマザー・デヴィという名前さ。僧院のビジネス面を担当してる。投資、不動産業、節税対策。ジャネットはずっとそういうことがしたかったんだ。利益優先の状況下で心の平安を得ること」

「すごく骨格がいいわよね、ジャネットは」

「彼女には隠密行動の才能があった」

「とっても辛辣な言い方ね。あなたそういう人じゃなかったけど、とんまさん」

「愚かではあるけど、辛辣じゃない」

「隠密ってどういう意味？　彼女もスパイなの、マルコムみたいに？」

「どれほどの金を儲《もう》けたかを彼女は私に言おうとしなかった。私に来た手紙も読んでたんだと思う。ハインリッヒが生まれてすぐ、彼女に言われて、いくつもの言語を話す連中が大勢関わっている投資計画に私も加わることになった。情報を握ってるの、なんて彼女は言ってたよ」

「でもそれは思い違いで、あなたは多額の損をした、っていう話？」

「我々はたくさん儲けたよ。私は関わり合いにされ、巻き込まれた。彼女はいつも企んでた。私の安全は脅かされた。長い平穏な人生という感覚が脅かされたんだ。彼女は私を一員にしたがった。家にはリヒテンシュタインやヘブリディーズ諸島から電話が来た。虚構の場所、陰謀の計略」

「私、ジャネット・セイヴァリーとは三十分ほど気持ちよく過ごしたことがあるけど、そんな人じゃなかったわよ。頬骨が高くて皮肉っぽい声で」

「君らはみんな頬骨が高いよな。全員だ。素晴らしい骨格。バベットが肉づきのいい長い顔で本当にありがたいよ」

「文明的な食事ができる場所はないの？」トウィーディは言った。「テーブルクロスの上に小さなバターの塊が出てくるような場所は。マルコムと私は一度、カダフィ大佐とお茶したことがあるのよ。素敵で冷酷な男だった。私たちが会ったなかでも、宣伝の像に負けてない数少ないテロリストの一人ね」

雪はやんでいた。我々は倉庫地区の、さらに人気《ひとけ》のない道を走り抜けた。その寒々しい匿名の光景は、もう取り戻すことの決してできない何かを求める、ぼんやりとした気分のような印象を我々に与えた。寂しげな喫茶店があり、また線路が続いていて、貨物列車が待避線に停まっていた。トウィーディは普通より長い煙草をしきりに吸い続け、あらゆる方向に向かっていらいらと煙を吐き出した。

「ねえ、とんまさん、私たちけっこういい感じだったわよね」

「いいって何が？」

「ばかね。あなたは愛情のこもった、昔を懐かしむような顔で私を見て、悲しげに笑ってればいいの」

「寝るとき君は手袋をしてたよね」

「今でもよ」

「手袋とアイマスクと靴下」

「私の欠点は知ってるでしょ。ずっとわかってたはずよ。私、いろんなものにとっても敏感なの」

「日光、空気、食物、水、セックス」

「発癌性物質も全部」

「家族のことでボストンに行くってどういうことだ？」

「マルコムは死んでないって言って、母親をはげまさなきゃならないの。私のお母さんはマルコムが大好きなのよ、なぜかは知らないけど」

「どうしてお母さんは彼が死んだなんて思うんだ？」

「マルコムが本当に秘密裏に動き出すと、まるで彼という人間が今までどこにもいなかったみたいになるの。今ここからいなくなるだけじゃなくて、過去にまで遡ってね。マルコムの痕跡が全部消えるのよ。ときどき私、こう思うの。私が結婚した人物は本当にマルコム・ハントなんだろうか、それとも、まったくの別人が秘密裏に活動してるだけなんじゃないかって。正直言ってつらいわよ。マルコムの人生において、どの半分が本当で、どの半分が諜報活動なのかが私にはわからない。ビーから何か聞き出せればいいんだけど」

金属製の綱にぶら下がった交通信号が突風で揺れていた。ここはこの街の中央通りで、安売り店や小切手を現金化するための店、量販のアウトレット店が立ち並んでいた。背が高くて古いムーア式の映画館があったが、目立つモスクになっていた。ターミナルビル、パッカービル、商業ビルという名の虚ろな建築物が続く。哀しみの光景を写した古典的な写真にこの街はどれほど近づいているのだろう。

「アイアンシティの陰鬱な日だ」私は言った。「空港に戻ったほうがいいんじゃないかな」

「ヒトラーの様子はどう？」

「好調で、しっかりしていて、頼りがいがある」

「あなた元気そうね、とんまさん」

「いい気分ってわけじゃない」

「ずっとそうだったでしょ。あなたは昔のままのとんまさんよ。いつもそう。私たち、愛し合ってたでしょ？何でも話し合ってた。自分たちがこだわる上品さと気配りの範囲内でなら、だけど。マルコムは何も教えてくれない。彼は誰なの？　何をしてるの？」

彼女は座席で正座になり、私のほうを向き、自分の靴のなかに煙草の灰をさっと落とした。靴はゴムのマットの上だった。

「成長してすらりと背の高い男になったなんて、本当にすごいことじゃない？　虚勢馬や雌馬ばっかりに囲まれて、おまけに父親は青いブレザー姿で、パリッとした灰色のフランネルのシャツを着てるなんて」

「そんなこと訊かないでくれよ」

「お母さんはよく、切り花を一抱え持って東屋《あずまや》のなかで立ってた。ただ立ってて、そんな自分でいたの」

空港で我々は漆喰《しっくい》のほこりでできた霧のなか、剝き出しの針金や瓦礫の山に囲まれて待っていた。ビーが到着する予定の三十分ほど前、別の飛行機に乗ってきた人々が一列になり、隙間風の吹き抜けるトンネルを通って到着ロビーに現れた。彼らは陰鬱で打ちひしがれ、疲労と動揺に前屈みになって、手荷物を引きずっていた。二十人、三十人、四十人が、言葉もなく何も見ず、じっと下を向いていた。足を引きずっている者も、泣いている者もいた。続々とトンネルを抜けてきた。べそをかいている子供を連れた大人たち。震えている老人たち。黒人の牧師の襟《えり》は歪んで、靴は片方なくなっていた。トウィーディは二人の小さい子供を連れた女性を助けた。私は若い男に近づいた。郵便配達のキャップをかぶったビール腹のがっしりした男で、ダウンベストを着ていて、まるで彼と同じ時空に属していないにもかかわらず、私が違法に境界線を越えて乱暴に侵入してきた、とでもいうように私を見た。私は彼を無理やり立ち止まらせ、私のほうを向かせると、飛行機で何があったかを訊いた。みなが一列で通り過ぎるなか、彼は疲れた感じで息を吐き、私に向かってうなずいた。じっと私を見ている彼の目は穏やかなあきらめでいっぱいだった。

飛行機のエンジンが三つすべて止まり、高度一万メートルから三千七百メートルまで、ほぼ六キロ急降下した。急な滑空が始まったとき、乗客たちは飛び上がり、落下し、ぶつかり合い、座席で転がった。それから本気の叫び声とうめき声が巻き起こった。ほぼ同時に、機内放送で運転席の声が流れた。「墜落する！　落ちてる！」この咄嗟《とっさ》の飛行機はまさに、銀色に輝く死の機体だ！」この咄嗟の言葉のせいで、乗客たちは権威と能力と指揮系統が失われたと感じ、おかげで彼らは新たに、絶望的に泣き叫び始めた。

調理室からものが転がり出た。通路はコップや台所用品、コートや毛布でいっぱいになった。鋭い角度で落ちたせいで隔壁で身動きの取れなくなった客室乗務員は、『災害時の手引き』という題名の小冊子をめくって、どうしたらいいか書いてある一節を探し出そうとしていた。すると再び、運転席から男の声が聞こえてきた。今回はとても明瞭で落ち着いていて、結局のところ、機長はちゃんと責任を持って対処しているんだ、まだ希望はあるんだと乗客たちに信じさせるような声だった。「アメリカン航空２１３便から、操縦室のボイスレコーダーへ。さて、これがどういう状態かわかった。想像してたよりひどいな。デンヴァーにあるデス・シミュレーターでも、こんな状態への心の準備はできなかったよ。我々の感じている恐怖は純粋で、気を散らすものも切迫感もまるでない。まさに一種の超越的な瞑想状態だ。三分以内に我々は、いわば着陸する。我々の体はどこかの煙が上がる野原で見つかるだろう。身の毛もよだつような死のポーズで散らばってるんだ。愛してるよ、ランス」今回は皆がまた泣き叫び始めるまで少し間があった。ランスだって？　この飛行機を操縦してるのはどういう種類のやつらなんだ？　泣き声は苦い幻滅の色合いを帯びた。

　ダウンベストの男がこう話していると、トンネルを抜けてきた乗客たちが我々の周りに集まり始めた。誰も口をきかず、話を遮らず、説明を膨らまそうとしなかった。

　滑空する飛行機のなかで、一人の客室乗務員が通路を這ってきた。彼女は人々の体やがらくたを乗り越えて進み、各列の乗客たちに、靴を脱ぎ、ポケットのなかの鋭いものを出して、胎児の姿勢になってくださいい、と呼びかけた。機体のもう一方の先では、誰かが浮揚装置と格闘していた。ある乗組員たちは、数秒後に迫っているのは墜落《クラッシュ》ではなく強行着陸《クラッシュ・ランディング》なのだというふりをしようと決めた。結局のところ、これら二つは単語一個分しか違わないのだ。ということは、これら二つの飛行の終わり方は、多かれ少なかれ入れ換え可能にはならないだろうか？　単語一つなんて、そんなに重要か？　こうした状況下では、こんな問いは人を元気づけてくれる。ただしそれについてあまり長く考えなければだが。そして今や、考えている暇などまったくなかった。墜落と強行着陸の違いとは、強行着陸の前にはちゃんと準備する、ということのように思われたが、これこそ今、機内の人々がやろうとしていることだった。このニュースは飛行機中に拡がり、この表現が各列で繰り返された。「強行着陸、強行着陸」たった一つ、着陸《ランディング》という単語を加えるだけで、未来をしっかりとつかみ、実際の現実に、ではないにせよ、意識の上では未来を先にまで延ばせるなんてすごく簡単だ、とみなは思った。彼らはポケットをたたいてボールペンを探し、座席で胎児の姿勢になった。

　ダウンベストの語り手が説明のこの部分まで差しかかったころには、周囲にはたくさんの人々が集まっていた。

トンネルから出てきたばかりの人だけではない。最初に降りてきた人々もいた。話を聞きに戻ってきたのだ。解散して、地面に縛りつけられた体に戻る気にはまだなれず、しばらくは恐怖を感じていたい、もうほんの少しだけ、恐怖を独立した完全なものとして保っておきたい、と彼らは感じていた。人々がどんどん我々のほうに漂ってきて、周囲をうろついた。飛行機に乗っていたほぼ全員だ。キャップをかぶりベストを着た男が自分たちを代表して語っていることに彼らは満足していた。誰も彼の話に異議を唱えたり、自分の証言をつけ加えたりしなかった。まるで彼らが個人的には巻き込まれていない出来事について聞いているようだった。男が言うことに興味を持って、しきりに聞きたがっているようにさえ見えたが、同時に、きっぱりと突き放してもいた。自分たちがどう言い、どう感じたかについて、男にちゃんと語ってもらえるだろうと信じていた。

「強行着陸《クラッシュ・ランディング》」という表現が、着陸という言葉をはっきりと強調した形で飛行機全体に拡がった降下中のこのとき、ファーストクラスの乗客たちが素早く這いながら、カーテンを掻き分けて出てきた。他の乗客がいる領域《ファースト》まで、文字どおり這い登ることで、彼らは地面に最初に激突するのをどうにか避けようとしていたのだ。彼らは追い戻されるべきだ、と感じた乗客もいた。こうした感情は言葉や行動よりも、不明瞭で恐ろしい音で表現された。それはほとんど牛の鳴き声、無理に食料を口に詰め込まれた牛の切迫したうめき声だった。突然エンジンが再び動き始めた。こんなふうにだ。推力、安定、制御。衝突に備えていた乗客たちは、新たな情報の波になかなか順応できなかった。新しい音、異なった航路、ポリエチレンのラップではなく、硬い管に包まれているという感覚。喫煙ランプがついた。煙草を持った手という世界共通の図像だ。客室乗務員が血液や吐瀉物を拭こうと、香りつきの小型のペーパータオルを持って現れた。人々はゆっくりと胎児の姿勢を解き、ぐったりと座席の背にもたれた。ゴールデンアワーにふさわしい、恐怖の六キロメートルだ。誰もなんと言っていいかわからなかった。生きているとは、いろいろなものをふんだんに感じるということだった。何十、何百のものを。副操縦士が通路を歩いてきて、空虚で愛想のいい、商業的な微笑みを浮かべ、乗客と言葉を交わしていた。大きな旅客機を操縦する人にありがちな、血色のいい、自信満々でつやつやの顔だった。乗客たちは彼を見て、どうして自分たちは怖がっていたんだろう、と思った。

　話を聞こうと群がってきた人々に押されて、私は語り手から遠ざかり続けた。彼らは優に百人以上いて、ショルダーバッグや衣服用の鞄を引きずりながら、ほこりだらけの床を歩いていた。語り手の声がほとんど聞こえないところまで来たと思ったとき、ビーがそばに立っていることに私は気づいた。チリチリに縮れて膨らんだ髪のなかにある彼女の小さな顔は、なめらかで白かった。彼女は私の胸に飛び込んできた。ジェット機の噴射ガスのにおいがした。

「マスコミはどこ?」彼女は言った。

「アイアンシティにマスコミなんていないよ」

「みんながあんな目に遭ったのに、何にもならないってこと?」

　我々はトウィーディを見つけて車に向かった。街の郊外は渋滞していて、放棄された鋳物工場の周囲の路上でしばらく停まっていなければならなかった。数千枚の窓が割れていて、信号機が壊れていて、夕闇が迫っていた。ビーは後部座席の中央に蓮華座で座っていた。彼女は旅のあとなのに、驚くほどよく休めているように見えた。時間帯、陸地の塊、広大な海、昼と夜を越え、大小の飛行機に乗って夏と冬をまたぎ、スラバヤからアイアンシティまで来たというのに。今、我々は暗いなか、他の車が引っ張っていかれるのを、あるいは跳ね橋が閉じるのを待ちながら車中で座っていた。現代の旅によくあるこの手の皮肉など話題にする価値はない、とビーは考えていた。子供たちがこういう旅を一人でしてもどうして親たちは心配しなくていいかをトウィーディが私に説明するのを、彼女はただそこに座って聞いていた。年少者と年配者にとって、飛行機や空港はとても安全な場所なのよ。みんな気を配ってくれるし、微笑みかけてくれるし、しっかりしてる、勇気がある、って褒めてくれるの。フレンドリーに質問してくれたり、毛布やお菓子をくれるのよ。

「どの子供たちにも、一人で何千キロも旅する機会が与えられるべきなのよ」トウィーディは言った。「自分で服と化粧品を選んで、自尊心と独立心を高めるために。空を飛ばすのは早ければ早いほどいい。水泳やアイススケートと一緒よ。まだ小さいうちに始めさせないとね。これはビーと成し遂げたことのなかで、私がいちばん誇りに思ってることの一つよ。九歳のときに、私はビーをイースタン航空でボストンに行かせたの。グラニー・ブラウナーには娘の乗った飛行機を迎えに行かないように言ったわ。空港から出ることも、実際に飛行機に乗るのと同じぐらい重要よ。親のほとんどは子供の成長のこの局面を無視してるの。ビーはそのとき初めてジャンボジェット機に乗って、オヘア国際空港で乗り換え、ロサンゼルスで機体どうしが衝突寸前になるのを経験した。それから二週間後に、ビーはコンコルドに乗ってロンドンに向かった。マルコムはシャンペンの小瓶を持って待った」

前方でテールライトが揺れ、車の列が動き始めた。

機械の異常や荒天やテロ行為がなければ、高速で進む飛行機での旅は、人間が知るなかで、優美な生活と文明的な作法の最後の逃げ場なのかもしれない、とトウィーディは言った。

19

ビーはときに我々を自意識過剰にさせた。これは自分に満足しきっている主人に、客が何の気なしに加える罰だ。まるで彼女という存在から、外科手術みたいな光が放たれているようだった。我々は自分たちをこんな集団として見始めた——無計画に行動し、決断を避け、一人ずつ愚かになったり感情的に不安定になったりし、濡れたタオルをどこにでも置きっぱなしにして、家族でいちばん年下の子供をどこかに置き忘れてくる。突然、我々がするすべてに説明が必要に思えてきた。特に妻はいらだっていた。もしデニースが小型の政治局員で、もっと良心を持て、と我々に口うるさく言い続けているとしたら、ビーは物静かな目撃者で、我々の人生の意味そのものを問い質《ただ》していた。バベットが両方の手のひらをじっと眺めて怯えているのが見えた。

あの甲高い音はただの暖房機の音だった。

ビーは黙って、気の利いた台詞や皮肉やその他の家族のやりとりを軽蔑していた。デニースより一歳上の彼女はもっと背が高く、細く、青白く、世俗的かつ天上的で、まるで心のなかでは、彼女の母親がそうなってほしいと言っていたような旅行作家ではまるでなくて、むしろ単なる旅行者、純粋な意味での旅行者で、印象を集め、感覚を綿密に解剖するのだが、それらを記録しようとは思わない、といったふうだった。

彼女は冷静で思慮深く、密林で手彫りされた贈り物を我々に持ってきた。学校やダンスの教室にタクシーで通い、少し中国語を話し、困っている友人に一度、電信で送金したことがあった。私は遠くから居心地の悪い思いで彼女に見ほれていた。言葉にしがたい脅威を感じながらだ。まるで彼女は自分の娘なんかではぜんぜんなくて、私の子供の一人の、洗練され自立した友人のようだった。マーレイは正しかったのだろうか？　我々は敵意ある事実に囲まれた、か弱い集団なのだろうか？　家族を守るために、私は無知や偏見や迷信を奨励すべきなのだろうか？

クリスマスの日に、ほとんど使われることのない居間の暖炉のそばにビーは座り、青緑色の炎を眺めていた。さりげなく高価そうな、長くてゆったりしたカーキ色の服を着ていた。私は肘掛け椅子に座っていて、膝には三、四の贈り物の箱を置いており、そこから服やティッシュペーパーが垂れ下がっていた。椅子の脇の床には、読み古した私の『我が闘争』が置いてあった。他の家族は何人かキッチンで料理をしていて、他の何人かは二階の部屋で一人になり、贈り物を吟味していた。テレビから聞こえてきた。「植物の葉中心の食事を消化するために、この生物は胃を複雑に発達させてきました」

「お母さんの今の状態がいいとはぜんぜん思わない」洗練された苦悩の声でビーは言った。「いつもピリピリしてるの。自分でも何だかわからないことについて心配してるみたい。もちろんマルコムのことよ。彼には密林があるでしょ。お母さんには何があるの？　キッチンは広々としてるわ。田舎の三つ星レストランのガスコンロがついてる。お母さんは自分のエネルギーのすべてをキッチンにつぎ込んでるの。でも何のために？　あんなのちっともキッチンじゃない。お母さんの人生、お母さんの中年そのものよ。バーバならあんなキッチンでも楽しんで使えるでしょうね。バーバにとってはキッチンよ。お母さんには、あれは危機を切り抜けたことの奇妙な象徴なの。もっとも、切り抜けてないんだけど」

「君のお母さんは、夫がどういう人なのか、はっきりわかってないんだよ」

「根本的な問題はそれじゃないの。根本的な問題は、お母さんは自分が誰なのかわかってないってことよ。マルコムは山岳地帯で、樹皮と蛇を食べて生きてる。マルコムはそういう人よ。彼には暑さと湿気が必要なの。外交問題や経済学の学位をマルコムはいくつも持ってるけど、したいのは木の下に座って、部族の人たちが全身に泥を塗るのを見てることだけ。そういう人たちを見るのって楽しいでしょ。でもお母さんが楽しいと思うのは何？」

ビーは両目以外は小作りで、その目のなかには二つの形の命が存在していた。話の主題と、その隠された含意だ。バベットが楽々と物事をこなすことについてビーは話した。家のこと、子供のこと、決まりきった領域の流れについてだ。その語り方は私に少し似ていた。けれどもビーの虹彩の奥深くでは、第二の海洋生物がうごめいていた。それはどういう意味なんだろう？　ビーは本当は何を言っているんだろう？　どうして彼女は私が同じように応えることを期待しているんだろう？　ビーはこの第二の方法で、眼球内の液体を使って交流したがっていた。そうなれば彼女の疑いは当たっていたとわかるだろうし、私についてもわかるだろう。けれどもビーはどんな疑いを抱いているのだろう？　そして、見つけるべき何があるのだろう？　私は心配し始めた。焦げたトーストのにおいが家を満たすあいだ、私はビーに、中学一年生としての暮らしについて語らせようとしていた。

「キッチンが火事なの？」

「ステフィがトーストを焦がしてるんだ。ときどきああするんだよ」

「キムチを用意してくれればよかった」

「韓国時代に食べてたやつだね」

「赤唐がらしとか、その他いろいろ入れてキャベツを漬けたやつよ。燃えるように辛いの。でも何が入ってるかは知らない。ワシントンでは材料を手に入れるのが難しいの」

「トーストの他にも何かあるかもしれないな」私は言った。

私にやんわりと否定されてビーは喜んだ。嘲笑的で素っ気なく辛辣なときの私が、ビーはいちばん好きだった。長いこと子供たちと交流してきたおかげで、父親はそうした生まれつきの才能を失いつつあるとビーは信じていた。

テレビから聞こえてきた。「さて、小さな触角針で蝶に触れてみましょう」

二晩後、ベッドのなかで私には声が聞こえ、どうなっているのかを見に、服を着て廊下を歩いて行った。デニースがバスルームのドアの前に立っていた。

「ステフィがお風呂に入ってるの」

「もう遅いよ」私は言った。

「汚いお湯のなかにずっと座ってるのよ」

「私の垢よ」ドアの向こう側でステフィが言った。

「でも垢でしょ」

「自分の垢なら気にならない」

「垢でしょ」デニースが言った。

「私の垢よ」

「垢は垢でしょ」

「自分のだったら違うの」

ビーは銀と赤のキモノを着て、廊下の突き当たりに現れた。よそよそしく、青白い顔でただそこに立っていた。我々のつまらなさとみっともなさの中心地が、はっきりと拡大された瞬間だった。まさに自意識過剰の戯画そのものだ。デニースはドアの隙間からステフィに何か乱暴なことを言い、黙って自分の部屋に向かった。

朝、私はビーを空港まで車で送った。空港まで運転したおかげで、私は黙ってふさぎこんだ。我々はラジオの最新ニュースを聞いていた。消防士がウォータータウンの共同住宅から燃えるソファを運び出したという、妙に興奮した報告で、ティッカーテープの機械の騒音が背景に流れ続けていた。ビーが私をもったいぶってしげしげと眺めていることに気づいた。彼女はドアに背中を押し当て、両膝を上げて両腕でぎゅっと抱え込んでいた。厳粛な哀れみの光景だった。こうした光景を私は必ずしも信用しない。それは同情や愛や悲しみとは無関係だと信じているからだ。実際には、それはまったく別のものだと私にはわかっていた。思春期の女子によくある、もっとも優しく表現された恩きせがましさだ。

空港から戻る途中、私は高速道路から下りて川ぞいの道を行き、森の端で車を停めた。急な坂道を歩いて登っていった。古い杭垣があって、標識がついていた。

古くからの埋葬地
ブラックスミス村

墓石はどれも小さく、傾いていて、表面にはあばたのような穴があり、ところどころカビや苔が生えていて、名前や日付はほとんど読めなかった。地面はかたく、凍っている場所もあった。私は石のあいだを歩き、手袋をはずしてごつごつした大理石に触れた。墓標の前の泥には細い壷が埋め込まれていて、なかには小さなアメリカ国旗が三本入っていた。私の前にも今世紀中に誰かがここに来たことの唯一の徴《しるし》だった。何人かの名前は読めた。偉大で力強く単純な名前は、倫理的な厳格さを示していた。私は立ったまま耳を傾けた。

川向こうの車の音も、工場の断続音も聞こえなかった。だから少なくとも、一点では人々は正しかったわけだ——墓地としてここを選んだことは。静けさは揺るぎなかった。空気は刺すように冷たかった。私は深く息を吸い、一ヶ所に立ったまま、死者に訪れるだろう平安が私にも訪れるのを待っていた。風景画家が嘆くしかないようなこの一帯の上に、光が降り注ぐのを待っていた。

私はそこに立ったまま耳を傾けていた。風が枝から雪を吹き飛ばした。雪が渦を巻き、強烈な突風とともに森から吹き出してきた。私は襟を立て、再び手袋をはめた。風がまた落ち着くと、私は石のあいだを歩きながら名前や日付を読もうとし、旗の位置を風になびくように変えた。そして立ち止まると、耳を傾けた。

死者の力は、彼らにいつも見守られていると我々が信じている点にある。死者は存在するのだ。死者だけからなるエネルギーの水準なんてあるのだろうか？　彼らはもちろん地中にもいて、眠りながら崩れていく。ひょっとしたら我々は彼らの見た夢なのかもしれない。

日々に目的なんてなくていい。季節は移りゆくにまかせればいい。計画にそった行動なんてしなくていい。

20

トレッドウェルさんの姉が亡くなった。名前はグラディスだった。消えない恐怖のせいで彼女は亡くなったんです、と医者は言った。ミッドヴィレッジ・モールで四日四晩のあいだ、彼女と弟が迷子になり、途方に暮れたせいだ。

グラスボロで男が死んだのは、彼の車の後輪が車軸からはずれたときだった。この車種に起こりがちな欠陥だった。

この州の副知事が長患《わずら》いのあげく、ある非公開の自然的な要因で死んだ。それが何を意味しているのか、みんなが知っている。

メカニクスヴィルの男が東京郊外の空港で死んだ。そのとき空港はヘルメットをかぶった一万人の学生に包囲されていた。

死亡記事を読むとき、私はいつも死者の年齢を見る。自動的にその年齢を私のと比べる。まだ四年あるな、と私は思う。まだ九年。二年後には死ぬのかな。死ぬ歳《とし》について考えるときぐらい数字の力が明瞭になることはない。しばしば私は自分と交渉したりする。六十五歳ではどうだろう、ジンギス・カンが死んだ歳は？　スレイマン一世は七十六歳まで生きた。それくらいならいいように思える——特に今のところは、だ。でも自分が七十三歳になったらどうだろう？

　こうした男たちが死に際して悲しむ姿を想像するのは難しい。フン族のアッティラは若くして死んだ。まだ四十代だった。彼は自分を哀れだと思っただろうか？　自己憐憫と抑鬱に身をゆだねただろうか？　彼はフン族の王、ヨーロッパへの侵略者、神の下した罰そのものだった。国際的な資金を集めて作られた大作映画のように、彼はテントのなかで横たわり、動物の皮に包まれて、側近や家臣に勇猛で残酷なことを言っていた、と私は信じたかった。心を弱らせることなく、人間としてあることの皮肉などという感覚も抱かずに。我々は地球上の生命で最高の存在でありながら言いようのない悲しみを抱えているが、それは他の動物と違って、自分が死すべき存在だと知っているからだという皮肉。アッティラは天幕の戸口越しに外を眺め、火のそばに立って肉片を投げてもらえるのを待つ足の不自由な犬を指し示したりはしなかった。彼はこうは言わなかった。「あの哀れな蚤だらけの獣は、人類でもっとも偉大な支配者よりも恵まれている。あいつは我々が知っていることを知らない。我々が感じていることを感じない。我々が悲しむほどは悲しまない」

　彼は恐れていなかったと私は信じたい。彼は死を、人生から自然に流れだす経験として、森を馬で激しく駆け抜けるがごときものとして、神の下した罰として知られる彼に何かを与えてくれるものとして受け入れた。彼の最期はこんなふうで、召し使いたちは蛮族流の崇敬の証として断髪し、自らの顔に傷を入れる。引いていくカメラは天幕の外側に出ると場所を固定し、レンズを上下左右に動かしながら紀元五世紀の夜空を映し出す。澄んだ夜空はこれっぽっちも穢《けが》されておらず、ちらちら輝く世界の明るい帯が拡がっている。

　バベットは卵とハッシュドポテトから目を上げ、静かな気迫のこもった声で私に言った。「人生はいいものよ、ジャック」

「急にどうしたんだ？」

「ちゃんと言っておかなきゃと思ったの」

「言ってすっきりした？」

「ひどい夢を見たのよ」彼女はつぶやいた。

先に死ぬのはどっちだ？　彼女は先に死にたいと言う。私がいなくなれば、その寂しさと孤独は耐えがたいだろうからだ。とりわけ子供たちが成長して出て行ったあとは。このことについては彼女は断固としている。心から私より先に死にたがっているのだ。彼女はいかにも議論好きという調子で語る。だから、我々には選ぶ権利がある、と彼女が思っているのは明らかだ。扶養すべき子供が家にいるあいだは何も起こらないに決まってるとも彼女は考えている。子供たちがいるせいで、我々が相対的には長生きすると保証されているのだ。子供たちが近くにいるあいだは我々は安全だ。けれどもいったん子供たちが成長して散らばってしまえば、彼女は先に死にたいと思っているのだ。ほとんど死にたがっていると言ってもいいくらいの調子でそう言う。私が突然こっそり死んでしまう、すっと夜のあいだにいなくなってしまうことを彼女は恐れている。彼女は人生を大切に思っていないわけではない。一人で残されるのが恐いだけだ。空虚さ、無限の暗闇の感覚。

マスターカード、ビザ、アメリカン・エキスプレス。

私は自分が先に死にたい、と彼女に言う。彼女がいることにあまりに慣れてしまったから、いなくなれば何かがみじめなほど欠けていると思わざるをえないだろう。我々は同じ人物を二方向から見ただけのような存在だ。私は残りの人生ずっと、話しかけようとして彼女のほうに振り向き続けるだろう。そこには誰もいない。時空に空いた穴があるだけだ。彼女の死が私の人生に空ける穴より、私の死が彼女の人生に空ける穴のほうが大きいに違いない、と彼女は言う。我々はこうした水準で会話している。穴の相対的な大きさ、深淵、裂け目。我々はこの水準で真剣に議論する。もし彼女の死が私の人生に大きな穴を空けるんだったら、私の死は彼女の人生に深淵を、巨大な口を開いた深い穴を空けるだろう、そう彼女は言う。巨大な深みや空虚という表現で私は反論する。話は夜まで続く。こうした議論はその最中には馬鹿げたものとは思えない。この主題には何か、厳《おごそ》かに感じさせる力がある。

彼女はパッドが入った長い、光沢のあるコートを着ていた――それは甲殻類の外骨格のよう、体節が入っているようで、海底用にデザインされたみたいだった――そして、姿勢矯正の授業を教えに出かけた。ステフィは小さなビニール袋をいくつも持って、家中を音もなく通り抜けた。彼女はそれで家のあちこちにあるゴミ箱の内側を覆った。週に一、二度はこれをやったが、そのときの彼女は、人の命を救っても別に褒めてもらいたいとは思わない人物特有の、物静かで誠実な雰囲気を帯びていた。マーレイが二人の少女やワイルダーと話すためにやって来た。彼の言う子供社会の調査の一環として、ときどきこうしていた。マーレイはアメリカの家族の、この世のものならぬおしゃべりについて語った。我々は予言者の集団で、意識の特別な形を感じ取れるのだ、と彼は思っているようだった。膨大な量のデータが家中を流れ、分析されるのを待っていた。

彼はテレビを見ようとして、三人の子供と二階に上がった。ハインリッヒはキッチンに入ってきて、テーブルに着き、両手に一本ずつしっかりとフォークを握った。冷蔵庫はものすごく震えた。私がスイッチを入れると、シンク下のどこかで生ゴミをすりつぶす機械が、野菜くずや皮や動物の脂身《あぶらみ》を、下水に流せる小さなかけらにまで砕いた。モーターのうなる音のせいで、私は二歩あとずさった。私は息子の両手からフォークを取り上げて食器洗い機に入れた。

「まだコーヒーを飲んでるのか？」

「飲んでないよ」ハインリッヒは言った。

「授業から帰ってくるとバーバは一杯飲みたがるよな」

「なら、かわりに紅茶をいれてあげればいい」

「バーバは紅茶は好きじゃないんだ」

「でも好きになることはできるでしょ？」

「コーヒーと紅茶では味がまるで違う」

「習慣は習慣でしかないよ」

「じゃあまずは自分が紅茶を飲めばいいじゃないか」

「だから言ってるでしょ。紅茶をいれてあげたら、って」

「バーバの授業は見かけより大変なんだ。コーヒーのおかげで一服できる」

「だからコーヒーは危険なんだよ」ハインリッヒは言った。

「危険じゃないよ」

「一服できるようなものは全部危険なんだ。父さんがそんなことも知らないなら、いっそ壁に向かって話してるほうがましだよ」

「マーレイもきっとコーヒー好きだと思う」私は言いながら、その声にかすかな勝利の響きがあることに気づいた。

「たった今、自分がどうしたかおぼえてる？　コーヒーのコップをカウンターまで持って行ったでしょ」

「だから？」

「そんなことする必要はないよ。さっきまで立ってたコンロのそばにコップを置いたままカウンターまでスプーンを取りに行けばよかったんだ」

「私がコーヒーのコップを持って行ったのは不必要だったってわけか」

「父さんは右手でわざわざコップをカウンターまで持って行って、引き出しを開けようとしてそこに置いたでしょ。左手では開けたくないから。で、右手でスプーンを取り出して、左手に持ち替え、右手でコップを取り上げてコンロまで戻って、またそこに置いたんだ」

「普通そうするだろう」

「無駄な動きだよ。みんな無駄な動きをすごい量してるのさ。いつかバーバがサラダを作るところを見たほうがいい」

「小さな動きや身振りについてなんて、みんなじっくり考えたりしないよ。ちょっとぐらい無駄があってもどうってことない」

「でも一生分足したら？」

「無駄をなくしたらどんな得があるって言うんだ？」

「一生分足したら？　すごい量の時間とエネルギーの節約になるよ」彼は言った。

「それで何をする？」

「長生きかな」

　本音を言えば、私は先には死にたくない。孤独か死のどちらかを選べと言われれば、その決断には一秒の何分の一かはかかるだろう。だが私は孤独にもなりたくない。穴や裂け目についてバベットに言ったことはすべて本当だ。彼女が死ねば、私は混乱して、椅子や枕に話しかけるようになるだろう。我々二人を死なせないでくれ、神秘と渦巻く光に輝くあの五世紀の空に向かって、私は大声で叫びたい。我々二人を永遠に生かしてくれ、病気か健康かはどうでもいい。ボケても、よろめいても、歯が抜けても、染みができても、目が弱くなっても、幻覚が見えても。こうしたことは誰が決めるのか？　向こう側には何があるのか？　あなたはいったい誰なのか？

　盛り上がってきたコーヒーが、中心にあるガラス管や細かい穴の空いたざるを通って、白っぽくて小さな球形のガラス容器に落ちるのを見ていた。素晴らしく、なおかつ哀しい発明だ。すごく丸くて、精巧で、人間らしい。それはまるで、世界にある物を使って語られた哲学的議論のようだった――水、金属、茶色い豆。今までこんなふうにコーヒーを眺めたことは一度もなかった。

「プラスチックの家具が燃えると、シアン化物っていう毒が出るんだよ」フォーマイカ製のテーブルの上板をたたきながらハインリッヒは言った。

彼は冬の桃を食べた。私はマーレイのためにコーヒーを注ぎ、ハインリッヒと一緒に階段を上がってデニースの部屋へ行った。今テレビはこの部屋にあるのだ。音量は下げられていて、少女たちは客人との会話に没頭していた。マーレイはそこにいられて嬉しそうだった。床の中央に座り込み、メモを取っていた。彼のダッフルコートとハンチング帽がすぐそば、絨毯の上に置かれていた。彼のいる部屋は暗号やメッセージでいっぱいだった。子供時代の考古学だ。漫画のキャラクターのついた時計から狼男のポスターまで、デニースが三歳から持ち続けてきた物たち。彼女は自分の人生の初期に対して、守りたいという優しさを感じるタイプの子供だった。すべてが移動する世界において、修復し維持する努力を惜しまない、というのがデニースの戦略の一部だった。思い出を保つのに役立つ物をまとめておくことで、自分を人生に結びつけるのだ。

勘違いしないでほしい。私は子供たちのことを本気で受けとめている。子供たちの内側に多くを見出だそうとしたり、性格を分析するという気まぐれな能力を彼らにむやみに適用することはできない。すべてはそこに、全力である。アイデンティティと存在することの強烈な波動。子供たちの世界に素人などいない。

ハインリッヒは部屋のすみに立ち、批判的観察者の位置についた。私はマーレイにコーヒーを手渡し、部屋から出ようとして歩きながら、ちらりとテレビ画面を見た。ドアのところで立ち止まり、今度はもっとじっくりと見た。それは本当に、そこにあった。私はみなにしーっと言って黙らせた。戸惑い、困惑して、みなは私のほうにぐるりと顔を向けた。それから私の視線をたどり、ベッドの隣にある頑丈なテレビを見た。

画面に写っている顔はバベットのものだった。動物のうなり声のような、油断のない深い沈黙が我々の口から漏れた。混乱、恐怖、驚愕が我々の顔からあふれ出た。これはどういうことだ？　彼女はあそこで何をしてるんだ、白黒で、堅苦しい枠に囲まれて？　死んだのか、行方不明になったのか、体から魂が出ていったのか？　これは彼女の霊魂なのか、秘密の自己なのか、それとも何らかの二次元の複製で、技術の力で生み出され、複数の周波数帯やエネルギー準位を滑って通り抜け、立ち止まり、蛍光面から我々に別れを告げているのか？

　私は不思議さにとらえられた。精神的な混乱の感覚だった。それはたしかに彼女だ——あの顔、あの髪、二度三度と素早くまばたきするところ。私は一時間前に卵を食べている彼女を見た。けれども画面に映った姿は、まるで過去の遠い人物のよう、別れた妻か、いなくなった母親か、死者の霞《かすみ》のなかを歩く人のようだった。彼女が死んでいないとしたら、死んでいるのは私なのか？　幼児のような二音節の叫び声、**バ・バ**、が私の心の奥底から湧き上がった。

　すべては圧縮されて、数秒で過ぎ去った。時間が流れ、正常化し、部屋、家、テレビのある場所の現実性といった周囲の感覚が我々に戻ってきて初めて——我々は何が起こっているのかを理解した。

　バベットは教会の地下で授業をしていて、それが地元のケーブルテレビ局で放送されていたのだった。そこにカメラがあることを彼女が知らなかったのか、あるいは我々にわざわざ黙っていたのか。気恥ずかしさか、愛情か、迷信か、それが何であれ、知り合いに自分の映像を見せないでおく理由があったせいで。

　音量が小さかったので、我々はバベットが何を言っているのか聞き取れなかった。しかし誰もわざわざ音量を上げようとしなかった。大事なのは映像だった。白黒の顔が活気づき、だが平面的で、遠ざけられ、手を触れることを禁じられ、永遠のものと化していた。それは彼女だが、彼女ではなかった。私は再び、マーレイは何かをつかんでいるのではないかと思った。波動と放射だ。何かが網目から漏れ出していた。彼女は我々に光を放ち、形を成しつつあった。笑い、話そうとして顔の筋肉を動かすたびに、電子的な点が群がって、彼女は無限に形作られ、そして再び形作られた。

　我々はバベットでいっぱいになった。彼女の映像は我々の身体に投影され、我々のなかを泳ぎ、突き抜けた。電子や光子のバベット、何かの力でできたバベットは我々が彼女の顔だと思う灰色の光を生み出していた。

　子供たちは興奮してはしゃいでいたが、私はある不安を感じていた。これはただのテレビで——それが何であれ、どんなふうに作動しているのであれ——生からの旅立ちでも死でもなく、神秘的な離別でもない、と私は自分に言い聞かせようとした。マーレイは私を見上げ、陰険な笑いを浮かべた。

ワイルダーだけは落ち着いていていた。彼は母親を見て、よくわからない言葉、大部分はでっち上げの、意味ありげに響く断片で彼女に話しかけた。カメラが引いて、バベットがいい立ち方や歩き方を実演するのをとらえた。ワイルダーはテレビに近づき、彼女の体に触れ、ほこりっぽい画面に指紋をつけた。

それからデニースがテレビまで這っていき、音量を上げた。何も起こらなかった。音も声も何もなかった。彼女は振り向いて私を見た。新たな混乱の瞬間だった。ハインリッヒが前進してきて、ダイヤルをいじり、テレビの裏に手を突っ込んで、奥まったところにあるつまみを回した。他のチャンネルを試してみると、荒々しく濁った音が轟いた。ケーブルテレビ局に戻すと、音はまったく鳴らなくなった。そして我々はバベットが授業を終えるのを見ながら奇妙な疑念に包まれた。しかし番組が終わるなり少女二人は再び興奮し、階段を下り、ドアのそばでバベットを待ちかまえて、たった今見たことを告げて彼女を驚かそうとした。

小さな男の子はテレビの前、暗い画面から数センチのところに残ったまま、穏やかに静かに泣いていた。その声は低くうねりながら、ときに大きくなった。そのかたわらでマーレイはメモを取っていた。

第二部
空中毒物事件

The Airborne Toxic Event

21

雪が夢に照らされながら一晩降ったあと、空気は澄んで静かだった。一月の光は張り詰めたように青く、かたく自信に満ちていた。踏み固められた雪を歩くブーツの音がして、高い空には美しい飛行機雲が見えた。とても気候がよかったが、私は最初、そのことに気づかなかった。

角を曲がって自宅がある道に入ると、各自の敷地内の車道でシャベルの上に屈み込み、白い息を吐いている男たちを通り過ぎた。リスが大きな枝の上を流れるように走っていた。その動きはあまりにもなめらかで、リス固有の物理法則にのっとっているようだった。我々が信じるようにと言われてきたのとは別の法則にだ。道を半分まで来たところで、屋根裏の窓の外にある小さな出っ張りの上でハインリッヒがうずくまっているのが見えた。迷彩柄の上着を着てキャップをかぶっていた。息子にとってその服装は複雑な意味を帯びているのだろう。十四歳で、成長しようともがきながら、誰にも気づかれまいともしていた。彼の抱えた秘密を我々全員が知っていた。彼は双眼鏡で東を見ていた。

私は家の周囲を回って裏からキッチンに入った。戸口で洗濯機と乾燥機が小気味よく震えていた。バベットの声を聞くと、電話の相手がその父親だとわかった。じれったさに罪悪感と不安が混ざっている。私は妻の後ろに立って、冷たい両手をその頬に当てた。私が好きなちょっとしたことだ。バベットは電話を切った。

「どうしてあいつは屋根にいるんだ？」

「ハインリッヒのこと？　電車の操車場で何かあったみたいよ」彼女は言った。「ラジオで言ってた」

「下りろと言ったほうがいいんじゃないか？」

「どうして？」

「落ちたら大変だろう」

「そんなこと言わないであげて」

「どうして？」

「あなたに子供扱いされたと思うわ」

「ハインリッヒは出っ張りの上にいるんだ」私は言った。

「どうにかしてやらなきゃならないだろう」

「心配してみせればみせるほど、ハインリッヒは端のほうに行くから」

「それはわかるが、下ろしてやらないと」

「家に戻るよう説得するのね」彼女は言った。「注意深く優しくね。ハインリッヒに話させるようにして。急な動きは避けて」

私が屋根裏部屋に行くと、ハインリッヒはすでに室内に戻っていて、開いた窓のそばに立って双眼鏡で外を眺めていた。見捨てられたがらくたがそこかしこに転がっていた。重苦しく、気分を沈ませるそれらは独特の雰囲気を作り出していた。その周囲には、剝き出しの梁《はり》や柱、ガラス繊維の断熱パッドがあった。

「何かあったのか？」

「タンク車が脱線したってラジオが言ってた。でも見たかぎりでは、脱線じゃないみたい。何かが激突してタンク車に穴を空けたんだと思う。煙がたくさん出ててやばい感じ」

「どんな様子だ？」

ハインリッヒは私に双眼鏡を手渡すと横に一歩どいた。出っ張りに出ないと、操車場や問題となっている一両だか数両だかのタンク車は見えなかった。だが煙ははっきりと見えた。重たげな黒い塊が川の上に浮かび、ゆらゆらと形を変えていた。

「消防車は見える？」

「そこら中にいるよ」ハインリッヒは言った。「でもあまり近づかないようにしてるみたい。すごく有毒か、爆発しやすいか、その両方なんだろうね」

「こっちには来ないな」

「どうしてわかるの？」

「とにかく来ないんだ。凍った出っ張りの上に立っちゃだめだぞ。バーバが心配するからな」

「バーバが心配してるって言えば僕は悪かったと思ってやめるって考えてるんだね。でも父さんが心配してるって言ったら絶対やめないって」

「窓を閉めなさい」私はハインリッヒに言った。

二人でキッチンまで下りていった。ステフィはクーポンやくじやコンテストに関する、けばけばしい色の手紙をじっと読んでいた。この日は小中学校の休みの最終日だった。大学の授業はあと一週間で再開される。私はハインリッヒに、外に出て歩道の雪をどかしなさいと言った。私は表に立っている彼を見ていた。完全にじっとしたまま、ほんの少し横を向いていた。彼の姿勢には研ぎ澄まされた敏感さが感じ取れた。川向こうのサイレンを聞いているのだと気づくのにしばらくかかった。

一時間後、彼は屋根裏部屋に戻った。今度はラジオと道路地図も持っていた。私は細い階段を上がり、双眼鏡を借りてまた眺めた。煙はまだそこにあり、少しだけ大きくなっていた。実際、それはそびえ立つ塊だった。ひょっとすると、さっきより黒くなっているかもしれなかった。

「ラジオではあれをふわつく羽なんて呼んでたけど」ハインリッヒは言った。「羽なんかじゃない」

「それじゃあ何だ？」

「形もなく膨れ上がっていくやつだよ。煙でできた、暗く黒く息づいているやつ。それをどうして羽なんて呼ぶのさ？」

「放送時間は貴重だろうからな。長くて込み入った描写なんかできないんだ。何の化学物質だか言ってたか？」

「ナイオディン誘導体《デリヴァティヴ》、もしくはナイオディンDだって。学校で見た有毒廃棄物の映画に出てきた。ビデオに撮られたネズミがね」

「どんな害がある？」

「人間にどんな害があるかは不明だって映画では言ってた。ネズミの話が主で、急激に腫れ物ができるんだ」

「映画ではそう言ってたってことだろう。で、ラジオでは？」

「皮膚に炎症を起こして、手のひらが汗をかくって最初は言ってた。でも今は、吐き気、嘔吐、呼吸困難が起こるって言ってる」

「人間の吐き気のことだよな。ネズミじゃなくて」

「ネズミじゃなくて」ハインリッヒは言った。

私は息子に双眼鏡を渡した。

「まあ、こっちには来ないな」

「どうしてわかるの？」ハインリッヒは言った。

「とにかくわかるんだ。今日はすっかり穏やかで風がないだろう。一年のうちで今ごろの時期に風が吹くとしたらあっち向きだ。こっちじゃない」

「こっち向きに吹いたら？」

「吹かないさ」

「一回だけでも」

「吹かないんだ。そんなわけないだろう」

ハインリッヒは一呼吸黙り、平坦な声で言った。「たった今、州間高速道路の一部を通行止めにしたって」

「もちろんそうしたいんだろうな」

「どうして？」

「ただ単にそうするだろうってことさ。当然の予防措置だ。軍の車輌やなんかが通行しやすくなるからな。いくらでも理由は考えられるし、どれも風や風向きとは関係ない」

バベットの頭が階段の最上段に現れた。近所の人が教えてくれたんだけど、タンク車から十三万リットル漏れたんだって、と妻は言った。住民は周囲から退避しろって言われてる。現場上空にはふわつく羽が浮かんでる。

娘たちは手のひらが汗ばんできたと訴えているともバベットは言った。

「訂正があったんだ」ハインリッヒがバベットに言った。「吐き気もするはずだってみんなに言っといて」

ヘリコプターが上空を横切り、事故のあったほうに向かって行った。ラジオから声が聞こえた。「追加のハードディスクを何メガバイトか使えば、ある程度の時間は利用可能です」

バベットの頭が沈み、見えなくなった。ハインリッヒが道路地図を二つの柱にテープで固定するのを私は見ていた。それからキッチンへ下りていき、請求書ごとに代金を用意し、自分の右と後ろで色のついた斑点が原子のようにグルグル回っているのに気づいた。

ステフィは言った。「屋根裏の窓からふわつく羽が見えた？」

「羽じゃないよ」

「でも私たち、家から退避しなきゃならないんじゃないの？」

「もちろん退避しなくていい」

「どうしてわかるの？」

「ただわかるんだ」

「私たちが学校に行けなくなったときのことおぼえてる？」

「あれは屋内だっただろう。今度は屋外だ」

警察のサイレンが聞こえてきた。私はステフィの唇がこう続けるのを眺めた。ワォ、ワォ、ワォ、ワォ。娘は私が見ているのに気づくと微笑んだ。まるで放心して喜びに浸《ひた》っている状態から徐々に現実に引き戻されたような感じで。

デニースが入ってきて、両方の手のひらをジーンズで拭《ぬぐ》った。

「除雪車を使って流出物に何か吹きかけてるって」彼女は言った。

「何を？」

「知らないけど、流出物が無毒になるようなものだって。でも実際の羽にしてることはそうじゃないように見えるけど」

「これ以上大きくならないようにしてるんだ」私は言った。「食事はいつだったっけ？」

「知らない。でももし羽が大きくなれば、風があろうがなかろうがここに来るでしょ」

「ここには来ない」私は言った。

「どうしてわかるの？」

「来ないからさ」

デニースは自分の手のひらを見て、二階に上がっていった。電話が鳴った。バベットがキッチンに入ってきて受話器を取った。妻は相手の話を聞きながら私を見ていた。私は二枚の小切手にサインしながら、定期的に目を上げ、まだ私を見ているかを確かめた。まるでバベットは、今受けつつある連絡に隠された意味を私の顔の上に読み取ろうとしているようだった。私はわざと、妻が嫌がっている形で唇を突き出して見せた。

「ストーヴァー夫妻よ」バベットは言った。「グラスボロ郊外にある気象センターに直接訊いてみたんだって。もうあれをふわつく羽なんて呼んでないそうよ」

「どう呼んでるんだ？」

「逆巻く黒雲」

「そっちのほうが少しは正確だね。物事をちゃんと理解し始めてるってことだ。いいね」

「それだけじゃないの」バベットは言った。「一種の気団がカナダから下りてくるだろうって」

「いつも気団はカナダから下りてきてるよ」

「そうね」バベットは言った。「たしかにいつもどおりね。で、カナダは北にあるから、もし逆巻く雲が気団に押されて南に動くなら、家から大丈夫なだけの距離は保たれるわけ」

「いつ食事にしようか？」私は言った。

サイレンが再び響いた。さっきとは違うやつだった。もっと大きな音だ――警察でも消防でも救急車でもない。空襲のサイレンだ、そう私は気づいた。サイレンはソイヤーズヴィルで鳴っているようだった。北東の小さな自治体だ。

ステフィはキッチンの流しで手を洗い、二階に上がった。バベットは冷蔵庫から食材を取り出し始めた。テーブルを通り過ぎるときにその内腿《うちもも》を私はつかんだ。妻はセクシーに身をよじった。冷凍トウモロコシの袋を持っていた。

「私たち、もしかしたらあのたなびく雲にもっと注意すべきなのかもしれない」バベットは言った。「何も起こらないって言い続けてるのは子供のためでしょ。怖がらせたくないから」

「何も起こらないんだよ」

「何も起こらないってことは私もわかってるし、あなたもわかってる。でもある程度は、とにかくあれについて考えておいたほうがいい。もしものときのために」

「そういうことは危険な地域に住んでいる貧乏人どもにしか起こらないんだ。自然災害にしろ人間が引き起こした災いにしろ、主な打撃を受けるのは貧しくて教育のない連中になるように社会は作られている。低地に住むやつらは洪水に見舞われ、あばら家に住むやつらは暴風や竜巻に襲われる。私は大学教授だ。テレビのなかの洪水の映像で、自宅の前の道路に浮かべたボートを漕いでいる大学教授なんて見たことがあるか？　我々は大学から近い、古風な名前で気持ちのいいきちんとした町に住んでいる。そういうことはブラックスミスみたいな場所では起こらないんだ」

今やバベットは私の膝に座っていた。小切手や請求書やコンテストの申込用紙やクーポン券がテーブル中に散らばっていた。

「どうしてそんなに夕食を早く食べたいの？」バベット

はセクシーな囁き声で言った。

「昼飯を食べそこねたからさ」

「ピリ辛チキンなんてどうかな？」

「最高だね」

「ワイルダーはどこ？」妻はしゃがれ声で言った。そのとき私はバベットの胸に触りながら、ブラウス越しに歯でブラジャーのホックをはずそうとしていた。

「知らないな。ひょっとしたらマーレイにさらわれたのかもしれない」

「あなたのガウンにアイロンをかけておいた」彼女は言った。

「いいね、いいね」

「電話代払った？」

「請求書が見つからないんだ」

私たちは二人ともしゃがれ声になっていた。バベットの腕は私の腕の上で交差していた。おかげで、妻が左手で持っている一口コーンの箱に書かれた食べ方の説明書きが読めた。

「たなびく雲のことを考えておきましょうよ。ちょっとだけ。いいでしょ？　危険かもしれないし」

「タンク貨車に入ってるものは全部危険だよ。でもその害は大体は長期的なものだし、我々はただ近づかなきゃいいだけだ」

「雲のこと、ちゃんと心の片隅に置いておきましょ」バベットは言って立ち上がり、シンクの縁に氷のトレイを繰り返し打ち下ろし、二、三個ずつくっついたままの氷のかけらを剝がした。

私は妻に向けてふくれっ面をした。それからもう一度屋根裏に上った。ワイルダーはハインリッヒと一緒にいた。ハインリッヒがこちらに素早く視線を向けたとき、その目には練習ずみの非難のようなものが浮かんでいた。

「もうあれはふわつく羽とは呼ばれてないよ」彼は目を合わせずに言った。当惑した私を見る痛みを避けるように。

「知ってるよ」

「黒くたなびく雲って呼ばれてる」

「いいね」

「何がいいの？」

「連中が多かれ少なかれちゃんと目の前の事態を見てるってことだろう。きちんと状況を掌握してるっていうことだ」

うんざりしながらも私はきっぱりと窓を開け、双眼鏡を手に出っ張りの上に出た。分厚いセーターを着ていたので寒い屋外でも大丈夫だったが、体重を建物の側にかけるように気をつけた。息子が手を伸ばして私のベルトをつかんでいた。私のささやかな任務を支持してくれているのを感じた。彼の純粋な観察に、熟慮の上の成熟した判断という調和の取れた重みを私が加えてくれるのではないか、というハインリッヒの希望に満ちた確信まで感じたのだ。結局のところ、これが親たる者の仕事だ。

私は双眼鏡を顔に当て、迫りくる夕闇のなかを望見した。揮発した化学物質の雲の下で、切迫した大げさな混乱状態が繰り広げられていた。陸軍のヘリコプターがいくつかの場所で浮かびながら、さらに現場を照らしていた。警察車輌の色つきの光が、この太い光の柱と交差していた。タンク車はレールの上にずっしりと停まったままで、片方の端に空いているらしい穴から煙が上がっていた。次の貨車の連結器がタンク車に突き刺さっているようだった。消防車が遠くに並び、救急車と警察のバンはもっと遠くに並んでいた。サイレン、拡声器越しの声、空電の雑音が聞こえてきて、凍るような空気を歪《ゆが》めた。男たちは一つの車からもう一つの車に移動しながら、機材を取り出し、空の担架を運んでいた。明るい黄色のマイレックスの防護服を着て防毒マスクをかけた他の男たちは輝く煙霧のなかをゆっくりと通り抜けていた。手にはどれほど致死的な状況かを測る機械を持っていた。除雪車がピンク色の物質をタンク車や周囲の地表に吹きつけていた。この濃い霧は愛国的な音楽の演奏会で大量に撒《ま》かれる紙吹雪よろしく宙に弧を描いていた。除雪車は空港の滑走路で使われているもので、警察のバンは暴動の負傷者を運ぶためのものだ。煙は赤い光の柱から暗闇へ、そして白の洪水の雄大な光景まで漂っていた。マイレックスの防護服を着た男たちは月面を歩くように警戒しながら動いていた。その一歩一歩は本能から出たのではない不安に満ちていた。ここにある危険は炎や爆発ではなかった。この死は遺伝子にまで達し、忍び寄り、いまだ生まれざる身体において姿を現すだろう。彼らはまるで月のほこりでできた湿地帯を横切るように動いていた。かさばる服を着てよろめきながら、時間の本性をめぐる考えに閉じ込められて。

私はもがきながらどうにか家のなかに戻った。

「どうだった？」ハインリッヒが訊いた。

「まだあそこにぶら下がってる。あの場所に根を張ってるみたいだ」

「じゃあこっちには来ないと思うって言いたいんだね」

「私の知らないことを知ってるような口ぶりだな」

「こっちに来ると思うの、思わないの？」

「百万年経ってもこっちには来ないって言わせたいんだな。それからいくつかの情報で攻撃してくるんだろう。よし、私が外に出てるあいだにラジオで何て言ってたか教えてくれ」

「それまで言ってたような、むかつきや嘔吐や呼吸困難は引き起こさないって」

「じゃあ何を引き起こすんだ？」

「心臓の動悸と既視感《デジャヴ》さ」

「既視感？」

「人間の記憶を司《つかさど》る部分か何かに間違って作用するんだって。それだけじゃないよ。黒くたなびく雲とはもう呼んでない」

「それじゃあ何て呼んでるんだ？」

ハインリッヒは慎重に私を見た。

「空中毒物事件さ」

息子はこの言葉をそっけなく不吉に、音節ごとに区切りながら言った。まるで国の作成による用語のなかに脅威を感じているように。注意深く私を見続け、真の危険など起こるわけがないと安心させてくれるものを私の顔に探しているように――そんなのいんちきだと言って、彼はすぐに拒絶するだろうが。こんな策略をハインリッヒは好んでいた。

「こんなことは重要じゃない。重要なのは場所だ。あれはあそこにあって、我々はここにいる」

「大きな気団がカナダから下りてきてる」ハインリッヒは平坦な調子で言った。

「知ってるよ」

「だからって、それが重要じゃないことにはならない」

「重要かもしれないし、重要じゃないかもしれない。状況次第さ」

「天気はすぐに変わるよ」ハインリッヒは事実上、私に叫んでいた。その声は人生の特別なときに沸き起こった悲しげな震えに満ちていた。

「私はただの大学教授じゃない。学科長だ。私が空中毒物事件から避難するなんてありえない。そういうのは移動住宅に住んでいるような連中がやることだ。魚の孵化場があるような、郡内のみすぼらしい地域にいるようなやつらがね」

我々はワイルダーが屋根裏の階段に尻をつけてじりじりと下りていくのを見ていた。その階段は家のどの階段よりも高かった。夕食のとき、デニースは何度も立ち上がり、小刻みで断固とした歩調で、廊下を行ったところにあるトイレに向かった。手で口を押さえていた。我々は噛んだり塩を振ったりする合間に動作を中断し、彼女が吐いている音を途切れ途切れに聞いた。その症状はもう古いよ、とハインリッヒはデニースに言った。彼女は目を細めて彼を見た。視線や一瞥が交わされる、相互作用に満ちあふれた瞬間だった。私は普段からこうした感覚的な連続が好きだった。熱気、雑音、灯火、言葉、身振り、性格、機器。こうした口語的なゆるい密度のおかげで、家族生活は感覚的知識の媒体となり、そのなかで精神的な驚きはつねに押さえつけられるのだ。

私は娘たちがほとんど目を閉じたまま交流するのを見ていた。

「今日は夕食の時間がちょっと早くない？」デニースが言った。

「早いって何のこと？」母親が言った。

デニースはステフィを見た。

「あれから逃げようと思ってるから？」彼女は言った。

「あれからどうして逃げなきゃならないの？」

「何か起こるといけないから」ステフィは言った。

「何が起こるって？」バベットは言った。

娘たちは再び顔を見合わせた。それはゆっくりとした重々しい交流で、何らかの暗い疑いが本当だとわかったことを意味していた。空襲警報が再び響いた。今回はとても近くで鳴っていたので、我々は嫌な気持ちになり、心を揺さぶられ、何か普通ではないことが起こっているのを否定したくて互いの目を避けた。その音は赤煉瓦《れんが》でできたこの町の消防署から聞こえてきた。サイレンがちゃんと鳴るかなんて、十年かそれ以上誰も確認していなかった。中生代の鳥が自らの縄張りを示すために用いる鳴き声のごとき騒音が響き渡っているかのようだった。DC－9旅客機の幅の翼を有する肉食オウムの鳴き声だ。野蛮で攻撃的な騒々しさが家を満たしているせいで、今にも壁が吹っ飛びそうだった。我々のすぐ近くから、たしかに我々に向けて響いている。この音の怪物が何年もほんの近くに隠れていたことに驚いた。

我々は食べ続けた。静かに几帳面に、一口の量を減らして、誰かに何かを取ってほしいときは行儀よく頼みながら。注意深く言葉数も少ない我々は動きを小さくし、フレスコ画を修復する専門家のような手つきでパンにバターを塗った。ものすごい音がまだ続いていた。我々は互いの目を避けながら、食器をカチンと鳴らさないように注意した。こうしていさえすれば気づかれないですむ、という弱気な望みが我々のあいだにあったのだと思う。サイレンの音はまるで、何らかの支配装置が登場する前触れのようだった――やたらと議論したり食べ物をこぼしたりすることで刺激しないほうがいい装置が。

力強く振動するサイレン越しに二度目の騒音が聞こえてきてやっと、我々は礼儀正しいヒステリーのちょっとした発作を中断する気になった。ハインリッヒが玄関まで走って行き、扉を開けた。その夜のさまざまな音が押し寄せてきた。生々しくて、いかにも緊急という感じだった。この数分で初めて我々は互いに顔を見合わせた。新たな音は拡声器の音だとわかったが、何を言っているのかはわからなかった。ハインリッヒが戻ってきた。やたらに注意深い、様式化された歩き方でこそこそと。ことの重大さに凍りついてしまったようだった。

「避難しろって」我々の目を見ずに彼は言った。

バベットは言った。「避難したほうがいいって言ってたの？　それとももっと強い言い方だった？　どうなの？」

「拡声器を積んでたのは消防隊長の車で、すごく速く走ってた」

私は言った。「つまり、声の細かい調子まではわからなかったってことだな」

「叫んでたよ」

「サイレンのせいよ」助け船を出すようにバベットが言った。

「こんな感じだった。『住人は全員避難してください。化学物質の雲に近づくと死にます。化学物質の雲に近づくと死にます』」

我々はスポンジケーキと缶詰の桃を前に座っていた。

「避難する時間はたっぷりあるでしょ」バベットは言った。「じゃなきゃ、急げ、って言うはずよね。気団ってどれくらいのスピードで動くのかしら」

ステフィは赤ちゃん用ラックスのクーポン券を読みながら、静かに泣いていた。そのせいでデニースは我に返った。彼女は我々全員のために荷造りしようと二階に上がった。ハインリッヒは双眼鏡と道路地図とラジオを取りに、屋根裏部屋まで一段抜かしで階段を駆け上がった。バベットは食料貯蔵庫に行き、生活の質を高めてくれるはずの、見馴れたラベルが貼られた缶や瓶を集めだした。ステフィは私がテーブルをかたづけるのを手伝った。

二十分後、我々は車のなかにいた。ラジオの声はこう言っていた。町の西側の住人は、今は使われていないボーイスカウトのキャンプに向かってください。そこで赤十字のボランティアがジュースやコーヒーを配っています。町の東側の住人は緑化道路を通って四つ目のサービスエリアに向かってください。そこからカンフーパレスという名前のレストランまで進みます。いくつも翼棟のある建物で、パゴダやユリの池があり、生きた鹿がいます。

我々は西側の住人のなかでも遅く出発した一団として、町から出る主要道路の流れに加わった。薄汚い道のりには、中古車屋、ファーストフード店、安売りのドラッグストア、そして四チャンネル式の映画館が並んでいた。四車線の道路にじりじり入っていく順番を我々が待っていると、スズカケノキや高い生垣のある道の暗い家々に呼びかける拡声器の声が、後ろや上から聞こえてきた。

「すべての家から出てください。今すぐです、今すぐに。毒物事件です。化学物質の雲です」

地元の道に車が出入りするたびに、声は大きくなり、消え、また大きくなった。毒物事件、化学物質の雲。何を言っているかわからなくなっても、声の抑揚はまだわかった。遠くで繰り返される音の連なり。まるで危機のせいで公的な声にリズムを持つ責任が課せられたようだ。韻律の一まとまりのなかには一貫性があって、そのおかげで、我々の頭の周りに押し寄せつつある出来事がどんなにばかげた、すさまじい代物であっても、我々はどうにかバランスを保てる、といったふうだ。

我々が大通りにたどり着くと雪が降りだした。互いに話すことはほとんどなかった。我々の頭はまだ、現在起こっていることに、つまり避難というばかげた事実に馴染んでいなかった。大体は他の車の人々を見て、どれぐらい怯《おび》えるべきかを割り出そうとしていた。車列はのろのろとしか進まなかったが、この道を何キロか行けば速度が上がるだろうと思っていた。そこからは上下線の仕切りがなくなり、西に向かう我々は四車線すべてを使うことができるだろう。二本の対向車線に車はいなかった。ということは、警察はもうこちらへ向かう車を止めているのだ。それに気づいて元気が出た。退去中の人々が今、もっとも恐れているのは、権力者たちがとっくに逃げてしまい、この混沌のなか、我々が自力でどうにかするに任せることだ。

雪が強くなってきた。車列は動いたり止まったりを繰り返した。家具店では暮らし方提案のセールをやっていた。強い光を浴びた男たちや女たちが大きなウィンドウの向こうから我々を見て、いったい何だろうと考えていた。それを見て我々は自分がばかみたいだと感じた。まるで間違ったことばかりやらかす観光客のようだ。我々は吹雪のなか、ぐずぐずとしか進まない車列でパニックになっているのに、どうして彼らはのんきに家具なんか買っているのか？ 我々が知らない何を彼らは知っているんだろう。危機において、真実は他人の言葉のなかにある。どんな者でも自分よりはよく知っているのだ。

二つかそれ以上の町でまだ空襲警報のサイレンが鳴っていた。我々の前には多少なりとも安全な場所に向かうはっきりとした道が開けているのに、建物のなかにいる買い物客たちは、いったい何を知っているのだろう？ 私はラジオのスイッチを押し始めた。グラスボロの放送局を聞いていて重要な新情報を得た。すでに建物のなかにいる人は外に出ないこと。その言葉をどう解釈するかは我々に任せられていた。道はどうにもならないほど混んでいるのか？ ナイオディンDが雪となって降っているのか？

もっと事件の背景について誰か教えてくれないだろうかと思い、私はスイッチを押し続けた。消費者問題を扱う編集者だという女性が、空中毒物事件に直接関わるとどんな医学的問題が起こるかについて議論し始めた。バベットと私は不安げな視線を交わした。妻はすぐに娘たちに話しかけ、そのあいだ私は音量を下げて、自分たちがこれからどうなるかについて聞こえないようにした。「痙攣、昏睡、流産」事情に通じた陽気な声が聞こえた。

我々は三階建てのモーテルを通り過ぎた。すべての部屋に明かりがついていて、すべての窓から泊まり客が我々を眺めていた。我々は愚か者の行列だった。降下する化学物質の作用に曝《さら》されているだけでなく、他の人々の軽蔑的評決にも曝されていた。あの人たちはどうして外に出てここまで来ないんだろう？ 厚手のコートを着て、静かな雪に降られながら、フロント・ワイパーの向こう側にいるなんて。我々はどうしても、ボーイスカウトのキャンプにたどり着き、いちばん大きな建物のなかに急いで入り、ぴったりと扉を閉め、ジュースやコーヒーを手にキャンプのベッドで縮こまり、警報解除を待たなければならないらしかった。

通りの縁にある草で覆われた斜面を車が登り始め、ひどく傾いた三つ目の車列を形成した。それまで右端だった車線の我々は、水平状態から逸脱して傾いた車がちょっとだけ高い場所をすいすいと走り抜けていくのを見ているしかなかった。

我々はゆっくりと立体交差に近づき、人々が徒歩でそこを渡るのを目にした。彼らは箱やスーツケースや毛布にくるまれた何かを持っていた。吹き荒れる雪のなかを前屈みになって歩く人々の長い列だった。ペットや小さな子供をあやす人々。パジャマの上に毛布をかぶった年老いた男、巻いた絨毯を担ぐ二人の女。自転車に乗った者もいたし、橇や乳母車に乗った子供もいた。スーパーのカートを押している人々、ありとあらゆる分厚い服を着た人々が、深々とかぶったフードから前を見ていた。一家全員ですっかりビニールに包まれた者たちがいた。一枚の透明なポリエチレンのシートに包まれ、その覆いのなかで彼らは密集行進をしていた。最前列は男、最後尾は女で、そのあいだに三人の子供がいて、全員がさらにきらきらと輝く雨着も着ていた。まるで、こうしたことすべては何度も稽古ずみで、もはや自信満々なように見えた。準備したものを見せびらかそうと何ヶ月も待っていたようだ。高い塁壁の向こうから人々が現れ続け、立体交差をとぼとぼ渡っていった。肩には雪が散らばっていた。何百もの人々が、これも運命だという感じで歩いていた。再び何度もサイレンが鳴り始めた。とぼとぼと歩いている人々は足を速めなかった。我々を見下ろさず、風に運ばれる雲を探して夜の空を見上げもしなかった。彼らはただ橋を渡り、明かりに照らし出された、雪が吹き荒れる一角を通り抜けていた。外にいて、子供たちを引き寄せながら、持てるだけのものを持った彼らはまるで、何らかの古代の宿命に巻き込まれたみたいだった。悲運や破滅のなか、徒歩で荒野を渡る人々の歴史すべてに連なる宿命に。彼らには叙事詩的な雰囲気があって、そのせいで私は初めて、我々がどれだけの苦境に陥《おちい》っているのかを思った。

ラジオから聞こえてきた。「このクレジットカードには虹色のホログラムが印刷されていて、それが人気の秘密です」

我々は立体交差の下をゆっくりくぐり抜けた。突然鳴りだした車のクラクションと、渋滞で身動きできない救急車の哀願するような叫びが聞こえてきた。四十五メートル先で一車線になったが、なぜだかすぐわかった。斜面を走っていた車が一台横滑《すべ》りして、我々の車線の車に突っ込んだのだ。同じ車線のどの車もクラクションを鳴らしていた。一台のヘリコプターが我々の上空で静止しながら、ぐちゃぐちゃの金属の塊を白い光で照らし出していた。人々が草の上に呆然として座り、髭の生えた救急医療士二人に世話されていた。そのうちの二人は血だらけだった。砕けた窓には血がついていた。新雪が血を吸い込んでいた。血の染みが黄褐色のハンドバッグを汚していた。怪我人、医療士、煙を上げる金属――そのすべてが強く不気味な光に照らされていた――による風景は、お決まりの構図が持つ雄弁さを帯びていた。我々は黙って横を過ぎた。不思議なほどの畏敬の念を抱いていた。壊れた車や倒れた人々を見て興奮さえしていた。

ハインリッヒはリアウィンドウ越しに、遠ざかっていく事故現場を双眼鏡で眺め続けた。何人がどんな配置でいるか、滑った痕や車の損傷はどんなかを細かく我々に教えてくれた。事故車が見えなくなると、夕食時に空襲警報のサイレンを聞いてから起こったことすべてについて彼は話した。予想外の鮮烈な出来事に興奮している様子で、熱狂的にまくし立てていた。それまで私は全員が同じ精神状態だ、意気消沈し困惑し混乱していると考えていた。我々の一人がこうした出来事を素晴らしく刺激的だと感じているなんて思いもよらなかった。私はバックミラーで彼を見た。マジックテープのファスナーがついた迷彩柄の上着を着て前屈みで座っている彼は、嬉しそうに見えるくらい災害に夢中だった。彼は雪や渋滞やとぼとぼ歩く人々について話した。放棄されたキャンプ地まであとどれくらいかかるか、どんなにひどい設備しかないかを予測した。何かについて彼がこんなに生き生き楽しそうに話すのを私は聞いたことがなかった。彼はまったく舞い上がっていた。我々全員が死ぬかもしれないと知っているに違いない。これは世界の終わりの高揚感なのか？　暴力的かつ圧倒的な出来事のなかで、自分のちっぽけなみじめさから彼は目を背《そむ》けようとしているのか？　彼の声からは悲惨なことを願う気持ちが滲み出ていた。

「この冬は厳しいの、そうでもないの？」ステフィが言った。

「何とくらべて？」デニースが言った。

「わかんないけど」

バベットが何かを口にサッと入れるのが見えた気がした。一瞬、道路から目をそらすと、妻をじっくり見た。

バベットはまっすぐに前を見ていた。私は道へと注意を向けなおすふりをしてから素早く彼女を見た。そしてバベットが口に放りこんだ何かを安心して飲み下すのをとらえた。

「何を飲んだ？」私は言った。

「運転に集中してよ、ジャック」

「喉が動くのを見たぞ。何か飲み込んだだろう」

「ただのライフセイバー・キャンディよ。ちゃんと運転して」

「ハッカ飴《あめ》を口に入れて、舐めもせずに飲み込むか？」

「何を飲んだって？　まだ口にあるけど」

彼女は私のほうに顔を突き出し、舌で少しだけ頬を押した。明らかに素人くさいごまかしだ。

「でも何か飲み込んだろう。見たよ」

「唾が溜まって、どうしていいかわからなくて飲み込んだの。お願いだから運転に集中して」

デニースが興味を持ったものの、今はこのことを追求しないと決めたのを私は感じた。薬やら副作用やらについて母親に訊ねるべきときじゃない。ワイルダーは眠っていて、バベットの腕にもたれていた。フロントガラスのワイパーが汗を拭うように弧を描いた。ナイオディンDを嗅ぎ分けられるように訓練された犬たちが、ニューメキシコ州の田舎にある化学物質探知センターからここに送られたことを、我々はラジオで知った。

デニースが言った。「嗅ごうとしてこの物質に近づいたら犬がどうなるかをちゃんと考えてるのかしら？」

「犬は大丈夫よ」バベットは言った。

「どうしてわかるの？」

「人間とネズミにしか害はないの」

「そんなことないでしょ」

「パパに訊いてみて」

「ハインリッヒに訊いてくれよ」私は言った。

「そうかもね」ハインリッヒは言った。明らかに嘘だった。「人間がなる病気を調べるのにはネズミを使うんだ。つまり、ネズミと人間は同じ病気にかかるってことだよね。それに、犬に害があるかもしれないと知ってたら、犬は使わないでしょ」

「どうしてそう言える？」

「犬は哺乳類でしょ」

「ネズミだってそうじゃない」デニースは言った。

「ネズミは有害動物よ」バベットは言った。

「何よりネズミは齧歯類さ」ハインリッヒは言った。

「でも有害動物でもあるでしょ」

「ゴキブリは有害動物よ」ステフィが言った。

「ゴキブリは昆虫だよ。脚を数えればわかる」

「でも有害動物でもあるでしょ」

「ゴキブリは癌になるでしょうか？　なりません」デニースは言った。「ということはつまり、ネズミのほうがゴキブリより人間に近いのよ。両方とも有害動物だと言ってもね。ネズミも人間も癌になるのに、ゴキブリはならないんだから」

　ハインリッヒは言った。「ということはさ、哺乳類どうしのほうが、単に有害動物どうしっていうより共通点が多いわけだね」

　バベットは言った。「あなたたちは、ネズミが有害動物かつ齧歯類なだけじゃなくて、哺乳動物でもあるって言ってるわけ？」

　雪はみぞれになり、雨になった。

　左右の道路を隔てるコンクリートの仕切りが、植生で整備された二十メートル弱の幅の中央分離帯に変わるところまで我々は来た。中央分離帯の高さは縁石ほどしかなかった。けれども州警察は車列を、増えた二車線に誘導してはいなかった。そのかわり、マイレックスの防護服を着た男が手を振って、中央分離帯から車列を遠ざけていた。彼のちょうど向こうには、ウィネベーゴのキャンピングカーと除雪車の鉄くずの山が埋まり込んでいた。ねじ曲がった巨大な残骸からは錆《さび》色の細い煙が立ち上っていた。明るい色のプラスチックでできた台所用品があたりに散らばっていた。犠牲者も流れたばかりの血も見えなかった。だから、キャンピングカーが除雪車に乗り上げてしばらく経ったのだろうと我々は思った。おそらく、こうした状況下では少しくらい機会に乗じたって弁解の範囲内だろう、と運転手が思った瞬間に起こった事故のようだ。前が見えなくなるほどの吹雪のなかで、運転手は対向車線の除雪車に気づかぬまま中央分離帯を越えてしまったに違いない。

「全部前に見たことある」ステフィは言った。

「どういうことだ？」私は言った。

「これは前にも起こったことよ。ちょうどこんなふうに。黄色い防護服を着た男とガスマスク。大きな残骸が雪のなかにあるの。まったく完全に一緒よ。私たち全員がこうして車のなかにいた。雨のせいで雪に小さな穴がいっぱい空いてて。全部よ」

　化学物質の雲に触れると既視感《デジャヴ》が起こるかもしれない

と私に教えてくれたのはハインリッヒだった。彼がそう言ったときステフィはそこにはいなかった。けれども娘はキッチンのラジオで聞いたのかもしれない。実際に症状が出る前に、そうやって手のひらが汗ばんだり吐き気がしたりすることを、デニースとともにおそらく知ったのだろう。ステフィが既視感《デジャヴ》という言葉を知っているとは私には思えなかったが、バベットが教えた可能性はあった。だがデジャヴは今やナイオディン汚染の症状とは言われていなかった。昏睡、痙攣、流産に取って代わられたのだ。もしステフィがデジャヴについてラジオで聞いて、そのあとでより致死的な病状に格上げされたのを聞き逃したとしたら、彼女は自分の強い被暗示性にだまされているということになる。ステフィとデニースは夕方からずっと遅れ続けていた。手が汗ばむのも遅れ、吐き気がするのも遅れ、デジャヴでも遅れた。これはどういうことだろう？　前にも残骸を見たことがあるとステフィは本当に思い込んでいるのだろうか？　あるいは、自分はそう思い込んでいると思い込んでいるだけなのだろうか？　幻覚の幻覚を見ることは可能だろうか？　本当のデジャヴと偽のデジャヴがあるのだろうか？　ステフィの手は本当に汗ばんでいるのだろうか、それともまだそう思い込んでいるだけなのか、と私は考えた。そして聞いた症状をすべて呈するほど娘は暗示に弱いのか？　人々のことや、この災害で自分たちが奇妙な役割を果たしていることを思って、私は悲しくなった。

けれどももし彼女がラジオを聞いておらず、デジャヴが何かも知らなかったら？　もし彼女が自然な理由で本物の症状を呈しているとしたら？　もしかしたら科学者たちは最初は正しかったのかもしれない。もっと深刻なものに訂正する前、最初に指摘した症状については。本物の症状と、思い込みによる症状のどちらがより悪いのだろう？　あるいはそんな区別は意味がないのか？　こうしたことやそれに関連する疑問について私は考えた。運転をしながら、こうしたどうでもいい些細な点について、自分で自分を口頭試問し続けていることに私は気づいた。中世の役立たずどもが何百年も論争してきたような些細な点についてだ。暗示の力で九歳の少女が流産するだろうか？　その前に妊娠していなければならないのか？　暗示の力はこんなふうに、流産から妊娠、月経、そして排卵へと、遡って効果を発揮するほど強いのか？　月経と排卵、どちらが先なのか？　我々は単なる症状について語っているのか？　それともしっかりと定まってしまった病状についてなのか？　症状は何かの表れなのか、あるいはものなのか？　ものとは何か？　それが別のものではないとどうしてわかるのか？

私はラジオを切った。考えるためではなく、もう考えないために。周囲の車が突然揺れ、横滑りした。誰かが窓からガムの包み紙を捨てた。そしてバベットは大通りや田舎を汚す心ない人々について、怒りのこもった演説をした。

「前にもあった別のことを教えてあげる」ハインリッヒが言った。「もうガソリンがなくなるよ」

針はEのあたりで震えていた。

「いつも予備の分はあるでしょ」バベットは言った。

「どうしていつもあるってわかるのさ？」

「燃料タンクはそんなふうにできてるのよ。だからガソリンがなくなったりしない」

「いつもあるわけじゃないでしょ。このまま進み続ければなくなるよ」

「ずっと進み続けるわけじゃないし」

「いつ停まるかなんてどうしてわかるの？」ハインリッヒは言った。

「ガソリンスタンドの前に来たら停まるよ」私は息子に言った。そしてガソリンスタンドがあった。誰もいない、雨に濡れたサービスエリアで、堂々とした給油ポンプが、たくさんの色とりどりの旗の下に立っていた。私はそこに入ると、車から飛び出し、運転席と反対側にある給油ポンプまでぐるっと走った。立てたコートの襟《えり》のなかで首をすくめていた。給油ポンプには鍵がかかっていなかった。だから従業員たちが慌てて逃げたとわかった。すべては興味深い状態で放置されていた。まるで集合住宅に住んでいたネイティヴ・アメリカン文明の道具や陶器のようだ。パンはオーブンに入れっぱなし、テーブルは三人分用意されたままで、その後の世代を悩ます謎となった。私は無鉛の給油ポンプのノズルをつかんだ。風で旗がバタバタ揺れていた。

何分後か、また道を走っていた我々は、ぎょっとするようなすさまじい光景を見た。我々の前方、そして左側の空にそれは現われた。そのせいで我々はシートに座ったまま身を屈め、もっとよく見ようと首を曲げ、最後まで言い切れぬ言葉で叫び交わした。それは黒く渦巻く雲だった。空中毒物事件だ。陸軍の七台のヘリコプターから放たれた、くっきりとした光に照らされていた。それらは雲が風で動くのを追跡しながら光を当て続けていた。

すべての車中で人々が雲に顔を向け、他の人々に警告するために運転手たちが警笛を鳴らした。サイドウィンドウに映るすべての顔には、この世のものとは思えない驚異を見たという表情が浮かんでいた。

巨大な暗黒の塊は、まるで古代スカンジナビアの伝説に出てくる死の船のように動き、螺旋の翼を持つ武装した生き物たちにつきそわれながら夜空を通り抜けていた。我々はどう反応していいのかわからなかった。それは見るのも恐ろしかった。こんなに近く、こんなに低くて、塩化物、ベンジン、フェノール、炭化水素など、まさに有毒物質でいっぱいなのだ。けれども同時にそれは壮観でもあり、たとえば操車場の鮮烈な光景や、人々が子供や食料や持ち物を抱いて雪の立体交差をとぼとぼと越えていくところといった圧倒的な出来事のすさまじさの一部をなしていた。追い立てられた者たちの悲劇的な集団。我々の恐れのなかには、ほとんど宗教的なまでの畏怖があった。自分の命を脅《おびや》かすものに畏怖を感じること、それを宇宙の力と見なすことはたしかにありうる。自分自身よりものすごく大きく力強くて、意志のある自然の律動によって生み出されたものを。この雲は研究室で作られた死で、きちんと定義されており計測可能だったが、だがそのとき我々はそれを単純かつ野蛮に受け止めた。洪水や竜巻のような、地球が季節ごとに示す邪悪さ、誰にもコントロールできない何かとして受け止めたのだ。我々はあまりに無力で、この出来事が人為的なものだとは考えられなかった。

後席では子供たちが双眼鏡を奪い合っていた。

驚くべき光景だった。我々のためにヘリコプターが雲にスポットライトを当てている様子は音と光のショーのようだった。かつて国王の殺害現場となった高い胸壁を、ムードたっぷりに霧が横切っていく。けれども我々が目撃しているのは歴史上の出来事ではなかった。これは人々を密《ひそ》かに苦しめるもの、眠らずに夢見る者の抱く、夢のなかの感情だった。ヘリコプターが人を恍惚とさせるような閃光を放っていた。赤と白の光がクリームのようにほとばしっている。運転手たちは警笛を鳴らし、子供たちは窓に集まっていた。顔を傾け、ピンク色の手を窓ガラスに押し当てていた。

道は曲がり、毒性の雲から離れていった。そしてしばらくのあいだ、車はさっきより自由に動くことができた。ボーイスカウトのキャンプ近くの交差点で、二台のスクールバスが車列に加わった。二台ともブラックスミスの精神障害者たちを乗せていた。運転手が誰だかわかったし、知った顔も窓越しに見えた。精神病院のまばらな生垣の向こうにある芝生の椅子によく座っている連中だ。あるいは彼らはどんどん小さく、そして動きが早くなる輪になって回っていた。まるで回転する機械のなかの集団のようだった。我々は彼らに奇妙な愛情を感じていたし、だから専門家がきちんと熱心に彼らを世話しているのを見てほっとした。社会構造はまだしっかりしているのだと感じられた。

アメリカでいちばん写真に撮られている納屋の看板の前を我々は過ぎた。

車列をキャンプに続く一車線の道に狭めるのに一時間かかった。マイレックスの防護服を着た男たちが懐中電灯を振り、蛍光色のコーンを置いて、駐車場や運動場などの開けた場所に我々を誘導した。人々が森から出てきた。ヘッドランプをつけた者もいたし、買い物袋や子供、ペットを抱えた者もいた。我々は未舗装の道をガタガタと進んだ。溝《みぞ》やこぶだらけだった。主要な建物の近くにはクリップボードやトランシーバーを持った男女の集団が見えた。マイレックスの防護服を着ていない職員たち、避難学という新たな分野の専門家たちだった。ワイルダーに続いてステフィもうとうとし始めた。雨が上がった。人々はヘッドライトを消し、どうしていいかわからない様子で座席に座っていた。長く奇妙な旅は終わった。我々は満足感が訪れるのを待った。静かな達成感のようなもの、穏やかで深い眠りを約束してくれる、自力で勝ち得た疲労を。けれども暗い車内に座った人々は閉じた窓越しに互いの顔を眺めていた。ハインリッヒがキャンディバーを食べた。彼の歯がキャラメルやブドウ糖の塊にはまり込む音がした。ついにダットサン・マキシマから五人家族が降りてきた。彼らは救命胴衣を着て懐中電灯を持っていた。

何人かの男たちの周りに少し人が集まっていた。ここが情報と噂の発信地だった。一人は化学工場で働いていて、もう一人は他人の見解をそれとなく耳にし、三人目は政府機関の職員の親類だった。真実や嘘やそれ以外のニュースはこの濃密な集団から宿舎中に拡がった。

こんな話だ。朝いちばんで帰宅が許可されるだろう。政府は事実を隠蔽しようとしている。ヘリコプターが一機、有毒の雲のなかに入ったまま出てこなかった。犬がニューメキシコからやって来て、勇敢にも草地めがけて夜間に落下傘降下した。ファーミントンの町には今後四十年、人が住めないだろう。

こうした発言は永遠に漂い続けた。どれが他のどれより望ましいとか、そうでないとかいうことはなかった。人々は動揺して現実を見失っていたので、いちいち区別する必要性を感じなかった。

車のなかで寝ることにした家族がいた。そうしなければならない家族もいた。ここにある七つか八つの建物には彼らの居場所がなかったのだ。我々は大きな宿舎にいた。キャンプに三つあるこの手の建物の一つだ。発電機も動いており、我々はかなり快適に過ごせた。赤十字が簡易ベッドと持ち運びできるヒーター、サンドイッチとコーヒーを支給してくれた。天井の明かりに加えて灯油ランプもあった。多くの者がラジオや、人と分けられるだけの食べ物、毛布、デッキチェア、余分な服を持っていた。建物内は混んでいたし、まだまだすごく寒かったが、看護師やボランティアがいるおかげで、もう子供たちは大丈夫だと感じられた。そして途方に暮れた人々、幼児を抱えた若い女たちや、年老いて弱った人々を見ていると、しっかりと強い心を持たなくてはならないと我々は感じた。こうした献身的な忍耐力は我々共通の気持ちにまで高まった。この灰色の大きな地区はじめじめとして殺風景で、ほんの何時間か前までは歴史のなかで忘れられていた。だが今ここは奇妙なほど心地よい場所になり、共同体としての熱気と人々の声に満ちていた。

ニュースを求める人々は一つの集団からもう一つの集団へと動きながら、大きな集まりに長居する傾向があった。そんなふうに私はゆっくりと宿舎内を動き回った。避難センターはここもカンフーパレスを含めて九つあるらしい。アイアンシティでは避難は行われなかった。地域の他の町もそうだ。州知事はＶＩＰ仕様のヘリコプターで州議会からこちらへ向かっている。誰もいなくなった町の外にある豆畑に着陸するかもしれない。州知事は四角い顎をして自信満々で、ブッシュジャケットを着て、カメラに映りながら十秒か十五秒だけ外に出る。自分が不滅なことを示すために。

かなり大きな人だかりのいちばん外にいる人々にそっと加わってみると、自分の息子が中心にいて私はいたく驚いた。彼は新たに見出した声によって、熱狂的な調子で逃亡という苦難について語っていた。空中毒物事件について技術的な面から語っていたのだ。もっとも、彼は預言者が神の声を伝えるように歌い上げていた。ナイオディン誘導体という名前そのものを発音しながら、不適切な楽しみを感じていた。その音そのものに不健全な喜びをおぼえていたのだ。人々はこの思春期の少年に注意深く耳を傾けていた。彼は野戦用上着を着てキャップをかぶり、双眼鏡を首から下げ、ベルトに小型カメラをつけていた。聴衆が彼の年齢に心を動かされているのは間違いなかった。彼は正直で誠実で、どんな利害にも左右されてはいないのだろう。環境によく注目しているのだろう。彼の化学の知識は新鮮で最新のものなのだろう。

私は息子が言うのを聞いた。「操車場の巨大な流出物に噴霧していたのはおそらくソーダ灰でしょう。でも遅すぎたし、少なすぎました。明け方にはおそらく、農薬散布機を飛ばしてもっともっと多くのソーダ灰を有毒の雲に投下すると思います。そうすれば雲は毒性のない百万の煙に分解するはずです。ソーダ灰は炭酸ナトリウムの一般名で、ガラスや陶磁器、洗剤、石鹸の製造に使われます。重曹を作るのにもね。みなさんの多くが、町で夜遊びしたあとがぶ飲みしてるだろうあれですよ」

人がさらに密集してきた。少年の知識と機知に強い印象を受けていたのだ。知らない人間の群れに向かって息子がこんなに余裕たっぷりに話すのを聞いて私は驚いた。他の人々の反応を通して自らの価値を知ることで、自分自身を見出したのだろうか？　この恐ろしい出来事による混乱や衝撃のおかげで、息子は世界にどう出ていけばいいのかを学んだということなのか？

「みなさんが思い悩んでいるのは、ずっと言われているこのナイオディンDとはいったい何なのか、ということでしょう。いい質問です。僕たちはそれについて学校で習いました。ネズミが痙攣する映画なんかも見ました。さあ、いいですか、基本的には単純なんです。ナイオディンDとは、殺虫剤を作るときにできた副産物をとにかく全部集めたってだけのものです。もともと作られたものはゴキブリを殺し、副産物はそれ以外のすべてを殺す。これが僕たちの先生が言ってた冗談です」

彼は指をパチンと鳴らし、左脚をひょいと少しだけ動かした。

「粉の状態ではそれは色がなく、においもなく、とても危険です。とはいえ、人や人の子孫に何を引き起こすかは誰も正確には知らないようです。何年実験してもはっきりわからないのか、もしくはあえて言わないのか。あまりにひどくて公表できないということもありますしね」

彼は眉を吊り上げて、おどけた感じで痙攣し始め、口の端からだらりと舌を垂らした。人々が笑うのを聞いて私はひどく驚いた。

「いったん土壌に浸透すれば、毒性は四十年続きます。これは多くの人の余命より長いですよね。五年後には、窓と雨戸のあいだや服や食べ物に、いろんなカビやキノコが生えてくるでしょう。十年後には網戸が錆《さ》びて、くぼんだり壊れたりします。家の羽目板が歪みます。窓ガラスが割れるでしょうし、それでペットは怪我をします。二十年後には、もしかしたら我々は屋根裏に閉じこもって、成り行きを見守るしかなくなるかもしれません。これらすべてのことには教訓があります。化学物質についてよく知っておけ、です」

私がここにいるのをハインリッヒに見られたくなかった。そうしたら息子は自分を意識し始め、陰気で引っ込み思案だった以前の人生を思い出すだろう。もし今の状態がそう呼べるなら、息子を輝かせておきたい。それが災難や恐怖や未知の惨事のおかげであっても。だから私はこっそりと離れ、ビニールで雪靴を覆っている男を過ぎて、宿舎のちょうど反対側に向かった。我々はさっきそこに居場所を確保しておいたのだ。

我々の隣は黒人家族で、エホバの証人の信者だった。男と女と十二歳ぐらいの男の子一人だ。父と息子は近くの人々に小冊子を配っていた。みなすんなりとそれを受け取り、彼らの話を聞いているようだった。

女はバベットに言った。「本当にひどいですよね」

「もう何があっても驚きません」バベットは言った。

「そんなことないでしょう」

「驚くようなことがもう起こらないとしたら驚くでしょうね」

「そうでしょうね」

「あるいは、ちょっとしたことしか起こらないとしたら。そうだったら驚くな。こういうことじゃなくて」

「エホバの神は、これよりもっと驚くことをなさいます」女は言った。

「エホバの神？」

「そのとおり」

ステフィとワイルダーは一つのベッドで寝ていた。端にいるデニースは『医師のための卓上参考書』に夢中だった。ゴム製の空気マットレスがいくつか壁際に積んであった。緊急電話の前には長い列ができていた。人々は親戚に電話したり、ラジオのどれかの視聴者電話参加番組の交換機にかけようとしたりしていた。ここにあるほとんどのラジオはその手の番組を流していた。バベットはキャンプ用の椅子に座り、薄焼きスナックやその他の食料でいっぱいのキャンバス袋を探っていた。冷蔵庫のなかや棚に何ヶ月も置きっ放しだった瓶や紙容器に私は気づいた。

「脂《あぶら》っこいものをやめるいい機会よ」妻は言った。

「よりによってどうして今？」

「今は規律や精神の強靱さが必要な時でしょ。まさに危機に直面してるんだし」

「自分や家族や他の何千人が巻き込まれた結構な災害を、君は脂っこいものをやめるチャンスだと思ってるってのは面白いね」

「規律が必要なときなんだからそうしなきゃ」彼女は言った。「もし今ヨーグルトを食べないなら、そんなもの永久に買わないほうがましよ。でも小麦麦芽はごめんだけど」

ブランド名は外国語らしかった。私は小麦麦芽の瓶を手に取り、じっくりとラベルを見た。

「ドイツのだ」私は彼女に言った。「食べなよ」

パジャマにスリッパ姿の人々がいた。男が肩からライフルをかけていた。子供たちが寝袋に潜り込んでいた。バベットがちょっと、という仕草をしたので、私は顔を近づけた。

「ラジオは切ったままでお願い」彼女は囁いた。「女の子たちが聞かないように。まだデジャヴから先には行ってないの。そこで止めておきたい」

「症状が本物なら？」

「本物のわけある？」

「本物じゃないわけがあるか？」

「ラジオで聞いた症状しか出てないの」彼女は囁いた。

「ステフィはラジオでデジャヴのことを聞いたのか？」

「そうに決まってる」

「どうしてわかる？　ステフィがラジオで聞いたとき一緒にいたのか？」

「それはわからないけど」

「よく考えるんだ」

「思い出せない」

「ステフィにデジャヴってどんな意味か言ったか？」

彼女は紙容器のヨーグルトをスプーンですくい、そのまま動作を止め、深く考えていた。

「これ、前にもあった」ついに彼女は言った。

「何が前にもあったって？」

「座ってヨーグルトを食べながら、デジャヴについて話してた」

「そんな話はいいよ」

「ヨーグルトをスプーンですくってて。瞬間的に浮かんできた。経験したこと全部が。自然な全乳製で、ローファットのやつ」

ヨーグルトはまだスプーンの上にあった。彼女が思慮深くスプーンを口に運び、その動作と対応するもともとの体験の幻想をくらべようとしているのを私は見ていた。しゃがんでいた私は彼女に、もう少しこっちにという仕草をした。

「ハインリッヒは自分の殻から抜け出したらしい」私は囁いた。

「ハインリッヒはどこ？　見てないけど」

「あの集まりが見えるか？　あいつはそのどまんなかにいる。毒物事件について自分が知っていることを教えてるんだ」

「何を知ってるの？」

「すごくたくさん知ってるらしい」

「どうして私たちには言わなかったの？」バベットは囁いた。

「たぶん我々にうんざりしてるんだろう。家族の前で面白くて魅力的に振る舞う必要なんてないとハインリッヒは思ってる。息子ってのはそういうもんだ。さあ、家族みんなを喜ばせてみよう、なんて考えないものだよ」

「面白くて魅力的？」

「ああいう部分はずっとあったんだろう。ただ自分の才能を発揮する正しいタイミングを見つけるだけだったんだ」

バベットはより近づいてきた。二人の頭はほとんど触れそうになった。

「あなたがあそこに行かなきゃとは思わない？」妻は言った。「集まってる人のなかにいる自分を示すの。そして大事な瞬間に父親が立ち会ったことを見せる」

「もし私がいるのを見たら動揺するだけだろう」

「どうして？」

「父親だからさ」

「あなたがあそこに行ったら、父と息子の関係のせいで、ハインリッヒはまごついて調子が狂って台無しになる、ってことね。で、あなたが行かなかったら、自分の大事な瞬間を父親に見られたとも知らず、あなたの前では今までどおり振る舞わなきゃ、とハインリッヒは思い続ける。気難しくてすぐムキになるって態度ね。喜びに満ちた朗《ほが》らかな、新しい態度ではなく」

「ジレンマだね」

「もし私が行ったら？」妻は囁いた。

「私に言われてきたと思うよ」

「それってひどいこと？」

「自分に私の思うとおりにさせるために君を使ったと彼は思うだろうね」

「まあそういう部分もあるでしょ、ジャック。でも血のつながった家族がぶつかったときには、義理の家族の出番じゃないの？」

私は妻にさらに近づき、もっと声を低めた。

「ただのライフセイバー・キャンディ」私は言った。

「何？」

「どうしていいかわからなくて飲み込んだただの唾」

「ハッカ飴よ」彼女は囁き、親指と人差し指で丸を作った。

「一つくれよ」

「最後のやつだったの」

「味は何だった――すぐ答えるんだ」

「チェリーよ」

私は唇をすぼめ、吸う音を少し出した。パンフレットを持った黒人の男が私のところまでやって来て、隣にしゃがみ込んだ。我々は熱心に、長々と握手をした。男は私を堂々と眺めた。そいつが家族を家から連れ出し、この困難な道のりを旅してきたのは、化学事件から逃れるためではなく、自分が言わねばならない言葉を理解してくれるだろう、たった一人の人物と出会うためだった、という感じの視線だった。

「こうしたことはどこでも起きてますよね」

「多かれ少なかれね」私は言った。

「それで、政府は何してます？」

「何も」

「今言いましたね。そう言ったのは私じゃないですよ。この状況を表現する言葉は一つしかないし、まさにあなたはその言葉を見つけたってわけです。私は驚いちゃいません。でも考えてみてください。彼らにいったい何ができるでしょう？　だって起こるべきことは起こるしかないんです。世界のどの政府も、それを止めるほど大きくはありません。あなたみたいな人なら、インドの常備軍が何人か知ってるでしょう？」

「百万人」

「私が言ったんじゃない、あなたが言ったんです。百万人の兵隊がいても止められない。世界でいちばん大きな常備軍はどこのですか？」

「中国かロシアだな。ベトナムだって大きいけど」

「教えてください」彼は言った。「ベトナム人はそれを止められますか？」

「いいや」

「それがここで起こってるんです。みんなそう感じてます。直感的にわかってるんです。神の国が近づいていることが」

手足がひょろ長く、髪が薄い男で、前歯二本のあいだがすいていた。ゆったりとしゃがんでいたが、関節がやわらかそうで、その体勢でも心地よさそうだった。そいつがスーツ姿でネクタイを締め、運動靴を履いていることに私は気づいた。

「素晴らしい日々じゃないですか？」男は言った。

私は相手の顔を眺め、正しい答えのヒントを探った。

「それが来ていると感じます？　やって来ていると？　来てほしいですか？」

男は話しながらつま先に体重をかけて上下に揺れた。

「戦争、飢餓、地震、火山の噴火。それらすべてが一つになり始めてる。どう思います。もし勢いがついたら、それが来るのを止められるものなんてありますか？」

「いいや」

「あなたが言ったんです。私じゃありませんよ。洪水、竜巻、新しい奇妙な伝染病。これは徴《しるし》なんでしょうか？　これは本当なんでしょうか？　あなたは心の準備ができてますか？」

「本当にみんな直感的にわかるんでしょうか？」私は言った。

「いい知らせはすぐに拡がりますから」

「みなその話をしてますか？　一軒一軒訪ねてみて、みながそれを待ち望んでるという感じはあります？」

「みんなが待ち望んでるかどうかじゃありません。この私がどこに出向いて契約を交わすかです。それはまさに今、私をここから連れ出してくれるんですよ。みんなはこう訊きます。『神の王国に季節はありますか？』こうも訊きます。『橋の通行料や返却するとお金がもらえる瓶はありますか？』言い換えれば、みんな近くまで来てるんです」

「大きなうねりを感じるんですね」

「突然の集結です。正確に言えばね。私には一目でわかります。この男にはわかってるって」

「そんなに地震は起こりませんよ、統計的には」

男は哀れな人間を見下すように微笑んだ。そうされて当然だと私は感じたが、どうしてかはわからなかった。もしかしたら、この力強い信仰や恐怖や欲望を前に統計を持ち出すのは小うるさいだけなのかもしれない。

「復活の日はどんなふうに過ごすつもりです？」男は言った。まるで長い週末が来るように。

「誰にでもその日が来るんですか？」

「邪悪な者たちか救われた者たちの一員としてね。邪悪な者たちは道を歩きながら腐っていきます。眼窩《がんか》から両目が滑り落ちたりして。体がべとついて部分的になくなっているので、彼らだとわかります。自分の体が溶けたどろどろを引きずって歩くのです。ハルマゲドンのなかで華やかに振る舞いながら腐っていく。救われた者たちは小ぎれいで慎み深いので互いにわかります。派手でないことによって救われた者たちを見分けられます」

彼は本気だった。運動靴まで全部が冷静で実用的だった。彼の不気味なほどの自信や疑いのなさについて私は考えた。今こそがハルマゲドンなのだろうか？ 何の曖昧さもなく、もはや何の疑いもなく。彼には次の世界に駆け込む準備ができていた。私の意識に次の世界をむりやり染み込ませようとしていた。驚くべき出来事は、彼にとってはただの事実、自明で妥当で差し迫った真実だった。私ははっきりとハルマゲドンを感じてはいなかったが、そう感じる者たちのことを気にしてはいた。彼らはそれへの心の準備を整え、その到来を強く望み、電話をしたり預金を引き出したりしている。もし充分な数の人々が望んだらそれは起こるのだろうか？ 充分な人数とはどのくらいだろうか？ どうして我々はアボリジニのようにしゃがんでこんな話をしているのか？

彼は『世界の終わりについての、よくある二十の間違い』というパンフレットをくれた。私はしゃがんだ状態からどうにか立ち上がった。目眩《めまい》と腰痛を感じた。建物の入口のほうで一人の女が有毒薬品との接触について何か言っていた。彼女の小さな声は、宿舎内の人々が歩き回る音でほとんど聞こえなかった。大きな建物のなかで人間が必ず立てる、低い位置からの騒音だ。デニースは参考文献を置き、私に批判的な目を向けた。彼女はその目を、主に父親やその立場の喪失にしか向けなかった。

「どうした？」私は娘に言った。

「あの声が聞こえなかった？」

「接触だろう」

「そう」デニースは鋭く言った。

「接触なんてしてないだろう」

「私たちはね」娘は言った。「でもパパは違う」

「どうして私が？」

「ガソリンを入れに車から降りたでしょ？」

「降りたとき、毒の雲はどこだった？」

「すぐ目の前よ。おぼえてない？　父さんが車に戻って、ちょっと進んだらすぐ、明かりに照らされたのが現われて」

「私が車から降りたとき、雲が全身に降り注ぐくらい近かったってことなのか」

「パパのせいじゃない」デニースはイライラして言った。

「けど、二分半のあいだすっかり雲のなかにいた」

　私は入口のほうに向かった。列が二つできていた。ＡからＭまでの列とＮからＺまでの列だ。両方が行きついたところにはそれぞれ、折りたたみ式のテーブルがあり、上に小型コンピューターが置いてあった。専門家がやたらと動き回っていた。襟にバッジをつけ、色別の腕輪を巻いた男女だ。私は救命胴衣を着た家族の後ろに並んだ。彼らは明るく幸せで訓練が行きとどいて見えた。分厚いオレンジ色のベストは特に場違いではなかった。もっとも、実際には我々は陸地にいて、かなり海抜も高く、もっとも近い不吉な水域から何キロも離れていたが。急に集まってきた人々は、ものすごい大変動のおかげで、さまざまな奇妙な逸脱を呈していた。色や特異さのぶつかり合いが、この光景を終始特徴づけていた。

　列は長くはなかった。私がＡからＭまでのテーブルにたどり着くと、座った男がキーボードでデータを打ち込んだ。私の名前、年齢、病歴などだ。痩せた若者で、明かされないある指針から会話がそれるといぶかしげな顔をした。カーキ色の上着の左腕には、ＳＩＭＵＶＡＣ《シミユヴァック》と書かれた緑色の腕章をしていた。

　私はどんなふうに有毒事件に曝されたと思われるかを説明した。

「どれだけ外にいたんです？」

「二分半です」私は言った。「長いですか、短いですか？」

「実際に排出物質に触れた場合、すべて接触があったことになります」

「漂う雲は、どうして風や雨のなかで消えてしまわないのですか？」

「日常的にある巻雲とは違いますよ。精細度の高い事象なんです。あの雲には副産物が凝縮しています。鉤《かぎ》を引っかけて海まで引っ張っていけるくらいにね。これはわかりやすくするための誇張ですが」

「車に乗っていた者は？　乗り降りするとき、ドアを開けなければならなかったんですが」

「雲に曝されるのにも段階があります。車内にいた人については危険は最低限でしょう。雲のまっただなかに二分半も立っていたというのはいかにもまずい。皮膚や体の開口部すべてが接触したわけですから。これはナイオディンDです。まさに新世代の有毒廃棄物なんですよ。我々が最先端と見なしているものです。一兆分の一でさえネズミを永眠に追い込めます」

彼は古参兵のような厳《いか》めしい、上からの態度で私をじっと見た。のんきに甘やかされながら日々を過ごしている者たちが、愚かなネズミなど見たがりはしないということを、彼はほとんど考えていなかった。私はこの男に味方でいてほしかった。彼はデータを調べることができた。私の被曝の程度と生存の可能性について、特に考えもなしに破滅的な発言をしないでいてもらうためなら、私は媚《こ》びでもへつらいでもするつもりだった。

「すごい腕章をつけてますね。ＳＩＭＵＶＡＣとはどういう意味ですか？　とても重大な感じがしますが」

「退避模擬実験（simulated evacuation）の略ですよ。新たな国家事業で、まだ予算を取ろうとあくせくしている段階ですが」

「でもこの退避は模擬実験じゃなくて、本物でしょう」

「それはわかってます。でも一例として使えるんじゃないかと考えてるんです」

「練習みたいなものとして？　実際の出来事を、模擬実験の練習として使うという話ですか？」

「まさにそのとおり」

「で、どうですか？」私は言った。

「挿入曲線は期待していたほどなめらかではありません。確率が過剰なんですよ。加えて、実際の模擬試験みたいに、犠牲者が望ましい場所に寝かされているわけでもありません。言い換えれば、見つかったままの状態の犠牲者を調べなきゃならないんです。コンピューターでデータの急増はありませんでした。廃棄物は突然、三次元的に漏れ出して、そこら中に拡がったんです。今夜我々が見たすべては現実なので、仕方ないですよね。まだまだ改善すべきことはあります。でも練習ってそういうものでしょ」

「コンピューターについてはどうですか？　システムで処理してるのは本当のデータなんですか？　それともただの練習用？」

「まあ見てください」彼は言った。

　彼はかなり長い間キーボードをたたき、それからデータ画面に映るコード化された返答をじっと見ていた――私にはその時間は、列の前にいた人たちのときより著しく長く思えた。実際私は、他の人に見られていると感じ始めた。私は立ったまま腕を組み、平然としている男のふりをした。金物屋でじょうぶなロープを持って女の子のいるレジスターの前に並び、順番を待っている誰かだ。この状況を中和するにはこれしかない、私の生死を記録《レジスター》している、コンピューターのドットでできた一節を打ち消すにはこれしかない、と思った。誰のことも見ず、何も漏らさず、ただじっとしていた。原始的な心性が天才的だと言えるのは、そのおかげで人間の無力さを高貴かつ優雅に示せるからだ。

「あなたの数値は大きいですね」彼は画面をにらみながら言った。

「外に出てたのはたった二分半です。それって何秒ですか？」

「何秒間も外に出てたってだけじゃないんです。あなたのデータ全体ですよ。あなたの履歴を見てみたんですけどね。括弧入りの数字の横で、星が点滅してるんです」

「どういう意味ですか？」

「聞かないほうがいい」

　彼は、静かに、というような仕草をした。まるである怖ろしい重大事が画面に現われたように。あなたの履歴を見てみた、と彼が言ったことの意味は何だろうと私は考えた。それは正確にはどこにあったんだろう？　州や連邦のどこかの機関か、どこかの保険会社やクレジット会社、あるいは医療情報センターか？　どの履歴について言っていたんだろう？　基本的なことは伝えていた。身長、体重、子供時代の病気。彼は他に何を知っているんだろう？　別れた妻たちやヒトラーとの関わり、私の夢や恐れについては？

　彼の首は細く、大きな耳は彼の足りない頭に似合っていた――戦前の田舎の人殺しのような無邪気な外見だ。

「私は死ぬんですか？」

「そんなに長い話ではありません」彼は言った。

「どれぐらいかかる話ですか？」

「話の長さが問題なのではありません」

「何文字くらい？」

「文字数ではなく、年数が問題なんです。十五年経ったらもっといろいろわかるでしょう。その頃には、もちろん大変なことになっているでしょうけど」

「十五年経ったら何がわかるんです？」

「もし十五年後まであなたが生きていたとしたら、今我々がわかっているより多くがわかるでしょう、ってことです。ナイオディンDの寿命は三十年です。だからその半分は過ぎたってことになります」

「四十年じゃないんですか」

「地中では四十年です。人体では三十年」

「ならば、その物質より長生きするには、八十代まで生きなきゃならないってことですね。それで初めてほっとできる」

「今わかっているかぎりでは」

「でも一般的な見解によれば、今のところはまだ何もわからない、ってことのようですが」

「こういう答え方はどうです。もし私がネズミだったら、空中事件から半径三百キロ以内には入りたくない」


「もし人間なら？」

彼はじっと私を見た。私は立ったまま腕を組み、彼の頭の向こうにある、宿舎の正面の扉を見ていた。彼のほうを見たら、自分の弱さを認めることになってしまう。

「私なら、自分で見たり感じたりできないものについては考えませんね」彼は言った。「前に進んで自分の人生を生きます。結婚して、家を買い、子供を作ります。今いろいろ言われたからって、そういうふうにしていけないわけじゃないですよ」

「でも大変なことになるって言ったじゃないですか」

「言ったのは私じゃありません。コンピューターです。システム全体がそう言ってるんですよ。我々が巨大なデータベース記録と呼んでいるやつがね。グラッドニー、J・A・K。私は名前と物質とそれに触れた時間を打ち込んで、コンピューター上の履歴を見ました。あなたの遺伝形質、容姿、医療記録、精神状態の記録、警察の記録、病院の記録。返ってきたのは点滅する星です。だからって、ひどいことがあなたに起こるだろう、ということにはなりません。少なくとも今日明日にはね。ただあなたとはデータ全体を足したものだ、ということだけです。そうじゃない人なんて誰もいません」

「そして巨大な記録ってのは模擬実験じゃない、ってことだ。あんたはそんな腕章をつけてるけど。事実なんですよね」

「事実です」彼は言った。

私はぴくりともせずに立っていた。もし彼らが私をもう死んでいると思っているなら、特に私には何もしないほうがいいと考えるかもしれない。医者が光にかざしたX線写真で、私の命に関わる臓器のまんなかに星形の穴が空いているのを見せられた気分だった。死が入り込んだ。それはあなたのなかにある。あなたは死につつあると言われるが、それでも瀕死の人々とは違う。空き時間には死についてじっくり考えられるし、X線写真やコンピューターの画面上で、異質で恐ろしい死の論理を文字どおり眺められる。死が映像化され、言わばテレビ放映されたとき、自分の状況と自分自身とが不気味にも離れてしまっているのをあなたは感じる。象徴の網の目が導入された。ものすごいほどの技術全体が神の手からもぎ取られた。そのせいで、あなたは自分の死のただなかでよそ者のように感じる。

大学のガウンとサングラスがほしいと私は思った。

宿舎の反対側に戻ると、下の三人の子供が眠っていた。ハインリッヒは道路地図に書き込みをしていて、バベットは少し遠くに座り、周りにはトレッドウェル老や他の盲人数名がいた。バベットは彼らに、スーパーマーケットのレジ横に置いてあるような、判型が小さくて色合いが派手なタブロイド新聞を読み聞かせていた。

私には気晴らしが必要だった。キャンプ用の椅子を見つけ、バベットの後ろの壁ぞいに置いた。盲人四人と看護師一人、そして晴眼者三人が半円を作って読み手に向かい合っていた。他の人々はときおり立ち止まって記事を一つ二つ聞き、歩き去った。バベットは物語を話すときの、真剣で陽気な声を出していた。ワイルダーにお伽噺を読み聞かせたり、激しく往来する車の騒音から上に隔たった真鍮製のベッドのなかで、夫にエロティックな一節を読んだりするときと同じだ。

彼女は最初のページに書かれた記事を読んだ。「たしかにある死後の生、しかもボーナス・クーポンつき」そして続きのページを開いた。

「プリンストン大学にある有名な高等研究所の科学者たちが発見した、死後の生についての絶対的で明白な証拠に世界が驚いた。世界的に知られたそこの研究員は催眠術を使って、数百人の人々に前世での経験を思い出させたのだ。それらはピラミッドを建設した者、交換留学生、宇宙人などである」

　バベットはセリフの部分で声の調子を変えた。

「前世を想起させた催眠術師のリン・ティ・ワンはきっぱりとこう言う。『昨年だけで、催眠術によって数百人を前世に戻すことができました。もっとも驚くべき被験者の一人は女性で、一万年前の中石器時代に狩猟採集民だったころの人生を思い出せたのです。ポリエステルのスラックスを履いたこの小柄な老婦人が、がっしりした男性族長としての人生を物語ったのは印象的でした。彼の率いる集団は泥炭地に住み、原始的な弓矢で野生の猪を獲っていたそうです。きちんと訓練された考古学者しか知らないその時代の特徴について彼女は語ることができました。当時の言葉でいくつか文章を話すことさえできたんです。それは現代ドイツ語ととてもよく似ていました』」

　バベットの声はまじめな朗読の調子に戻った。

「シヴ・チャタジー博士、フィットネスの導師にして高エネルギー物理学者の彼は最近、テレビ番組の視聴者を生放送で驚かせた。互いに見知らぬ二人の女性が、前世への退行を求めて同じ週、彼のもとにやって来たのだが、実は五万年前に消えたアトランティス大陸の街に住む双子の姉妹だとわかった、と詳細に述べたのである。二人とも街について語ったのだが、それによれば奇妙で破滅的な形で海に沈む前、街はきちんと運営された清潔な自治体で、昼夜問わずいつでも安全に歩くことができたという。現在二人はＮＡＳＡでフードスタイリストをしている。

　さらに驚くべきは五歳のパティ・ウィーバーの件で、彼女はチャタジー博士に説得力のある言葉でこう話した。前世で彼女はＫＧＢに雇われた秘密の暗殺者で、ハワード・ヒューズ、マリリン・モンロー、エルヴィス・プレスリーといった有名人の未解決な殺人の実行犯である。世界のスパイの仲間内では彼は《毒蛇《へび》》という名で知られていた。有名な犠牲者たちの足の母指球に、致死的で検知不可能な毒を注射したからである。モスクワでの激しいヘリコプター事故で彼が死んだほんの数時間後に、幼いパティ・ウィーバーはアイオワ州のポピュラー・メカニクスで生まれた。彼女は《毒蛇》と同じ痣《あざ》を持つだけでなく、ロシア語の単語や文章をおぼえるのが驚くほど早かった。

『私は彼女を少なくとも十二回は退行させました』チャ

タジー博士は言う。『証言に矛盾がないかをプロの技術で徹底的に調べました。けれども彼女の言葉は驚くほど一貫していたのです。邪悪なものから善なるものが生まれうる、という話ですね』幼いパティは言う。『《毒蛇》として死を迎えたとき、私には輝く光の輪が見えました。それが私を迎え入れている、手招きしているようだったんです。温かくて神聖な体験でした。私はただそのなかに歩いて行きました。まるで悲しくありませんでした』」

　バベットはチャタジー博士とパティ・ウィーバーの声を変えていた。彼女がやるチャタジーは温かくやわらかなインド訛《なま》りの英語で、歯切れのいい早口だった。彼女のパティは最近の映画に出てくる子供の英雄のようだった。どんなに不思議でドキドキするようなことが起こっても、スクリーンのなかで彼女だけは怯えないでいるのだ。

「その先には驚くべき展開が待っていた。三人の超有名人は同じ驚愕の理由で殺された、と幼いパティは明かしたのだ。どの人物も死に際して秘かにトリノの聖骸布《せいがいふ》を所有していた。その布は病気を治す力があることで知られている。芸能人であるエルヴィスとマリリンは酒とドラッグに恐ろしいほどはまり込んでおり、心身の平安を人生に取り戻そうと秘かに望んでいた。だからサウナで毛穴をきれいにしたあと、聖骸布で実際に体を拭いていたのだ。いくつもの顔を持つ億万長者であるハワード・ヒューズは、まばたきができなくなる病気に悩まされていた。一度まばたきで目を閉じると、そのまま何時間も開けられなくなるという奇妙な症状があったのだ。そこで彼はもちろん、聖骸布のすごい力を使おうとしていた。だが《毒蛇》が検知不能の毒液をすみやかに彼に注射して邪魔した。催眠術をかけられたパティ・ウィーバーはさらにこう明かした。KGBは長いことトリノの聖骸布を入手しようとしていた。急速に老い、痛みで弱っていく政治局委員たちに使おうとしていたのである。政治局とは共産党の有名な執行委員会のことだ。バチカンの教皇、ヨハネ・パウロ二世の暗殺が試みられた真の理由も聖骸布を手に入れたかったからだ——その試みが失敗したのは、すでに《毒蛇》が悲惨なヘリコプター事故で落命し、アイオワ州でそばかす顔の少女として生まれ変わっていたからにすぎない。

　下についている安全なボーナスクーポンによって、死後の生、永遠の生、前世体験、宇宙空間での死後の生、魂の転生、そしてコンピューター技術を駆使して取り戻した意識の流れによる、個人ごとに特注の復活について、たくさんの記録を閲覧することができます」

　私は半円を作っている人々の顔をじっと眺めた。この言葉に誰も驚いている様子はなかった。トレッドウェル老は煙草に火をつけ、自分の震える手にいらだち、火傷する前にマッチを振り回して消さねばならなかった。人々の話し合いに興味を惹かれた雰囲気はなかった。この話は言われるがまま信じる心の奥に入り込んでいた。それでよかったのだ。奇妙なほど身近で心を慰めてくれる言葉の連なりは、日々の暮らしで見られる事実と同じくらいリアルだった。バベットの声の調子には、この話を疑ったり、聴衆を見下したりしている感じはなかった。目が見える者であれ見えない者であれ、この年老いた聴衆たちを下に見ることは、もちろん私にはできなかった。幼いパティが温かく手招きする光に向かって歩いて行ったという話は、心の弱った受け身の私にも入ってきた。少なくともこの話のこの部分だけは信じたかった。

　バベットは広告を読んだ。スタンフォード大学の線形加速器を使った、たった三日間ですむ粒子破壊ダイエット。

　彼女は他のタブロイド紙を手に取った。一面は国を代表する霊能者たちの話と、彼らによる来年の予想だった。彼女はゆっくりと記事を読んだ。

「UFOの飛行中隊がディズニー・ワールドとケープ・カナベラルのケネディ宇宙センターを侵略するだろう。驚いたことに、それは戦争の愚かさを示すための模擬攻撃だったとわかる。おかげでアメリカとロシアのあいだに核実験禁止の条約が結ばれるだろう」

「エルヴィス・プレスリーの幽霊が、彼の音楽に満ちた豪邸、グレースランドで夜明けにたった一人で歩いているのが目撃されるだろう」

「日本の共同事業体が大統領専用機《エアフォース・ワン》を購入し、贅沢な空飛ぶ分譲マンションに変えるだろう。空中給油の特権に加え、空対地ミサイルも搭載だ」

「岩が多く景色のいい北西部太平洋岸のキャンプ場にビッグフットが劇的に現われるだろう。毛むくじゃらで直立したその人間っぽい動物は身長二・四メートルで、進化の失われた環である可能性がある。ビッグフットは周囲に寄ってきた観光客たちを優しく迎えるだろう。彼は平和の使者なのだ」

「UFOがアトランティスの失われた都市を、カリブ海の水中の墓場から引き揚げるだろう。手段は念動力と力強い綱で、その綱は地球上の物質にはない性質を持つ。そして『平和都市』が現われ、そこではお金もパスポートも一切使われないだろう」

「リンドン・B・ジョンソンの魂がCBSの重役たちに連絡を取ってくるだろう。彼は生放送のテレビ番組に出演し、最近の著作で非難された件について、インタビューで反論したいのだ」

「ビートルズのメンバーを暗殺したマーク・デイヴィッド・チャップマンが名前を法的にジョン・レノンと改名し、死刑囚棟の独房内でロックの作詞家として働き始めるだろう」

「飛行機事故カルトのメンバーがジャンボジェットをハイジャックしてホワイトハウスに突っ込むだろう。それは不思議な世捨て人の指導者、ボブおじさんとしてしか知られていない人物への盲目的な信仰が理由である。大統領と夫人は小さな切り傷程度で奇跡的に助かるだろう、と夫妻の親しい友人は語っている」

「すさまじいほどの億万長者である故ハワード・ヒューズが奇妙にもラスベガス上空に姿を現すだろう」

「宇宙空間で無重力状態にあるUFO内の薬品実験室で、素晴らしい薬が大量生産され、不安、肥満、気分の浮き沈みが解消されるだろう」

「生きる伝説だった故ジョン・ウェインが墓の底から、レーガン大統領とテレパシーで交信し、アメリカの外交政策立案を助けるだろう。死によって優しくなった堂々たる体軀の俳優は、希望に満ちた愛と平和の政策を唱えるだろう」

「六〇年代の大量殺人犯であるチャールズ・マンソンが脱獄して、カリフォルニア州の田舎を数週間にわたって恐怖に陥《おとしい》れるだろう。そしてICMパートナーズの事務所でテレビ中継されながら、降伏の条件を交渉するだろう」

「地球唯一の衛星である月が七月の蒸し暑い夜に爆発して、潮の干満をめちゃくちゃにし、泥や残骸の雨を地球全体に降らせるだろう。だがUFOの乗務員が掃除してくれるおかげで、地球は災害を免れる。そして平和と調和の時代がやってくるだろう」

私は聴衆を見ていた。腕を組み、頭を少し傾けていた。予言の数々をむちゃとは思っていない様子だった。まるでテレビコマーシャルが流れているあいだのように、彼らは短い無関係な言葉を交わして満足していた。タブロイド紙の示す、黙示録的な出来事を明るく解釈した未来は、今の我々の経験から大して遠くはないのかもしれなかった。我々を見よ、と私は考えた。家から出ろと言われ、ひどく寒い夜のなかを延々と移動し、毒性の雲に追いかけられ、急ごしらえの宿舎に詰め込まれ、曖昧な将来の死を宣告された。我々はメディアに出てくる災害の公的な一員に加わった。老いた者たちや盲目の者たちからなる小さな聴衆は、超能力者の予言をもうすぐ起こる出来事だと思っている。そしてだからこそ、それらがあらかじめ我々の欲求や希望にそったものであるべきだと考えているのだ。大規模な破滅の連続という感覚のなかから、我々は希望を生み出し続けている。

バベットはダイエット用サングラスの広告を読んでいた。老人たちは興味深そうに耳を傾けていた。私は自分たちに割り当てられた場所に戻った。子供たちの近くに行き、彼らの寝顔を見たかった。眠っている子供たちを見ると敬虔な気持ちになれたし、霊的な世界に参加している感じがした。そのときがいちばん神に近づいていているように思えた。大理石の柱が立ち並び、二層になったゴシック様式の窓から神秘的な光が斜めに差し込む、尖塔のついた巨大な大聖堂のなかに立つことに比肩するような非宗教的な経験があるとすれば、それは小さな寝室で深く眠っている子供たちの顔を見ることだ。特に女の子。

もうほとんどの明かりは消えた。宿舎のざわめきは静まった。人々はくつろいでいた。ハインリッヒはまだ起きていて、ちゃんと服を着たまま床に座り、壁に背をあずけて、赤十字の蘇生術のマニュアルを読んでいた。私にとってとにかく彼は、素敵な寝姿を眺めていて心が落ち着くような子供ではなかった。寝返りが多く、歯ぎしりをし、すぐに目を覚ましてよくベッドから落ちた。見ると、早朝の光のなか、胎児のように丸まって、堅い木の床で震えていた。

「ちゃんとすべてコントロールしているようだな」私は言った。

「誰が?」

「担当の誰かが」

「それって誰?」

「気にするな」

「まるで昔に投げ入れられたみたいだね」ハインリッヒは言った。「今は石器時代で、数世紀にわたる偉大な進歩を僕らは知ってはいる。でも石器時代人の暮らしを楽にするようなことなんて何かできる? 冷蔵庫を作れる? 冷蔵庫がどう動くか説明できる? 電気って何?

光って何？　毎日の暮らしのなかでこういうものを使ってるけど、昔に投げ入れられたら、そこの人々に基本原理さえ説明できないし、ましてや状況を改善できる何かなんてとても作れない。だったらそんな知識は意味ある？　父さんが作れるものを何か一つでも挙げてみてよ。石でこすって火を熾《おこ》せるような、単純な木のマッチを作れる？　僕らは自分たちを偉大で近代的だと思ってる。月面着陸、人工心臓。でも時空をワープさせられて、古代のギリシャ人と対面したら。ギリシャ人は三角法を発明した。検死も解剖もした。古代ギリシャ人に『それがどうした』って言われずにすむことを何か教えられる？　原子《アトム》の話をする？　原子はギリシャ語だ。宇宙での主要な出来事は人間の目には見えないってことをギリシャ人は知ってたんだ。それは波であり、光であり、粒子なんだ」

「我々も何とかやってるじゃないか」

「この巨大でカビ臭い部屋のなかで座ってる。まるで昔に投げ入れられたみたいだ」

「暖房もあるし、明かりもある」

「石器時代にもあったよ。暖房も明かりもね。火を使ってたんだから。火打ち石を打ち合わせて火花を出してた。火打ち石を打てる？　見たら火打ち石だってわかる？　石器時代人にヌクレオチドって何か訊かれたら答えられる？　カーボン紙ってどうやって作るの？　ガラスって何？　医学や病気の進歩の知識があったところで、明日、目が覚めたら中世で、伝染病が大流行しているとして、それを止めるには何ができる？　もうほぼ二十一世紀で、父さんは科学や医学に関する本や雑誌を何百冊も読んでるし、テレビ番組も百は見てる。百五十万人の命を救える大事なことをちょっとでも彼らに言える？」

「『水を沸かせ』と言うだろうね」

「たしかに。『耳の裏を洗え』は。同じくらい効果的だよ」

「それでも我々はけっこううまくやってると思うね。警報は出てないし。食糧もラジオもある」

「ラジオって何？　ラジオの原理は何？　さあ、説明してよ。今、人の輪のなかにいるとして。みんなは道具として丸い小石を使ってる。幼虫を食べてる。ラジオって何か説明して」

「不思議なことなんて何もないさ。強力な送信機が信号を送る。それが空中を飛んでいって、受信機が受け取る」

「空中を飛んでいくって、鳥みたいに？　彼らに魔法でも教えたら？　信号は魔法の波となって空中を飛んでいくって。ヌクレオチドって何？　そんなの知らないでしょ？　でもそういうものが人生の基本的な要素になってるんだ。単に空中を漂うだけだとしたら、知識なんて何の役に立つ？　知識はコンピューターからコンピュータ―に伝えられる。毎日毎秒、知識は変わり、増えていく。でも本当は誰も何も知らないんだ」

「お前は何か知ってるだろう。ナイオディンDについて。みんなのなかにいるのを見たぞ」

「あんなの一度かぎりの気紛れさ」ハインリッヒは私に言った。

　息子はまた読み始めた。私は外の空気を吸いに出ることにした。外では、二百リットルのドラム缶で焚《た》かれている火を囲んで、人々が何グループかに分かれて立っていた。側面の開いた車で男がソフトドリンクやサンドイッチを売っていた。近くにはスクールバスやバイクや、介助サービスカーと呼ばれる小型のバンが停まっていた。私はしばらく歩き回った。車のなかで寝ている者や、テントを張っている者がいた。光の筋が森を抜けてゆっくりと揺れていて、捜索の音や、静かな声が聞こえてきた。アイアンシティから来た娼婦たちがぎっしり乗り込んでいる車を通り過ぎた。車内のライトはついていて、窓は彼女たちの顔でいっぱいだった。彼女たちはスーパーマーケットのレジの女性たちのようだった。ブロンドがかった髪に二重顎で、あきらめきった表情をしていた。男が運転席のドアにもたれかかり、少しだけ開けた窓越しに話していた。息が白かった。ラジオが言った。「豚の未来も暗く、それにつれて市場は弱くなっています」

　娼婦たちと話している男がマーレイ・ジェイ・シスキンドだと私は気づいた。歩いて行き、彼が話を終えるのを待ってから話しかけた。彼は右手の手袋を取って私と握手した。車の窓が閉じた。

「授業がない期間はニューヨークにいると思ってたよ」

「自動車事故の映画を見ようと思って早く帰って来たんだ。僕がセミナーの準備をできるように、アルフォンスが一週間の上映を計画してくれたんだ。アイアンシティからの空港バスに乗ってたらサイレンが鳴りだした。運転手はどうにもできずに、車の流れのままここまで来たってわけさ」

「夜はどこで過ごしてるんだ？」

「バスの乗客全員が離れの一つに割り当てられた。体に絵を描いた女たちの噂を聞いて調べに来たんだけどね。一人はコートの下に、豹柄の部屋着を着てた。見せてくれたよ。股のところをパチンと取りはずせる女もいた。どういうことだと思う？　でも僕は、生き方が原因の病気の蔓延については少々、困ったものだと考えてる。でこぼこのリブが入った強化コンドームをいつも持ち歩いてるんだ。一つのサイズで全員に合うやつさ。でも現代のウイルスが持つ知性と順応性を前にしては、そんなものはたいした保護にはならないだろうとは思ってる」

「あの連中は忙しそうには見えないが」私は言った。

「この災害は性的な奔放さを招くようなものじゃないと思う。一人や二人は結局、こそこそ何やらやって回るんだろうが、人々の大群が浮かれ騒ぐことにはならないだろうね。少なくとも今晩は」

「ある段階を経るには時間がかかるだろう」

「そりゃそうだ」彼は言った。

自分は二分半、毒の雲に曝された、と彼に告げた。それからSIMUVACの男と話したことをかいつまんで言った。

「ナイオディンを少々吸い込んだせいで、死が体に入り込んだ。コンピューターによれば、今やこれは公的な事実らしい。死が体に入り込んだことが。ナイオディンより長生きできるかどうかが問題だ。ナイオディンにも寿命がある。三十年だ。直接そのせいで死ななくても、体内でナイオディンが私より長生きするかもしれない。飛行機事故で死んだとしよう。埋葬された私の体のなかで、ナイオディンDは元気に生き続ける」

「それこそが現代の死ってやつじゃないか」マーレイは言った。「死は僕たちから独立した命を持っている。死の名声と規模は大きくなるばかりだ。今までなかったほどの拡がりを手に入れている。僕らは死を客観的に研究する。その外観を予測したり、体内をどう動くかをたどれる。死の断面図を写真に撮れるし、その振動や波動を録音できる。僕らがここまで死に近づいたことはない。その習性や態度に。僕らは死を親密に知っている。でもそれは育ち続けている。幅や範囲、新たな出口、新たな通路や手段を獲得し続けている。僕らが知れば知るほど、死は育っていく。これは何かの物理法則だろうか？　知識や技術が進むほど、新たな種類の死、新たな系統の死が現われる。死は順応するんだ、まるでウイルスみたいに。これは自然の法則なのか？　あるいは僕の個人的な迷信なのか？　今までにないほど死者たちが近くにいるのを感じる。死者たちと同じ空気のなかに住んでいるのを感じる。老子を思い出してごらん。『生者と死者の違いはない。その両方が同じ生命力の流路なのだ』彼はこれをキリストより六百年も早く言った。この言葉が再び真実として響く。ひょっとしたら、かつてないほどに」

彼は両手を私の肩に置き、悲しそうに私の顔を見た。起こったことについて、どれだけ残念に思っているかをとても簡単な言葉で語った。コンピューターの間違いである可能性を告げた。コンピューターも間違える、と彼は言った。カーペットの静電気のせいで間違いが起こるんだ。回路に糸くずや髪の毛が入って。彼はこんな言葉を信じていなかったし、私もそうだった。だが彼は説得力を持って語った。その目は湧き上がる感情にあふれていた。寛容で深い感覚だ。私は奇妙にも報われた気がした。彼の共感は起こっていることにふさわしいものだった。圧倒的なみじめさと悲しみに。こう思えたのも悪い知らせのおかげだ。

「二十代から、私は恐れを、恐怖を感じてきたんだ。そして今それは現実になった。陥れられたって感じがする。深く巻き込まれたって感じだ。これが空中毒物事件って呼ばれてるのも無理はない。たしかにこれは事件なんだ。何の事件もない日々の終わりなんだよ。これは始まりにすぎない。見てればわかる」

トークショーの司会者が言った。「あなたの声が流れています」石油を入れたドラム缶で火が燃えていた。サンドイッチ業者がバンを閉じた。

「君の家族でデジャヴを感じた人はいるかい？」

「妻と娘だ」私は言った。

「デジャヴについての説があるんだけど」

「聞きたくないね」

「どうして僕たちは物事が前にも起こったと思うのか？　簡単さ。たしかに前にも起こったからだ。心のなかで、未来の光景としてね。これは予知だから、そうしたものをすでにある意識のシステムに組み込めない。基本的にこれは超自然的なものなんだ。僕らは未来を見ているのに、その経験をどう処理していいかわからない。だから予知が現実になるまで、そうしたものは隠れてる。事件となって目の前に現われるまでは。そして今、僕らは自由にそれを思い出せるんだ。親しんだものとして自由に経験できるのさ」

「どうして今、大勢の人がそんなことを経験してるんだ？」

「空中に死があるからだろう」彼は優しく言った。「それが抑《おさ》えつけられてきたものを解き放ってるんだ。そのせいで僕たちは自分自身の知らなかった部分に近づいているんだよ。僕らの大部分はおそらくもう己《おのれ》の死に直面しているんだけど、それをどう意識にのぼらせたらいいのかわからないのさ。ひょっとしたら死ぬとき、僕らは最初にこう言うのかもしれない。『この感覚は知ってる。前にもここにいたから』」

彼はまた私の肩に両手を置き、再び感動的なほど悲しげにじっと私を見た。売春婦たちが誰かに叫んでいるのが聞こえた。

「自分への興味なんてなくしたいよ」私はマーレイに言った。「そんなこと可能だろうか?」

「無理だね。もっと優れた人々もできなかった」

「そうだろうね」

「明白にね」

「自分でも何かできるといいんだけど。この苦境の裏をかけないだろうか」

「ヒトラー研究に集中したら」彼は言った。

私は彼を見た。彼はどこまでわかっているのだろう?

車の窓が少しだけ開いた。女の一人がマーレイに言った。「じゃあ、二十五ドルでしてあげるから」

「代表の確認は取った?」彼は言った。

彼女はもっと窓を開け、彼をじっと見た。彼女はくすんで見えた。夕方のニュースに出てくる、自宅が土砂に埋まった、髪にカーラーを巻いた女のようだった。

「誰のことを言っているかわかるよね」マーレイは言った。「君の精神的な要求に応《こた》えるのと引き換えに、稼ぎの百パーセントを手に入れる男のことさ。君が悪い子でいると、ちゃんとぶん殴ってくれる男のこと」

「ボビー? 彼はアイアンシティで雲を避けてる。どうしても必要じゃなきゃそんなものに自分を曝したくないんだって」

女たちが笑った。六つの頭が揺れた。それは仲間内の笑いだった。ちょっと大げさな、他の人たちからはあまり歓迎されない理由で自分たちがつながっていると感じるための笑いだ。

二つ目の窓が一センチほど開いて、鮮やかな色の唇が見えた。「ポン引きボビーは頭を使うのが好きなタイプなの」

二度目の笑いが起こった。ボビーのことを笑っているのか、我々のことか、彼女たち自身のことかはわからなかった。窓が閉まった。

「私には関係ないことだが」私は言った。「彼女が君に二十五ドルでさせてくれることってのは何なんだ？」

「気管に詰まった異物を出す応急術だよ」

私は彼の顔の、ハンチング帽と顎髭のあいだの部分を眺めた。じっと車を見つめながら考え込んでいる様子だった。車の窓は曇っていて、女たちの頭は煙草の煙に覆われていた。

「もちろん平らな場所を探さなきゃいけないけどね」彼はぼんやりと言った。

「本当に彼女が気管にものを詰まらせてるなんて思っちゃいないよな」

彼は半分びっくりしたような顔で私を見た。「え？いやいや、そんな必要はないんだ。ただゲェゲェって詰まったような音を出してくれればいい。僕が骨盤を揺さぶっているあいだ、彼女は深くため息をついてくれればいい。無防備に後ろ向きに倒れて僕の胸に抱かれて、命を救われればいい」

彼は手袋をはずして私と握手した。それから車に行き、問題の女と細かいことを話し合った。彼が後席のドアをたたくのが見えた。ちょっとしてからドアが開き、彼は後席にギュッと乗り込んだ。私は油の入ったドラム缶の一つまで歩いて行った。三人の男と一人の女が火を囲んで、噂話をしていた。

カンフーパレスの鹿が三匹死んだ。ショッピングモールへの着陸に失敗して州知事が死に、操縦士と副操縦士が大怪我をした。操車場で男が二人死んだ。彼らのマイレックスの防護服には酸で焼けた跡が小さく残っていた。ジャーマン・シェパードの群れ、ナイオディンを嗅ぎ分けられる犬たちがパラシュートを脱ぎ捨て、人々が逃げ出した町々を自由に歩き回っている。そうした場所ではUFOが多数目撃されている。薄いビニールで体を覆った男たちが広い範囲で略奪に及んでいる。彼らのうち二人が死んだ。六人の州兵が死んだ。人種対立による小競り合いのあと起こった銃撃戦で撃たれたのだ。流産や早産が報告されている。たなびく雲が他にも目撃されている。

未確認情報を伝え合っている人々は敬意のこもった恐れを抱きながら、寒さのなかつま先立ちで体を上下に揺らし、両腕を胸の前で組んでいた。こうした話が本当かもしれないと思って怯えながら、同時にあまりに劇的であることに圧倒されていた。有毒事件のおかげで人々の想像力が解き放たれたのだ。彼らは長々と物語り、他の者たちはうっとり聞いていた。生き生きとした噂や、ひどく恐ろしい話への敬意が増していた。我々が以前よりそうした話を信じやすくなったとか信じにくくなったとかいうわけではない。だが今や大いに楽しんでいた。恐れを生み出すという自分たちの能力に我々は驚き始めていた。

ジャーマン・シェパード。それは私が家に持ち込める、奮いたたせてくれるようなニュースだった。丈夫な体に、豊かな黒い毛に、獰猛な顔に、ぴちゃぴちゃ音を立てる長い舌。私は、その犬たちが無人の通りを獲物を求め、重い足取りで、用心してうろつく姿を思い描いた。私たちには聞こえない音を聞くことができ、情報の流れのなかに変化を読み取ることができるのだ。私はその犬たちが我が家にいて、クローゼットを嗅ぎ回り、長い耳を立てているのが見えた。熱と毛皮のにおいを漂わせ、溜め込んだエネルギーを感じさせた。

宿舎内では、ほとんどみなが眠っていた。私は薄闇のなかを壁にそって進んでいった。密集した人々の体が横になってしっかりと休み、一体化した寝息をたてていた。人影が揺れ動いた。目の大きなアジア人の子供が、密集した一ダースの寝袋のあいだを進む私を見つめていた。色のついた明かりが私の右耳を通り過ぎていった。トイレの水が流れるのが聞こえた。

バベットは空気マットレスの上で丸くなり、自分のコートを体にかけていた。息子は電車内の酔った通勤客のごとく、胸のあたりで首をぶらつかせながら、椅子に座って眠っていた。私は下の子たちのいる簡易ベッドのほうへ、キャンプ用椅子を持って行った。そしてそれに座り、前屈みになり、子供たちが寝ているのを眺めた。

頭と投げ出した手足がいろんな方向に向いていた。そのやわらかく温かい顔には、あまりに絶対的で純粋な信頼が浮かんでいて、私はその信頼が間違ったものに向けられないことを願った。どこかにある、大きくて偉大で恐るべき何かが、こうした輝くような信頼や暗黙の信用の正しさを証明してくれるはずだ。すさまじいほどの畏敬の念が私を包み込んだ。それはまさに宇宙的で、憧憬や欲求に満ちていた。それは遥かな距離や、恐ろしくも繊細な力について語っていた。この眠っている子供たちは、薔薇十字団の宣伝に出てくる面々のようだった。ページの外にあるどこかから差す力強い光に照らされていた。ステフィが少し寝返りをうち、眠ったまま何か言った。

た。重要な意味を持つ言葉のようで、私はそれを知っている気がした。ナイオディンの雲が持つ死のイメージを抱いた今、私には徴候やほのめかしを、そして奇妙な慰めの暗示をどこにでも求める心の準備ができていた。私は椅子を引き寄せた。眠りに包まれた彼女の顔は、ただ眼を守るためだけの構造なのかもしれない。眼は偉大で大きな知覚の器官で、さまざまに色を変え、パッと動き、他人の苦痛を見て取る。私はそこに座って彼女を見ていた。少しして彼女はまたしゃべった。今回ははっきりした音節だった。夢を見ながらのつぶやきではない——だがこの世界の言葉でもなかった。私はどうにか理解しようとした。彼女が何か言っている、くっきりした意味を持つ単語をつなぎ合わせていることは私にもわかった。彼女の顔を見たまま待った。十分経った。彼女ははっきりと聞き取れる単語を二つ口にした。聞き慣れてはいるが、意味を取りにくい単語だ。儀式的な意味合いを持つようにも思える単語で、呪いの文句や、恍惚状態での詠唱の一部のようだった。

トヨタ・セリカ。

ずいぶん経って、私はようやくこれが車の名前だと気づいた。この事実のせいでさらに驚いた。その言葉は美しく、神秘的で、黄金に彩られ、おぼろげな驚きに取り巻かれていた。それはまるで、空に現れた古代の力の名前が、楔形文字で石碑に刻まれているようだった。その言葉はどこか、空中に浮いたものを感じさせた。だがなぜそうだったのだろう。ただのブランド名だ。普通の車の。どうしてこの、ほとんど意味を持たない言葉が、そして子供の落ち着きのない眠りのなかでつぶやかれた言葉が、何らかの意味や存在を私に感じさせたのだろう。彼女はただ、テレビから流れる声を繰り返していただけだった。トヨタ・カローラ、トヨタ・セリカ、トヨタ・クレシダ。超国家的な名前だ。コンピューターで生成され、世界中で人がどうにか発音できるように選ばれた名前。すべての子供の脳内でざわめく雑音の一部だ。深すぎて調べられない、ほとんど何の動きもない脳の部位で。その源が何であれ、彼女の言葉に私は、壮麗な超越の瞬間を感じた。

自分の子供のおかげでそれを体験した。

私はもう少し座っていた。デニースを見て、ワイルダーを見て、自己から自由になれたように、精神的に成長できたように感じた。床には誰も使っていない空気マットレスがあったが、私はバベットの隣に寝たかった。私は彼女のそばに横たわった。彼女の体は夢見る小山だった。手や足や顔の上にはコートがかかっていて、ただ髪の毛だけがワッとはみ出していた。私はすぐさま海のような忘却のなかに落ちていった。深い海のカニのような意識状態だった。静かで、夢も見なかった。

おそらくほんの数分後、私は騒音と混乱に取り囲まれていた。目を開けるとデニースが私の腕や肩をドンドンたたいていた。私が目覚めたのに気づくと、彼女は母親を何度もたたき始めた。そこら中で人々が服を着たり荷造りしたりしていた。なかでももっとも大きな騒音は、外に停まったいくつかの介助サービスカーのサイレンだった。ハンドマイクで指示する声が聞こえた。カランカランと鳴る鐘の音と、立て続けに鳴っているクラクションが遠くから聞こえた。そこから一面が鳴き声に包まれた。広い範囲にわたって、激しく泣き叫ぶ群れがパニックを起こしている。さまざまな大きさや形の車が、なんとか早く緑化道路にたどり着こうとしていた。

私はどうにか身を起こした。娘たちは二人がかりでバベットの目を覚まそうとしていた。部屋はガランとしていた。ハインリッヒが私を見下ろしているのに気づいた。彼は顔に奇妙な笑みを浮かべていた。拡声器の声が言った。「風向きが変わりました。風向きが変わりました。雲が方向を変えました。有毒物質です。有毒物質です。こちらに来ます」

バベットはマットレスの上で寝返りをうち、満足そうに溜息をついた。「あと五分」彼女は言った。娘たちは母親の頭や腕をたたきまくった。

私は立ち上がると、周囲を見回し、男子トイレを探した。ワイルダーは服を着て待ちながらクッキーを食べていた。また拡声器の声が聞こえてきた。デパートのスピーカーから流れる単調なアナウンスのようだった。いい香りのするカウンターを前にして、鳴り響くベルの音の向こうから聞こえてくるあれだ。「有毒物質です。有毒物質です。車に向かってください。車に向かってください」

母親の手首をつかんでいたデニースは、腕全体をマットレスに振り下ろした。「どうしてあの人は何でも二回言わなきゃならないのよ。一回でわかるのに。ただ自分の声を聞きたいだけでしょ」

子供たちのおかげで、バベットはようやく四つん這《ば》いになった。私はトイレへ急いだ。歯磨き粉のチューブはあったが、歯ブラシは見つからなかった。私は歯磨き粉を人差し指に塗ると、ざっと歯をこすった。戻ると家族は服を着て、準備万端で出口に向かっていた。腕章を巻いた女が戸口でマスクを配っていた。白いガーゼの手術用マスクで、鼻と口を覆うやつだ。我々は六つ受け取ると、外に出た。

まだ暗かった。土砂降りの雨だった。目の前には偏執狂的な混乱の光景が拡がっていた。泥にはまり込んだ車、エンストした車、一車線しかない脱出路をゆっくりと動いていく何台もの車、森を抜けて近道しようとする車、木々や岩や他の車に閉じ込められた車。サイレンの音がして消えた。絶望と抗議を伝えるクラクション。走っている男たち。風に吹かれ、森に飛ばされるテント。車を捨てて徒歩で緑化道路に向かう家族。森の奥深くからバイクのエンジン音や支離滅裂な叫び声が聞こえてきた。まるで植民地の首都が闘志に燃える反乱軍に攻略されたようだった。すさまじいドラマのようで、屈辱や罪悪感が漂っていた。

我々はマスクをつけ、土砂降りのなか、自分たちの車へ向かった。十メートルも離れていないところで男たちの一団が静かにランドローバーに向かっていた。彼らはジャングルでの戦闘の教官に見えた。すらりとした体形ですっきり刈り込んだ頭をしていた。彼らの車は深い下生えにそのまま突っ込んでいった。泥道も、他の車が行こうとしている近道も通らなかった。バンパーには**銃のコントロールはマインドコントロール**というステッカーが貼ってあった。こういう状況では、右翼の過激派集団の側にいたくなる。彼らは生き残る訓練を積んでいた。少し大変だったが、私は彼らについて行った。我々の小さなワゴン車は深い藪に突っ込み、斜面を上がり、隠れた石に乗り上げてガタガタ揺れた。五分以内にランドローバーは見えなくなった。

雨はみぞれに変わり、みぞれは雪になった。

私は遠く右側にヘッドライトの列を眺めながら、同じ方角に峡谷を四十五メートル進んだ。車はリュージュのように傾いていた。我々が明かりに近づいているようには思えなかった。バベットはラジオをつけた。ボーイスカウトのキャンプにいた避難民たちはアイアンシティに向かうように、と言っていた。そこに行けば食べ物と避難所が提供されることになっているらしい。クラクションが聞こえてきて、ラジオの指示への返答とも思えた。だがその音は速く切迫した調子で続き、嵐の夜の向こうから動物的な恐れと警告の感覚を運んできた。

それからローター音が聞こえた。剝き出しの木々越しにそれが見えた。巨大な有毒の雲だ。今や十八機のヘリコプターに照らされていた——巨大でほとんど理解を超えていて、伝説や噂話も超えていた。ふくれたナメクジ形のいらだつ塊だ。その内部では嵐が巻き起こって見えた。パチパチ、バタバタという音がして、光がひらめき、化学的な炎が長く渦巻く筋を描いていた。車のクラクションが鳴り響き、うめいた。ヘリコプターはまるで巨大な器具のように振動していた。雪深い森のなか、我々は車のなかで座ったまま何も言わなかった。その大きな雲の中心部は渦を巻いていたが、周辺部はスポットライトを浴びて銀色に輝いていた。雲は恐ろしげに、ナメクジのように夜を動いていた。ヘリコプターはそのそばを無為にぶらぶら飛び回っているようだった。すさまじいほどの大きさ、暗く膨れ上がった脅威、周囲のヘリコプター。その雲はまるで国家的な死の称揚のように見えた。何百万ドルもかけたキャンペーンで、ラジオのスポット広告や、新聞雑誌の広告、野外広告、集中的なテレビ放送などがなされる。けばけばしい色をしたものが激しく噴き出していた。クラクションの音がどんどん大きくなっていった。

自分は厳密に言えばもう死んでいることを思い出し、私はショックを受けた。SIMUVACの技術者との面談を嫌な細部ごと思い出したのだ。複数のレベルで気分が悪かった。

ただ家族を安全な場所に連れて行くこと以外、何もなかった。私はヘッドライトやクラクションの音に向かってどんどん進んでいった。ワイルダーは眠ったまま、均一な空間を滑空していた。私はアクセルを踏み込み、ハンドルをぐいと回し、なんとか車と格闘しながらストローブ松の木立を抜けていった。

マスク越しにハインリッヒが言った。「本当に自分の目を見たことある？」

「どういう意味？」すぐさま興味を示してデニースが言った。まるで夏の盛りの日に、家族そろってポーチでダラダラしているようだった。

「自分の目だよ。どの部分が何か知ってる？」

「たとえば虹彩とか瞳孔とか？」

「そういうところはみんな知ってるでしょ。じゃあ水晶体は？　レンズは？　レンズって難しいよね。自分の目のなかにレンズがあるってこと、どれだけの人が知ってるんだろう？　みんな『レンズ』って『カメラ』のことだと思ってる」

「じゃあ耳は？」くぐもった声でデニースは言った。

「もし目ぐらいで神秘なら、耳なんてもっとすごいよ。誰かに『蝸牛《かぎゅう》』って言ったら、相手はこっちを見て『誰のこと？』って顔するから。僕らの体のなかには、こうした世界がまるまる入ってるんだ」

「誰も気にもしないけどね」彼女は言った。

「自分の体の部位の名前も知らないで、どうしてみんなずっと生きてられるんだろう？」

「じゃあ分泌腺は？」彼女は言った。

「動物の分泌腺は食べられるよ。アラブ人は分泌腺を食べる」

「フランス人も食べるわ」ガーゼのマスク越しにバベットは言った。「アラブ人は目も食べる。目と言えば」

「目のどこ？」デニースは言った。

「目全体よ。羊の目」

「でもまつ毛は食べないでしょ」ハインリッヒは言った。

「羊にはまつ毛があるの？」ステフィが言った。

「パパに訊いてみなさい」バベットが言った。

車で川の浅瀬を渡っていった。入り込むまで浅瀬があるとは気づかなかった。なんとか向こう岸まで渡り切ろうとして頑張った。ハイビームにしたヘッドライトに激しく降る雪が照らし出された。声を抑えた会話が続いていた。家族の数人は今、直面している苦難に大して興味がないんだろうな、と私は思った。有毒化学物質のことを気にしてほしかった。緑化道路にたどり着こうとする私の努力をもっと認めてほしかった。コンピューターの項目や、もはや時間の問題である私の死について家族に告げたかった。その死は染色体や血液のなかに入り込んでしまっている。心中に自己憐憫の気持ちが湧き上がった。リラックスして、その気持ちを楽しもうとした。

「この車の誰にでも五ドルあげるよ」顔のマスク越しにハインリッヒが言った。「エジプトでピラミッドを建てるのと、中国で万里の長城を建てるのと、より多くの人が死んだのはどっちか教えてくれたらね——両方の場所で何人死んだのか言わなきゃだめだよ。だいたい五十人以内でね」

私は三台のスノーモービルのあとについて、開けた野原を走っていった。それらはうまく楽しんでいるように思わせた。有毒物質の雲はまだ見えていた。化学物質の曳光弾のようなものが内側から飛び出して、ゆっくりと弧を描いていた。我々は歩いている家族を追い越した。対になった赤い灯の列が暗闇をうねうね進んでいるのが見えた。森からゆっくり出ていくと、他の車に乗った人々が眠そうな目で我々を見た。緑化道路に達するまで九十分かかった。そしてクローバー型の立体交差まで三十分だ。そこから我々はアイアンシティへ向かった。そこでカンフー・パレスから来た集団と落ち合った。クラクションが鳴り響き、子供たちが手を振っていた。幌馬車隊がサンタフェ街道で合流したかのようだった。バックミラーにはまだ雲が映っていた。

クライロン、ラストオリウム、レッド・デビル。

我々がアイアンシティに着いたのは明け方だった。道路のすべての下り口には検問があった。州警察や赤十字の職員が、避難センターに関する指示が書かれた謄写版を配っていた。三十分後、我々は他の四十家族とともに、中央通りに面した四階建ての建物の最上階にある、今はもう使われていない空手道場にいた。ベッドも椅子もなかった。ステフィはマスクを取りたくないと言った。

朝九時までに、我々は空気マットレスや食料やコーヒーを受け取った。ほこりっぽい窓から、頭にターバンを巻いた学童の一団が見えた。彼らは地元のシク教徒の一角から来ていて、手書きの標識を持ち、街頭に立っていた。**アイアンシティは避難してきたみなさんを歓迎します**。我々はビルから出ないよう言われた。

道場の壁には、人間の手のひらを六つ描いた印象的なポスターが貼ってあった。

正午にはある噂が街を飛び交った。技術者たちが陸軍のヘリコプターから吊り索で降ろされ、有毒な雲の中心部分に微生物を埋め込んでいるらしい。こうした微生物は遺伝子組み換えで作られていて、ナイオディンDに含まれる特定の有毒物質を食べるという性質が組み込まれている。微生物がたなびく雲を文字どおり食い尽くすというのだ。体内に取り込んで、バラバラにし、分解する。『ナショナル・エンクワイアラー』紙や『スター』紙に出てくるような、この驚くべき技術革新のおかげで、我々は少々くたびれたような、飽き飽きしたような気分になった。まるでジャンクフードをドカ食いしたあとのようだ。ボーイスカウトの宿舎でと同じように、私は部屋を歩き回り、おしゃべりの輪を次々移動していった。あんなに密度が高くて巨大な雲を、どうやって微生物の集まりが空から消し去るのかは誰も知らないらしかった。食われた有毒の汚染物や、それらを食い尽くした微生物がその後どうなるかも誰も知らなかった。

部屋の至るところで、子供たちが空手の特徴的な型の真似をしていた。自分たちの場所に戻ると、バベットがスカーフを巻き、ニット帽をかぶって一人で座っていた。

「この最新の噂話が気に入らないの」と彼女は言った。

「ぜんぜんありえないって？　微生物の塊が汚染物質を食べ尽くすなんてありえないと思うんだな」

「この世界ではどんなことでもありえるでしょ。あの人たちが、ボールペンの替え芯みたいなプラスチックの透明な筒にこういう微生物を入れて、ダンボール箱に詰めてるのを疑ったことは一瞬もない。むしろ、だからこそ悩んでるの」

「特別仕立ての微生物という存在自体に」

「そうしたアイデア、存在そのもの、驚くべき発明にね。一方では、たしかに素晴らしいと思ってる。そうしたものを魔法みたいに作り出せる人がいるって考えてみて。雲を食べる微生物とか何やらよ。こうした驚きには終わりがないでしょ。世界にまだある驚きは顕微鏡レベルで起こってる。でもそれには我慢できる。何が怖いのかって言えば、それを作っている人たちが最後までちゃんと考え抜いてるかどうか」

「漠然と悪い予感がするってことだね」私は言った。

「彼らのせいで私のなかの迷信を信じている部分が刺激されるの。どんな進歩もその前の進歩より悪い。だってもっと怖いから」

「何が怖いんだ？」

「空、地面、わからない」

「科学的な進歩が大きくなればなるほど、原始的な恐怖も大きくなるってわけだね」

「どうしてなの？」彼女は言った。

午後三時、ステフィはまだ防御のマスクを着けていた。彼女は壁ぞいに歩いていた。色の薄い緑の目で、密かに敏感に周囲を見ていた。まるで周囲の人からは彼女が見えないように、まるで剥き出しの目がマスクに覆われているように、彼女は人々を眺めていた。人々は彼女が何らかのゲームをしているのだと思った。彼らは彼女にウインクをし、やあこんにちは、と言った。防御装置を解除しても大丈夫だと彼女が思うまで、少なくとももうまる一日かかるだろうと私は確信していた。彼女は警告を真面目に取っていた。細部や正確さをあまりにも欠くがために、ある特定の時と場所には限定できない状況として、彼女は危険を解釈していた。拡声器の声や、サイレンや、夜に車で森を通り抜けたことを彼女が忘れるまでとにかく待つ必要があると私は気づいていた。そのあいだ、彼女の目を引き立たせているマスクが、ストレスや警告の場面への彼女の感受性をドラマチックにしていた。そのマスクは彼女を世界の真の困難に近づけているように見えた。そして彼女をその風のなかで鍛え上げていた。

　夜七時に、小さなテレビを持った男がゆっくりと部屋を横切りながら演説し始めた。彼は中年かそれ以上の、澄んだ目をした姿勢のいい男で、垂れ縁と毛皮の裏地のある帽子をかぶっていた。彼はグッとテレビを持ち上げ、体から離した。そして演説のあいだ中、何度も部屋をぐるりと回った。そうやって、何も映っていない画面を部屋にいる全員に見せた。

「全国放送では何もやってない」彼は我々に言った。「一言も。写真一枚も。グラスボロのチャンネルでの言及を数えてみたら、ちょうど五十二語だった。取材映像もライブ中継もなかった。こんなことはよく起こるから、もう誰も気にもしないのか？　俺たちが何を経験したかをやつらは知らないのか？　俺たちは死ぬほど怖かった。今もそうだ。家をあとにして、猛吹雪のなかを車で走り抜け、あの雲を見た。人を死に至らしめる恐ろしいものが俺たちのちょうど上にいた。こんなことが起こったのに、誰もちゃんとした報道をしないなんてありえるか？　三十秒でも二十秒でも。あんなのたいしたことじゃない、取るに足らない、とやつらは俺たちに言いたいのか？　やつらは無情なのか？　流出や汚染や廃棄物にはもう飽き飽きだって？　ただのテレビじゃないか、とやつらは思ってるのか？『もうこんなにいろんな番組があるじゃないか。どうしてそんなの取り上げる必要がある』って？　これは本当のことだとやつらは知らないのか？　道にカメラマンや音響係やレポーターたちがうじゃうじゃいるべきじゃないか？　窓からやつらに向かって俺たちが叫んでるべきじゃないか？『ほっといてくれ。もううんざりだ。人のプライバシーに踏み込むための嫌らしい道具を持って出ていってくれ』二百人の死者が出たり、めったにないような災害の映像があったりしなけりゃ、ヘリコプターや全国ネット放送のリムジンが一ヶ所に群がったりはしないのか？　やつらが俺たちの顔にマイクを突きつけたり、家の戸口の段まで追いかけ回したり、芝生の上で寝泊まりしたりと、お決まりのメディア・サーカスを繰り広げるには、何が起こらなきゃならないのか？　やつらのくだらない質問を軽蔑する権利は俺たちにはないのか？　ここにいる俺たちを見ろ。隔離されてる。中世の癩《らい》病患者みたいだ。ここから外に出してもらえない。やつらは階段の下に食べ物を置いて、安全な場所へつま先立ちで逃げる。これは俺たちの人生でももっとも恐ろしい瞬間だ。俺たちが愛してきた、そしてそのために働いてきたものすべてが深刻に脅かされてる。けれども、見回しても公的な報道機関の反応はまるでない。空気中の汚染物質は恐ろしい。俺たちの恐れは巨大だ。たくさんの命が奪われてはいないとしても、俺たちの苦しみや悩みや恐怖は注目に値しないのか？　恐怖はニュースにはならないのか？」

拍手喝采。叫び声や手をたたく音の連続。演説していた男はもう一度ゆっくり回り、聴衆に小さなテレビを見せた。回り終えると、彼は私に向かい合った。三十センチも離れていなかった。風雨にさらされたような彼の顔に変化が起こった。ちょっとした困惑だ。何かしら小さな事実への驚きが顔に現れた。

「前にこの場面を見たことがある」ついに男は私に言った。

「何を？」

「あんたがそこに立ってて、俺はここに立っていた。まるで四次元に飛び込んだみたいだ。あんたの顔立ちまで、信じられないほどくっきりはっきり見える。色の明るい髪、疲れきった目、ピンクっぽい鼻、平凡な口と顎先、汗っかきらしい肌、ありふれた顎、なで肩、大きな手足。全部前に見た。パイプのなかで蒸気がシューシューしてる。あんたの毛穴から小さな毛が突き出てる。まったく同じ表情を浮かべてる」

「どんな表情？」私は言った。

「苦しんでいて、蒼白で、自信がない」

家に帰っていい、と我々が言われるまで九日かかった。

第三部 ダイラーの大海

Dylarama

22

スーパーマーケットは年配者でいっぱいだ。彼らは目もくらむような棚のあいだで道に迷っているように見える。ある者は背が低すぎて上の棚に届かない。ある者はカートで通路をふさいでいる。ある者は動きがぎこちなくて、ゆっくりとしか反応できない。ある者は忘れっぽく、ある者は混乱している。ある者は施設の廊下を歩いている人間のような用心深い表情を浮かべて、ブツブツ言いながら動き回っている。

私はカートを押して通路を進んでいた。ワイルダーはカートのなかにある折りたたみ式の椅子に座り、商品をつかもうとしていた。形や輝きに反応して感覚分析の回路が興奮したものへと手を伸ばしていたのだ。スーパーマーケット内の二ヶ所が新しくなっていた。精肉のコーナーとパンのコーナーだ。オーブンから漂うパンやケーキの香りが、血の染みた作業着を着た男が子牛の肉を細切りにしている光景と合わさって、我々はとても興奮した。

「ドリスタン・ウルトラ、ドリスタン・ウルトラ」

他に興奮できるものといえば、雪だった。今日の午後か夜に大雪が降るという予報が出て、そのせいでたくさんの者たちが押し寄せていた。みな道路が通行止めになるのではと恐れていたし、雪や氷のなかを安全に歩くには歳《とし》を取りすぎていたし、何日も何週間も嵐のなか家に閉じ込められるのではないかと思っていた。特に年老いた人々は差し迫った災害のニュースに反応しやすい。デジタルのレーダー地図やまたたく地球の写真の前に立つ、真面目そうな男たちがテレビで報道するニュースに。彼らは狂乱状態でスーパーマーケットへ急ぎ、嵐がやってくる前に食料を買いだめしようとした。雪に注意してください、アナウンサーが言った。降雪注意報。除雪車。みぞれや冷たい雨まじりの雪。西のほうではもう雪が降り始めていた。その雪はもう東に向かっていた。彼らはこうしたニュースをピグミーの頭蓋骨のように握りしめた。にわか雪。通り雪。降雪警報。吹きすさぶ雪。猛吹雪。深く積もる雪。積み重なって荒廃する。老人たちはパニック状態で買い物していた。テレビが怒りをあおったわけではなかったが、彼らはほとんど死にかねないほど恐れていた。レジの列で互いに囁き合っていた。旅行者への助言。視界ゼロ。嵐はいつ来る？　何センチ積もる？　何日続く？　彼らは無口で不正直になり、最新で最悪のニュースを他の人々から隠しているようだった。ずるさと焦りを混ぜ合わせているようだった。どれほど買ったかを誰かに聞かれる前に、急いで出ていこうとしていた。戦時下に買いだめする人たち。欲深く罪深い。

マーレイがありふれた食べ物のコーナーにいるのが見えた。テフロンのフライパンを持っていた。私は立ち止まり、しばらく彼を眺めていた。彼は四、五人に話しかけていて、ときどき黙ると、らせん綴じのノートに書き込みをした。そのあいだ彼は、脇の下にぎこちなくフライパンを挟んでいた。

ワイルダーが彼に向けて、木のてっぺんにいるような金切り声を発したので、私はカートを押して行った。

「あの素敵な奥さんの調子はどう？」

「いいよ」私は言った。

「この子はもうしゃべるの？」

「ときどきね。あっちへ行きたい、って言うのが好きなんだ」

「君が助けてくれたあの件だけどね。あの、エルヴィス・プレスリーにまつわる権力闘争」

「ああ。私が授業してたやつか」

「悲劇的なことがあって、どうやら僕が勝ち取ったらしい」

「何があった？」

「ライバルのコトサキスは、もはや生者のなかにいない」

「どういうことだ？」

「死んだってことさ」

「死んだ？」

「マリブの波間に消えたんだって。長期休暇中。一時間前に聞いたんだ。それですぐここに来た」

突然、周囲の環境が密度をもって迫ってくるのを私は感じた。自動ドアが開き、閉じ、ふいに息をしていた。色やにおいが鋭くなった。客が足を引きずる音が、十を超えるさまざまな音の向こうから聞こえてきた。ブーンという浅い海のような空調の音に、買い物客が星占いの自分の箇所に目を通そうと、目の前のタブロイド紙を開く音、顔にタルカムパウダーを塗った年配の女性たちの囁きに、入口のすぐ外にあるゆるいマンホールのふたを車が通過するときの、絶えずガタガタいう音の向こうからだ。足を引きずる音。私にははっきりと聞こえた。すべての通路で悲しく呆けた引きずる音が。

「娘さんたちはどう？」マーレイは言った。

「元気だよ」

「学校に戻った？」

「ああ」

「もう怖がってないんだね」

「そう。ステフィももう防御マスクはつけてない」

「ニューヨーク・カットを買いたいな」彼は言い、精肉係を手で示した。

その表現は聞いたことがあったが、いったいどういう意味なんだろう。

「パッケージに入ってない肉と新鮮なパン」彼は続けた。「エキゾチックなフルーツと珍しいチーズ。二十ヶ国から集めた食材。まるで古代世界の十字路にいるようなもんさ。ペルシャのバザールやティグリスの活気ある町にね。調子はどうだい、ジャック？」

調子はどうだい、ってどういう意味なんだ。

「かわいそうなコトサキス、波間に消えるなんて」私は言った。「あの大男が」

「まさに彼が」

「どう言っていいかわからないよ」

「たしかに大きかった」

「巨大だった」

「僕もどう言っていいかわからないよ。自分じゃなくてよかった、って以外はね」

「体重百五十キロはあっただろうね」

「もちろん」

「どう思う。百四十五キロ？　百五十キロ？」

「百五十キロはあった」

「死んだのか、あんな大男が」

「どう言えばいいのか？」

「自分も大きいとは思ってたけど」

「彼は段違いだった。君だってそれなりに大きいけど」

「だからって彼のことを知ってるわけじゃない。実はぜんぜん知らないんだ」

「死んだのなら、あんまり知らないほうがよくないかい。死んだのが僕たちじゃなくてよかった」

「あんなに巨大で。それで死んでしまうなんて」

「跡形もなく消えるなんて。波間に」

「彼の姿がはっきりと目に浮かぶよ」

「何だか不思議じゃないか」彼は言った。「死んだ人間の姿をはっきりと思い浮かべられるなんて」

私はワイルダーを果物のコーナーに連れて行った。果物は輝き濡れていて、輪郭がくっきりしていた。どこか自意識的な感じがあった。注意深く観察されているという感じだ。まるで写真の手引きに載っている、四色で印刷された果物のようだった。我々は天然水が入ったプラスチックの容器へ向きを変え、そのままレジに向かった。私はワイルダーといるのが好きだった。世界は過ぎ去る喜びの連続だ。彼は手に取れるものを取り、次の喜びが押し寄せてくると、すぐさまそれを忘れ去る。私はこの忘れっぽさを羨《うらや》み、感嘆した。

レジの女性がワイルダーにいくつか質問をし、赤ちゃんのような声で自分で答えた。

町の家のいくつかは荒れていた。公園のベンチは修理が必要だったし、路面の割れた道はまた舗装しなければならなかった。時が過ぎた証拠だ。だがスーパーマーケットは変わらなかった。むしろよくなっていた。品ぞろえもいいし、素敵な音楽がかかっていて、明るかった。これこそが鍵だ、と我々には思えた。すべては素晴らしく、これからも素晴らしく、結局どんどんよくなっていく。そのスーパーマーケットの経営が悪化しないかぎりは。

夕方、私は車でバベットを姿勢矯正のクラスまで連れて行った。我々は緑化道路の立体交差で停車し、車から降りて日没を眺めた。空中毒物事件のあと、日没は耐えがたいまでに美しくなった。両者のあいだにはっきりとしたつながりはない。もし（廃棄物や汚物や汚染物質や譫妄発生物質など、日々放出されるものに加えて）ナイオディン誘導体の特別な要素のせいで美的な跳躍が起こったのだとしても、それを誰も証明できなかった。以前から素晴らしかった日没が、空にそびえ立つ紅《くれない》の幻想的な光景へと変わっていたのだ。

「他に何が信じられるっていうの？」バベットは言った。

「他にどう説明できる？」

「わからないよ」

「私たちは大洋や砂漠の縁に住んでるわけじゃないのよ。気弱な冬の日没であるべきでしょ。でもこの燃え立つような空を見て。すごく綺麗だし、ドラマチックよ。日没は前は五分間だった。でも今は一時間も続く」

「どうしてだろう？」

「どうしてだろう？」彼女は言った。

立体交差の上のこの場所からは西に広大な風景が見渡せた。新たな日没が始まってからというもの、人々はここに集まってきた。自分たちの車を停め、肌寒い風に吹かれながらそこら辺に立ち、神経質におしゃべりしながら風景を見る。すでに車が四台停まっていた。もちろん他の車もやってくるだろう。この立体交差は展望ポイントになっていた。警察もあまり駐車違反を取りに来なかった。まるでパラリンピックのような状況で、そんな取り締まりなどつまらないものに思えたのだ。

あとで私は会衆派の教会まで彼女を迎えに車で戻った。デニースとワイルダーも一緒に乗ってきた。ジーンズをはいてレッグウォーマーをつけたバベットは素敵で、私は興奮した。レッグウォーマーのおかげで彼女は民兵のように見えた。古代の戦士みたいな感じだ。雪をシャベルですくうとき、彼女は毛皮のようなヘッドバンドも巻いていた。それを見ていて、私は紀元五世紀頃を思い描いた。男たちが焚き火の周りに立ち、トルコ語やモンゴル語の方言でひそひそ話している。晴れ渡った空。フン族の支配者アッティラの、恐れを知らぬ模範的な死。

「授業はどうだった？」デニースは言った。

「すごくうまくいって、もう一コマ教えてくれって頼まれた」

「何の授業？」

「ジャックは信じてくれないでしょうけど」

「何？」私は言った。

「食べることと飲むことの授業よ。『食べることと飲むこと――その基本要素』ってタイトルなの。普通よりちょっとばかげた感じなのはわかってるけど」

「で、何を教えられるの?」デニースが言った。

「そこよ。実は限りなくあるの。暖かくなってきたら軽い食べ物を食べる。たくさん水分を摂る、とかね」

「でも、そんなことみんな知ってるでしょ」

「知識は毎日変わるでしょう。みんな自分が信じていることを認めてもらいたがってるの。たくさん食べたあとは横になるな。すきっ腹でお酒を飲むな。泳がなきゃならないなら、食後少なくとも一時間は待つこと。子供にとってより、大人にとってのほうが世界は複雑なの。こんなに変わっていく事実や態度のなかで私たちは育ってこなかったから。そういうのはある日、急に現れる。だからみんな、何かをするときにこんなやり方でいいのかと権威ある人のお墨つきを求めるの。少なくとも当面のあいだ。で、あの人たちの近くにいるいちばん権威に近い人物が私ってわけ。それだけのことよ」

テレビ画面に静電気で糸くずがついていた。

ベッドのなかで我々は静かに横になった。私は彼女の胸のあいだに顔を押しつけた。まるで無慈悲な殴打から守ってもらうように。コンピューターによる判定は彼女には言わないと決めていた。ほぼ確実に私が先に死ぬと聞いたら、彼女は取り乱すだろうとわかっていた。そう決意し、沈黙を保てたのは彼女の体のおかげだった。毎晩、私は彼女の胸に向かっていき、お決まりの場所に鼻をこすりつけた。まるで傷ついた潜水艦が修理ドックに入るように。彼女の胸や、温かい口や、触れてくる手や、私の背中を撫でる指先から、私は勇気を得ていた。触れ方が軽ければ軽いほど、彼女には告げるまいという私の決意はより強固になった。この意思を突き破れるのは彼女の自暴自棄だけだったろう。

一度だけ、私はセックスの前に、レッグウォーマーをつけてくれ、と彼女にほとんど頼みそうになった。だがその願いは、異常な性的嗜好よりむしろ、深く悲哀に根ざしているように思えた。だから、そんなことを言えば彼女は疑い始めてしまうだろう、と私は考えた。

23

私はドイツ語の先生に毎レッスン三十分延長してくれるよう頼んだ。いまだかつてないほどドイツ語を学ぶ必要がありそうだった。彼の部屋は寒かった。彼は汚い雨具を着ていて、家具を少しずつ窓の近くに重ねているようだった。

我々は薄暗がりのなか、向かい合って座った。私は単語力と文法力はとても高かった。筆記テストならたやすく合格できただろう。しかもトップの成績で。だが単語を発音するのはずっと不得意だった。ダンロップは気にしていない様子だった。私のために何度も何度も発音してくれ、乾いた唾の細かい粒が私の顔に飛んできた。

一週間に三レッスンのペースで進めた。彼は上《うわ》の空の態度を改め、以前よりやや集中していた。家具やら新聞紙やら段ボール箱やらポリエチレンのシートやらが壁や窓の近くに積み重なっていった——彼が峡谷で回収してきたものだ。私が発音の練習をしているあいだ、彼は私の口のなかをじっと見ていた。あるとき彼は右手を私の口に突っ込み、舌の位置を直した。それは奇妙な、ぞっとするような瞬間だった。忘れられないほどの親密さだ。私はそれまで誰にも自分の舌の位置を直されたことなどなかった。

ジャーマン・シェパードがまだ街をパトロールしていた。犬たちのそばにはマイレックスの防護服を着た男たちがいた。我々は犬を歓迎した。犬に慣れ、餌をやり、撫でた。けれどもモコモコとしたブーツを履き、ホースつきのマスクをした防護服の男たちの姿には決して慣れなかった。彼らの風貌を見て、自分たちの困難や恐怖の源を思い出した。

夕食の席でデニースが言った。「どうしてあの人たちは普通の格好をしてないの？」

「仕事中はあの格好なのよ」バベットが言った。「私たちが危険な状態にあるってことじゃないわ。犬たちは有毒物質を町はずれのほんの数ヶ所で嗅ぎ分けただけなんだから」

「そういうふうに信じさせられてるってだけでしょ」ハインリッヒは言った。「もし本当の調査結果を公表したら、訴訟が何十億ドル分も起こるだろうね。もちろんデモも、パニックも、暴力も、社会的混乱も」

彼はその見通しに喜んでいるようだった。バベットは言った。「それはちょっと極端じゃない？」

「何が極端なの。僕が言ったこと？　それとも起こるだろうこと？」

「両方よ。調査結果が公表されてるとおりじゃないって信じる理由はないし」

「本当に信じてるの？」彼は言った。

「どうして信じちゃだめなの？」

「もしこういう調査の本当の結果が公表されたら、全産業は崩壊するだろうね」

「どの調査？」

「今、国中でやってるやつだよ」

「そこよ」彼女は言った。「毎日ニュースで有毒物質が漏れ出してるでしょ。貯蔵タンクからは発がん性の溶剤が、煙突からはヒ素が、発電所からは放射性の水が。いつもこんなことが起こってるなら、どうして大変だって言える？　大変って定義上、毎日は起こらないことなんじゃないの？」

二人の娘は冷静なうまい返しを期待しながらハインリッヒを見た。

「そんな流出物のことなんて忘れちゃいなよ」彼は言った。「そんなのたいしたことじゃない」

彼がそう言うとは誰も予測していなかった。バベットは彼を注意深く見た。彼はサラダの皿にあるレタスの葉を真っ二つに切った。

「たいしたことないとは言えないでしょ」彼女は慎重に言った。「毎日少量漏れ出してる。それならコントロールできる。でもたいしたことない、とは言えない。ちゃんと注意しなきゃ」

「流出物なんて早く忘れれば、もっと早く本当の問題に気づけるんだ」

「本当の問題って何だ？」私は言った。

彼はレタスときゅうりで口をいっぱいにしながら言った。

「本当の問題は毎日、僕たちを取り囲んでるような放射エネルギーのことだよ。ラジオとか、テレビとか、電子レンジとか、ドアのすぐ外にある送電線とか、大通りの速度違反摘発のレーダーとか。そういうのは少量浴びても危険じゃないって何年も言われてきた」

「それで今は」バベットは言った。

ハインリッヒが皿の上のマッシュポテトをスプーンで火山の形にするのを我々は見ていた。彼は頂上の火口の部分にとても注意深くグレイビーソースを注ぎ込んだ。そしてステーキから脂肪や血管やその他の不要部分を取り除く作業に取りかかった。ほとんどの人間が持ちうる唯一のプロ意識とは食べることに関してなんだな、と私は思った。

「これは新しくて大きな困難なんだ」彼は言った。「流出物や放射性降下物や漏出物なんて忘れちゃいなよ。これこそが今、家のなかでも僕たちのすぐ近くにあって、遅かれ早かれ悪い効果をもたらすんだ。電場や磁場のことだよ。高圧電線の近くに住んでる人たちの自殺率は昔からすごく高いって僕が言ったら、この部屋にいる誰が信じてくれる？　こういう人たちは何でそんなに悲しい、落ち込んだ気分でいるの？　醜い送電線や電柱を見てるから？　それとも、いつもこうした放射物に曝《さら》されて脳の細胞内で何かが起こってるから？」

　彼はステーキの一切れを火山の火口のグレイビーソースに浸《ひた》し、口に放り込んだ。でも、火山のもっと低い斜面からポテトをすくい、その一切れに加えるまで噛み始めなかった。ポテトが崩れる前にグレイビーソースを彼がすくってしまえるかが気になって、みな緊張した。

「頭痛や疲労なんて忘れなよ」くちゃくちゃ噛みながら彼は言った。「神経の混乱は？　家庭内の奇妙で暴力的な振る舞いは？　科学的な発見があるんだ。奇形の赤ちゃんたちが生まれる理由は何だと思う？　ラジオやテレビだよ。そういうことなんだ」

　女の子たちはうっとりして彼を見た。私は彼に反論したかった。どうしてこうした科学的な発見を信じなければならない一方、ナイオディンによる汚染に直面しても我々は安全だと示す結果を信じてはいけないのか彼に訊きたかった。だが今の自分の状態を考えると私に何が言えるだろう？　君が引用しているたぐいの統計的な証拠はそもそも決定的じゃないし人に誤解を与えるだけだと言ってやりたかった。成熟するにつれて、こうした破滅的な事実を君はあきらめとともに眺めるようになるだろうし、物事を文字どおりに解釈するという視野の狭い態度も卒業するだろう。きちんとした情報に基づいた懐疑の精神を発達させるだろうし、知恵や成熟した判断を身につけ、歳《とし》を取り、弱り、死ぬだろう、と私は言ってやりたかった。

　けれども私はこう言っただけだった。「恐ろしいデータは今や産業そのものだな。複数の会社がどれだけひどく我々を怖がらせられるかで競ってる」

「聞いてほしいニュースがあるんだ」彼は言った。「高周波に曝されたネズミの脳はカルシウムイオンを放つんだ。このテーブルにいる誰か、その意味わかる？」

　デニースは母親を見た。

「最近は学校でそんなことを習うの？」バベットは言った。「公民科はどうなっちゃったの？　議案はどうやって法律になるの？　斜辺の二乗は、残りの二辺の二乗の合計と等しい。まだその定理はおぼえてる。バンカーヒルの戦いがあったのは本当はブリーズヒルだった。あとこれ。ラトビア、エストニア、リトアニア」

「沈んだのはモニター号だったか？　それともメリマック号だったか？」私は言った。

「それは知らないけど、ティピカヌーとタイラーは知ってる」

「何それ？」ステフィは言った。

「大統領選に出たインディアンよ。あとこれ。機械式の刈り取り機を発明したのって誰？　それはアメリカの農業をどう変えた？」

「三種類の岩石を思い出そうとしてるんだが」私は言った。「火成に、堆積に、あとは何だったか」

「対数は？　大暴落につながる経済的な問題の原因って何？　あとこれ。リンカーン＝ダグラス論争ではどっちが勝ったの？　気をつけて。そういうのはぱっと見ほど明らかじゃないから」

「無煙炭と瀝青炭《れきせい》」私は言った。「二等辺三角形と不等辺三角形」

　突然、混乱した学級のイメージとともに私は不可解な言葉を思い出した。

「それとこれ。アングル人、サクソン人、ジュート人」

　この地域ではまだデジャヴが問題になっていた。無料のホットラインが開設された。カウンセラーたちが二十四時間体制で、繰り返しの体験に悩まされている人々の相談を受けていた。もしかしたら、デジャヴやその他の心身の痙攣こそ、空中毒物事件のもたらす持続的な効果なのかもしれなかった。けれども時間が経つにつれ、こうしたことは我々が感じ始めた、心の奥深くにまで染み通る孤独の印だとも解釈できるように思えてきた。我々のジレンマを、慰めになるような視点から理解するために役立つかもしれない、すさまじい苦悩に満ちた大都市などなかった。迫害されている、という我々の感覚の原因である大都市などなかった。憎み恐れるべき都市などなかった。我々の恐れを吸収してくれるだろう、激しく鼓動する巨大な中心はなかった。時間が絶え間なく流れていくという感覚から我々の目をそらしてくれる中心はなかった――我々固有の破滅や、染色体の崩壊や、度を越して増殖する組織をもたらすものとしての時間。

「バーバ」その夜ベッドで私は彼女の胸のあいだで囁いた。

小さな町に住んでいるにしては驚くほど怒りを感じない我々だが、道しるべとなる中心都市がないせいで、プライベートな時間にほんの少しだけ孤独を感じるものだ。

24

私がダイラーを見つけたのは次の夜だった。軽いプラスチックの琥珀色の瓶だ。バスルームの暖房機のカバーの裏側にテープでとめてあった。暖房機がガタガタし始めたので、私はカバーを開けた。そして自分自身の無力さから目をそらすべく、細かく真剣にバルブを調べていてそれを見つけた。

すぐに私はデニースを探しに行った。彼女はベッドでテレビを見ていた。何を見つけたか彼女に言った。そして我々は静かにバスルームに入っていき、一緒に瓶を見た。透明なテープの向こうに、**ダイラー**という文字がはっきりと見て取れた。二人とも指一本触れなかった。こんなふうに薬が隠されているのを見つけて、ものすごく驚いた。我々は厳粛な関心を抱きながら小さな錠剤を眺めた。それから意味ありげな視線を交わした。

我々は何も言わずに暖房機のカバーを戻した。瓶はそのままだった。そしてデニースの部屋に戻った。ベッドの端から声が聞こえてきた。「さて、どんなシーフードにもぴったり、すぐ作れて魅力的なレモンのつけ合わせです」

デニースはベッドの上に座って、私やテレビやポスターや土産物の向こう側を見ていた。彼女は目を細め、考え込むように顔をしかめた。

「バーバには何も言わないで」

「わかった」私は言った。

「何で薬をあんなところに置いたのか、バーバは忘れたって言うだけだから」

「ダイラーって何だ？　それが知りたい。バーバが行けるぐらいの処方箋の薬をもらえる場所なんて三つか四つしかない。薬剤師なら何かわかるだろう。朝イチで車で行って訊いてくる」

「もうそうした」彼女は言った。

「いつ？」

「クリスマスごろ。三つ薬局を回って、奥のカウンターのインド人に訊いてみた」

「パキスタン人だと思うが」

「何でもいいでしょ」

「ダイラーって何だって？」

「聞いたことないって」

「調べてくれって言ったか？　最新の薬のリストは持ってるはずだ。サプリとか更新情報とか」

「調べてもらった。でもぜんぜん載ってなかった」

「載ってなかったか」私は言った。

「バーバが通ってる医者に電話しなきゃ」

「今電話するよ。家にいるだろう」

「驚かせてやって」彼女はちょっと冷酷な感じで言った。

「もし家にいる彼と電話できたら、留守番電話サービスにも、受付にも、看護師にも、若くて気のいい医者にも邪魔されずにすむ。そういう医者は彼の隣の診療室にいる。若い医者の人生における役割は、成功した医者が診たがらない患者を治療することだ。もし年長の医者に断られて若い医者に回されたら、それは君自身か君の病気が二流だってこと」

「医者の家に電話して」彼女は言った。「彼を起こして。だまして私たちが知りたいことを言わせて」

家でたった一つの電話はキッチンにあった。私は廊下をのんびりと歩いて行き、バスルームをちらっと見て、まだバベットがそこにいるかどうか確かめた。彼女はブラウスにアイロンをかけたり、視聴者が電話をしてくるようなラジオ番組を聞いていた。最近、彼女はそういう娯楽に夢中だった。私はキッチンまで行き、電話帳で医者の名前を調べ、自宅の番号にかけた。

医者の名前はフックストラッテンだった。ややドイツ語的に響く名だ。私は一度、彼に会ったことがあった。猫背で、七面鳥のように顔の肉が垂れていて、声が低かった。デニースは彼をだませと言ったが、私にできるのは誠実に正直に振る舞うことだけだった。もしダイラーについての情報を聞き出そうとしている見知らぬ人のふりをしたら、彼は電話を切るか、診療所まで来てくれと言うだけだろう。

彼は四度目か五度目のベルで電話に出た。私は名前を告げ、バベットが心配なんですと言った。心配すぎて先生の自宅に電話した——たしかにせっかちすぎるが、そこはわかってほしいんです。問題の原因は絶対に先生が処方した薬だと思いますと告げた。

「どんな問題です？」

「健忘症です」

「医者の家に電話してきて、健忘症の話をなさるんですか。もし健忘症に悩む人たち全員が医者の家に電話してきたらどうなります？　波及効果まで考えたら、とんでもないことになりますよ」

あまりに頻繁になるんです、と私は言った。

「頻繁にですか。あなたの奥さんは知ってますよ。ある晩、泣いてる子供を連れて私のところに来た人ですね。『子供が泣いてるんです』って。営利企業としてやってる医者のところに来て、泣いてる子供の世話をしろって。それで今、電話を取ったらそのご主人で、午後十時過ぎに医者の家に電話してきて言うわけですか。『健忘症なんです』『妻のお腹にガスがたまって、なんて話をしてみたらどうです？　医者の家に電話して、ガスですって」

「頻繁だし、ずっと続くんですよ、先生。間違いなく薬のせいです」

「何て薬？」

「ダイラーです」

「聞いたことないな」

「小さな白い錠剤ですよ。琥珀色の瓶に入ってて」

「小さくて白い錠剤ですって言えば、自宅にいる医者が夜十時以降に教えてくれるって思ってるんですか。それじゃあ、丸いってのもつけ加えたらどうです。今回はそれも大事でしょ」

「リストに載ってない薬なんです」

「そんなの見たことないですね。それを奥さんに処方してないのは確実です。私の知るかぎり、奥さんはとても健康な女性ですよ。もっとも、他の人と同じように、私にもわからないことはあるけど」

この一文は医療過誤の免責条項のようにも聞こえた。ひょっとしたら彼は印刷されたカードの文章を読み上げているのかもしれない。刑事が容疑者に憲法上の権利を読み上げるみたいに。私は彼に礼を言い、電話を切り、自分のかかりつけ医の家に電話した。彼は七度目のベルで電話に出た。そして、ダイラーとはペルシャ湾に浮かぶ島の名前だろうと言った。そこには西側の存続において非常に重要な石油処理施設がある。電話の向こうで、女が天気予報を読み上げる声が聞こえた。

私は二階に行き、心配するな、とデニースに告げた。瓶の錠剤を一つ持って行って大学の化学学科の誰かに分析してもらうから。それはもうやった、と彼女が言うのを私は待った。しかしデニースはいかめしくうなずいただけだった。私は廊下を歩いて行き、おやすみを言おうとしてハインリッヒの部屋の前で立ち止まった。彼はクローゼットの入口に取りつけた棒で、体を顎まで引き上げる懸垂をしていた。

「その棒はどこから持ってきたんだ？」

「メルカトルのだよ」

「誰だ？」

「最近よく一緒にいる最上級生さ。もうそろそろ十九歳なのに、まだ高校に通ってるんだ。どんなふうかって言うとね」

「どんなふう？」

「どんなに大きいかってこと。むちゃくちゃな重さのバーベルを横になった状態で持ち上げられる」

「どうして顎まで懸垂したいんだ？　それで何を達成しようとしてる？」

「何を達成するかって？　体を鍛えて他の何かの埋め合わせをしようとしてるのかもね」

「何の？」

「生え際が後退してきてるんだよ。一つ挙げれば」

「後退なんてしてないよ。私の言葉が信じられないならバーバに訊くんだ。そういうのはよくわかるから」

「僕の母さんは皮膚科に行けって言ってた」

「今はまだその必要はないと思うが」

「もう医者に行った」

「で、彼に何て言われた？」

「彼じゃなくて彼女。母さんが女医さんのところに行けって」

「彼女に何て言われた？」

「毛が採取できる部分はいっぱいあるって」

「どういうことだ？」

「頭の別の場所から髪の毛を取って必要な場所に手術で植えられるんだって。でも結局は同じことで、禿げるのを遅らせられない。自分がツルツルになったところは想像できるよ。同い年で癌の子がいるんだ。化学療法で髪の毛が全部抜けちゃって。だから僕もそうなるんだよ」

彼は私を見つめたまま、クローゼットのなかに立っていた。私は話題を変えることにした。

「もし顎まで懸垂するのが役に立つなら、クローゼットの外でやったらどうだ？　どうして暗くてカビ臭い場所に立ってる？」

「これが奇妙に思えるんなら、メルカトルがやってることを見るといいよ」

「何をやってるって？」

「毒蛇《へび》でいっぱいの檻のなかにどれだけ長く座り続けられるか、って記録を作ってギネスブックに載ろうとしてるんだ。週に三回、グラスボロにある外国風のペットショップに通ってる。オーナーが彼に、マンバやパフアダーへの餌やりをさせてくれるんだ。そうやって毒蛇に慣れようとしてる。北アメリカのガラガラヘビなんて目じゃないよ。パフアダーは世界でいちばん毒が強い蛇なんだ」

「誰かが蛇だらけの檻のなかに座って四週目を迎えてるのなんかニュースで見ると、噛まれればいいのに、っていつも思ってしまうがな」

「僕もさ」ハインリッヒは言った。

「なぜだろう?」

「本人が噛まれようとしてるからさ」

「そのとおりだな。我々の大部分は生きてる間中、危険を避けようとしてる。こういう連中は自分のことを何だと思ってるんだろうな?」

「本人が噛まれようとしてるんだから、そうさせればいいさ」

私は少し黙り込み、このめったにない意見の一致の瞬間をじっくり味わった。

「その友達は他にどんな訓練をしてるんだ?」

「一つの場所で長いこと座って膀胱《ぼうこう》を慣らそうとしてる。一日に二食しか食べないんだ。座ったまま眠るし、一度に二時間しか寝ない。起きるときは徐々に目を覚まして、急には動かないようにしてる。そうじゃないとマンバが驚いちゃうんだ」

「おかしな野望だな」

「マンバは敏感なんだよ」

「でもまあ、本人が幸せならな」

「本人は幸せだと思ってるけど、それは単に彼の脳の神経細胞が、多すぎるか少なすぎるかの刺激を受けてるってだけの話さ」

私は真夜中にベッドから出て、廊下の突き当たりの狭い部屋まで行き、ステフィとワイルダーが眠っているのを見た。二人を眺めながら身動きせずにほぼ一時間ほどそこにいて、なんとなく元気になったような、ゆったりしたような感じを抱いた。

寝室に戻って驚いた。バベットが窓のところに立ち、鋼のような夜を見つめていたのだ。私がベッドにいないことに彼女が気づいた様子はなかったし、私がベッドに戻って掛け布団の下に潜り込む音を聞いた様子もなかった。

25

我が家の新聞は日産セントラに乗ったイラン人の中年男が配達している。その車を見ると、なぜか私は落ち着かなくなる——ヘッドライトをつけたままの車が夜明けにいて、玄関の段に男が新聞を置くのを待っている。私はある種の年齢に、漠然とした脅威を感じる年齢に達したのだ、と自分に言い聞かす。世界は打ち捨てられた意味に満ちている。ありふれた事物に、私は予期せぬ主題や強度を見出す。

私は研究室の机に座って白い錠剤を見下ろしていた。それはUFOみたいな形をしていて、流線型の円盤の片隅には非常に小さな穴が空いていた。私はしばらくじっくり眺めて、ようやくその穴に気づいた。

その丸薬はアスピリンのように粉っぽくはなく、だがカプセルのようになめらかでもなかった。手に持ってみると不思議な感じがした。触れると奇妙なほど傷つきやすかったが、非常に緻密に作り上げられた不溶性の合成物という印象もあった。

私は測候所という名前で知られる、ドーム状の屋根の小さな建物に歩いて行き、その錠剤をウィニー・リチャーズに渡した。若い神経科学の研究者で、非常に優れた研究をしていると言われていた。背が高い、内気でこそこそした感じの女性で、誰かが何か面白いことを言うと顔を赤らめた。ニューヨークから来た何人かは、彼女の研究室を訪ねて短いジョークを高速で繰り出し、顔が赤くなるのを見て楽しんだ。

散らかった机の前で彼女が二、三分座ったまま、親指と人差し指のあいだでゆっくり錠剤を回転させるのを私は眺めた。彼女は錠剤を舐め、肩をすくめた。

「たしかに何の味もしない」

「成分を分析するのにどれくらいかかる？」

「イルカの脳を処理しなきゃならないけど、四十八時間後に来て」

大学ではウィニーはある場所から別の場所へ誰にも見られずに移動することで知られていた。彼女がどうやっているかは誰も知らなかったし、なぜそうしなければいけないのかもわからなかった。もしかしたら、彼女は自分の不格好な体型や、首を上に伸ばしたような姿勢や、奇妙な駆け足の仕方を気にしているのかもしれなかった。もしかしたら、彼女は開けた場所が怖いのかもしれなかった。とはいえ、大学にある開けた場所はだいたい、古風で居心地がよかったが。あるいは、人や物からなる世界は彼女に圧迫感を与えるのかもしれなかった。荒々しく剝き出しのものが持つ力で彼女を直撃する——そのせいでたしかに彼女は赤面した——だからこそ、そういったものとの日常的な接触を拒むほうが、彼女には楽だったのかもしれない。もしかしたら、彼女は賢いと言われることにうんざりしていたのかもしれない。いずれにせよ、その週の残りのあいだ、私はどうしても彼女を見つけられなかった。彼女は芝生の上にも通路にもいなかったし、私が訪ねても研究室にはいなかった。

　家ではデニースがダイラーの話題を持ち出さないようにしていた。彼女は私に圧力をかけないよう努めていたし、視線を交わすことすら避けていた。まるで、意味ありげに視線を交わすだけで、我々が密《ひそ》かに知っていることがばれてしまうかのようだった。バベットはといえば、意味ありげな視線をいろんなものに向けた。会話の途中で、降る雪や、沈む太陽や、停まっている車に、永遠に続くような視線をはっきりと向けた。こうしたまなざしのせいで私は心配になりだした。彼女は今までずっと社交的で活発な雰囲気だった。ちゃんと手で触れられる現実のものを信じているというふうだったのだ。こうした自分の殻にこもったようなまなざしのせいで、彼女は周囲のものから疎外されているだけでなく、じっと眺めている当のものからも疎外されているという感じがした。

　年長の子供たちが出かけたあと、我々は朝食のテーブルにいた。

「ストーヴァー家で飼いだした新しい犬を見た？」

「いや」私は言った。

「あの家の人たちはその犬のこと、地球外生命体だと思ってるの。冗談じゃなくね。昨日あの家に行ったんだけど、あの犬は本当に変よ」

「何か気になることがあるか？」

「大丈夫」彼女は言った。

「言ってくれよ。何でも言い合ってきたじゃないか。ずっと」

「ジャック、私が何を気にしてるって言うの？」

「窓の外をじっと眺めたりしてさ。最近何だか変だ。何かを眺めたり反応したりするとき、前とは違う」

「ストーヴァー家の犬もそうするの。窓の外をじっと眺める。でもどんな窓でもってわけじゃないのよ。屋根裏部屋まで上がって行って、窓枠に前足を乗せて、家のいちばん高い窓から外を見るの。ストーヴァー家の人たちは、犬が何か指示を待ってるんだろうって考えてる」

「もしこれを君に言えば、デニースに殺されるだろうね」

「何よ?」

「ダイラーを見つけたんだ」

「ダイラーって?」

「暖房機のカバーの裏にテープでとめてあった」

「なぜ私が暖房機のカバーに何かをテープでとめなきゃいけないの?」

「デニースは君がまさにそう言うだろうって言った」

「よくわかってるのね」

「君のかかりつけ医のフックストラッテンにも話した」

「私、本当にすごく体調がいいけど」

「彼もそう言った」

「寒くて鬱陶しい灰色の毎日が続くと私、どうしたくなるか知ってる?」

「何だい?」

「ハンサムな男とベッドに潜り込みたくなるの。ワイルダーをプレイトンネルに入れてくるから、髭を剃って歯を磨いてて。十分後に寝室で」


その日の午後、ウィニー・リチャーズが測候所の横のドアからこっそりと出て、小さな芝生を大股で走り、新しい建物へ向かうのが見えた。私は研究室から急いで出て彼女を追った。彼女は壁にぴったり寄りそって大股で走った。絶滅の危機にある動物か、あるいはイエティやビッグフットのような珍しい、人間に近いものを幸運にも目撃したような気分だった。寒くて空はまだどんより曇っていた。早足でなければ彼女に追いつけないことに私は気づいた。彼女は教員棟の裏を急いで回った。私は速度を上げた。彼女を見失うのではと恐れていた。走るのは変な感じがした。もう何年も走っていなかったし、走っている状態の自分の体をうまく認識できなかったし、突如として足の下に現れた、硬い表面を持つ世界をうまく認識できなかった。私は角を回り、速度を上げた。自分という大きな塊がふわふわ浮くのを感じた。上、下、生、死。ロープが私の後ろにたなびいた。

液体防腐剤のにおいがする一階建ての建物の、誰もいない廊下で私は彼女に追いついた。彼女は薄緑色のチュニックにテニスシューズという姿で壁にもたれていた。私は息が上がりすぎて話せず、ちょっと待って、と言うように右腕を上げた。瓶に入った脳でいっぱいの小部屋のテーブルまでウィニーは私を連れて行った。流しが備えつけてあるテーブルの上は、ノートや実験用器具で覆われていた。彼女は紙コップの水をくれた。脳が並んだ光景や、防腐剤や消毒液のにおい全般から、私はその水道水の味を切り離そうとした。

「私を避けてるのか？」私は言った。「メモも残したし、留守電も入れておいたが」

「ジャック、特にあなたや誰かを避けてるわけじゃないの」

「じゃあどうして君をまったく見つけられないんだ？」

「二十世紀ってそういう時代じゃない？」

「何だって？」

「誰に探されてなくてもみんなが隠れる時代」

「本当にそう思うか？」

「明らかでしょ」彼女は言った。

「錠剤はどうなってる？」

「技術的にすごく面白かった。何て名前だったっけ？」

「ダイラー」

「聞いたことない」彼女は言った。

「錠剤のことで何かわかったか？　あんまり賢いことは言わないでくれよ。昼食もまだなんで」

彼女が赤くなるのを私は見ていた。

「あれは古典的な意味での錠剤じゃないの」彼女は言った。「言わば、薬を供給するシステムね。すぐに溶けたり、すぐに成分を放出したりしない。ダイラーの内部の薬効成分は高分子化合物の膜で覆われてる。綿密に制御された速度で、胃腸管の水分がその膜を通過するの」

「水分は何をする？」

「膜のなかに閉じ込められた薬効成分を溶かす。ゆっくり、徐々に、精密に。それから薬はたった一つの小さな穴を通って、高分子の錠剤から外に出る。その速度のほうも綿密に制御されてる」

「穴を見つけるのにしばらくかかったよ」

「レーザー光線で開けられた穴だからよ。ただ小さいだけじゃなくて、驚くほど精密に作られてる」

「レーザー光線。高分子」

「私はこういうことの専門家じゃないの、ジャック。でもすごくうまく作られた小システムだとは言える」

「何だってこんなに全部、精密に作られてるんだ？」

「投薬量がコントロールされてるのは、錠剤やカプセルにつきものの問題を避けるためだと思う。薬効成分は長い時間かけて特定のスピードで染み出してくる。だから、投与しすぎたあと、今度は投与しなさすぎる、っていう古典的なパターンは避けられる。いっぺんに薬が出てそのあとはほとんど出ない、とはならないわけね。だから胃がムカついたり、吐き気がしたり、吐いたり、筋肉がつったり、みたいことは起こらない。このシステムはすごく効果的よ」

「そいつはすごいね。驚いたよ。でもいったん薬の成分を出し終わったら、高分子の錠剤はどうなる？」

「自然崩壊するの。内側に引っ張る大きな力で粉々に破壊されるのよ。ここから先は物理の領域ね。いったんプラスチックの膜が微小な粒子にまで砕けると、昔ながらの方法で害もなしに体から出て行く」

「素晴らしいね。この薬にどんな効能があるか教えてくれないか？　ダイラーって何なんだ？　化学的な組成はどうなってる？」

「わからない」彼女は言った。

「いや、当然わかるだろ。君は賢いんだから。みんなそう言ってるよ」

「他にどう言えばいい？　私の専門は神経化学よ。それがどんなものかなんて誰も知らないじゃない」

「他の科学者だったら少しはわかるだろう。そうに決まってる。それで、彼らは君が賢いって言ってる」

「私たちはみんな賢いのよ。ここじゃそういうことになってるでしょ？　あなたは私を賢いと言い、私はあなたを賢いと言う。そういう共通のエゴの形なの」

「誰も私を賢いなんて言わないよ。抜け目ないとは言うが。でかいものを手に入れたって。誰もあるとは気づいていなかった隙間を私が見つけたんだと」

「賢い人用の隙間もあるの。で、私の番が来たってだけ。それに、私は体型も歩き方もおかしいでしょ。もしみんなが私のこと賢いって言えなければ、私について残酷なことを言わなきゃならなくなる。それは誰にとってもひどい状況でしょ」

彼女はファイルをぎゅっと胸に抱きしめた。

「ジャック、私にたしかに言えるのは、ダイラーに入ってる物質が一種の向精神薬だってことだけよ。これはおそらく人間の大脳皮質の外側の部分に作用するようにできてる。周りを見て。そこら中が脳だらけよ。サメ、クジラ、イルカ、大型の猿。そのどれもが複雑さにおいて人間の脳にはとても及ばない。人間の脳は私の専門じゃないの。だから、人間の脳について使える知識はそんなにない。でもそれでも、自分がアメリカ人でよかった、とだけは言える。あなたの脳には一兆個のニューロンがあって、そのニューロンの一つ一つから一万個の小さな樹状突起が生えてる。この相互コミュニケーションのシステムは驚くべきものよ。片手に入る大きさのなかに銀河があるようなものだから。もっとも、それより複雑で神秘的だけど」

「で、なぜアメリカ人でよかったって思うんだ?」

「子供の脳は刺激に反応して発達するの。アメリカは世界一刺激の多い場所だから」

私は水をすすった。

「もっといろいろわかればいいんだけどね」彼女は言った。「でも薬の正確な効能まではわからない。ただこれだけは言える。この薬は市場では入手できない」

「でも普通の処方箋薬局の瓶に入ってたんだよ」

「どこに入ってたかなんて関係ない。脳のレセプターに作用する薬は、すでに知られているものの成分ならちゃんと見分けられる。でもこの薬は知られていない」

彼女はドアにちらちら視線を向けだした。その瞳は明るく、恐怖に満ちていた。廊下の騒音に私は気づいた。人の声、足を引きずる音。ウィニーが奥のドアへ戻るのが見えた。彼女が赤くなるのをもう一度見たいと思った。彼女は後ろ手でドアの鍵を開け、素早く振り向くと、灰色の午後へ駆け出した。私は何か面白いことを思いつこうとした。

26

私はドイツ語文法のメモを持ってベッドで身を起こしていた。バベットは横向きに寝て、時計つきラジオを見つめながら、視聴者が電話してくる番組を聞いていた。女がこう言うのが聞こえた。「一九七七年に鏡を見て、自分がどんな人間になっていっているか気づきました。ベッドから出られず、出る気になれませんでした。視野のすみっこを何かが横切るのが見えました。まるで慌てて走る人みたいです。私はパーシング・ミサイルの基地からの電話を受けていました。同じ経験をした人たちと話したいと思います。私には支援プログラムが必要なんです。自分が参加できるようなものが」

私は前かがみになって、妻の向こう側にあるラジオを切った。彼女はまだ見つめていた。私は頭に軽くキスをした。

「君の髪は素晴らしいってマーレイが言ってたよ」

彼女は弱々しく青ざめた微笑みを浮かべた。私はメモを置き、彼女の体の向きを少し変え、話している私をまっすぐ見上げられるようにした。

「もうちゃんと話すべきなんじゃないか。君も気づいてるだろう。私も気づいてる。ダイラーのことを全部、話してくれよ。私のためじゃなければ、君の小さな娘のために。デニースは心配してる――心配で病気になりそうだ。それに、君にはもう言い逃れの余地はない。我々に壁際まで追い詰められたんだから。デニースと私にね。私は隠してある瓶を見つけて、錠剤を取り出し、専門家に分析してもらった。あの小さな白い円盤は素晴らしく巧みに加工されていた。レーザー技術、とても高度なプラスチック。あのたなびく雲を食い尽くした微生物と同じくらい、ダイラーは精密に作られている。あんな小さな白い薬が存在するなんて誰が信じるだろう？　人間の体内でポンプとして働き、薬効成分を安全に効果的に行き渡らせたあと、勝手に崩壊するなんて。その素晴らしさには心打たれたよ。他にも我々が知ってることがある。この件に関するとてもマズいことだ。我々はダイラーが一般市民には入手できないことを知っている。この事実だけでも説明が必要なのは明らかだ。君には言い逃れなんてできない。とにかく何の薬なのかを教えてくれ。君も知ってるとおり、私は人を追い回すような人間じゃない。でもデニースは違う。今までどうにか彼女を引き止めようとしてきた。もし知りたいことを君が教えてくれないなら、あの子を解き放つ。そしたらデニースはありとあらゆる方法で君に迫ってくる。君に罪悪感を抱かせようとして時間を無駄にはしない。デニースは正面突破がいいと思ってる。君をぶん殴って地面に押し倒すようなやり方をするだろう。私が正しいということはわかってるだろう、バベット」

ほぼ五分経った。彼女は横になったまま天井を見つめていた。

「私なりのやり方で説明させて」彼女は小声で言った。「酒がいるかな？」

「いいえ。ありがとう」

「ゆっくりでいいよ」私は言った。「一晩中かかってもいい。何かほしいとか必要だとかあれば言ってくれ。ただ言ってくれるだけでいい。どれだけ時間がかかろうが、私はここにいるから」

また時間が経った。

「いつからだったか正確にはわからない。たぶん一年半くらい前だと思う。こんな時期はそのうち終わると思ってた。人生における水位標みたいなものだって」

「境界標だな」私は言った。「もしくは分水嶺」

「落ち着くべき時期かなって思った。中年とかそんなもの。こんな状態はじきに過ぎ去るだろうし、そのまま忘れてしまうだろうと。でも過ぎ去らなかった。で、ずっとこのままじゃないかと思い始めた」

「どんな状態？」

「今は忘れて」

「最近落ち込んでるだろう。今までそんなじゃなかったよ。バベットはそうじゃなかった。すごく明るい人間だったよ。憂鬱や自己憐憫には負けなかった」

「聞いて、ジャック」

「ああ」

「私がどんなふうかは知ってるでしょ。何でも修復できると思ってる。正しい態度と適切な努力さえあれば、人はどんなひどい状況も変えられるって。その状況をいちばん単純な部分まで分割すればね。リストを作り、カテゴリーを考え出し、図表やグラフを書き出せば。こんなふうにして私は受講生にどうやって立つか、座るか、歩くかを教えてるの。もちろんこういうことはあまりに自明で一般的だから、部分には分けられないだろう、ってあなたが思うのはわかってる。私はすごく独創的な人間じゃないけど、どうやって物事を分割するか、どうやって一つ一つ分類するかは知ってる。姿勢も飲食も呼吸でさえも分析できる。そうじゃなかったらどうして世界を理解できるの、っていうのが私のものの見方よ」

「私はここにいる」私は言った。「何かほしいとか必要だとかあれば言ってくれればいい」

「この状況がなかなか消え去らないって気づいたとき、私はそれを部分に分割して、もっと理解しようとし始めた。最初に、そもそも部分なんてあるのかを見極めなきゃいけなかった。図書館や書店に行き、雑誌や学術誌を読み、ケーブルテレビを見て、リストや図表を作り、たくさんの色を使ったチャートを作って、テクニカルライターや科学者に電話して、アイアンシティのシク教の聖者と話し、オカルトさえ学んだ。そして本を天井裏に隠した。あなたやデニースが見つけて、いったい何が起こってるんだろう、なんて思わないように」

「そんなのぜんぜん知らなかったよ。バベットは私に話してくれるし、言ってくれるし、打ち明けてくれるって思ってた」

「あなたが何も言ってくれなくてがっかりした、って話じゃないの。この話のテーマは、私の苦痛と、それを終わらせるための試み」

「ホットチョコレートを作ってくるよ。飲むかい?」

「行かないで。ここが大事なんだから。こんなにエネルギーを費やして、調査して、勉強して、隠し事をして、それでも私はどこにもたどり着かなかった。状況はぜんぜんよくならなかったの。それは私の人生を覆い尽くして、ぜんぜん放してくれなかった。それである日、私は『ナショナル・エグザミナー』紙をトレッドウェルさんに読んでいて、ある広告に目をとめたの。具体的にどういうものだったかについては忘れて。秘密の研究のボランティア募集よ。あなたが知らなきゃならないのはそれだけ」

「ずるいことっていうのは、私の以前の妻たちがすることだと思ってた。甘美な詐欺師たち。いつも緊張していて、しゃべると息を漏らし、頬骨が高くて、二ヶ国語を話せる」

「私はその広告に応募したの。で、心理生物学の研究をしている小さな会社の面接を受けた。心理生物学って何か知ってる?」

「いや」

「人間の脳がどれだけ複雑か知ってる?」

「少しは」

「いいえ、あなたにはわかってない。その会社はグレイ・リサーチってことにしておきましょう。本物の名前じゃないけど。それで、私が会った男性をグレイさんって呼びましょう。グレイさんは一人じゃないの。結局その会社の三、四人かそれ以上と会うことになったから」

「あの長くて低くて灰色っぽいレンガの建物で、電気が流れるフェンスと背の低い植え込みに囲まれてるようなやつだな」

「本部は見たことないの。どうしてかは忘れて。重要なのは私がテストに次ぐテストを受けたってこと。感情面のテスト、心理学のテスト、筋肉の反応テスト、脳の活動テスト。三人の最終候補の一人になったってグレイさんに言われた」

「何の最終候補だ?」

「私たちは試験対象になったの。とても実験的で、最高機密の薬の開発のね——コードネームはダイラーよ。彼はその薬を何年も研究してきたの。人間の脳内にダイラーの受容器官を見つけて、その錠剤の最後の仕上げをしてた。でも人間で試験するには危険がつきまとう、とも私に言った。私は死ぬかもしれない。たとえ死ななくても、私の脳は死ぬかもしれない。左脳は死ぬかもしれないけど、右脳は死なないかもしれない。そうなれば、私の体の左半分は死なないけど、右側は死ぬ。恐ろしい可能性はいろいろあった。横向きには歩けても、前には進めなくなるかもしれない。言葉と物を区別できなくなるかもしれない。だからもし誰かが『弾丸が飛んでくる』と言えば、私は床に伏せて自分の身を守る。グレイさんはこうしたリスクを私に知ってほしがった。私は権利放棄書や他の書類にサインした。会社には法律家も聖職者もいた」

「そして彼らは君を人間の実験動物にした」

「いいえ、そうじゃなかったの。あまりにリスクが大きすぎる、と彼らは言った――法的にも倫理的にもその他いろいろの面でもね。そこで彼らはコンピューター上で分子や脳を再現しようとし始めた。私には受け入れられなかった。こんなにがんばってきて、あともう少しなのに。次に起こったことをあなたにもわかってほしい。もしこの話をあなたに打ち明けるなら、この部分も言わなきゃならない。この人間の心の小さくて卑《いや》しい部分もね。バベットは教えてくれるし打ち明けてくれるってあなたは言うでしょ」

「バベットはそういう人間だ」

「わかった。教えるし打ち明けます。グレイさんと私は私的な取り決めをした。聖職者や法律家や心理生物学者なんて関係ない。私たちは自前で実験する。私は今の状態から救われるし、彼は医学上の優れた画期的成功で賞賛される」

「卑しい部分って何だ？」

「無分別なことをしたの。グレイさんに薬を使ってもらうにはこれしかなかった。これが私の最後の手、最後の希望だったの。まず彼に心を捧げた。そして体を捧げた」

私は何か温かいものがじわじわ背中を上がり、肩のあいだから外に出るのを感じた。バベットはまっすぐ上を見ていた。私は肘をついた状態で彼女と向かい合い、顔をじっくり眺めた。とうとう私は話しだしたが、その声は理性的に問い質《ただ》すものだった――人間の永遠の謎を純粋に理解しようとする男の声だ。

「どうやって三人かそれ以上の男の集合体に体を捧げら

れるんだ？　何人かいるんだろう。誰かの眉に別のやつの鼻で作った警察のスケッチみたいなもんじゃないか。たとえば性器だよ。いったい何人分の性器が出てくるんだ？」

「たった一人よ、ジャック。いちばんの重要人物、この事業の責任者」

「じゃあグレイさんはもう集合体じゃないんだね」

「今話してる彼は一人よ。私たちは小くて汚いモーテルの部屋に入った。いつどこでかは忘れて。天井近くにはテレビがあった。私がおぼえてるのはそれだけ。汚くてみすぼらしい。私はものすごく悲しかった。でも、ものすごく必死だった」

「君はこれを無分別と呼ぶ。まるで、率直で大胆な物言いの革命がなかったみたいに。起こったとおりの名前で呼べばいい。率直に描写すればいい。ちゃんと具体性を入れればいい。君はモーテルの部屋に入った。そこが誰のものでもないことや、その機能第一主義や、家具の趣味の悪さに興奮した。難燃性の絨毯の上を裸足で歩いた。グレイさんは開いたドアの脇を通り、全身鏡を探した。君が服を脱ぐのを見ていた。君はベッドに横になり、彼を抱きしめた。そして彼は君のなかに入ってきた」

「そういう言葉使いはやめて。そういう言い方を私がどう思うかは知ってるでしょ」

「彼は入ってくると表現されることをした。言い換えれば、彼自身を挿入した。ある瞬間には服をきちんと着ていて、レンタカーの鍵を化粧台に置き、次の瞬間には君のなかにいた」

「誰も誰かのなかになんていなかった。これはばかげた表現よ。私はやらなきゃならないことをしただけ。私は遠くにいた。自分の外側にいた。それは資本主義的な取引だった。あなたは何でも話してくれる奥さんが好きなんでしょ。そういう人になろうと私は頑張ってるの」

「わかった。ただ理解したいだけだよ。このモーテルには何回行ったんだ？」

「だいたいは定期的に何ヶ月間かよ。そういう取り決めだったの」

私は熱気が首の後ろを上がってくるのを感じた。彼女を注意深く見た。目が悲しみを湛《たた》えていた。私は仰向けになり、天井を見た。ラジオが聞こえてきた。彼女は小声で泣き始めた。

「バナナ入りのゼリーがある」私は言った。「ステフィが作った」

「いい子ね」

「すぐ持ってこれるけど」

「いらない。ありがとう」

「何でラジオがついたんだ？」

「タイマーが壊れたの。明日、店に持って行くつもり」

「私が持って行くよ」

「いいの」彼女は言った。「たいした手間じゃないから。すぐ持って行ける」

「彼とのセックスはよかったか？」

「私がおぼえてるのは、天井近くのテレビが私たちを見下ろしてたってことだけ」

「彼にユーモアのセンスはあったか？　女はセックスについての冗談を言える男が好きなんだろう。残念ながら私には言えない。それに、こんなことになって、今後言えるようになるとも思えない」

「彼のことはグレイさんとして知ってるだけのほうがいい。それだけ。背が高くも低くもなく、若くも年寄りでもない。笑わないし泣かない。あなたのために」

「質問があるんだが。どうしてグレイ・リサーチは動物実験をしないんだ？　動物はコンピューターよりいろいろと優れてるだろうに」

「そこよ。どんな動物もこんな状態にはならない。これは人間だけのものなの。動物はいろんなものを恐れる、とグレイさんは言った。でも、彼らの脳はそこまで進化してないから、こういうたぐいの心の状態にはならないんだって」

　このとき初めて、彼女がいったい何についてずっと話してきたのかに私は薄々気づき始めた。寒気がして、体の中が虚《うつ》ろになった気がした。仰向けだった私は起き上がり、再び肘をついて彼女を見下ろした。彼女はまた泣き始めた。

「お願いだから教えてくれ、バベット。ここまで話して、私をこんな気持ちにさせて。とにかく教えてくれ。どんな状態なんだ？」

　泣けば泣くほど、彼女がこれから何を言いだすかに関する私の確信は強まっていった。私は服を着てこの部屋を出て行き、このすべてが過ぎ去るまでどこかで泊まっていたい、という衝動を感じた。バベットは私に向かって顔を上げた。その顔は悲しげで蒼白で、目にはどうにもならない寂しさが浮かんでいた。我々は向かい合った。肘をついた姿は、古代の学堂でぶらぶら歩き回る哲学者たちの彫刻のようだった。ラジオが切れた。

「死ぬのが怖いの」彼女は言った。「いつもそのことばかり考えてる。ずっとそればかり」

「そんなこと言うなよ。ひどい話だな」

「どうにもできないの。どうしたらいい？」

「そんなこと知りたくないね。もっと年取ってから考えればいいじゃないか。君はまだ若いんだから、やるべきことはたくさんある。そういう恐れは理に適《かな》わない」

「恐れが取り憑いて離れないの、ジャック。そのことばかり考えてしまう。こんなにずっと恐怖を意識し続けるべきじゃないのはわかってる。どうしたらいい？　それはただそこにある。だからこそ、声に出してタブロイド紙を読んでいて、すぐグレイさんの広告に気づいた。見出しに惹きつけられたの。**死の恐怖**って書いてあった。ずっと私はそのことを考えてる。がっかりしたでしょ。わかる」

「がっかりした？」

「もっと具体的な状態についてだと思ってたでしょ。そうだったらいいのにと私も思う。でも人は、日常的なちょっとした病気なんかの解消法を突き止めようとして何ヶ月も費やしたりしない」

私は彼女の考えをなんとか変えようとした。

「君が恐れてるのが死だって、どうしてそんなに確信できる？　死はすごく漠然としてる。誰もそれが何なのか、どういう感じなのか、どういうものなのか知らない。ひょっとしたら君には個人的な問題があって、それが大きな普遍的主題として現れてきたのかもしれない」

「どんな問題？」

「君が自分で見ないようにしてることさ。たとえば体重」

「体重は減らした。じゃあ身長は？」

「君が体重を減らしたのは知ってる。まさにそこなんだよ。実際のところ、君はすごく健康だ。まさに健康そのものだよ。フックストラッテンもそう言ってた。君のかかりつけ医さ。何か別のものがあるはずだ。もっと深い問題が」

「死より深い問題って何？」

彼女が考えているほど深刻じゃない、と私は説得しようとした。

「バーバ、誰だって死は怖いんだよ。どうして君だけが違うんだ？　さっき君自身、人間はそういうもんだって言ったじゃないか。七歳を過ぎて死が怖くない人なんていないよ」

「みんなある程度、死は怖いでしょう。でも私はものすごく怖いの。どうしてどうやってこうなったかはわからない。でもこう感じてるのは私だけじゃない。でなきゃなぜグレイ・リサーチは何百万ドルもかけて薬を開発してるの？」

「それこそまさに私が言ったことさ。君だけじゃない。何十万人もそう感じてるんだ。そう思ったらほっとしないか？　君はラジオに出てた女性みたいなものだ。ミサイル基地から電話を受けてるあの人だ。他にも精神異常を経験した人を探して、自分は一人じゃないと感じたがってる」

「でもグレイさんは、私がとりわけ死の恐怖に敏感だと言ってた。一連のテストを私にして。だから私を実験対象にしたがった」

「そこが変なんだよ。こんなに長いこと君は恐怖を隠してきた。こうしたことを夫や子供たちから隠せてきたのなら、そこまで深刻でもないんじゃないか」

「これは、妻の裏切りって話じゃないの。真実から目をそらさないで、ジャック。すごく大きな問題なのよ」

私は穏やかな声で話し続けた。まるで椅子にもたれた哲学者が、学院の若い学生に向かって語りかけているようだった。その若者の論文には将来性があり、ところどころ知性のきらめきも感じられるが、年長の哲学者の研究にあまりに多くを負っている可能性があった。

「バーバ、家族のなかで死に取り憑かれてるのは私だよ。ずっとそうだったんだ」

「そんなこと一度も言わなかったじゃない」

「君を心配させたくなかったからさ。君には元気潑剌《はつらつ》で、幸せでいてほしかった。幸せなのは君で、私は不運な愚か者だ。だからこそ私は君を許せない。ずっと私が信じてたような女性じゃないと言い出したんだからね。傷ついたし、途方に暮れたよ」

「あなたは死についてあれこれ考えてる人だと私はずっと思ってきた。あなたは歩きながらあれこれ考えてきたかもしれない。でもどっちが先に死ぬかという話をするとき、あなたは死ぬのが怖いとは決して言わなかった」

「君だってそうだろう。『子供が大きくなったらすぐ』なんて、まるでスペイン旅行にでも出かけるみたいに」

「本当に先に死にたいの」彼女は言った。「でも、死が怖くないわけじゃない。ものすごく怖いの。ずっと怖かった」

「私は人生の半分以上、ずっと怖かった」

「それで私にどう言ってほしいの？　私の恐れよりあなたの恐れのほうが年季が入っていて、上等だとでも？」

「汗まみれで目が覚めるんだ。ものすごい量の汗でびしょびしょだ」

「喉が引きつるからガムを噛んでる」

「私には体がなくて、ただ心や自分だけなんだ。それで広大な空間にたった一人でいる」

「私は体が動かなくなるの」彼女は言った。

「弱りすぎて動けなくなる。決心や決断をする力がなくなる」

「お母さんが死ぬんじゃないかって思った。そしたらお母さんが死んだ」

「みんなが死ぬんじゃないかって思う。自分だけじゃなくてね。本当にひどいことを思い浮かべてしまう」

「自分が悪かったたって感じる。お母さんが死んだのは、私がそう思ったからじゃないかって。自分の死についてもそう感じる。死について考えれば考えるほど死が早まるの」

「なんて奇妙なんだろう。自分自身や愛する人たちについて、こんなに執拗でひどい恐れを我々は抱いてきた。それでも歩き回り、みんなと話し、食べたり飲んだりしている。我々はなんとか機能している。こうした恐れの感覚は強烈だし、本物だ。我々は麻痺してしかるべきじゃないか？　少なくともしばらくのあいだ、どうして我々はどうにか生き続けられるんだ？　車を運転して、授業を教えてる。我々が昨晩や今朝、こんなにも恐れていたんだって、どうして誰にもわからないんだ？　こうしたことを我々は互いの了解事項として隠し合ってるのか？　それとも知らないうちに同じ秘密を共有してるのか？　同じ仮面をかぶってるのか？」

「もしも死が音だとしたら？」

「電子的な雑音だな」

「ずっと聞こえ続けるの。そこら中で音がする。なんて恐ろしいの」

「恒常的で、白い」

「ときどき死は私に忍び寄ってくるの」彼女は言った。「ときどき私の心のなかに入り込むの。ちょっとずつね。私はそれに語りかけようとする。『死よ、今ではない』」

「私は暗闇で横になったまま時計を見る。いつも奇数なんだ。朝の一時三十七分。三時五十九分」

「死は奇数なのよ。あのシク教徒が教えてくれた。アイアンシティの聖人よ」

「君は僕にとって力だ、命の躍動だ。これがとんでもない間違いだなんて、どうして君にわかってもらえる？　君がワイルダーを風呂に入れ、私のガウンにアイロンをかけるのを私は見てきた。今や、こうした単純で深い喜びは消えてしまった。君がしたのがどれほどとんでもないことかわかるか？」

「ときどき思い出して、殴られたような気持ちになる」彼女は言った。「ほとんど物理的にたじろぎそうになる」

「私がバベットと結婚したのはこのためか？　私を裏切って、彼女が真実を隠し、さまざまなことを隠し、性的な陰謀に加わるため？　すべての陰謀はある一つの方向に向かうんだ」私は厳しい調子で彼女に言った。

我々は長いことぴったりと抱き合った。しっかりと互いの体を包容しあった。その抱擁には、愛や、悲しみや、優しさや、セックスや、争いの要素があった。我々は感情を繊細に動かし、かすかな変化を感じ、腕や下腹をほんの少し動かしたり、ほんの少しの息を吸ったりしながら、恐れに関する合意に達し、競争を先に進め、心のなかにある混沌を秩序立てたい、という根源的欲望を表現した。

有鉛、無鉛、ハイオク。

我々はセックスのあと、濡れて輝きながら裸で横たわっていた。私は掛け布団を引っ張り上げて、自分たちを覆った。我々は眠たそうな囁き声でしばらく話した。ラジオがまたついた。

「私はここにいる」私は言った。「君がほしかったり必要だったりするものがあれば、どんなに手に入れるのが難しくても言ってくれ。必ず手に入れるから」

「水が飲みたい」

「いいよ」

「一緒に行く」彼女は言った。

「ここで休んでなよ」

「一人になりたくないの」

我々はローブを羽織り、バスルームまで水を飲みに行った。彼女が飲んでいるあいだ、私は小便をした。寝室へ戻りながら私は腕を彼女に回した。歩きながら互いにつんのめりそうになった。まるで浜辺を歩く思春期のカップルのようだった。彼女はシーツを直し、ちゃんとした場所に枕を戻した。私はベッド脇で待っていた。彼女はすぐに丸まって眠ろうとした。でもまだ私には知りたいことがあったし、言いたいことがあった。

「正確には、グレイ・リサーチの人たちは何を成し遂げたんだ？」

「彼らは死の恐怖を感じる脳の場所を特定したの。ダイラーはその部分にすぐ作用して安心感を与える」

「信じられないね」

「単にすごく効果のある精神安定剤ってだけじゃないの。その薬は特に、死の恐怖と関係した脳の神経伝達物質に作用する。どの感情にも感覚にも独自の神経伝達物質があるわけ。グレイさんは死の恐怖が何かを見つけて、脳にその抑制物質を作らせる化学物質を見つけようとした」

「驚くべきことだし、恐ろしいね」

「人生のすべては脳内を駆けめぐる分子のおかげよ」

「ハインリッヒの脳理論だね。それは全部本当だ。我々は化学的な刺激の総体でしかない。そんなこと言わないでくれよ。考えたくもない」

「あなたが言ったり、したり、感じたりするすべては、ある特定の脳の場所にあるいくつかの分子のせいだ、って彼らにはわかるの」

「このシステムでは善悪はどうなるんだ？　熱情や羨望や憎しみは？　そういったものはニューロンのもつれでしかないのか？　人間の弱点という伝統は今や終わった、臆病さや嗜虐や淫行はもはや意味のない言葉だ、と君は言うのか？　我々はこうしたものをノスタルジックに振り返ることしかできないのか？　人を殺すほどの怒りは？　かつて殺人犯は恐ろしいまでに大きな存在だった。その犯罪は巨大だった。そういうものを細胞や分子に還元したら、いったい何が起こるんだ？　私の息子は殺人犯とチェスをしてる。息子はそうしたことすべてを教えてくれた。私はそんなこと聞きたくもなかった」

「もう寝ていい？」

「待て。もしダイラーがすぐに安心感を与えてくれるんだったら、どうして君はこの数日そんなに悲しそうだったんだ？　ぼうっと周囲を見つめたりして」

「簡単よ。ダイラーが効かなかったの」

　こうした言葉を発しながら、彼女は涙声になり、頭までキルトの掛け布団を引き上げた。私はそのでこぼこした表面を見つめることしかできなかった。ラジオのトーク番組に出演している男が言った。「私の性的な嗜好について、曖昧なメッセージを受け取っていました」私はキルトの掛け布団の上から彼女の頭と体を撫でた。

「もっと詳しく教えてくれないか、バーバ？　私はここにいるよ。君を助けたいんだ」

「グレイさんは二つの瓶に入った六十錠を渡してくれた。これだけあれば充分以上でしょう、と彼は言った。七十二時間ごとに一錠飲んでください。徐々に正確に薬の成分が染み出すから、次の錠剤を飲んでも成分は重なりません。一つ目の瓶の錠剤を全部飲み終えたのは十一月の終わりか十二月の初めだった」

「デニースがそれを見つけた」

「彼女が？」

「それからデニースは君の行動をずっと嗅ぎ回ってた」

「私は瓶をどうしたの？」

「キッチンのゴミ箱に捨ててた」

「どうしてそんなことしたんだろう？　不注意すぎる」

「二つ目の瓶は？」私は言った。

「それはあなたが見つけたんでしょ」

「そうさ。そのなかの何錠飲んだか訊いてるんだ」

「二十五錠よ。合わせて五十五錠を飲んだ。だから五錠残ってる」

「残ってるのは四錠さ。一つは分析してもらったから」

「あなたそれ言ってたっけ？」

「ああ。それで君の状態は変わった？」

彼女は頭の上のほうを掛け布団から出した。

「最初はそう思った。ごく最初のうちはすごく希望があった。そこからぜんぜんよくならなくて、私はどんどん失望していった。もう眠らせてよ、ジャック」

「マーレイの家でみんなで夕食を食べた夜のことはおぼえてる？　家に戻りながら、君の物忘れについて話したよね。薬を飲んだかどうかはよくおぼえてないって君は言ってた。思い出せないのと君は言った。もちろんそれは嘘だった」

「たぶんね」彼女は言った。

「でも、君は物忘れ一般については嘘を言ってなかった。君の物忘れは飲んでいる薬の副作用だろう、とデニースと私は考えてた」

バベットは掛け布団から頭を全部出した。

「ぜんぜん違う」彼女は言った。「それは薬の副作用じゃないの。状況の副作用なの。グレイさんが言ってたんだけど、私が記憶をなくすのは、死の恐怖に必死に対抗しようしてるからなんだって。ニューロンの戦争みたいなものよ。私は何でも忘れられるけど、こと死のことになると失敗する。それで今、グレイさんも失敗した」

「彼は知ってるのか？」

「留守電にメッセージを残しといた」

「返事の電話で彼は何て言ってた？」

「テープを郵便で送ってきた。私はそれをストーヴァーさんの家に持って行って聞いたの。とにかくすまなかった、と彼は言ってた。それがどういう意味かは知らないけど。結局のところ、私は適切な被験者じゃなかったって。いつの日か早いうちに、どこかの誰かに対してダイラーは効くだろうと確信している。私についてはミスを犯した、と彼は言ってた。行き当たりばったりすぎたし、ことを急ぎすぎたって」

もう真夜中だった。二人とも疲れ切っていた。でもこんなところまで、こんなにも話してきて、ここでやめるわけにいかないことは私にもわかっていた。私は深く息を吸った。それから仰向けになり、天井を見つめた。バベットは私の向こうにあるランプに手を伸ばしてスイッチを切った。それからラジオのボタンを押して声を切った。千もの晩が多かれ少なかれこうして終わってきた。私は彼女がベッドに沈み込むのを感じた。

「君には言わないでおこうと自分に約束してたことがある」

「その話、明日の朝じゃだめ？」彼女は言った。

「どうやら私は死ぬと決まっているらしい。明日とか明後日ではないが、着々と死に近づいている」

自分がナイオディンDに曝されたことを彼女に説明した。短い説明的な文章で、淡々と現実を語った。コンピュータ一技術者について、彼が過去のデータに不法侵入して膨大な悲観的記録をどうやって得たかを彼女に話した。彼女に言った。我々はデータの総計なんだ。ちょうど化学的刺激の総計なのと同じようにね。この話を彼女に聞かせまいとしてどれだけ尽力したかを私は説明しようとした。けれども彼女の告白を聞いたあとでは、これを秘密にしておくのは間違っていると思えた。

「だからもう、我々は恐れや漂う恐怖について話してるんじゃない」私は言った。「これは重く確固とした、事実そのものだ」

彼女はゆっくりと掛け布団の下から現れた。泣きながら私の上に乗った。彼女の指に肩や首をつかまれるのを私は感じた。温かい涙が私の唇に落ちた。彼女は私の胸をたたき、左手をつかむと、親指と人差し指のあいだの肉を噛んだ。彼女の泣き声はうめき声に変わった。その声は恐ろしいような必死の努力に満ちていた。彼女は私の頭を優しく、だが力を込めて両手でつかんだ。そして枕の上で左右に動かした。その動きを私は、今まで彼女がしたどんなことにも、彼女のどんな状態にも結びつけられなかった。

やがて彼女が私の体から下り、不安な眠りについたあとも、私は闇を見つめ続けた。ラジオがついた。私は掛け布団を払いのけてバスルームに行った。風景画が描かれたデニースのペーパーウェイトが、ドア脇のほこりっぽい棚に置いてあった。私は蛇口をひねり、手や手首に水をかけた。顔に冷水を跳ねかけた。唯一周りにあったのは小さなピンクのハンドタオルで、マルバツゲームの柄だった。私はゆっくり、注意深く体を拭いた。そして暖房機のカバーを傾けて壁からはずし、なかに手を突っ込んだ。ダイラーの瓶はなくなっていた。

27

汚染物質流出以来、私は二度目の健康診断を受けた。結果には驚くような数値は何もなかった。死はいまだ、あまりにも深いところにあって、目には見えないようだった。担当医のサンダー・チャクラヴァーティは、私が急に何度も健康診断を受け始めたことについて訊いてきた。以前の私は体の状態を知ることをずっと怖がっていたのだ。

今も怖いですよ、と私は言った。彼は大きくニコッと笑い、オチを待った。私は彼と握手をし、ドアから出た。

家に戻る途中、私はスーパーマーケットに立ち寄ろうとして楡の木通り《エルム・ストリート》を車で行った。通りは緊急車輌でいっぱいだった。遠くのほうではあちこちに人々が倒れていた。腕章をつけた男が私に向けて笛を吹き、車の前に立ちふさがった。マイレックスの防護服を着た他の男たちが見えた。担架を持った連中が走って道を横切った。笛を持った男が近づくと腕章の文字が見えた。SIMUVAC《シミュヴァック》だ。

「下がって」彼は言った。「この道は封鎖中です」

「もうシミュレーションをやる時期だと思うのか？　もう一度ぐらい大規模な流出があってからでいいんじゃないか。時期を待てば」

「動いて。下がって。あなたは被曝範囲にいます」

「どういうことだ？」

「あなたはもう死んでるってことです」彼は言った。

私は通りを後退して車を停めた。それから徒歩で、またゆっくりと楡の木通りを歩いて行き、いかにもここに住んでいるという顔をした。店先から離れず、技術者たちや警察官たち、制服を着た職員たちにまぎれた。バスやパトカーや介助サービスカーが何台も見えた。電子機器を持った連中が、放射性物質や有毒の降下物を探知しようとしていた。それから私は、ボランティアで参加している犠牲者たちに近づいた。二十人ばかりいて、うつ伏せだったり、仰向けだったり、縁石にだらりともたれかかっていたり、当惑顔で道の中央に座り込んでいたりした。

そのなかに自分の娘がいるのを見つけて、私は驚いた。彼女は道のまんなかで仰向けになり、片方の手を投げ出し、頭を反対側に傾けていた。その光景を見るのはほとんど耐えがたかった。九歳にしてこの子は自分をこんなふうに思っているのだろうか？　すでに犠牲者であり、そうであるための技術を磨こうとしているのだろうかと。彼女はものすごく自然に見えたし、圧倒的な災害という考えを深く受け入れてしまっていた。これがこの子が心に描く未来なのだろうか？

私は彼女のいるところまで歩いて行き、しゃがんだ。

「ステフィ？　君なのかい？」

彼女は目を開けた。

「犠牲者じゃないなら、ここにいちゃだめ」彼女は言った。

「君が大丈夫かどうか確かめに来ただけさ」

「もしお父さんがいるってばれたら怒られちゃう」

「寒いし、風邪をひくぞ。君がここにいることをバーバは知ってるのか？」

「参加するって一時間前に学校でサインしたところ」

「少なくとも毛布は配ってもらうべきだよ」私は言った。

彼女は目を閉じた。私はもう少し話しかけたが、まるで答えてくれなかった。その沈黙にはいらだちも拒絶もまったくなかった。ただ誠実さだけだ。彼女はこれまでも献身的なほどに犠牲者であり続けてきた。

私は歩道に戻った。拡声器の男の声がスーパーマーケットのなかのどこかから街路に轟《とどろ》いた。

「高度災害管理を代表して皆様を歓迎いたします。高度災害管理は民営のコンサルティング企業で、避難のシミュレーションを考案し、実施しています。私どもは二十二の国家機関と連携しながら、この高度災害訓練を行なっています。他に数多くあるなかでも随一の存在と私どもは確信しています。災害の訓練をすればするほど実際の災害に遭《あ》いにくくなる。人生ってそういうものではないでしょうか？　あなた方は会社に十七日間連続で傘を持って行く。でも雨は一滴も降らない。そこで傘を家に置いてきた最初の日、まさに記録的な土砂降りになる。いつだってそうでしょう？　いろいろあるなかでも、私どもはこうしたメカニズムを活用しようと思っています。さて、仕事に取りかかりましょう。長めのサイレンが三回鳴ったら、特別に選ばれた数千の避難者たちが家や職場を出て、おのおのの車に乗り込み、よく整備された緊急シェルターに向かいます。交通管理者は彼らのコンピューター化された本部へ急ぎます。最新の指令がSIMUVACの放送システムを通じて流れます。空気標本採取の担当者は雲による被曝範囲内で配置につきます。乳製品担当者は、今後三日間食物の標本採取区域内で、牛乳および無作為に選んだ食品を検査します。本日、私どもは特定の流出のシミュレーションをしているわけではありません。どんな漏出も流出も含みます。放射性の蒸気でも、化学物質の小さな雲でも、何の物質か特定できない靄《もや》でもかまいません。重要なのは動きです。みなさんを被曝範囲から外に導くこと。たなびく雲の夜、私どもは多くを学びました。けれども、あらかじめ計画されたシミュレーション以外やりません。もし自動車事故や担架から落ちた犠牲者などの形で現実が入り込んできても、私どもは折れた骨を治したり、本物の火を消したりするためにここにいるわけではないことをちゃんとおぼえている必要があります。私どもがここにいるのはシミュレーションのためです。本物の緊急事態においては、中断が起きれば人命が失われます。もし今、どうすれば中断しなくていいかをみなさんが学べれば、のちほどそれが重要になってからも中断せずにすむでしょう。さてさて。サイレンが二度、物悲しく鳴り響いたら、通りの班長が一軒一軒、家を探し回って、うっかり置き去りにされた方々がいないか探します。鳥や金魚や老人や身体障害者、寝たきりの人、引きこもりの人等々です。五分間ですよ、犠牲者のみなさん。レスキュー係の人たち、これは爆風のシミュレーションではありません。犠牲者たちはぐったりしているものの、トラウマは負ってませんね。六月に実施される核の火の玉のシミュレーションまで、愛に満ちた優しい配慮は取っておいてください。四分経ったあと数を数えます。犠牲者のみなさん、だらっと力を抜いて。それで叫んだり、のたうち回ったりしないように。目立たない犠牲者でいてください。ここはニューヨークやロサンゼルスじゃありません。少しうめくぐらいで十分です」

私は自分がこれ以上見たくないと思っているのに気づいた。車に戻り、家に向かった。家の前に停まると、最初のサイレンが三回鳴った。ハインリッヒは家の前の段に座っていて、光を反射するベストを身にまとい、迷彩柄のキャップをかぶっていた。一緒にいたのは年上の少年だった。小柄で引き締まった強そうな体つきで、肌は何色とも言いがたかった。この通りの住人は誰も退避していない様子だ。ハインリッヒはクリップボードを見ていた。

「何してるんだ？」

「僕は通りの班長なんだ」彼は言った。

「ステフィが犠牲者をしてるのは知ってる？」

「やるかもって言ってた」

「なぜ教えてくれなかったんだ？」

「ステフィは選ばれて救急車に乗せられたのさ。何が問題なの？」

「何が問題かはよくわからない」

「もしステフィがやりたいんだったら、やるべきだよ」

「彼女はよく役目をこなしてるみたいだ」

「おかげでいつか命が助かるかもね」彼は言った。

「怪我したふりや死んだふりをして、どうして人の命が助かるんだ？」

「もし今やっといたら、あとでやらなくてすむかもしれない。もし何かをたくさん練習したら、それだけ何かは実際に起こりにくくなる」

「コンサルタントもそう言ってた」

「もちろんまやかしだけど、効果はある」

「彼は誰かな？」

「オレスト・メルカトルだよ。取り残された人を探す手助けをしてくれる」

「人を殺せる蛇でいっぱいの檻のなかに座りたがってるのは君だね。どうしてそんなことしたいか教えてくれるかな？」

「記録を作りたいんで」オレストは言った。

「記録を作るために、どうして殺されたいんだ？」

「殺される？　殺されるなんて話、誰がしました？」

「だって君は人を殺せる希少な爬虫類に囲まれるんじゃないか」

「蛇たちは蛇たちでベストを尽くします。僕は僕でベストを尽くすだけです」

「君は何をするんだ？」

「六十七日間、檻のなかに座ります。記録を作るにはそうしなきゃいけないから」

「ペーパーバックに二行載るために君は死の危険を犯してるってわかってるのか？」

彼は厳しい目でハインリッヒを見た。このくだらない質問の責任はお前にある、とその目は明らかに咎《とが》め立てていた。

「蛇に嚙まれる」私は続けた。

「嚙まれません」

「何でわかるんだ？」

「わかるから」

「本物の蛇なんだよ、オレスト。一嚙みで終わりだ」

「たしかに一嚙みで終わりです。でも嚙まれません」

「蛇は本物だ。君は本物だ。いつでも人は蛇に嚙まれてる。その毒は人を殺せる」

「人は嚙まれます。でも僕は嚙まれません」

気づくと私はこう言っていた。「嚙まれる。嚙まれるね。君が死ぬわけないと思ってることなんて蛇たちは知らない。君が若くて強くて、他の人間は死んでも自分は死なないと思ってることなんか蛇たちは知らないんだ。君は嚙まれて死ぬ」

私は黙り込み、熱を込めて語ったことを恥じた。彼がある種の興味と嫌々ながらの尊敬の念とともに私を見ていることに気づいて、私は驚いた。ひょっとしたら、私のほとばしる言葉の持つ見苦しい力のせいで、彼は自分の試みの危険性に気づき、手に負えない運命の予感に満たされたのかもしれない。

「蛇たちは嚙みたければ嚙むでしょう」彼は言った。「そしたらもちろん、僕はすぐ死にます。蛇たちはとても強くて、とても素早い。パフアダーに嚙まれたら僕は数秒で死にます」

「どうしてそんなに急がなきゃならない？　君はまだ十九歳じゃないか。蛇に嚙まれるよりいい死に方なんて何百もある」

オレストとはいったいどんな名だ？　彼の顔立ちを私は観察した。ラテン系か中東系、中央アジア系、肌の浅黒い東欧系、あるいは肌の色の薄い黒人かもしれなかった。訛《なま》りはあるだろうか？　私にはわからなかった。彼はサモア人や北米先住民、あるいはセファルディのユダヤ人だろうか？　相手に何を言ってはいけないかを知るのはどんどん難しくなっていた。

彼は私に言った。「ベンチプレスで何キロ上げられます？」

「わからない。たいしたことないだろう」

「誰かの顔面を殴ったことあります?」

「一度それ気味のパンチをお見舞いしたことがあるな、遠い昔」

「誰かの顔面を殴ってみたいんです。素手でね。思いっきり。そしたらどういう感じがするかを知りたい」

ハインリッヒはまるで映画に出てくる警察の犬のようにニヤリと笑った。サイレンが鳴りだした——悲しげに二回。私は家に入った。そのあいだ、二人の少年たちはクリップボードを見ながら家の番号を確認していた。バベットはキッチンでワイルダーに昼食を与えていた。

「ハインリッヒは光を反射するベストを着てるんだな」

私は言った。

「もし靄が出たとき、避難中の車に跳ねられないようにね」

「わざわざ誰か避難するとは思えないが。気分はどうだ?」

「いいわよ」彼女は言った。

「私もだ」

「ワイルダーと一緒にいるおかげで元気になったんだと思う」

「どういうことかわかるよ。私もワイルダーと一緒だと、いつも気分がよくなる。それはこの子が喜びにしがみつかないからかな? この子は自己中心的だけど、貪欲じゃない。まったく制約のない、自然な形で自己中心的なんだ。この子が何かを手放して他のものをつかみ取るさまにはどこか素晴らしいものがある。他の子供たちが特別な瞬間や機会をちゃんと楽しまないのを見ると、私は嫌な気持ちになる。きちんとつかみ取って味わうべきものを、他の子たちは流してしまう。でもワイルダーがそうすると、私は天才の魂が働くのを感じる」

「それは本当だと思うけど、私の気分をよくしてるのはワイルダーの何か別のものなの。もっと大きくて壮大で、これとは指差せないもの」

「それが何だかマーレイに訊きたいから、あとでまた言ってくれ」私は言った。

彼女はスプーンでスープを子供の口に流し込み、顔に表情を作って彼に真似させ、こう言った。「そうそうそうそうそうそうそう」

「訊かなきゃならないことが一つある。ダイラーはどこだ?」

「あれはもう忘れて、ジャック。あの見かけ倒し、じゃなければもっといい言い方があるかも」

「残酷な幻想だよ。わかってる。でも私は、あの錠剤を安全な場所に保存しておきたいんだ。ダイラーが存在することの物理的な証拠としてだけでもね。もし君の左脳が死ぬことになったら、誰かを訴えられるほうがいい。あと四錠、残ってるだろう。どこにある？」

「暖房機のカバーの裏にはないの？」

「そうだ」

「私は触ってないから、本当に」

「怒ったり落ち込んだりしたとき、君があれを捨てた可能性はあるかい？　歴史的な正確さのために取っておきたいだけだ。ホワイトハウスのテープみたいにね。文書館に入るやつだ」

「あなたは予備検査をしてないでしょ」彼女は言った。「ということは、一つでも錠剤を飲んだら危険よ」

「飲みたいとは思ってないよ」

「違うわ。飲みたいんでしょ」

「我々は薬を飲む候補者からははずされているだろ。グレイ氏はどこにいるんだ？　道義上の理由で彼を訴えたくなるかもしれない」

「私たち約束したの、彼と私で」

「火曜日と金曜日に。グレイビュー・モーテルで、か」

「そういう意味じゃなくて、彼の本当の身分を誰にも明かさないって約束したの。あなたがしようとしてることを見れば、あの約束も大切さが倍増するわね。彼のためより、あなたのためよ。別に命令してるわけじゃないの、ジャック。また普段の暮らしを始めましょう。精いっぱい頑張るって、お互いに誓いましょう。そうそうそうそう」

私は小学校まで車で行き、道を挟んで正面玄関の向かいに停めた。二十分後、生徒たちが波のように押し寄せて出てきた。約三百人の子供たちが、楽しそうにぺちゃくちゃしゃべり、ときどきわっと怒り狂った。冴《さ》えた侮辱や、博識で広範な卑猥語を口にし、本を入れた袋やニットの帽子で互いをたたき合った。私は運転席に座りながら大量の顔をじろじろと眺め、まるで自分が薬物の売人や変質者になった気がした。

デニースの顔を見つけ、私はクラクションを鳴らした。彼女はやってきた。学校帰りの彼女を私が迎えに行ったのは初めてだった。そして彼女は、車の前を横切りながら用心深げな厳しい表情をした――今は別居や離婚のニュースを聞く気分じゃない、という表情だった。私は川ぞいの道を家へ走った。彼女は私の横顔をずっと見ていた。

「ダイラーのことさ」私は言った。「あの薬はバーバの記憶の問題とは関係ない。実はその正反対だったよ。バーバは記憶力をよくしようとしてダイラーを飲んでたんだ」

「そんなの信じられない」

「どうして？」

「だって、パパはそんなこと言いに学校まで私を迎えに来たりしないから。だって、処方箋薬局じゃあの薬は買えないってもう知ってるから。だって、バーバのかかりつけ医と話したら、そんな薬聞いたことないって言われたから」

「医者の家に電話したのかい？」

「診療所にね」

「一般医にはダイラーはちょっと特殊すぎるんだ」

「ママは薬物中毒なの？」

「そんなわけないってわかってるだろう」私は言った。

「わかんない」

「あの瓶を君がどうしたか、私とママは知りたいんだ。何錠か残ってただろう」

「私が取ったってどうしてわかる？」

「私にはわかってるし、君もわかってる」

「ダイラーが本当は何なのか教えてくれたら、もしかしたらどうにかなるかも」

「まだ君が知らないことがある」私は言った。「お母さんはもう薬は飲んでない。君があの瓶を隠してる理由が何であれ、もはやそれには意味がない」

我々はグルッと西に回り、今や大学のキャンパスを通り抜けていた。私はついつい上着に手を入れ、サングラスを取り出してかけた。

「じゃあ捨てる」彼女は言った。

そのあと何日間か、私はあらゆる種類の議論を試した。そのなかには、繊細なクモの巣のような構成の、息を呑むようなものさえあった。私はバベットの協力まで仰いだ。あの瓶は大人の手にあるべきだと言って彼女を説得したのだ。だが少女の意志はとんでもなく頑《かたく》なだった。法的主体としての彼女の人生は、他の人々との取引や交渉で形作られてきた。そして彼女は今や、妥協や和解を寄せつけけないほどの厳格な掟に従うと決意していた。薬の秘密を我々に告げられるまで、彼女は隠し続けるだろう。

もしかしたらそのほうがいいのかもしれなかった。結局のところ、あの薬は危険でありうる。それに、心を古代の恐れから解放してくれる何かを飲めばいい、という簡単な解決法を私は信じていなかった。だが、どうしてもあの皿型の錠剤のことを考えてしまう。あれは効くのか？　ある者には効いても、別の者には効かないのか？その薬はナイオディンの脅威の恵み深い等価物だった。舌の奥から胃に転がり落ちる。薬の核が溶け出し、善意の化学物質が血流に解き放たれ、死の恐怖を感じる脳の部分を浸す。薬自体が小さく内向きに壊れ、静かに砕け散る。密やかで正確で思いやりに満ちた、高分子の内破だ。

人間の顔をした技術。

28

コンロの前にある高いスツールにワイルダーが座って、小さなエナメルの鍋でお湯が沸くのを見ていた。その過程に彼は魅了されているようだった。ずっと別々だと考えてきた複数のものどうしの素晴らしいつながりを彼は発見したのだろうか、と私は思った。キッチンは日々、こうした瞬間に満ちている。彼にとってだけでなく、おそらく私にとっても。

ステフィがこう言いながら入ってきた。「知ってる人で水曜日が好きなのは私だけ」ワイルダーが熱中していることに彼女は興味を持ったらしかった。彼のところまで行き、近くに立って、揺れ動くお湯に彼が惹きつけられている理由を見つけようとした。鍋を覗き込んで卵を探した。

「避難はどうだった？」

「来ない人が大勢いた。私たちはうめきながら、そこら中で待ってた」

「本物の災害のときには出てくるよ」私は言った。

「それだともう手遅れなのよ」

明るく冷たい光を受けて、ものが輝いていた。ステフィは外出用の格好をしていた。学校がある日の朝だ。だがコンロのところから動かず、ワイルダーと鍋を交互に見ながら、彼の興味と驚きの視線に重なろうとしていた。

「君に手紙が来たってバーバが言ってた」

「私のママがイースターに来てほしいんだって」

「いいね。行きたいか？　もちろん行きたいよな。君はママが好きだから。今メキシコシティだよな」

「誰が連れてってくれるの？」

「空港までは私が連れてくよ。それで、メキシコの空港でママが迎えてくれる。簡単さ。いつもビーはそうやってる。ビーのこと好きだろ？」

ほぼ超音速で高度一万メートルを、たった一人で、チタンと鋼鉄でできたの猫背のコンテナに乗って外国まで飛んでいくという使命の異常さのせいで、彼女はしばし沈黙した。我々はお湯が沸くのを見ていた。

「また犠牲者になるってサインしたの。ちょうどイースターの前よ。だから家にいなきゃ」

「また避難かい？　今度は何が起こるんだ？」

「変なにおいだって」

「川向こうの工場から何か化学物質が漏れるってことか？」

「たぶん」

「においの犠牲者として、君は何をするんだ？」

「そのうち教えてもらえるって」

「一回くらい休んでも何も言われないと思うよ。私が手紙を書いておこう」私は言った。

私が一度目と四度目の結婚をしたのはダナ・ブリードラヴとで、彼女がステフィの母親だった。最初の結婚がうまくいったおかげで、お互いまた結婚したほうが都合がいいとなったとき、すぐに再婚してみたのだった。ジャネット・セイヴァリーとトウィーディ・ブラウナーとの憂鬱な時期を経て再婚したのだが、結局はうまくいかなかった。だがそうなる前に、ダナはステファニー・ローズを妊娠した。バルバドスの星降る夜にだ。ダナがそこにいたのは、役人に賄賂《わいろ》を渡すためだった。

諜報機関での仕事について、ダナは私にほとんど何も教えてくれなかった。彼女がＣＩＡのためにフィクションを調べていることは私も知っていた。主にシリアスな長編小説で、その構造には暗号が隠されていた。この仕事のおかげで彼女は疲れ、怒りっぽくなり、食べ物やセックスや会話をほとんど楽しめなかった。誰かとスペイン語で電話をし、母親としては極度に活動的で、嵐のときの雷のように不気味に激しく輝いていた。長編小説は郵便で届き続けた。

面白いことに、私は諜報機関で働く女性と出会ってばかりいた。ダナはパートタイムのスパイとして働いていた。トウィーディは古くから続く格式高い家系の出身で、その家系は伝統的に、スパイや逆スパイを輩出してきた。そして彼女は今、密林地帯で働く地位の高い工作員と結婚している。ジャネットは僧院に引きこもる前は外国通貨の分析家で、ある問題の多いシンクタンクに関わる、高度な理論家たちの秘密集団のために調査を行っていた。その理論家たちは決して同じ場所で二度、会合を持たない、とだけ彼女は教えてくれた。

私がバベットを愛してやまなかった理由の一つは、完全なる安心感だったに違いない。彼女は秘密を持つような人物ではなかった。少なくとも、死の恐怖のせいで秘密の調査を行ったり、エロティックなごまかしをしたり、という錯乱状態に陥《おちい》るまでは。私はグレイ氏や彼のぶら下がった一物《いちもつ》について考えた。そのイメージはぼんやりとして不明瞭だった。彼はまさに灰色で、目に見えそうな高揚感を醸《かも》していた。

やがてお湯はうねるように沸き始めた。男の子が高い椅子から下りるのをステフィが助けた。私は玄関のドアへ行く途中、バベットと出くわした。我々は単純だが心の底からの質問を交わした。ダイラーに関する告白の夜から我々は一日に二、三度こう訊ねた。「気分はどう?」この質問をし、されることで我々は気分がよくなった。私は眼鏡を探そうとして、弾《はず》むように二階に上がった。『全国癌クイズ』をテレビでやっていた。

百周年記念ホールの食堂で、マーレイがスプーンやフォークのにおいを嗅いでいるのが見えた。ニューヨークから移住してきた者たちの顔には特有の青白さがあった。特にラッシャーやグラッパはそうだった。彼らには強迫観念や、小さな場所に押し込められた力強い欲望の持つ蒼白さがあった。エリオット・ラッシャーはフィルム・ノワールの登場人物のような顔をしているとマーレイは言った。彼の面立ちはくっきりしていて、髪は何か油っぽいエッセンスで香りがつけられていた。この男たちは白黒映画やらモノクロームの素晴らしさやら戦後のアーバングレイという個人性の極致たる切望やらに郷愁を感じているのではないか、という奇妙な考えを私は持っていた。

アルフォンス・ストンパナトが座って、攻撃と威嚇の気を放っていた。彼は私を見ているらしかった。一つの学科の長が、もう一つの長のオーラを推し量っているのだ。彼のガウンの前側にはブルックリン・ドジャースの紋章が縫いつけられていた。

ラッシャーは紙ナプキンを小さく丸め、二つ向こうのテーブルの誰かに投げつけた。それからグラッパをじっと見た。

「君は人生で誰にいちばん大きな影響を受けた？」彼は敵対的な声で言った。

「『死の接吻』のリチャード・ウィドマークだな。リチャード・ウィドマークが車椅子の老女を階段から突き落としたとき、私にとってはそれが突破口になったような気がしたんだ。おかげで多くの葛藤が解消したよ。私はリチャード・ウィドマークの嗜虐的な笑いを真似して、それを十年続けた。おかげで感情的に苦しい時期を乗り切れたのさ。ヘンリー・ハサウェイの『死の接吻』に出てくるトミー・ウド役のリチャード・ウィドマークだよ。あの気味の悪い笑みをおぼえてるか？　ハイエナみたいな顔で、食屍鬼みたいな忍び笑いをするんだ。あのおかげで私の人生におけるたくさんのことが明快になった。私が独り立ちするのを助けてくれたんだ」

「他の子供たちと分け合わなくてもいいように、ソーダの瓶に唾を吐いたことはある？」

「自然にそうしてたよ。サンドイッチに唾を吐いてるやつまでいた。みんなで壁にペニー硬貨を投げつけて遊んだあと、飲み食いするものを買う。そうするとみんないつも猛烈に唾を吐いてた。チョコレートアイスバーやロシア風シャルロットに唾を吐いたもんだよ」

「自分の父親がまぬけだって気づいたのは何歳のとき？」

「十二歳半かな」グラッパは言った。「フェアモントにあるマーカス・ロウの劇場の天井桟敷でフリッツ・ラングの『熱い夜の疼き』を見てた。それにはバーバラ・スタンウィックがメイ・ドイル役で、ポール・ダグラスがジェリー・ダマト役で、そして偉大なるロバート・ライアンがアール・ファイファー役で出てた。他にもJ・キャロル・ネイシュ、キース・アンデス、そして初期のマリリン・モンローが出演してた。三十二日間で撮られた作品だよ。白黒の」

「歯医者で衛生士さんに歯をクリーニングしてもらっていて、自分の腕に彼女が触れるのを感じて勃起したことはある？」

「数えきれないぐらいだ」

「親指の皮をかじり取ったら、それを食べちまう？　それとも吐き出す？」

「ちょっと嚙んで、すぐに舌の先から弾き飛ばすね」

「君は目を閉じたことがあるかい？」ラッシャーが言った。「高速道路を走ってるときにさ」

「北九十五号線でまるまる八秒間目をつぶってたことがあるよ。自分最長で八秒だ。カーブの多い田舎の道で六秒まで目をつぶってたこともあるけど、その時は五十キロか五十五キロしか出してなかった。たくさん車線がある大通りで私は、いつも時速百十キロまで上げてから目をつぶる。これを直線道路でやるんだ。他の人を乗せて直線道路で五秒間目を閉じてたこともあるよ。同乗者が眠くなるまで待ってからやるんだ」

グラッパは丸くて湿った困り顔だった。その顔にはなんとなく魅力的な少年っぽさが表れていた。彼が煙草に火をつけ、マッチを振って消し、マーレイのサラダに放り込むのを私は見ていた。

「子供のころ、どれだけ楽しんだことがある?」ラッシャーが言った。「自分が死んでるところを想像してさ」

「子供のころだけじゃないよ」グラッパは言った。「私は今でもいつもやってる。何か困ったことがあるといつも、友達や親戚や同僚全員が私の棺台《かんだい》の周囲に集まってるところを想像するんだ。生きているあいだ私によくしなかったことを彼らはとてもとても後悔してる。自己憐憫の気持ちを私は保とうとしてがんばってるんだ。大人になったからって、どうしてそれを捨てなきゃならない? 子供が自己憐憫に長《た》けてるなら、それは自然だし重要だってことさ。自分が死んだところを想像するっていうのは、子供っぽい自己憐憫のなかでももっとも金がかからず、薄っぺらで、満足感のある方法だよ。大きな青銅製の自分の棺《ひつぎ》の周囲に立ち並んでる人々、全員が悲しみ、深く後悔し、罪の意識を抱いてる。彼らは互いに目を見交わすこともできない。というのも、この憐れみ深いきちんとした男の死は、彼ら全員が参加した陰謀の結果だって知ってるからだ。棺は花で囲まれ、内側はサーモンピンクか桃色の起毛した布で覆われてる。自分が溺れられる自己憐憫やうぬぼれという逆襲はなんて素晴らしいんだろう。黒いスーツにネクタイ姿で寝かされている自分の姿を想像する。日焼けしていて、健康そうで、十分に休養が取れている。まるで休暇後の大統領みたいにね。でもそこには自己憐憫よりもっと子供っぽくて満足を与えてくれる何かがある。自分が死んでるさまを定期的に想像する、偉大な人物がすすり泣く参列者に取り囲まれてるさまを思い浮かべるのはなぜなのかを説明できる何かがね。誰もが私の命より自分の命が大事だと思っているのを罰してるんだ」

ラッシャーはマーレイに言った。「我々も公式の死者の日を決めるべきだな。メキシコ人みたいにさ」

「もうあるじゃないか。スーパーボウル・ウィークって呼ばれてる」

　私はもうこの話は聞きたくなかった。思い悩むべき自分の死があったのだ。幻想などとは関係なく。グラッパの話に根拠がないと思ったわけではなかった。陰謀に関する彼の感覚は私のなかに、ある反応のさざ波を掻き立てた。死の床で我々が許すのは、愛のなさや貪欲さではなくこれだ。距離をおいて遠くから、我々を陥《おとし》れる陰謀をひそやかに企て、手際よくやってのけるというその手腕ゆえに、彼らを許すのだ。

　アルフォンスが肩を回して、熊のような自分の存在をあらためて主張するのを私は見ていた。これから話そうとしている印だと思った。私は駆けだし、急に出ていき、走りたくなった。

「ニューヨークでは」まっすぐに私を見ながら彼は言った。「いい内科医にかかっているかどうかみんな訊いてくる。そこにこそ真の力が存在するんだ。内臓だよ。肝臓、腎臓、胃、腸、膵臓。内臓の薬は魔法の調合物さ。いい内科医から我々は力やカリスマを得る。彼がどんな処置をするかとは別にね。みんな税金関係の弁護士や、不動産計画立案者や、麻薬密売者について訊いてくる。でも本当に重要なのは内科医だ。『君の内科医は誰だ？』と挑戦的な声で誰かが言うとする。その質問が意味するのは、もし君の通っている内科医が無名なら、膵臓にできたキノコ型の腫瘍《しゅよう》で君は絶対に死ぬ、ってことだ。君は劣等感を抱き、運が尽きたと感じる。それは君の内臓が血を流しているかもしれないからだけでなく、誰に会えばいいか、どう連絡すればいいか、どうやってこの世界でのし上がればいいかを君が知らないからだ。軍産複合体なんて関係ない。我々のような人々によって、こうした小さな挑戦や威嚇という形で、真の力は毎日振るわれてる」

　私はデザートを飲み込み、テーブルからするりと離れた。外で私はマーレイを待った。彼が現れると、私は彼の肘のすぐ上をつかんだ。我々はキャンパスを歩いた。まるでヨーロッパで二人組の老いた市民がするように、俯《うつむ》きながら会話した。

「聞いててどんな気持ちだった？」私は言った。「死と病気だよ。彼らはいつもあんなふうにしゃべるのか？」

「スポーツを取材してたとき、旅の途中で他のライターたちとよく出会ったよ。ホテルの部屋や飛行機やタクシーやレストランでね。話題は一つしかなかった。セックスと死だよ」

「二つじゃないか」

「そうだな、ジャック」

「セックスと死が切り離せないほど強く結びついてるなんて思いたくない」

「旅先ではすべてが結びつくのさ。正確に言えばすべて、あるいは何も、かな」

　我々は溶けかけた雪の小山を通り過ぎた。

「君の自動車事故の授業はどうなった？」

「事故の映像を何百も見たよ。車と車。車とトラック。トラックとバス。バイクと車。車とヘリコプター。トラックとトラック。この手の映像は学生たちには予言的らしい。技術の自殺願望を示しているんだと。自殺衝動。自殺への猛進」

「君は学生たちに何て言うんだ？」

「それらは主に、B級映画や、テレビ映画や、田舎のドライブインシアター用の映画だ。そうした場所に破局を探さないようにしろと学生たちには言ってる。これらの自動車事故は、アメリカにおける楽観主義の長い伝統の一部だと僕は考えてるんだ。肯定的な事象で、昔からの『やればできる』精神に満ちている。一つ一つの自動車事故は前のやつよりよくあろうとしている。つねに道具や技術を進歩させ、さまざまな挑戦の合流地点になってるのさ。監督はこう言う。『この平台のトラックを二度宙返りさせたい。そこから出た直径十一メートルのオレンジ色の炎の玉を、撮影監督がこの場面を撮るライトとして使えばいい』もしここにテクノロジーを持ち込みたいなら、こんなことも考慮しなければいけない。壮大な行為や夢の追求へ向かう傾向もね、って学生たちに言うんだ」

「夢だって？　学生たちはどう答えるんだ？」

「君と同じさ。『夢ですか？』って。血や、ガラスや、金切り声をあげるゴム。こうした完全な無駄はどうなる？　衰亡状態の文明という感覚はどうなる？」

「どうなるんだ？」私は言った。

「君たちが見ているのは衰亡じゃなくて純真さなんだよ、と僕は言う。映画は複雑な人間の情熱から離れて、何か基礎的なもの、何か燃え立つようで、やかましくて、真正面からのものを示そうとしている。それは控えめな願望充足、無邪気《ナイーブ》さへの渇望だ。僕らは再び素朴な過去に戻りたいんだよ。経験や俗心や責任の流れを逆向きにしたいんだ。学生たちは言う。『つぶれた体や切断された手足を見てください。これはどういう純真さなんです?』」

「で、君はそれにどう答える?」

「映画のなかの自動車事故は暴力的とは考えられない、と僕は言う。それは祝祭なんだ。伝統的な価値観や信念の再確認だよ。私は自動車事故を感謝祭や独立記念日のような祭日と結びつける。我々は死者を悼《いた》んだり奇跡を喜んだりしない。それらは世俗的な楽観主義、自己賛美の日なんだ。我々は進歩し、繁栄し、自らを完璧なものとするだろう。アメリカのどの映画のどの自動車事故でもそうだ。それは威勢のいい瞬間で、まるで昔ながらの曲芸飛行で翼の上を歩くようなものさ。こうした事故を演出する人々は、快活さや呑気な喜びをカメラに収められる。他の国の映画に出てくる自動車事故とは違う」

「暴力の向こう側を見ろ、ってわけだね」

「そのとおり。暴力の向こう側を見ろよ、ジャック。無邪気さや楽しさといった素晴らしい、あふれんばかりの精神がそこにはあるのさ」

29

バベットと私は、それぞれが自分用のきらめくカートを手に幅の広い通路を移動していた。手話で買い物をする一家とすれ違った。私の目には色のついた斑点がずっとちらついていた。

「気分はどう?」彼女は言った。

「大丈夫。調子はいいよ。君はどうだ?」

「検査を受けてみれば? 何もないってわかったら、もっと気分がよくなるんじゃない?」

「もう検査は二回受けた。何もなかったよ」

「チャクラヴァーティ先生は何て言ってたの?」

「あいつに何が言えるってんだ?」

「綺麗な英語を話すでしょ。あの人がしゃべるのを聞いてるのって好きよ」

「あいつのおしゃべりっぷりには敵《かな》わないがな」

「おしゃべりっぷりってどういうこと? 何がなんでもしゃべる機会を狙ってるって言いたいの? あの人は医者なのよ。しゃべらなきゃいけないの。まさに文字どおりの意味で、みんなあの人にしゃべってもらうためにお金を払うのよ。あの綺麗な英語をひけらかしてるって言いたいの? あの人のせいであなたの顔面があの英語でまみれるって?」

「ガラスプラスを買っておかないとな」

「私を置いてかないで」バベットは言った。

「ただ五番通路に行くだけだよ」

「一人になりたくないの、ジャック。わかってると思うけど」

「私たちはうまく乗り越えられるさ」私は言った。「きっと前よりも強くなって。私たちは健《すこ》やかでいようと決めているんだ。バベットはノイローゼの人間じゃない。強くて、健康で、社交的で、積極的だ。物事にはイエスと言う。バベットはそういう人間だ」

私たちは通路でもレジでも一緒だった。バベットはトレッドウェル老との次のセッションのためにタブロイド紙三種を買った。列で待つときに私たちは一緒に読んだ。それから一緒に車に向かい、買ったものを積み、私が家へ向かって運転するあいだは、互いに密着して座った。

「目以外はな」私は言った。

「どういうこと？」

「チャクラヴァーティは私が眼医者に行ったほうがいいと思ってるんだ」

「また色のついたブツブツのこと？」

「そうだ」

「あのサングラスをかけるのをやめなさいよ」

「あれがないとヒトラーを教えられないんだ」

「どうしてよ？」

「あれが必要なんだよ、それだけだ」

「あんなものばかげてるし、役になんて立たないでしょ」

「私はキャリアを築いてきたんだ」私は言った。「それを形作るあらゆるものを把握しているわけではないかもしれないが、そういうわけで余計にへたに何かを変えたくないんだ」

デジャヴ危機センターは閉鎖となった。ホットラインは密かに打ち切られていた。人々は忘却の境界にいるようだった。たとえ自分が鞄を抱えたまま放り出されたように多少は感じられたとしても、私は彼らを責めることなどほとんどできなかった。

私は熱心にドイツ語のレッスンに通っていた。まだ数週間先のヒトラー学会で、登壇者たちを迎える際に言おうと思っていることの中身について、先生と練り始めていた。窓という窓は家具とがらくたですっかりふさがれていた。ハワード・ダンロップは部屋の中央に座り、ほこりを照らす六十ワットの光のなかにその卵形の顔が浮かんでいた。自分は今までに彼が話しかけたただ一人の人間なのではないかと、私は疑いだしていた。さらには、私が彼を必要としている以上に彼のほうが私を必要としているのではないかと、私は疑いだしていた。思わずめんくらってしまうようなひどい思いつきだ。

ドアのそばの壊れたテーブルの上にはドイツ語の本があった。タイトルは黒のとても不気味な太文字で記されていた。『Das Aegyptische Todtenbuch』

「あれは何ですか?」私は言った。

「『エジプトの死者の書』です」彼は囁いた。「ドイツではベストセラーです」

デニースが家にいないときには頻繁に、私は彼女の部屋のなかをぶらついていた。ものをつまんでは下ろし、カーテンの向こうを見、開いた引き出しをさっと覗き、ベッドの下に足を突っ込み、なかを探った。呆《ほう》けながらの渉猟だ。

バベットはラジオのトーク番組を聞いていた。

私はものを捨て始めた。自分のクローゼットのいちばん上と底にあったものを、地下室と屋根裏の箱に入っていたものを。手紙を、古いペーパーバックを、読もうととっておいた雑誌を、削らねばならない鉛筆を捨てた。テニスシューズを、スウェットソックスを、指先がぼろぼろの手袋を、古いベルトを、ネクタイを捨てた。学生のレポートの束が、座面を支える棒の壊れた肘つきアウトドアチェアが出てきた。そんなのも捨てた。ふたのないスプレー缶も全部捨てた。

ガスメーターがいつもの騒音を発していた。

その夜テレビで私は、警官たちがベイカーズヴィルの誰かしらの裏庭から死体の入った袋を運び出すニュース映像を見た。レポーターは二人の遺体が発見され、同じ庭にまだまだ埋められていると思われると言っていた。おそらく、もっと大勢です。おそらく二十体か三十体――誰にも正確にはわかりませんが。彼はその場所を片腕を振りながら指し示していた。広い裏庭だった。

レポーターは中年男性で、はっきりと力強く話したが、同時にそれなりに親しみやすく、たびたび視聴者と接して興味関心をともにし、互いに信頼し合っているのだと感じさせた。掘り出し作業は夜通し続くそうですと彼は言った。進展があればすぐにスタジオから中継に戻ります。彼は恋人との約束であるかのようにその言葉を響かせた。

三夜ののち、私はテレビが一時的に置かれているハインリッヒの部屋に行った。息子はフードつきのスウェットシャツを着て床に座り、同じ現場からの生中継を見ていた。裏庭は投光照明で照らされ、盛り上がった土のあいだで、男たちがつるはしとシャベルを手に作業していた。わずかに雪が降るなかレポーターが前景に立ち、頭には何もかぶらず、羊皮のコートを着て、最新情報を伝えていた。警察は確かな情報があると言い、作業員たちは組織的に行動し腕はよく、作業は七十二時間続いていた。だが、さらなる遺体は見つかっていなかった。

予測が間違っていたという感覚であふれていた。現場には悲しさと虚しさが漂っていた。意気消沈と悲しい憂鬱。私たち自身も――息子と私も――それを感じ、静かに眺めていた。それはこの室内に存在していた。電子の脈打つような急激な流れにより、空中へと漏れ出していたのだ。レポーターは最初はただ申し訳なさそうにしていた。だが大量の死体など存在しなかったと語るにつれて、彼はますます哀愁を漂わせ、作業員たちを指し、頭を振り、私たちに共感と理解を求める準備がほぼ万端だった。

私はがっかりしないよう努めた。

30

暗闇のなか、激しく動く機械のごとく精神が漂い続けている。宇宙のなかでただ一つだけ目覚めているのだ。私は壁と部屋のすみの鏡台をなんとか見分けようとした。それは昔ながらの無防備な感覚だった。卑小で、虚弱で、死にとらわれ、孤独だということ。パニックに、森と荒野の神に、牧羊神。私は時計つきラジオのことを思い出して、頭を右に向けた。数字が変わるのを目にした。デジタルで表示される分刻みの時間の、奇数から偶数への進展を。暗闇のなか、数字は緑に光っていた。

しばらくして私はバベットを起こした。私のほうへと向くとき、その体からは温かい空気が漂ってきた。安らかな空気だ。忘却と眠りが入り混じっていた。ここはどこ、あなたは誰、どんな夢を見てたのかしら？

「私たちは話さなければいけない」私は言った。

彼女はむにゃむにゃとつぶやき、そこらを漂う何かしらをかわそうとしているらしかった。私がランプに手を伸ばすと、手の甲で私の腕に一発喰らわせた。明かりがついた。彼女は顔を覆ってうめきながら、ラジオのほうへと引っ込んだ。

「逃げてはだめだ。私たちには話さなければいけないことがある。グレイ氏とお近づきになりたいんだ。グレイ・リサーチの本当の名前が知りたい」

彼女にできたのはただうめくことだけだった。「だめ」

「このことについてはちゃんとわきまえているし、客観視もしている。大きなことを望んだり期待したりもしていない。ただ確かめて、試してみたいだけだ。魔術的な物質など信じてはいない。ただ『試させてくれ、見せてくれ』と言うだけだ。私はほとんど痺《しび》れた状態で、何時間もここで横になっていた。汗でびしょびしょだ。私の胸に触ってみてくれ、バベット」

「あと五分お願い。眠らないと」

「触るんだ。手を貸してくれ。どれだけ濡れてるか確かめてくれ」

「みんな汗をかくのよ」バベットは言った。「汗がなんなの？」

「ここで滴《したた》っているんだ」

「薬を飲んでみたいのね。よくないわ、ジャック」

「私が求めているのは、自分に資格があるのか知るために、グレイ氏と数分間二人きりで過ごすことだけだ」

「彼はあなたが自分を殺したがってるって思うでしょうね」

「だがそんなのはばかげてる。私が狂っているということになる。どうして私がやつを殺せるんだ？」

「私がモーテルのことを話したのを知ることになるわ」

「モーテルのことはもう終わったことだし、過ぎたことだ。モーテルのことは変えられない。私の痛みを和《やわ》らげられるただ一人の人間を、私は殺すのか？　私の言うことが信じられないなら、脇を触ってくれ」

「彼はあなたのことを恨みでいっぱいの夫って思うでしょうね」

「モーテルのことは正直言って、少し悲しいがね。彼を殺して、私の気は晴れるのか？　彼は私が何者かを知る必要はない。私は身元をでっち上げ、状況をこしらえておく。協力してくれ、頼むよ」

「汗のことは言わないで。汗って何よ？　あの人との約束があるの」

朝には、私たちはキッチンのテーブルに座っていた。戸口で乾燥機が回っていた。ドラムの表面にボタンとファスナーがカツカツとぶつかる音を、私は聞いていた。

「私にはもう、自分が彼に何を言いたいかわかってる。

私はただ臨床医学的に説明するだけだ。哲学も神学もなしに。彼の実利主義的な部分に訴えるんだ。私に実際に死が迫っていることに、彼は関心を持つに違いない。率直に言って、それについては君よりも強く主張できる。私の必要は差し迫ったものだ。それには彼も反応すると思うな。それに、彼は生きた被験者相手のさらなる機会を求めているだろう。ああいう連中はそんなものさ」

「あなたが彼を殺さないって、どうすれば私にはわかるの？」

「君は私の妻だろ。私が殺人者になるのか？」

「あなたは男よ、ジャック。男のこと、その狂った憤怒のことはみんな知ってるわ。男の得意技ね。狂った暴力的嫉妬。人殺しにまで至る怒り。誰かに得意なものがあれば、それを実演する機会を探るっていうのは単に当然のことなのよ。もし得意だったら、私もやっているでしょうね。たまたま私は得意ではないけど。だから人殺しに至るほどの怒りに飲まれるかわりに、私は目の見えない人のために音読するのね。言い換えれば、私には自分の限界がわかってるの。私はささいなもので手を打ちたいの」

「そんなことを言われるなんて、いったい私が何をしたんだ？　君らしくない。皮肉を言うし、嘲《あざけ》るしで」

「そっとしておいて」バベットは言った。「ダイラーは間違いだった。あなたにも同じ間違いはさせないわ」

私たちはボタンとファスナーのつまみがカツカツとぶつかり、きしむ音を聞いていた。私が学校へと向かう時間だった。二階から声が聞こえてきた。「カリフォルニアのシンクタンクは、次の世界大戦は塩をめぐるものになるかもしれないと述べています」

午後のあいだずっと、私は研究室の窓際に立ち、測候所を見張っていた。暗くなってくると、ウィニー・リチャーズが脇のドアから出てきて、両側を確認してから、斜面になった芝生にそってオオカミのような早足で進み始めた。私は大急ぎで研究室を出て、階段を駆け下りた。数秒で私は表の玉砂利を敷いた小道に出て走った。ほとんどすぐに、私は奇妙な高揚を体感した。それは失われた快感の回復を示す、身を引き締めるスリルのようなものだった。管理棟の向こうに消える前に、彼女が滑《すべ》らないよう気をつけて角を曲がるのが見えた。私はできるかぎり速く走った。恥じらいを捨てて風を切って進み、胸を突き出し、顔を上げ、両腕を激しく振りながら。図書館のすみに彼女は再び出現した。アーチ状の窓の下にいた、用心深く人目をはばかる人物がそれで、たそがれにほとんど消え入ろうとしていた。階段に近づくと、突然彼女は速度を上げ、ほとんど直立姿勢からスタートして急な傾斜を上っていった。たとえ自分が不利な状況に置かれてしまうにしても、思わず愛でてしまうような巧みでかわいげのある策略だった。私は図書館の裏側から近道し、化学実験室へ続く長いまっすぐな道で彼女を捕まえることに決めた。少しのあいだ、私は練習を終えてフィールドから飛び出たラクロス・チームのメンバーたちと並行して走った。私たちは足並みをそろえて走り、選手たちは儀式のごとくスティックを揺らし、私には理解できない何ごとかを繰り返し叫んでいた。幅広い道に着いたとき、私は息を切らしてあえいでいた。ウィニーはどこにも見当たらなかった。私は教職員用の駐車場を駆け抜け、殺風景なまでに現代風な礼拝堂の前を通り、事務棟の周りを走った。今では風の音が聞こえ、頭上の裸の枝がきしんでいる。私は東へと走ったが、考えを変え、立ち止まってあたりを見回し、よく見るため眼鏡をはずした。私は走りたかったし、走る気だった。行けるところまで走り、夜通し走り、なぜ走っているのかを忘れるために走るのだ。しばらくして、キャンパスのすみの丘を誰かが大股で上っていくのが見えた。彼女に違いなかった。私は再び走りだした。彼女はあまりにも遠く、丘のてっぺんで消えると何週間かは再び姿を現すことがないと知ってはいたが、私は自分の持つすべてを最後の駆け上りに注いだ。コンクリート、草地、続いて砂利の上を駆けた。胸の下で肺が焼け、足は重く、まさに大地に引かれるようだった。大地においてもっとも根本的なすさまじい審判である身体落下の法則によって。

丘の頂上に近づいて、彼女が立ち止まっていたのがわかったとき、私はどれほど驚いたことか。彼女は絶縁体でふくらんだゴアテックスの上着をまとい、西の方角を見ていた。私はゆっくりと彼女のもとへ近づいた。住宅の並びの向こうを見て、私は何が彼女を立ち止まらせたのかわかった。地平線が暗い靄のなかで揺れていた。その上に太陽が重なり、燃えるような海に浮かんだ船のごとく沈もうとしていた。ポストモダンな日没の別バージョンであり、ロマンチックなイメージに満ちている。なぜそれを説明しようとするのか？　私たちの視界にあるすべては、この出来事における光を集めるために存在しているようだ、と言うだけで十分だ。だからといって、これがもっとも素晴らしい日没のうちの一つに数えられるわけではなかった。色彩がもっとすごいものもあったし、さらに深く語れそうなものもあった。

「あら、ジャック。あなたがここまで上ってきたのに気づかなかったわ」

「普段は大通りの立体交差まで行くんだ」

「これってなかなかのものじゃない？」

「本当に美しいよ」

「考えさせてくれるわ。本当にそうよ」

「何を考えてるんだ？」

「こんな感じの美しいものを前にして何を考えることができるの？　私は怯《おび》えてるわ。わかるの」

「これはそんなに怖いほうでもないだろう」

「私には怖いの。あら、あれを見て」

「この前の火曜日には見たか？　素晴らしく美しい日没を。これは平均的なものだと思うよ。たぶん、もう終わりに近づいてきてるな」

「そうじゃないといいけど」彼女は言った。「寂しいわ」

「空中の毒性残留物が減っているのかもしれない」

「この光景を引き起こすのは雲の残留物ではないとする学説があるわ。雲を喰らう微生物の残留物だって」

　私たちはそこに立ち、テレビのドキュメンタリー番組にカラー映像で出てくる脈打つ心臓さながらの、派手な光のうねりを眺めていた。

「円盤状の薬のことはおぼえてるか？」

「もちろん」彼女は言った。「すごい技術によるものよ」

「あれがなんのために作られたかわかったよ。古代からの問題を解決するために作られたんだ。死の恐怖だ。あれは脳に死の恐怖を抑制する物質を作るよう促すんだ」

「でも私たちはそれでも死ぬ」

「みな死ぬ、そうだ」

「ただ恐れなくなる」彼女は言った。

「そのとおり」

「面白そうね」

「ダイラーは秘密の研究者集団によって作られたんだ。そいつらの何人かは心理生物学者だと思う。死の恐怖について内密に研究している集団の噂を聞いたことはないかな」

「私はいちばん縁遠いでしょうね。誰も私を見つけられない。なんとか見つけたとしても、重要なことを私に伝えるためよ」

「もっと重要なことって何があるんだ？」

「あなたが話しているのはゴシップや噂にすぎない。薄っぺらなのよ、ジャック。いったいどんな連中で、どこに本部があるの？」

「だから君を追いかけたんだよ。君が連中について何か知ってると思ったから。私は心理生物学者がどんなものなのかも知らないんだ」

「なんでも屋みたいなものよ。学際的で。実際の仕事は最悪だけど」

「何でもいいから教えてもらえることはないか？」

　私の声にあった何かによって、彼女は私のほうを向くことになった。ウィニーはやっと三十代になったぐらいだが、人生を構成するなかば隠れた災難を見抜く判断力があり、訓練された冷静な目を持っていた。細い顔はところどころまばらな茶色の巻き毛で隠れていて、両目は輝き、力がみなぎっていた。鉤鼻でほっそりとした外見の彼女は大きな渉禽類《しょうきん》を思わせた。きゅっと結んだ小さな口。ユーモアに引き込まれて反応しないようにという自制とつねに相容れない微笑み。マーレイはかつて彼女にときめいたが、その肉体面でのぎこちなさはあまりにも早く成長してしまった知性の証明なのだと気づいた、と言っていた。そして私は彼が何を言いたいのかわかると思った。彼女は周りの世界を探っては手を伸ばし、ときにそれを圧倒していた。

「この物質に対してあなたが個人的にどうしてのめり込むのか知らないけど」彼女は言った。「でも死の感覚を失うのは間違いだと思うわ。たとえ死の恐怖でも。死とは私たちに必要な境界線ではないの？　それは人生に大切な手ざわりを、限られているという感覚を与えてくれるものではないの？　最後の一線、境界、あるいは限界についての知識がなければ、人が人生においてなすあらゆることは美しさと意味を持ちうるかどうか、あなたは自問してみないと」

　私は高高度に浮かぶ雲の丸まった天辺に光が上っていくのを見ていた。クロレッツ、ヴェラミンツ、フリーデント。

「みんなは私を変わり者だと思ってる」彼女は言った。「私には人間の恐怖について型破りな持論があるの。本当にね。ジャック、自分のことを思い描いてみて。しっかりとした家庭的な人が、住む家のある人がね、気がつくと深い森のなかを歩いているの。あなたは視界のすみに何かを見る。他のあれこれを知る前に、それがとても大きくて、あなたの日常における物差しで測りきれないものだと気づく。世界という絵画に入ったひびね。それがここにいてはならないか、あなたがここにいてはならないかのどちらかなの。さて、それがすっかり見えるようになる。それはハイイログマで、つやのある茶色でとても大きくて、ふんぞり返って、剝き出しの牙からはぬるぬるしたものが滴っている。ジャック、あなたは大自然のなかで大きな動物と遭遇したことがない。このハイイログマの光景は衝撃的なぐらいに奇妙なもので、おかげであなたは自分自身についての新たな感覚を、自己についての新鮮な目覚めを得るの。独特で恐ろしい状況という観点からの自己をね。あなたは新たに真剣な観点から自分自身を見る。自分を再発見するの。体を引き裂かれるという危機が迫るなか、あなたはひらめきを得る。両脚で立つその獣は、まるでそれがあなたにとって初めてであるかのように、あなたに自分とは何者かを見せてくれるの。慣れ親しんだ状況の外で、たった一人のときに、はっきりとした全貌をね。この複雑な過程に私たちのつけた名が恐怖なのよ」

「恐怖とは高次に引き上げられた自己認識である」

「そうよ、ジャック」

「それで死は？」私は言った。

「自己、自己、自己。もしも死がそれほど奇妙なものと見なされず、言及されずにすむなら、死に関連するあなたの自己意識は弱められ、恐怖も弱まるでしょうね」

「死をそれほど奇妙なものとしないためには私は何をすればいいのか？　どんなふうにすればいいのか？」

「わからないわ」

「カーブのあたりで高速で運転して死の危険を冒せばいいのか？　週末にロック・クライミングに行けってことか？」

「わからないわ」彼女は言った。「知りたいものね」

「私は命綱を着けて、九十階建てのビルの真正面をよじ登ればいいのか？　私は何をすればいいんだ、ウィニー？　息子の親友のようにアフリカの蛇でいっぱいのケージのなかにいればいいのか？　それが昨今では人間のすることだ」

「ジャック、あなたがするのはあの錠剤のなかの薬を忘れることだと思うわ。薬なんてないのよ、明らかに」

彼女は正しかった。彼らはまったく正しかった。生き続け、子供たちを育て、学生たちに教える。グレイビュー・モーテルで私の妻にはっきりとした形にならない両手で触れようとしている、静止した人物のことは考えないようにするんだ。

「私はまだ悲しいよ、ウィニー。でも君のおかげで私の悲しみに、今まで知らなかったような豊かさと深みが加わったよ」

彼女は赤面しながら向こうを向いた。

私は言った。「君は都合のいいときにだけ友達になる連中以上の存在だ。君は本物の敵だ」

彼女はとてつもなく赤くなった。

私は言った。「優秀な人間は自分が粉砕する生については決して考えない。優秀だからだ」

私は彼女が赤面するのを見つめていた。彼女は両手でニット帽を耳まで下げた。私たちは最後に空を一度見て、そして丘を下って歩き始めた。

31

以下をご確認ください。（1）小切手の宛先はウェイブフォーム・ダイナミクス社となっていますか？（2）小切手に口座番号を記入しましたか？（3）小切手にサインをしましたか？（4）弊社は分割払いを受けつけておりません。一括でお支払いいただけましたか？（5）写しではなく、請求書の原本を同封しましたか？（6）封筒の透明になった部分に宛先住所が来るように書類を入れましたか？（7）お客様用控えとして書類の緑色の部分を点線にそって切り取りましたか？（8）正確な住所と郵便番号を記入しましたか？（9）お引っ越しの少なくとも三週間前までにご連絡いただけましたか？（10）封をしましたか？（11）封筒に切手を貼りましたか？料金の支払われていないものは、郵便局は配達しません。（12）青で囲った日付の、少なくとも三日前には封筒を投函していただけましたか？

健康電信、天気予報電信、ニュース電信、自然電信。

その夜は誰も料理をしたがらなかった。我々はみな車に乗り、町の境界線の向こうの人気《ひとけ》のない商業地区に行った。つきっぱなしのネオン。チキンとブラウニー専門の店に着いた。我々は車内で食べることにした。車は我々の必要に応えるのに十分な広さだった。我々は食べたかったが、他の人間たちを見回したくはなかったのだ。我々は胃袋を満たし、片をつけてしまいたかったのだ。明かりも空間も必要なかった。食べるときに、テーブル越しに微妙で複雑な信号なり暗号なりが飛び交うネットワークを構築しながら、互いに向き合う必要は確実になかった。我々は同じ方向を向きながら、自分の両手の数センチ先を見るだけで満足だった。そこにはある種の厳格さがあった。デニースは食べ物を車に持ってきて、ペーパーナプキンを配った。我々は食べるためにおとなしくしていた。帽子にコートという厚着で、何の会話もなしに食べた。手と歯でチキンを裂くのだ。極度に集中しているという雰囲気が漂い、精神は一つの強烈な考えに収斂していた。私は自分がとてつもなく腹を空かせていたことに気づいて驚いた。私は自分の両手の数センチ先だけを見ながら嚙んでは飲み込んだ。こんなふうにして空腹は世界を縮める。これが食べ物という観測可能な宇宙の端である。ステフィはパリパリになった胸肉の皮を引き裂いて、ハインリッヒにくれてやった。彼女は決して皮を食さなかったのだ。バベットは骨をしゃぶっていた。ハインリッヒは手羽をデニースと交換した。大きいものと小さいものとだ。彼は小さな手羽のほうがうまいと思っていたのだ。みなはバベットに骨を渡して、きれいにしゃぶってもらっていた。私はグレイ氏がモーテルのベッドで裸でだらけているイメージと戦っていた。すみがぼやけた消えない映像だ。我々はデニースに食べ物をさらに確保しに行かせ、彼女を待った。やがて我々は再びとりかかり、自分たちの喜びのすごさによってなかば呆然としていた。

ステフィは静かに言った。「宇宙飛行士はどうやって浮かぶの?」

秒針の音が永遠に消えたかのような沈黙が生じた。

デニースは食べるのをやめて言った。「あの人たちは空気より軽いの」

我々はみな、食べるのをやめた。不安げな沈黙が続いた。

「空気はないんだ」ついにハインリッヒが言った。「そこにないものよりも軽いなんてことはありえないよ。重い分子を除くと宇宙は真空なんだ」

「宇宙は寒いと思ってたわ」バベットは言った。「空気がないなら、どうして寒くなれるのか? 何が暖かくしたり寒くしたりするのか? 空気かそんなものだと思ってたわ。空気がないなら、寒いってこともないはずよ」

「何もない日のように」

「どうすれば何もないなんてことになるの?」デニースは言った。「何かがあるはずよ」

「何かはあるさ」ハインリッヒが腹を立てて言った。「重い分子がある」

「セーターは必要かしらってくらいの日ね」バベットは言った。

また沈黙が生じた。我々は対話が終わったのか知るために待った。やがて再び食べ始めた。我々は鶏肉のいらない部位を黙って交換し、表面が波状になったフライドポテトの入った紙箱に手を突っ込んだ。ワイルダーはやわらかな白いポテトを好んだので、他のみなはそれを取ると彼にあげていた。デニースはやや湿っている袋入りのケチャップを配った。脂《あぶら》となめた肉のにおいが車内に漂った。我々は肉の各部位を交換し、かじっていた。

ステフィが小声で言った。「宇宙はどれぐらい寒いの？」

我々はみな、再び待った。それからハインリッヒが言った。「どれぐらいの高さまで行くかによる。高くまで行けば、それだけ寒くなる」

「ちょっと待って」バベットが言った。「高く上れば太陽に近づくでしょ。そうすると暖かくなるわ」

「なぜ太陽が高いところにあると考えることになるのか？」

「どうしたら太陽が低いところにあるの？　太陽は見上げなきゃいけないわ」

「夜はどうなの？」彼は言った。

「地球の反対側にある。でも人はそれでも見上げるの」

「アルベルト・アインシュタイン卿の主張の肝心なところは」彼は言った。「もしも太陽の上に立ったとしたら、太陽が上にあるとどうやって言えるかさ」

「太陽は熱で融けた巨大な球体よ」彼女は言った。「太陽の上に立つのは無理よ」

「彼は単に『もしも』と言っただけさ。基本的には上も下も、熱いも冷たいも、昼も夜もない」

「何があるの？」

「重い分子さ。宇宙の肝心なところは、巨大な星々の表面へ向かって発射されたあとに、分子に冷える機会を与えることなんだ」

「熱いも寒いもないのに、どうやって分子は冷えるの？」

「熱いも寒いも言葉さ。それは言葉だと考えるんだ。僕たちは言葉を使わねばならない。単にブーブーうめいてはいられないんだ」

「それは太陽の花冠《カローラ》っていうの」別の議論でデニースがステフィに言っていた。「私たちはこの前の夜、天気予報で見たわ」

「カローラって車だと思ってた」ステフィが言った。

「何もかも車さ」ハインリッヒが言った。「巨大な星についてわかっておかなければいけないのは、その奥深くの中心で実際に核爆発を起こしてるってことだ。とても恐ろしいとされているロシアのＩＣＢＭのことなんかすっかり忘れないと。僕たちはそれより一億倍巨大な爆発の話をしてるんだ」

長い沈黙が入った。誰もしゃべらなかった。我々は食事に戻り、肉を一口して、噛んで飲み込むのに時間をかけた。

「このいかれた天気を引き起こしてるのはロシアの超能力者だって言われてるの」バベットが言った。

「どんないかれた天気だって？」私は言った。

ハインリッヒは言った。「僕たちにも超能力者がいるし、彼らにも超能力者がいる、たぶんね。彼らは気候に影響を与えて僕たちの作物を台無しにしたいんだ」

「気候は普段どおりだ」

「今年のあいだはね」デニースがすばやく言った。

その週には一人の警官が、ＵＦＯから人間が投げ出されるのを目撃していた。それは彼がいつもどおりにグラスボロの郊外をパトロールしているときに起こった。雨に濡れた身元不明の男の遺体が、その夜遅くに見つかった。衣服はしっかりと身につけていた。検死によって死因は複雑骨折と心臓麻痺――おそらくぞっとするようなショックの結果だ――と判明した。催眠術での検証が行われ、警官のジェリー・ティー・ウォーカーは、ネオンのように輝き、上空約二十五メートルに浮遊する独楽《こま》に似た物体の不可解な外観を詳細に浮き彫りにした。ベトナム退役兵のウォーカー巡査は、その奇妙な光景から、ヘリコプターの搭乗員がベトコンとおぼしき者たちをドアから投げ落としたのを思い出したと言っていた。信じがたいが、ハッチが開いて人間が地面へとまっすぐに落ちていくのを見ながら、ウォーカーは奇妙なメッセージが霊的な力により自らの脳に送られてきたと感じた。警察の催眠術師たちはメッセージを読み解くために、セッションを密なものにしようと画策している。

地域中で目撃例が出てきた。エネルギーに満ちた精神の流れ、蛇のような輝きが町中を伝わっていくようだった。こういったことを信じるか否かは重要ではなかった。それは刺激であり、波動であり、振動だったのだ。声だか騒音だかが空中で轟き、我々は昇天して死から逃れられるかもしれなかった。人々はもの思いに耽《ふけ》りながら車を町の端まで走らせた。ある者はそこで引き返し、ある者はさらに離れた場所――この数日、そのあたりは魔術と神聖なる期待の下にあるように思われた――まで冒険することを決意した。空気はやわらかく穏やかになった。近隣の犬が夜通し吠えていた。

ファーストフード店の駐車場で我々はブラウニーを食べた。食べかすが手のつけ根あたりにくっついた。我々は食べかすを吸い込み、指をなめた。食事の終わりが近づくにつれ、我々の意識の物理的な範囲が拡がりだした。食べ物の境界がより広い世界に屈したのだ。我々は自分の手の向こうを見た。窓の外の車や明かりを見た。レストランから出てくる者たちを見た。食べ物の入った紙袋を持って、風のなかで身をかがめる男に女に子供たち。後ろに座った三人から落ち着きのなさが感じられ始めた。ここではなく、家にいたかったのだ。風の吹くコンクリート平面上の窮屈な車のなかで座っているのではなく、まばたきすると、自分の持ち物のある自室にいるということになってほしかったのだった。帰路はつねに試練だった。ほんの数秒でみなの落ち着きのなさが脅迫の気味を帯びるだろうと気づいていたので、私は車を発進させた。我々はそれが現れるのを感じることができた。バベットと私がだ。すねたような脅威が後ろで高まっていた。子供たちは、子供どうしで争うという古典的な戦略で我々を攻撃するだろう。しかしいかなる理由で我々を攻撃するのか？　早く子供たちを家に帰さないからか？　子供たちよりも年を取っていて、体が大きくて、気分が落ち着いているからか？　我々の保護者としての地位を攻撃するのだろうか？　遅かれ早かれ衰《おとろ》えるに違いない保護者を。それとも子供たちが攻撃するのは単に我々そのもの――我々の声、姿、仕草、歩き方や笑い方、目の色、髪の色、肌の調子、染色体や細胞――ということなのか？

まるで子供たちに思いとどまらせるためであるかのように、まるで脅威がほのめかされるのに耐えられなかったかのように、バベットが快活に言った。「どうしてUFOってだいたいは州の北部で目撃されるのかしら？　いちばんよく目撃されるのは州北でよ。人が誘拐されて乗せられて。農家の人たちは円盤が着陸したところに焼けた痕跡を見て。女の人はUFOで赤ちゃんを生んだって言って。いつも州北よ」

「山があるところよ」デニースが言った。「宇宙船がレーダーなりなんなりから隠れられるの」

「どうして山は州北にあるの？」ステフィが言った。

「山は必ず州北にあるものなの」デニースが彼女に言った。「それで春に予定どおりに雪が溶けて、町の近くの貯水池まで流れ落ちていく。まさにそういうわけで、州内の南端に貯水池ができるの」

少しのあいだ、私は彼女が正しいかもしれないと思った。それは奇妙だが理解できるようなものだった。いや、そうだろうか？　いや、それは完全に支離滅裂ではないだろうか？　いくつかの州の北部には大都市があるはずだった。あるいは単に大都市は、北へと拡がる州の南部の境界線より北側の部分にあるということなのか？　彼女の言ったことが真実であるはずはないが、しばしのあいだ、却下することができなかった。却下するために、町や山の名を出すことができなかった。いくつかの州では南部に山があるはずだった。あるいはそれは州の境界線の下側に、南へと拡がる州の北部にあることが多いのか？　南の州の北部に？　私は州都や州知事の名を出そうとした。どうして南の下に北がありうるのか？　これのせいで私は混乱しているのか？　これがデニースの間違いの核心なのか？　それとも、奇妙なことだが、彼女はそれなりに正しいのか？

ラジオから聞こえてきた。「塩分、リン、マグネシウムの過多」

その夜遅く、バベットと私は座ってココアを飲んでいた。キッチンのテーブルには、クーポン、三十センチほどのスーパーのレシート、通販カタログが散らばるなかに、私のいちばん上の子であるメアリー・アリスから来た葉書があった。彼女はスパイであるダナ・ブリードラヴとの一度目の結婚で授かった子で、ステフィの実の姉だった。もっとも途中に十年と二度の結婚をはさむのではあったが。メアリー・アリスは現在十九歳で、ハワイに暮らし、鯨関連の仕事をしている。

バベットは誰かがテーブルに置きっぱなしにしていたタブロイド紙を手に取った。

「ネズミの鳴き声は一秒で四万サイクルと計測されている。外科医は人体内の腫瘍の破壊のためにネズミの鳴き声による高周波のテープを使用している。信じられる？」

「ああ」

「私も」

バベットは新聞を置いた。しばらくしてから切迫したふうに妻は言った。「調子はどう、ジャック？」

「大丈夫だ。気分はいい。本当にな。君はどうだ？」

「あなたに私の状態について言わなければよかって思

う」

「なぜだ？」

「そうしたら、あなたは自分が先に死ぬって言わなかったわ。この世で私が求めているのは二つのことよ。ジャックが先に死なないこと。それからワイルダーが永遠に今のままでい続けること」

32

マーレイと私は、穏やかに思索に耽るがごとき歩調に、会話時には頭を下げるという、いつものヨーロッパ流儀でキャンパス内を歩き回っていた。ときに親密さを示すため、あるいは物理的に支えるため、どちらかが相手の肩あたりをつかむ動作をした。またあるときには我々は少し離れて歩き、マーレイは背中で手を組み、私のほうは修道士のごとく腕を腹のところで組んでいた。やや不安げなふうだった。

「ドイツ語のほうはどうなってる？」

「話すのはまだ下手だ。単語がうまくいかなくてね。ハワードと私でヒトラー学会での開会の辞を練っているところなんだ」

「君は彼をハワードと呼んでるのか？」

「面と向かっては言わない。私は目の前では彼のことを何とも呼ばないし、彼も目の前では私のことを何とも呼ばない。そんな関係なんだ。そもそも君は彼とは会うのか？　同じ屋根の下で暮らしてるわけだが」

「束の間だけちらっと見るぐらいさ。他の下宿人たちがそんなふうなのを望んでるみたいだよ。彼はほとんど存在していないと僕らは感じてるんだ」

「彼には何かがある。それが何なのかは、はっきりとはわからないが」

「彼は肉色だ」マーレイは言った。

「そのとおりだ。だが私が気にかかるのはそこじゃない」

「やわらかい手か？」

「そうなのか？」

「男がやわらかな手をしていると、僕はかたまってしまう。やわらかな肌全般でね。赤ん坊の肌だ。彼が毛を剃っているとは思わないが」

「他には何が？」私は言った。

「口の端に乾いた唾のしみがある」

「そのとおりだ」私は興奮して言った。「乾いた唾。彼がしっかりと発音するために前屈みになると、私の顔に唾が飛んでくるのがわかった。他には何が？」

「それから人の肩越しにものを見る様子」

「君は束の間にちらっと見るだけで、こういったすべてを知るんだな。すごいな。他には何が？」私は詰問した。

「それから、足を引きずる歩き方とはかみ合わない厳格な身のこなしだ」

「そうだ、彼は腕を動かさずに歩く。他には、他には何が？」

「それから他の何かだ。こういったすべてを超えたものが、不気味でおそるべきものが」

「そのとおり。だがそれは何だ？　私に名指すことのできない何かだ」

「彼にはどこか妙な様子がある。ある種の雰囲気に、感性に、存在感に、発散されているもの」

「だが何だ？」私は言った。自分が深い個人的な興味を抱いていることに、視界の端で色のついた斑点が舞っているのに気づいて驚きながら。

我々が三十歩歩いてから、マーレイがうなずき始めた。歩きながら私は彼の顔を見た。彼はうなずきながら道を横切り、音楽図書館を通り過ぎるあいだもうなずき続けていた。私は一歩一歩彼とともに歩き、彼の肘をつかみ、その顔を見て、彼が話すのを待った。マーレイのおかげで自分が進むべき方向から完全にそれてしまったことはどうでもよかった。我々が、キャンパスの端にある、改修された十九世紀の建物であるウィルモット邸の入口に近づいても、彼はまだうなずいているところだった。

「だが何だ？」私は言った。「だが何だ？」

四日後にやっと彼は家に電話してきた。午前一時に私の耳に、手助けになるように囁いたのだ。「彼は死体を官能的だと思うような人間に見えるな」

私は最後のレッスンに行った。今や部屋の中心に進出してきているように思われる積み重ねられたものの数々によって、壁も窓も覆われていた。私の前にいる穏和な表情をしたその男は両目を閉じてしゃべり、旅行時に役立つフレーズを口にした。「ここはどこですか？」「助けてくれますか？」「もう夜で、私は道に迷いました」そこに座っているのにほとんど耐えられなかった。マーレイの発言により、彼の素性と思しきものが永久に固定された。ハワード・ダンロップのとらえどころのなさが、今やとらえられた。奇妙で少々不気味なところはもはや解消された。ぞっとするような淫《みだ》らさが彼の体を抜け出て、バリケードのようにものの散らかったこの部屋のあちこちを回っているようだった。

本当は私はレッスンがなくなって寂しく思うだろう。それに犬たちが恋しかった。ジャーマン・シェパードだ。ある日、犬たちはただいなくなった。おそらくどこか別のところで必要とされたか、あるいは技能向上のために砂漠に戻されたのだ。だが、マイレックスの防護服を着た男たちは、測定や調査のための機器を抱え、おもちゃのレゴに似たずんぐりしたブタのような車に六人か八人のチームで乗って町中を移動しながら、まだそこらをうろついていたのだった。

私はワイルダーのベッドの脇に立ち、彼が眠っているのを眺めていた。隣の部屋から声が聞こえてきた。「賞金四十万ドルのナビスコ・ダイナ・ショアで」

精神病院が全焼したのはその夜だった。ハインリッヒと私は車に乗って見物に行った。現場には思春期の少年連れの男たちが他にもいた。父親と息子というのは明らかに、このような出来事において親睦を深めたいものなのだ。火災は彼らの距離を縮め、会話の糸口を与えてくれる。値踏みをすべき機器があり、消防士の技術について議論し、論評できる。消火活動の男らしさ——火災の雄々しさと言われるかもしれない——は、父親と息子がぎこちなさときまり悪さなしに取りかかることのできる、そっけない感じの会話にぴったりのテーマだった。

「古い建物でのこういった火事はたいてい、電気コードがきっかけになるんだ」ハインリッヒが言った。「配線の欠陥。しばらくぶらついていれば必ず耳に入る表現だ」

「たいてい、人は焼け死ぬんじゃないんだ」私は言った。「煙を吸い込んで死ぬんだ」

「それも必ず耳に入る表現さ」彼は言った。

炎は屋根窓でごうごうと鳴っていた。我々は道の向かいに立ち、屋根の一部が崩れ、背の高い煙突が曲がり、傾くのを眺めていた。消防車が別の町から何台も到着し、ゴム製ブーツに昔風の帽子という重装備の男たちが車から降りてきていた。人員が配置されホースを引きずり、伸縮性の梯子によって一人の人間が熱でゆらめく屋根に上っていた。我々は柱廊が動きだし、向こうの柱が傾くのを眺めた。燃えるナイトガウンをまとった女が芝を横切った。我々は、気づくとほとんどすぐに息をのんだ。彼女は白髪で痩せていて、焼けるような空気に縁取られていた。そして我々は彼女が狂っていて、その頭のあたりの炎が飾りにすぎないものに思えてしまうほど、夢幻と怨念に取り憑かれているということを見て取った。誰も一言も発しなかった。あらゆる炎と燃えさかる木材による騒音のなかで、彼女は自身の周囲に沈黙をもたらしていた。なんと力強く、迫真的なのだろう。狂気とはどれほど深みのあるものなのか。消防隊長は彼女のもとまで駆けつけ、その周辺をわずかに回り、当惑した。まるで彼女が、結局は彼がここで会うとは想定していなかった者であるかのように。彼女は白い炎につつまれながら、ティーカップが割れるように倒れた。四人の男たちが今その場所を囲み、ヘルメットや帽子で炎をたたいていた。

炎を封じ込めるという大仕事が続いた。それはカテドラルの建築と同じくらいに古く、すでになくなったように思われる労働だった。高尚な共同作業の精神に駆り立てられた男たち。ダルメシアンが梯子車の運転席に座っていた。

「父さんがずっと見ているのがおかしいな」ハインリッヒは言った。「暖炉のなかの炎みたいだ」

「その二種類の炎は同じくらいに思わず見てしまうものだと言ってるのか？」

「ただ父さんがずっと見てるって言ってるだけさ」

「『人はつねに炎に魅せられてきた』そういうことを言ってるのか？」

「燃えてる建物を見るのは僕には初めてなんだ。チャンスをちょうだいよ」ハインリッヒは言った。

父親と息子は歩道に群がり、崩れかけた建物のあちこちを指さしていた。ここからわずか数メートルしか離れていないところに下宿するマーレイは我々にこっそり近づき、無言で握手した。いくつもの窓が破裂した。我々は別の煙突が屋根から滑り落ち、煉瓦《れんが》が二、三個芝生に崩れ落ちるのを眺めた。マーレイは再び我々と握手をし、それから消えた。

やがて鼻をつくにおいがしてきた。パイプや電線を包むポリエステルのような絶縁物質か、あるいはその手の物質が一つかそれとも多数、燃えているのかもしれなかった。きつい刺激的な悪臭が空気を満たし、煙や焼け石のにおいは目立たなくなっていた。それによって歩道にいた者たちの気分が変わった。ハンカチを顔にやる者もいれば、いやになって突然去る者もいた。においの発生源が何であれ、それによって人々は裏切られた気になったのだと私は感じた。古代の広人でおそろしいドラマが、不自然なもの、卑小で不快なものの侵入により、妥協を強いられていたのだ。我々の瞳も燃えだした。烏合の衆は散った。まるで我々が第二の死といったようなものの存在を認識するよう強いられたかのようだった。片方の死は本物で、もう片方は人工的なものだ。においによって我々は追い払われたが、その下に隠れたはるかに恐ろしかったものは、死が二通りの道筋で——ときには同時に——訪れると感じたことであり、どんなふうに死が口と鼻孔に入り込むのか、死がどんなにおいなのかが、人間の魂に影響を与えるのだということであった。

我々は、ホームレス、狂人、死者だけでなく、今や自分たちのことも考えながら、車へと駆けて行った。これが燃える物質のにおいがなしたことである。それは我々の悲しみを複雑なものとし、自分自身の最期という秘密に我々を近づけたのだった。

自宅で、私は我々二人のためにホットミルクを用意した。彼が飲むのを見て驚いた。彼はマグカップを両手でつかみ、ラムジェットエンジンのごとき大火災の騒音と、空気にあおられた燃焼のすごさについて語った。私は彼が素晴らしい火事をありがとうと言ってくるのではないかという気までしていた。我々はそこに座ってミルクを飲んでいた。しばらくして、彼は懸垂のため自室のクローゼットへと向かった。

ややあって私は、グレイ氏のことを考え立ち上がった。灰色の体をし、静止した、未完の像。その像はぐらつき、転げ、肉体のすみずみはでたらめに歪《ゆが》んでゆらめいていた。最近、自分がことあるごとに彼のことを考えているのに気づいた。ときには集合体としてのグレイ氏について。四人かそこらの灰色の人物たちが先駆的な仕事に打ち込んでいた。科学者であり、予言者だ。彼らのうねる肉体は互いを通り抜け、混ざり合い、溶け合い、結合していた。ちょっと宇宙人みたいだ。他の人間よりも賢く、自意識も性別もなく、我々から恐怖を取り除こうと画策している。だが肉体が結合すると、私は一人の人物と取り残された。そいつは計画の運営責任者であり、モーテルの室内をうろちょろする霞《かす》んだ灰色の誘惑者だ。ベッドに向かい、企みに向かっている。私は妻がなまめかしく丸くなって横になっているのを目にした。裸で永久に待ち続けているようだ。私は彼が見るように彼女を見た。依存し、従順で、感情にとらわれている。私は彼の優越と支配を感じ取っていた。彼の地位の優勢。彼は私の精神を乗っ取っていた。会ったこともないこの男が、このぼんやりしたイメージが、脳内のほんのわずかな光がだ。彼の寒々しい両手が赤みがかった白い胸を包んでいた。それがどれほど鮮明で生き生きとしていたか、触れることの何という喜びか。先端部分には小豆色のしみが散っている。私は聴覚的な拷問を経験した。彼らがスムーズに前戯を進めるのを、愛の言葉を口にするのを、その肉体が触れ合うのを耳にした。ぴちゃぴちゃした音やキスの音、濡れた口の音、ベッドのバネがきしむ音を耳にした。むにゃむにゃという休止中の音。それから暗闇が灰色のシーツのベッドを覆い、円が静かに閉じていった。

　パナソニック。

33

　近くに誰かだか何かだかの存在を感じて目を開いたが、いったい何時だ？　奇数の時間だろうか？　部屋はやわらかでクモの巣のようだった。私は両足を伸ばしてまばたきをし、ゆっくりと慣れ親しんだものに焦点を合わせていった。ワイルダーだった。ベッドから六十センチほど離れたところに立ち、私の顔をじっと眺めていた。互いに見つめ合いながら、我々は長い時間を過ごした。手足の短いずんぐりした体の上に載ったその大きな丸い頭は、原始時代の埴輪を思わせた。詳細は不明だが、各家庭に置かれた崇拝に由来する偶像だ。この子が私に何かを見せたがっているのだと感じた。私がベッドからそっと出ると、キルト柄の厚手の靴下を履いた彼は部屋を出た。私は彼について廊下へ出て、裏庭に臨む窓へと進んだ。裸足でローブもまとっていなかったので、香港製ポリエステルのパジャマごしに冷えを感じていた。ワイルダーは窓のそばに立ち外を眺めた。顎が窓枠のほんの数センチ上にくる程度だった。まるで私がだらしないパジャマに身を包んで日々を過ごしていたかのようだった。シャツのボタンは掛け違え、チャックは開き、だらりとしている。もう夜明けだろうか？　木の上で鳴き声を上げているのはカラスか？

　裏庭に何者かが座っていた。白髪頭の男が古い枝編み椅子に背筋を伸ばして座っている。不気味なまでに静かで穏やかなシルエットだ。最初は、眠くてぼんやりしていたので、この光景をどう受け止めればいいかわからなかった。今この瞬間にこしらえることのできるものよりもさらに注意深い解釈が必要に思えた。一つ思いついたのは、彼が何らかの目的のためにぶち込まれたということである。やがて明白で圧倒的な恐怖がわき起こってきて、私は胸の前で何度も拳《こぶし》をかためた。いったい誰だ？何がここで起こっているのか？　ワイルダーがもう隣にいないことに気づいた。私は彼の部屋のドアまで近づき、その頭が枕に沈んでいるのを眺めた。ベッドまで行ってみると、彼はぐっすりと眠っていた。どうすればいいのかわからなかった。私は寒さを感じ、青ざめた。私は、まるで己《おのれ》に自然というものと現実の物質が存在することを思い出させるためであるかのごとく、ドアノブと手すりを握ってから、窓へと戻っていった。彼はまだそこにいて、垣根のほうを見つめていた。私はうっすらとした光のなかで彼の横顔を眺めた。動きのない訳知り顔だ。彼は、当初私が推測したのと同じぐらいの年だろうか？　あるいは白髪頭は純粋に象徴的なものであり、その寓意的力の一部ということなのだろうか？　もちろんやつだ。あいつは死神かその手先ということなのだろう。ペスト、異端審問、終わりなき戦争、癲狂院《てんきょういん》、癩《らい》病院の時代から訪れたくぼんだ目の技術屋だ。あいつは警句好きで、私の旅の終わりについて小洒落たなかなかの一節を読み上げるときに、私を、穏やかに皮肉をこめてさっと一瞥するのだろう。私はしばらく眺め、彼が手を動かすのを待った。その静けさは威圧的だった。一瞬で自分がさらに青白くなった気がした。青白くなるというのはどういうことなのか？　自分を迎えに来た死神の実物を目にするのはどんな気分だろうか？　私は骨の髄まで怯えた。私は寒くも熱くもあり、乾いても湿ってもいて、自分自身でもあり他の何者かでもあった。胸の前で拳を握った。私は階段まで行き、最上段に座り、両手に見入った。ほとんど変わりはなかった。あらゆる言葉とものは、素晴らしき創造《クリエーション》によるビーズ細工だ。私自身の平凡な手が、感情線と生命線による網の目に陰影がつけられ、それらがらせん状になっている手というもの自体が、長年にわたり人間にとって研究と驚きの対象となっていたのかもしれない。空虚に抗する宇宙論だ。

私は立ち上がり、窓に戻った。彼はまだいた。私はバスルームに行って隠れた。トイレのふたをして、しばらくそこに座り、次はどうするか考えた。彼を家に入れたくなかった。

私はしばらくうろついた。指先から手首までを冷たい水で流し、顔にも冷水を浴びせた。体が軽くも重くも感じ、混濁しているようにも機敏になっているようにも感じた。私はドアのそばの棚から、風景の描かれたペーパーウェイトを取り出した。プラスチックのディスクの内側にグランドキャニオンの３Ｄの絵が浮かび、光を当ててそれを動かすと色彩が飛び出たり引っ込んだりした。揺れ動く平面。私はこの言い方が気に入っていた。まさに存在という音楽そのもののように思えた。死というものを、単にある期間住まうだけの別平面にすぎないと思えたらいいのだが。宇宙的理由による別の一局面にすぎないと。ブライト・エンジェル・トレイルが引っ込んでいく。

私は目の前のものを見た。もし彼を家に入れたくなければ、必要なのは外に出ることだ。まずは小さい子供たちを見ておこう。私は青白い裸足で、部屋部屋を静かに回った。毛布が乱れていないか、子供がおもちゃを握りしめていないか見て回り、テレビのなかに入り込んだような気がしていた。何もかも穏やかで問題なかった。子供たちは親の死を、単に離婚と似たようなものと思うだろうか？

私はハインリッヒのところに立ち寄った。彼はベッドの左上部分を占拠し、体をがっしりと丸めていて、まるで触れると突然まっすぐに伸びるいたずら装置のようだった。私は部屋の入口に立ち、うなずいていた。

私はバベットのところに立ち寄った。彼女はずいぶんと若返って少女に戻り、夢のなかを走っていた。私は彼女の頭にキスをし、眠りから立ち上る温かくありふれたにおいをかいだ。私は本や雑誌が山積みになっているなかに『我が闘争』を見つけた。ラジオがついた。私は慌てて部屋を出た。番組に参加したどこかの視聴者の声や、どこかの他人の心からの嘆きが、この世で耳にする最後のものになるのを恐れたのだ。

私はキッチンに下りていった。窓の外を見た。彼は濡れた芝生の上の枝編み細工の椅子に座っていた。私は二重になったドアの内戸を開け、それから雨戸を開けた。私は外に出た。『我が闘争』を体のまんなかで握っていた。雨戸を閉めて音が鳴ると、男の顔が動き、組んでいた足が崩れた。彼は立ち上がって私のほうを見た。不気味で不屈の静けさの感覚が消え去った。何かを知っているという雰囲気も、古代の恐ろしい秘密を彼は伝えるのだという感じも消え去った。第二の人物が第一の人物の残骸から出現し始め、現実の姿をとり始めた。はっきりとした光のなかで、その動き、しわ、顔立ち、輪郭を目にすることによって、生身の人間のはっきりとした身体的特徴が、その出現を眺めるあいだにますます私にとってなじみのものとなってくるようだった。少々驚いた。

私の前に立っていたのは死神ではなく、義父のヴァーノン・ディッキーだった。

「俺は眠っていたかな？」彼は言った。

「こんなところで何をしてるんですか？」

「みんなを起こしたくなかったのさ」

「いらっしゃるって知らせてもらってましたっけ？」

「昨日の昼までは俺自身も知らなかったよ。車でまっすぐ進んだ。十四時間だ」

「お会いできてバベットは喜ぶでしょう」

「そうだろうな」

私たちは屋内に入った。私はコンロにコーヒーポットを置いた。ヴァーノンは着古したデニムの上着をまとったままテーブルにつき、古いジッポーのふたをいじっていた。彼はその急降下のような人生において、女たちを愛する男といったふうな外観を得ていた。その銀髪は弱々しい色合いで黄色に変色し、後ろに流したダックテールになっていた。彼はおよそ四日分の無精髭を伸ばしていた。慢性的な咳は耳障りだが、本人はどうでもいいと思っているふうだった。バベットは症状自体よりも、まるでこのひどい騒音に運命のごとく魅力的な何かがあるかのように、彼が空咳や発作に冷笑的な快楽をおぼえているという事実を心配していた。彼はいまだに、バックルに長角牛《ロングホーン》のデザインの入ったギャリソンベルトを身につけていた。

「それでとにかくだ。俺はここにいる。大変だった」

「最近は何をなさっていたんですか？」

「こっちでは屋根板を葺《ふ》き、あっちでは錆止めをしてだ。副業だ。もっとも主業はないがな。あるのは副業だけだ」

私は彼の両手に気づいた。傷があり、折れたこともあり、切り込みが入り、ずっと脂と泥で汚れている。彼は部屋中を眺め回し、取り替えや修理が必要なものを見つけようとしていた。そのような欠陥はもっぱらお説教のチャンスだったのだ。それによってヴァーノンは優位に立ち、ガスケットや座金について、漆喰の仕上げ塗り、隙間詰め、穴の補修について語れるのだ。ラチットドリルや横引きのこぎりという用語で、彼が私を攻撃してくるようなことも何度かあった。彼はそういった事柄に対する私のあやふやぶりを深刻な無能さや愚かさの証拠と見なしていた。そういったものが世界を作るのだった。そういったものを知らない、あるいは気にしないのは、根本原理に対する裏切りであり、性や種に対する裏切りだった。水の滴る蛇口を修理できない男より役立たずな何かが存在するだろうか？　根本的に役立たずであり、歴史に対して、遺伝子のメッセージに対して無感覚であるのだ。異議があるかは私には確信がなかった。

「この前バベットに言ったんですよ。『君のお父さんからかけ離れたものがあるとしたら、それは男やもめだ』って」

「バベットはなんて言ったんだい？」

「ご自身に対して危ないことをしてしまうと思ってますよ。『パパは煙草を吸ったまま眠りに落ちるの。燃えるベッドのなかで脇にいる行方不明の女の人と一緒に死ぬ。公式に行方不明とされている人よ。哀れな、身元不明で何度も離婚している女性よ』」

ヴァーノンはその洞察を認めて咳をした。肺のあえぎが続いた。彼の胸のなかで糸を引く粘液が前後にはねるのが聞こえた。私は彼にコーヒーを注いで待った。

「それで俺がどんな状況か知らせておくがな、ジャック。俺みたいな野郎と結婚したがってる女がいるんだ。そいつはキャンピングトレーラーの教会に通ってるんだ。バベットには言うなよ」

「そんなことしませんよ」

「あいつは本当に取り乱すからな。割引料金の電話でお説教が始まるんだ」

「バベットはお父さんが結婚生活には破天荒すぎると思ってますよ」

「今日日《きょうび》の結婚について重要なのは、ちょっとしたものを手に入れるために家庭を離れる必要がないってことさ。ほしいものはアメリカの家庭内の奥まったところで何でも手に入る。いい悪いはともかく、これが俺たちの生きる時代さ。かみさんたちがやってくれちまうんだ。あいつらはやりたいんだ。ちょっと目線を向ける必要もない。アメリカの家庭で昔得られたたった一つのものは、基本的な自然の営みだけだった。今ではオプションまでつく。濃厚なやつだよ。言わせてもらうがな。家庭でオプションが増えると、道で見かける娼婦の数も増えるってのは、我らが時代についての驚愕な見解だ。これをどう受けとめる、ジャック？　あんたは教授だ。これってどういうことだ？」

「わかりません」

「かみさんたちは食えるパンティをはく。あいつらはそれの名前も使い方も知ってる。一方で娼婦はどんな天気でも、昼でも夜でも道に立ってる。誰を待ってるのか？　観光客か？　ビジネスマンか？　肉体を執拗に求める男たちか？　ふたが吹き飛んだみたいだ。日本人がシンガポールに行くとどこで読んだかな？　飛行機にぎっちりの男どもが。たいした民族だ」

「真面目に結婚することを考えてるんですか？」

「キャンピングトレーラーで礼拝する女と結婚なんて、俺も狂ってるに違いないんだろうな」

　ヴァーノンにはどこか抜け目ないところがあった。無表情だが注意深くいろいろと探り、如才なくいい機会を待っている。それがバベットをいらだたせた。彼女は父親が公衆の面前で女性にそっと近づき、無表情で抜け目なく、突っ込んだ質問をするのを目にしていた。バベットは一緒にレストランへ行くのを拒否した。彼がウェイトレスに無造作になれなれしく声をかけるのや、昔のラジオの深夜放送風の声で、非常に巧みに内緒話をし、思ったことを口にするのを恐れていたのだ。彼はあまたの合成皮革のボックス席で、何度も娘をそわそわさせ、怒らせ、困惑させていた。

　そこへバベットが入ってきた。スウェットスーツを着ていて早朝に競技場の階段を駆け上る準備が整っていた。父親がテーブルについているのを見て、彼女の肉体は原動力を失ったようだった。彼女はそこに膝を曲げて立っていた。あえぐ以外、女にはなんの力も残されていなかった。あえぐことの鏡であり、輝かしい理想型であり、庭ではあえぐ人間の真似をしているように見えた。彼女は死んだように静止して座っている彼を私が見たときよりも、困惑も警戒もしていないというわけではなかった。私は彼女の顔が呆然とした驚きで限界近くまで満たされるのを目にした。

「パパが来るって知らされてたっけ？」彼女は言った。「どうして電話してくれなかったの？　絶対に電話をくれないわよね」

「俺はここまで来た。たいしたもんだろ。クラクションを鳴らしてな」

　バベットは膝を曲げたまま、ありのままの父親の存在を飲み込もうとしていた。細身だが筋骨たくましい肉体に、やつれた顔。こんなふうに父親が自分のキッチンに姿を現して、彼女にとっては、彼がどれほど強烈な叙事詩的な力のように思えたに違いなかったか。親が——彼のほうには、ここ数年面白いことがあり、さまざまな交際や交流について密に話すに値することのある父親が

――彼女が何者なのかを思い出させるため、彼女の見せかけを取り払うため、彼女のぱっとしない人生について把握するため、予告なしにやって来たのだ。

「いろいろと準備できたのに。ひどい見てくれよ。どこで寝るつもりなの？」

「前はどこで寝たんだかな？」

思い出そうとして二人とも私を見た。

我々が朝食を用意して食べ、子供たちが下りてきて用心しながらヴァーノンに近づいてキスをされ髪をくしゃくしゃにされ、時間が流れ、バベットが継ぎを当てたジーンズを身にまとったぶらつく人物の姿に慣れるあいだのことだ。私は彼女が父親のそばをぶらつき、彼のためにちょっとしたことをしてやり、そこで話を聞けるのを喜んでいるのに気づいた。普段どおりの動作と無意識的なリズムからわかる喜び。ときおり彼女はヴァーノンに、どれが彼のお気に入りの食べ物か、どんなふうに調理され、味つけされるのが好きだったか、彼のいちばん面白いジョークはどれか、昔の知り合いで明らかにばかなのはどいつらだったか、誰が漫画の主人公みたいだったかについて思い出させなければならなかった。もう一つの人生から拾い集めたものが彼女からあふれていた。口調の抑揚が変わり、田舎のような雰囲気を帯びた。語彙が変わり、話題も変わった。それは父親が古いオークにやすりがけをして仕上げるのを、床に置いた車の冷却器を持ち上げるのを手伝う娘だった。彼の大工としての歳月、バイクでの爆走、上腕のタトゥー。

「サヤインゲンみたいにひょろひょろになってきたわね、パパ。このポテトも食べちゃって。コンロにもっとあるから」

それからヴァーノンは私に言うのだった。「こいつの母親は、これでもかってぐらいにひどいフライドポテトを作ったんだ。州立公園のフライドポテトみたいなやつを」すると今度はバベットのほうを向いて言うのだった。「ジャックには州立公園について俺が感じてる問題がわかってる。あれは心を動かしてくれないんだ」

我々はハインリッヒをソファに移動させ、ヴァーノンにその部屋を充てた。朝の七時に――あるいは六時か、何時であれバベットか私がコーヒーをいれに下りてくる灰色の時間に――彼がキッチンにいるのに気づくと、はらはらさせられるのだった。彼は我々の裏をかき、罪の意識に訴えて、どれだけ我々が眠っていなかろうと、彼はもっと眠っていないのだと示すことに決めているような印象を与えた。

「言っておくがな、ジャック。人は年を取る。すると何かの準備ができてるのはわかってるが、それが何だかは知らない。もういつでも準備できてるんだ。髪をとかし、窓のそばに立って外を見ている。俺は自分の周りをいつも、小さなこせこせした輩《やから》がうろちょろしてる気がするんだ。そういうわけで、俺は車に飛び乗って、まっしぐらに長い道をここまで運転してきたんだ」

「呪縛から解放されるため」私は言った。「日々の繰り返しから逃れるため。日々の繰り返しはね、ヴァーン、命取りになるほど極端につながりうるんですよ。私の友人に、だから人は休暇を取るんだと言ってるやつがいます。くつろぐためでも、はしゃぐためでも、新たな場所を目にするためでもない。日々の繰り返しのなかに存在する死から逃れるためです」

「そいつは何者だ、ユダヤ人か?」

「それがいったいどんな関係があるんですか?」

「屋根の雨樋《あまどい》がたわんでる」彼は私に言った。「どうやって直せばいいかわかってるよな?」

ヴァーノンは、ゴミ収集人、電話修理人、郵便配達人、夕刊配達の少年を待ちながら、家の周りをぶらつくのが好きだった。技術や手順について話せる人間を待ったのだ。一連の特別な方法について。筋道、所要時間、機器について。そうして自分の得意分野以外で仕事がどう行われるかを学びながら、物事についての理解を深めたのだった。

彼はいつもの無表情で子供たちをからかうのが好きだった。子供たちは彼のひやかしの言葉にしぶしぶ応じていた。彼らはあらゆる親戚を疑わしく思っていたのだ。親戚とは要注意な問題であり、いかがわしく複雑な過去の一部をなし、ばらばらの生活や、言葉や名前によって再浮上しうる記憶をも意味した。

彼は酷使してきたハッチバック式の車に座るのが好きだった。そこで煙草を吸っている。

バベットは窓から見て、愛、不安、憤怒に絶望、希望と陰鬱を多少とも同時に、なんとか表現しようとしていた。娘のなかに一連の大袈裟な感情をわき起こすのに、ヴァーノンはほんの少し重心を移すだけでよかった。

彼はショッピングモールの大衆に溶け込むのが好きだった。

「教えてくれ、あんたが頼りなんだ、ジャック」

「何を教えればいいのですか?」

「俺の知り合いでこれに答えられるほど教養があるのはあんただけだ」

「何に答えるのですか?」

「人間っていうのはテレビの前でこんなにしゃべらなかったのか?」

ある夜、私は声を聞き、彼が眠りながらうめいているのかと思った。私はローブを着て廊下に出て、デニースの部屋のテレビから音がしているのに気づいた。私は部屋に入って電源を切った。彼女は毛布、本、服が積み重なるなかで眠っていた。衝動的に、私は開いたクローゼットのところまで静かに行き、明かりのコードを引っ張り、内側を見つめ、ダイラーの錠剤を探した。私は自分とは反対側の扉を閉じ、クローゼットに半分入った状態になった。大量の服に、靴に、おもちゃに、ゲームに、その他もろもろを目にした。私はなかを探し回り、子供時代のにおいの痕跡をつかんでいた。粘土に、スニーカーに、鉛筆の削りくず。瓶はだめになった靴のなかや、すみに丸まっている古いシャツのなかにあるかもしれなかった。彼女の目覚める音がした。私はじっとして、息を殺していた。

「何してるの?」彼女は言った。

「心配するな。私だよ」

「誰だかはわかってる」

私はクローゼットのなかを見回し続けていた。そうすると罪深さが軽減されるように見えるだろうと考えてだ。

「何を探してるかもわかってる」

「デニース、最近怖いことがあるんだ。ひどいことが起ころうとしていると思ってたんだよ。幸いにも、私は間違っていたとわかったが。だがなかなか消えない影響があってな。私にはダイラーが必要なんだ。問題解決の役に立つかもしれないんだ」

私はくまなく探し続けていた。

「問題ってなあに?」

「問題が存在していると知るだけで君には十分じゃないのか? そうでなければ、私はここにいなかっただろう。私の友達でいてくれないのか?」

「私は友達よ。ただだまされたくないだけ」

「だますなんて話じゃない。ただあの薬を試す必要があるだけさ。残った錠剤が四つある。私がそれを持って行って、それで話は終わるよ」

私の声がいつもどおりであればそれだけ、彼女の心を動かす可能性は増大する。

「持って行かせない。ママにあげちゃうんでしょ」

「一つはっきりさせておこう」私は政府高官のように言った。「ママは薬物中毒じゃない。ダイラーはそういう薬じゃないんだ」

「じゃあ何なの？　何なのか教えてよ？」

彼女の声か私の心のなかの何か、あるいは今この瞬間のばからしさによって、私は彼女の疑問に答えてもいいのではないかと考えていた。ものすごい前進だ。なぜ彼女に言うのがまずいのか？　彼女は分別がつくし、深刻な事柄が暗に示すことについても判断できる。私はバベットも自分も、デニースを真実から遠ざけていて、ただひたすら愚かだったと気づいた。この子は真実を受けとめるだろうし、私たちのことがさらによくわかり、私たちが弱さや恐れを抱いているがゆえに、もっと私たちを愛するようになるだろう。

私はベッドの端に移動して腰を下ろした。彼女は私を注意深く眺めた。私は基本的な話を彼女に伝えた。涙、激情、恐怖、戦慄、私がナイオディンDを浴びたこと、グレイ氏とバベットの性的申し合わせ——死に対する恐怖をあおる私たちのあいだの申し合わせについては割愛してだが。私は薬自体の話に集中し、それが腸内の器官と脳内でどう作用するかについて自分の知っているすべてを語った。

彼女が最初に言及したのは副作用についてだった。あらゆる薬には副作用がある。死の恐怖を取り除ける薬ならば、すさまじい副作用があるのではないか。それがまだ試験段階にあるのならば。もちろん、彼女は正しかった。バベットは完全なる死について、脳死について、左脳の死について、部分的な麻痺について、心身のその他の恐ろしくて奇妙な状態について語っていた。

私はデニースに暗示の力のほうが副作用より重要かもしれないと言った。

「噴き上がった雲によって手が汗で濡れるとラジオで聞いたのを思い出すんだ。君の手のひらは汗で湿ってたよな？　暗示の力で病気になる者もいれば、そうでない者もいる。ダイラーの強さがどれほどでも、そんなのは重要じゃないかもしれない。それが手助けになると私が思えば、実際にそうなるだろう」

「ある程度はね」

「私たちは死について話してるんだ」私は囁いた。「まさに現実的な意味において、錠剤のなかに何が入っているかは重要じゃないんだ。砂糖かもしれないし、香辛料かもしれない。もてあそばれるのでもだまされるのでもいいさ」

「ちょっとばかげてない？」

「それはな、デニース、必死になってる人間に起こることなんだ」

沈黙が訪れた。私は彼女が、その必死さというのは必然的なものなのか、いつか自分が同じ恐怖を経験し、同じ試練を体感することはあるのかと問うのを待った。

そのかわりに彼女は言った。「強いか弱いかなんて重要じゃない。私は瓶を捨てたのよ」

「いいや、そんなことはない。どこだ？」

「ゴミ圧縮機に入れた」

「信じないぞ？　それはいつのことだ？」

「一週間ぐらい前よ。バーバが私の部屋に忍び込んで見つけるかもしれないと思ったの。だから片づけてしまうことにしたの。誰もそれが何かを私に教えたがらなかった、そうでしょ？　だから、缶や瓶や他のゴミと一緒に放り込んだの。それで圧縮したの」

「中古車みたいに」

「誰も教えてくれようとしなかった。そうしてくれるだけでよかったのに。私はいつもずっとここにいたのに」

「そうだ。心配するな。君は私によくしてくれた」

「だいたい八語で必要なことは言えたわ」

「あれがなくて、私はよかったんだ」

「私をだましたのは初めてじゃなかったんでしょ」

「君はまだ私の友達だろ」私は言った。

私は彼女の頭にキスしてドアに向かった。自分がひどく腹を空かせているのに気づいた。私は下の階に下りて食べるものを探した。キッチンの明かりがついていた。ヴァーノンがきちんと服を着てテーブルにつき、煙草を吸って咳をしていた。煙草の灰は二、三センチほどになり、傾きだしていた。これは彼の癖だった。灰をぶらさげておくのが。彼がそれをやるのは、他の人に不安と心配の感覚を抱かせるためだとバベットは思っていた。それは彼がくぐり抜けることになる無謀な天候の一部をなしていたのだ。

「ちょうど会いたかったやつが来た」

「ヴァーン、夜中ですよ。ちゃんと寝てないでしょう？」

「車のところに行こう」彼は言った。

「本気ですか？」

「今ここでは物事は内密にすましたほうがいい。そんな状況さ。この家は女だらけだ。それとも俺は間違ってるか？」

「今は我々二人だけです。いったい何を話したいんです？」

「女どもは寝ながら聞いてるのさ」彼は言った。

ハインリッヒを起こさないよう、私たちは裏口から出た。私は彼について家の脇の小道を進み、段差を下って私有車道に出た。闇のなかに彼の小型車が居座っていた。彼はタイヤの向こうまで行き、私はバスローブのすそを上げ、狭い空間に閉じ込められるように感じながら彼の隣に滑り込んだ。車内には車屋で感じる危険な蒸気のようなにおいが染みついていた。疲労した金属、燃えやすいぼろ切れ、焼けたタイヤのにおいが混じり合ったようだ。座席のカバーが裂けていた。街灯の光で、ダッシュボードや頭上に固定された機器からワイヤーが垂れているのが見えた。

「これを持っていてほしいんだ、ジャック」

「何をですか？」

「俺は何年も持ってた。もうあんたに持っていてほしいんだ。あんたにまた会えるかなんて誰にわかるってんだ？　どうでもいいさ。誰が気にするって？　たいしたもんか」

「車をくれるんですか？　車はいりませんよ。ひどい車ですし」

「今日《こんにち》の世界を生きる男の一人として、これまでの人生で武器を所持したことはあるか？」

「いいえ」私は言った。

「わかった。俺は自分に言い聞かせたんだ。ここに自己防衛のための手段を所持していない、アメリカで最後の男がいるぞ」

彼は後部座席の穴に手を伸ばし、小さな黒い物体を取り出した。右の手のひらにそれを置いていた。

「持ってけ、ジャック」

「これは何ですか？」

「持ち上げてみろ。感触を確かめるんだ。ちゃんと弾が入ってるぞ」

彼はそれを私によこした。愚かにも私はもう一度言った。「これは何ですか？」銃を手にするという経験にはどこか非現実的なところがあったのだ。私はそれを凝視し続け、ヴァーノンの動機はいったい何なのか不思議に思った。結局彼は死神の使者だったのか？　弾入りの武器。どれだけ素早くそれは私に変化をもたらしたことか。それを凝視し、名をつけるのを望まずにいたときにも、手を痺れさせた。ヴァーノンは何かを思いつかせようとあおっていたのか？　私の人生に斬新な構想を、計画を、はっきりとした形のある何かを与えようとしていたのか？　私はそれを返してしまいたかった。

「ちゃちな代物だが、本物の弾をはじける。あんたのような地位の男が銃に求められるのはまさにそれだけだろ。心配するな、ジャック。足はつきようがない」

「なぜ何者かがこれを追い回すんですか？」

「弾の入った銃を渡すときには、詳細についても知らせたほうがいいって思うんだ。今ここにあるこいつは二十五口径のツムウォルトのオートマティックで、ドイツ製だ。複身銃ほどの強烈さはないが、サイを倒しに出かけるなんてことはないだろ？」

「そこが重要です。私は誰を倒しに行くんですか？　どうして私にこんなものが必要なんですか？」

「こんなものなんて言うな。敬意を示せ、ジャック。こいつはよくできた武器なんだ。実用的で、軽くて、隠すのも簡単だ。自分の拳銃のことをちゃんと知るんだ。いつ使いたくなるかは時間の問題にすぎない」

「いつ私は使いたくなるんです？」

「俺たちは同じ惑星に住んでるのか？　今は何世紀だ？　どれだけ簡単にあんたの家の裏庭に入れたか見てみろ。俺は窓に穴を開けて、家に入る。俺はプロの追い剝ぎで、逃亡中のペテン師で、短い髭を生やした放浪者だったかもしれない。太陽を追いかける漂流タイプの殺人者かもしれないし、会社勤めの週末の殺人鬼かもしれない。さあ、選ぶんだ」

「たぶんあなたの暮らす地域では必要でしょう。持って帰ってください。私たちにはいりません」

「自分のためには戦闘用マグナムをベッドのそばにおいてあるんだ。一人の男の装備の配置によってどんな害が生じるかはあんたに言いたくはないがな」

彼は抜け目なく私を見た。私は再び銃を凝視した。これが世界における人間の強さを決定づける究極的装置なのだということがわかってきた。私は手のひらでそれをいじり、銃口の鉄臭いにおいをかいだ。ヴァーノン流の強さと幸福についての感性や個人的価値観とは無関係に、死に至らしめる武器を持つこと、それをうまく操ること、使用する準備ができ、使用する気があるということは人間にとって何を意味するのだろうか？　死に至らしめる隠された武器。それは秘密であり、第二の生であり、第二の自己、夢、呪い、陰謀、狂乱であった。

ドイツ製。

「バベットには言うなよ。あんたが銃を隠し持ってるのを知ったら、あいつは本当に気を悪くするからな」

「いらないですよ、ヴァーン。持って帰ってください」

「そこらに置いておいてもだめだぞ。子供が触れてしまうからな。あんたは差し迫った状況にいるんだ。賢くなれ。必要なときにすぐに取り出せるにはどこに置けばいいか考えるんだ。あらかじめ火元を把握するんだ。もし自分が侵入者の立場なら、どこから入って、どうやって貴重品に近づくか。もしあんたがいかれていたら、侵入者はどこからあんたに近づくかね？　いかれた人間は予測不可能だ。なにせ本人が自分が何をしてるかわからないんだからね。どこからでも近寄ってくるさ。木の幹からでも枝からでも。窓枠にとがったガラスの破片をまくことを考えるんだな。床にすぐに伏せられるようになっておくんだ」

「私たちのこの小さな街には銃なんかいらないんです」

「人生で今度だけは賢くなるんだ」彼は暗い車のなかで言った。「大事なのはあんたがほしがっているかどうかじゃない」

翌日の朝早く、道路工事のために作業員が来た。ヴァーノンはすぐに表に出て、彼らがアスファルトにドリルで穴を空け、残骸を運ぶのを眺め、煙の出る地面を平らにしているときには、彼らのそばにずっといた。作業員が去ると、彼の訪問は終わりを迎えたようで、勢いが弱まり、おとなしくなっていった。我々はヴァーノンが立っていた、今は何もない空間を目にした。彼は、まるで我々が密かに怒ったよそ者であるかのごとく、用心深く距離を取って我々を眺めていた。説明しようのない疲れが、我々の会話しようとする努力の周囲に漂っていた。

外の歩道でバベットは彼を抱きしめ、涙を流した。出発のために、彼は髭を剃り、車を洗い、首のあたりに青いバンダナを巻いた。彼女は泣き尽くすことができないようだった。彼の顔を見つめては泣いた。彼を抱きしめながら泣いた。発泡スチロールの手提げ箱にぎっしり詰まったサンドイッチと、チキンとコーヒーを彼に渡し、カバー彼がそれを座席からほじくり出された詰め物と、カバーに入った裂け目のあいだに置いたときに、泣いた。

「こいつはいい子だ」彼は私に気味悪く言った。

運転席について、彼はダックテールになった髪に指を通し、バックミラーで身だしなみを確認した。それからしばらく咳をし、痰《たん》を吐くことについてもう一つエピソードを披露した。バベットはさらに泣いた。我々は助手席側の窓に立ち、彼が背を丸めて運転の姿勢になり、ドアと座席のあいだでくつろぎ、左腕を窓にかけるのを眺めた。

「俺のことは心配するな」彼は言った。「ちょっと足を引きずるなんてどうってことない。俺の年だとみんな足を引きずる。ある年になると足を引きずるのは当然のことだ。咳も忘れてくれ。咳をするのは健康なことだ。痰を動かすんだ。痰は、一ヶ所にかたまって、何年もそのままでなければ、健康を害することはない。だから咳は大丈夫だ。不眠症もだ。不眠症も大丈夫だ。眠りから何を得るんだ？　一分眠ると、有意義なことをする一分を失うという歳なんだ。咳をしようが足を引きずろうがな。女のことは気にするな。女は大丈夫だ。ビデオをレンタルしてセックスしておくさ。心臓に血液が送り込まれるよ。煙草は忘れてくれ。俺は自分が何かをばれずにやってのけていると自分に言い聞かせるのが好きなんだ。モルモン教徒に煙草をやめさせてみろ。すると連中は同じぐらい悪い別のもので死ぬんだ。金は問題ない。収入についてはうまくやってる。年金もないし、貯金もないし、株もないし、債券もない。だからそれについて心配する必要はない。すっかり片はついている。歯のことは気にするな。歯は大丈夫だ。歯がゆるんできたら、舌でぐらつかせてやればいい。それで舌にはやることができるんだ。震えについては心配するな。いつだってみんな震えるんだ。いずれにせよ、左手だけだ。震えを楽しむには、それが誰か別のやつの手だってふりをすることだ。急に原因がわからずに体重が減るのは気にするな。見ることのできないものを食べることはできない。目のことは心配するな。今よりも目が悪くなることはない。頭のことは全部忘れてくれ。頭は体の先を行ってる。そういうふうになってるんだ。だから頭のことは心配するな。頭は大丈夫だ。車のことを心配してくれ。ハンドルがすっかり歪んでるんだ。ブレーキは三回リコールになった。ボンネットはでこぼこの地面で飛び上がる」

無表情だった。バベットは最後の話が面白いと思った。車の話だ。私はそこに立ち、彼女が愉快そうに、優柔不断に、よろよろと小さな輪を描くように歩くのを見て、驚いていた。彼がひょうきんに語る一方で、彼女が怯え、自身を守ろうとしていると感じられたのだった。

34

クモの季節がやって来た。部屋の天井近くのすみずみにクモがいるのだ。繭がクモの糸でくるまれている。光の純然たる戯《たわむ》れであるかのような踊る銀色の糸。はかない知らせとしての光、光をあてられた観念。二階から声が聞こえてきた。「さあご覧ください。ジョーニーはラルフの膝頭を武士道流の蹴りで折ろうとしています。彼女が技をかけ、彼が倒れ、彼女は走ります」

デニースはバベットに、ステフィが胸のしこりを定期的に調べていると言ってきた。バベットはそれを私に知らせた。

マーレイと私は、二人でする瞑想的な散歩の範囲を拡げた。ある日町中で、彼は斜め停めの駐車場に対して気恥ずかしそうに、少しうっとりとした。斜め停めの車の列は魅力的で、この国に特有であるという感じがした。こういった車の停め方は、たとえ車が外国製であったにしても、アメリカの町の風景に欠かせないものだった。その並び方は単に実用的なだけでなく、車だらけの街の路上で、前の車の後ろにつけるという性的な暴行をイメージさせる衝突の回避策にもなっていたのだった。

人間は今その場にいるところに対してもホームシックになりうる、とマーレイは言う。

ありふれた大通りの二階建ての世界。ゆるやかで、鋭敏で、穏やかに商業的で、戦前的だ。上の階では設計上のディテールに戦前の痕跡が生きている。銅の蛇腹に鉛枠小窓、安売り雑貨店の入口の上にはギリシア・ローマ風の壺のような蛇腹。

それを見て私は廃墟の法則のことを考えた。

私はマーレイに、アルベルト・シュペーアがローマの廃墟のごとく、華々しく見事に朽ちていく建造物を建てたがっていたと言った。錆びついた廃屋でも、ねじれた鉄クズでもなく。彼はヒトラーが後世の人間を驚かすようなものを気に入るだろうとわかっていた。彼は特別な素材——ロマンチックに崩れゆくだろうものだ——で造られることになる第三帝国の建物のスケッチを作成した。崩れた壁、フジが巻きついた短い円柱のスケッチを。廃墟は建設され、それは権力の原理の底流をなす背後のある種のノスタルジー、あるいは未来の世代のあこがれを組織する傾向を示していると私は説いた。

マーレイは言った。「僕は自分以外の誰のノスタルジーも信用しない。ノスタルジーは不満と怒りの産物だ。それは現在から過去へ連なる不満の堆積だ。ノスタルジーが強烈であればあるほど人間は暴力に近づく。戦争とは、人間が自国について何かいいことを言うよう追い詰められたときにノスタルジーが取る形態なんだ」

じめついた気候が続いた。私は冷蔵庫を開け、冷凍室を覗き込んだ。奇妙なガタガタという音がビニールでラップした食べ物、食べかけのものを覆う個室、レバーとリブを入れたジップロックの袋から聞こえてきた。それらはすべて、氷が張りついて光っていた。冷たく乾いたシューシューという音。何らかの元素が分解し、フロンの蒸気に変わっていくような音だった。奇妙で、静かで、執拗であるが、ほとんど意識には上らない《サブリミナル》もので、その音のおかげで私は冬をしのぐ人々のことを思い出し、冬眠生活とはどんなものかが感覚的にわかりそうな気になった。

周りには誰もいなかった。私はキッチンをうろつき、圧縮機の引き出しを開け、ゴミ袋のなかを見た。中身が漏れたつぶれかかった缶に、洋服ハンガーに、動物の骨に、その他のゴミ。瓶は割れて紙箱はぺしゃんこだ。製品の色彩は鮮やかさにおいても強烈さにおいても弱まってはいなかった。脂肪や汁やヘドロが押しつぶされた野菜類の層に染み渡っていた。私は自分が、発見物を道具の破片と洞穴のがらくたによりわけようとしている考古学者のような気がしていた。デニースがダイラーを圧縮してからだいたい十日を経ていた。その時期のゴミはほぼ確実に、これまでに取り出され、回収されてしまっただろう。たとえそうでなかったとしても、錠剤は確実に、圧縮機のハンマーで破壊されていただろう。

この事実は、のんきにゴミをあさることによって、私は単に時間をつぶしているだけだと自分に信じさせるための一助となった。

私は袋の折り返しの部分を開き、留め金をはずし、袋を持ち上げた。あらゆる悪臭が驚くほどの強さで私を襲った。これは我々のものだったのか？　これは我々に属していたのか？　我々がこれを創り出したのか？　私は袋をガレージに持って行き、中身をぶちまけた。圧縮されたものの数々が、まるで皮肉な現代彫刻のごとく居座っていた。大量にあり、ずんぐりして、嘲《あざけ》るかのようだった。私は熊手の柄で突き、コンクリートの床に中身を拡げた。一つ一つを手に取り、形の崩れた塊を拾い、自分がなぜ罪の意識を抱いているのか疑問に感じていた。

プライバシーの侵害であり、私的で、おそらくは恥ずべき秘密を暴《あば》いているのだ。みながジャガーノートのような機器に突っ込むことを選んだ物品のもろもろに気を散らされずにいるのは難しかった。だがなぜ私は家庭内のスパイのような気分になったのだろうか？　ゴミとはそれほどプライベートなものなのか？　それは本質的に、個人の情熱によって、個人の奥底の本性を示す証によって、秘密の願望とみじめな欠点を暗示する手がかりによって、輝きを増すのだろうか？　どんな習慣、フェチ、嗜癖、好みが？　どんな孤独な行いが、ルーティンワークが？　私は、大きな胸と男の生殖器を持った人物のクレヨンによるスケッチを見つけた。いくつかの結び目と輪のついた長い糸があった。最初はでたらめに作られたように思われた。もっとよく見てみて、輪の大きさと結びの具合（一重か二重か）と、輪のついた結び目と輪のない結び目との間隔のなかに複雑な関係を見出したように思えた。ある種のオカルト的な幾何学か、あるいは象徴的な強迫観念による花綱だった。私はタンポン入りのバナナの皮を見つけた。これは消費者の意識の隠れた暗部だったのか？　恐ろしい髪の毛の塊、石鹸、綿棒、砕けたゴキブリ、引き上げぶたのリング、膿《うみ》とベーコンの油で汚れた生理ナプキン、ほつれたデンタルフロスの糸、ボールペンの替え芯のかけら、いまだ食べ物が突き刺さっている爪楊枝といったものと遭遇した。キスマーク入りの男性用パンツが切り刻まれたものがあった。おそらくグレイビュー・モーテルの土産物だろう。

しかし、ばらばらになった琥珀色の小瓶や円盤状の錠剤の残留物といったものの痕跡はどこにも見当たらなかった。そんなことは重要ではなかった。化学物質の助けなどなくとも、向き合わねばならないいかなることにも、私は向き合っただろう。バベットはダイラーを愚か者のための黄金と言っていた。彼女は正しかったし、ウィニー・リチャーズは正しかったし、デニースは正しかった。みな私の友達で、みな正しかった。

私はもう一度健康診断を受けることにした。結果が出ると、私はチャクラヴァーティ医師にかかるため、医療棟の小さな診療所まで行った。彼はそこに座って印刷した資料を読んでいた。ふくれた顔に影のような黒い目をした男で、その長い両手は机の上に置かれ、頭をわずかに揺らしていた。

「またいらしたのですね、グラッドニーさん。最近はとてもよく来てくださいますね。ご自身の立場について真剣に考える患者さんがいるとわかるのは結構なことですね」

「どのような立場ですか？」

「患者としての立場ですよ。人は自分が患者だということを忘れがちなんです。ひとたび診療所か病院を出ると、彼らはただそのことを頭から放逐してしまいます。でもその人たちはみな、好むと好まざるとにかかわらず、つねに患者なのです。私は医者であり、あなたは患者です。医者は一日の終わりに医者を辞めるわけではない。患者も同じであるべきです。人々は医者に、最大限の真剣さと技能と経験によってことにあたるよう求めます。ですが、患者についてはどうでしょう？　患者はいかにしてプロになるのでしょうか？」

徹底して単調にこうしたことを言うあいだ、彼は印刷物から顔を上げることはなかった。

「カリウムの数値が芳しくないですね」彼は続けた。「ここを見てください。星のマークのついている、かっこに入った数字です」

「これはどういうことなんですか？」

「今の段階であなたが知っても意味はありません」

「前のカリウムの数値はいくつだったんですか？」

「実はだいたい平均的です。でもおそらくこれは擬似上昇でしょう。私たちは血液全般を扱っています。ゲル障害の問題があります。これがどういうことだかおわかりですか？」

「いいえ」

「説明する時間はありません。私たちには真正の上昇と擬似上昇があります。あなたに知っていただかねばならないのはそれだけです」

「カリウムは正確にはどれぐらい上昇しているんですか？」

「明らかに天井を超えてしまっています」

「これは何の徴候かもしれないのですか？」

「何でもないかもしれないし、非常に大きいことかもしれません」

「どれぐらい大きなことですか？」

「さて、私たちは意味論へと入り込んでいますね」彼は言った。

「私が知ろうとしているのは、このカリウムの数値から何らかの症状が現れてきたということがわかるのかということです。摂食や被曝、流出したもの——つまりは空中や雨のなかの物質ということですが——を望まずに摂取することで発生する症状がです」

「実際にあなたはその種の物質と接触したのですか？」

「いいえ」私は言った。

「確かですか？」

「絶対にです。なぜです？　数値によって何かに被曝したことが示されていますか？」

「あなたが被曝していないなら、数値に何かが現れるわけがない、そうですよね？」

「なら我々は一致していますね」私は言った。

「グラッドニーさん、正直におっしゃってください。気分はどうですか？」

「自分でわかるかぎりでは、とても気分がいいです。最高です。比較して言えば、ここ数年より調子がいいです」

「比較して言えばとはどういうことですか？」

「自分が年取ったということを考慮するとです」

彼は私を注意深く見た。彼は私をにらみつけようとしているように見えた。それから彼は私の記録に何かを書き込んだ。私は言い訳のできない連続欠席の件で校長先生と向き合っている子供なのかもしれなかった。

私は言った。「どうすれば数値の上昇が真正なのか擬似なのかわかるんですか？」

「あなたにはさらなる検査のためにグラスボロまで行っていただきます。よろしいですか？　オータム・ハーヴェスト・ファームズという最新の施設があるんです。ぴかぴかの新しい機器があります。がっかりなさることはないでしょう。そこで待ち、見てもらってください。機器は輝いてますよ、確実に」

「わかりました。でも気にしなければいけないのはカリウムだけですか？」

「あまりご存知でないほうがいいんです。グラスボロに行ってください。徹底的に調べるよう言うんです。あらゆる手を尽くすようにね。あなたがまた私のところに来るときに持ってくる、封をした結果をくれるよう伝えてください。私はその結果を細部まで緻密に分析します。徹底的に仕分けしていきますよ。ハーヴェスト・ファームズにはノウハウがあり、もっとも精密な機器があります。お約束しますよ。第三世界最高の専門家たちによる最新の処置です」

彼のまぶしい笑顔が木になった桃のようにぶら下がっていた。

「一緒に、医者と患者として、私たちはそれぞれがばらばらにはできないことをやりましょう。予防はするに超したことはありません。一オンスの予防という言い方のとおりです。これはことわざだったか、格言だったかな？　教授ならきっと教えてくださいますね」

「考える時間がいるな」

「いずれにせよ、予防はいいことです。そうでしょ？　ちょうど『アメリカの葬儀屋』の最新号を見たところなのですがね。ひどく衝撃的な写真が載っていました。あの業界はかろうじて大変な数の死者を収容しているにすぎないのです」

　バベットは正しかった。チャクラヴァーティはとても綺麗な英語を話す。私は帰宅してものを捨て始めた。釣りのルアーを、壊れたテニスボールを、やぶれた旅行鞄を捨てた。屋根裏を探し回って、古い家具、捨てたランプのかさ、ねじ曲がったついたて、曲がったカーテン用のレールを見つけた。写真の枠、靴型、傘立て、張り出し棚、子供用食事椅子にベビーベッド、折りたたみテーブル、クッション、壊れたターンテーブルを捨てた。壁紙を、色褪せた文房具を、自分の書いた記事の草稿を、同じ記事のゲラ刷りを、記事が掲載された雑誌を捨てた。捨てれば捨てるほど多くを見つけてしまった。この家は古く、くたびれたものが詰まったセピア色の迷宮だった。物事の莫大さ、過度の重さ、結びつき、死すべき定めが存在していた。私は部屋部屋を闊歩し、段ボール箱にものを放り込んでいった。プラスチックの扇風機に、焼け焦げたトースターに、『スター・トレック』の刺繍入りレース。すべてを歩道に出すのに優に一時間はかかった。誰も手伝わなかった。私は手伝いも仲間も人からの理解も求めていなかった。単にものを家の外に出してしまいたいだけだった。私は玄関の段差に一人で腰を下ろした。周りの空気になじむために、気が落ち着き、穏やかになれるのを待っていた。

　道を通りかかった女が言った。「点鼻薬、抗ヒスタミン薬、咳止め、痛み止め」

35

　バベットはラジオのトーク番組を延々と聞いていた。

「自分の顔が本当に嫌なんです」女が言った。「何年間もずっと私を離さない問題なんです。与えられうる顔のなかで、見た目で言えばもう最悪のものに違いないです。でもどうすれば見ないでいられるでしょう？　周りから鏡を全部なくしたとしても、それでも見る方法がきっと見つかってしまう。一方で、どうすれば見ずにいられるか？　でも他方で、私はそれを嫌がっています。つまり、結局私は見てしまう。それが自分の顔だから？　当然ですって？　私はどうすればいいんでしょうか？　それがそこにあるということを忘れるか、別の誰かの顔だということにしてしまうか？　メル、私がこの電話でしようとしているのは、自分の顔を受け入れるのに問題を抱えた人を他に見つけることなんです。最初にいくつか質問があります。生まれる前は人はどんな見た目だったのか？　人種や肌の色は関係なしに、死後には人はどんな見た目になるのか？」

バベットはほとんどいつもスウェットスーツを着ていた。シンプルな灰色のよそおいで、ゆるやかでだらりとしていた。彼女はそれを身にまとって料理をし、子供を車で学校に送り、それを着て金物店や文房具店に行っていた。私はそれについてしばらく考えてみて、特に目立って奇妙なことはないという結論に達した。心配することは何もないし、彼女が無気力や絶望に浸っていると考える理由も何もない。

「気分はどう？」私は言った。「本当のことを言ってくれ」

「本当のことって何？　私はワイルダーともっとたくさん一緒にいることにするの。ワイルダーのおかげでなんとかやっていけてるわ」

「君がもとどおりの健康で社交的なバベットに戻るのを期待してるよ。私には君と同じくらい、以前のバベットが必要なんだ。君が必要とする以上にとは言わないけど」

「必要って何？　私たちはみな必要としてるの。それのどこが特別なの？」

「君の気分は基本的には変わってないか？」

「私が死に至る病かってこと？　恐怖は消えてないわ、ジャック」

「我々は活発でいないとな」

「活発もいいけど、ワイルダーはもっといいわ」

「思い込みかもしれないが」私は言った。「前よりもあの子は話さなくなっていないか？」

「十分話してるわよ。話すって何？　話してほしいと思わない。あの子が話さないのは、それだけいいことよ」

「デニースは君のことを心配してるよ」

「誰が？」

「デニースだ」

「話はラジオでよ」彼女は言った。

デニースは母親が日焼け止めを分厚く塗ると約束しないかぎり、外に走りにいくのを認めなかった。あの子は母親を追いかけて家を出て、バベットの首の後ろにローションの最後の一滴をかけ、次につま先で立ち、それをならしていった。彼女は日にさらされたあらゆる部分に塗ろうとした。眉毛にもまぶたにも。二人はそれが必要かどうかについて熾烈に言い争っていた。デニースは、母親日光は色白の人間には危険なものだと語っていた。母親はこんなことは全部病気の宣伝にすぎないと主張していた。

「それに私は走るのよ」彼女は言った。「定義上、走る人間はただ立っていたり歩いていたりするだけの人よりも、有害な日の光を浴びにくいの」

デニースは私のほうを向き、両腕をばたつかせ、体の動きで私にあの女を正してやるよう懇願していた。

「最悪の日の光って直射のものよ」バベットは言った。

「ていうことは、速く動けばそれだけ、部分的にしか当たらないし、さっとかすめる光やそれた光しか浴びないですみそうでしょ」

デニースは母親の口を開いたままにし、膝を曲げた。実のところ、私は母親が間違っているのか確信が持てなかった。

「企業の抱き合わせ広告でしょ」バベットは要旨を述べた。「日焼け止め、マーケティング、恐怖、病気。どれか一つがなくなれば、他も意味がなくなる」


私はハインリッヒとその蛇仲間のオレスト・メルカトルを商業地区まで夕食に連れ出した。午後の四時で、オレストの訓練プログラムにおいて、一日のいちばんメインの食事に割り当てられた時間だった。彼の希望で、我々はヴィンセンツ・カサ・マリオに行った。窓の細い要塞のような建物で、沿岸の防衛システムの一部をなしているかのようだった。

私は自分がオレストと蛇のことを考えているのに気づき、彼ともっと話す機会を求めていたのだった。

我々は血のように赤いボックス席に座った。オレストはがっしりした手でふさのついたメニューをつかんだ。肩幅は前よりも広くなり、真面目そうな顔がそのあいだに沈んでいた。

「訓練はどうかな?」私は言った。

「ちょっとスピードを落としてるところです。あんまり早くピークに達したくもないので。自分の体をどうすればいいかはわかってますしね」

「ハインリッヒが教えてくれたが、君はケージに入るときに備えて座ったまま寝てるんだってね」

「それはもう完璧です。今は別のことをやっています」

「どんな?」

「炭水化物を詰め込んでいます」

「だからここに来たんだ」ハインリッヒが言った。

「毎日あとちょっと多く詰め込んでいます」

「ケージでものすごいエネルギーを燃焼することになるからなんだ。用心しなきゃだったり、マンバが近づいたら気を張らなきゃだったり、そういったことで」

　我々はパスタと水を注文した。

「教えてくれ、オレスト。そのときが近づくほど心配になりだすかい?」

「心配ってどんなですか? 僕はただケージに入りたいだけです。早いほうがいい。それがオレスト・メルカトルのすべてですよ」

「不安じゃないのか? 起こるかもしれないことについて考えないのか?」

「彼は前向きでいるのがお好《この》みなんだ」ハインリッヒが言った。「今日ではスポーツ選手はそうなんだ。暗いことをくよくよ考えないって」

「なら教えてくれ。暗いことって何なんだ? 暗いことを考えるときに、君がどんなことを考えているのかを?」

「僕が考えているのはこんなことです。自分は蛇がいなければ、何者でもない。それがたった一つの暗いことです。暗いこととは、それが訪れないかもしれない、人間社会が僕をケージに入れさせないかもしれないということです。入れさせてもらえないなら、僕はどうやって自分のすることに全力を尽くせるのでしょう?」

　私はオレストの食べ方を見るのが好きだった。彼は空気力学の原則に従って食べ物をむさぼっていた。圧力差と摂取速度。彼は静かに決然と食べ物に向かっていた。食べ物を口に運び、集中し、舌の上をデンプンの塊が滑るたびに、さらに尊大になっているように見えた。

「噛まれるかもしれないというのはわかってるよな。前に会ったときに話した。毒牙が君の手首に迫ったあとに何が起こると思う。君は死ぬことについて考えるか? それが私の知りたいことだ。君は死に怯えるか? 死で頭がいっぱいになるか? 何を訊きたいかはっきり言おう、オレスト。君は死を恐れているか？　君は恐怖を感じるか？　恐怖で震えたり、汗をかいたりするか？　ケージのこと、蛇のこと、毒牙のことを考えて、部屋中に闇が落ちたと感じることはあるか？」

「ちょうどこの前に読んだのは何だったかな？　今までの世界の歴史のすべてを合わせても、今日の死者のほうが多いんです。あと一人増えたからってどうなんですか？　オレスト・メルカトルの名前を記録に残そうと挑戦してるあいだに僕は死ぬんです」

私は息子を見た。私は言った。「彼は今に至るまでの人類の全歴史を合わせたよりも、この二十四時間以内の死者のほうが多いと言おうとしてるのか？」

「今日の死者が今までのを足したのよりも多いって言ってるんだよ」

「死者って何だ？　死者を定義してくれ」

「今死んでいる人のことを言ってるんだ」

「今死んでる人ってどういうことだ？　死んでる者はみな、今も死んでる」

「お墓の下の人のことを言ってるんだ。明らかになっている死者だ。数を数えられる人のことだよ」

私は熱心に聞いて、二人が言わんとすることを把握しようとした。オレストのもとに二品目の料理が届いた。

「だがときに人間は何百年も墓にいるじゃないか。他のどんなところよりも墓のなかに死者が多くいると彼は言ってるのか？」

「他のどんなところってのがどういうことか次第さ」

「どういうことかなんて知らん。溺れたやつは。爆弾でばらばらになったやつは」

「これまでよりも、今では多くの死者がいる。彼が言ってるのはそれだけさ」

私はしばらく息子を見た。それからオレストのほうを向いた。

「君はわざと死に向かっている。まさに人がそれを避けようと日々を費やしていることに、君は取り組みだしたんだ。死ぬということに。なぜなのか知りたいんだ」

「トレーナーが言うんです。『息をしろ、考えるな』と。彼は言います。『蛇になるんだ。そうすれば蛇の動きのなさがわかるだろう』って」

「彼は今、トレーナーについてるんだ」ハインリッヒが言った。

「陽気な《サニー・》イスラム教徒《モスレム》とかいう人ですよ」オレストが言った。

「アイアンシティでは空港近辺に陽気《サニー》なやつらがいるんだ」

「陽気《サニー》な連中といったらたいていは韓国人ですが、たぶん僕のトレーナーはアラブ人だと思います」

私は言った。「統一教会員《ムーニー》はたいてい韓国人だと言おうとしたんじゃないのか？」

「彼はサニーです」オレストは言った。

「だが、たいてい韓国人なのはムーニーだ。もちろんみながそうではないが。指導者たちだけの話だ」

二人はそれについて考えていた。私はオレストが食べるのを見た。彼がスパゲッティを喉《のど》に押し込むのを見た。真面目そうな顔は動きがなく、機械的に動くフォークから落ちる食べ物の入口となっていた。彼の目的はいったい何なのか、動きを固定することでいかなる意味を追求しているのか。もし各人が自分という存在の中心であるならば、オレストは中心を拡大し、それをすべてに拡げるのに集中しているように思われた。これがスポーツ選手のすることなのか？　己をより完全に征服することが？　我々がスポーツとはほとんど関係のない勇敢さに嫉妬することはありうる。危険に向き合うにあたって、彼らは深い意味でそれを回避し、天使のような視野を持ち、日々の死を自由に飛び越えるのだ。だがオレストはスポーツ選手なのか？　彼はただ座っているだけだ。ガラスのケージに六十七日間座り、公衆の面前で嚙まれるのを待つのだ。

「君は自分を守れないだろうな」私は言った。「それだけじゃなく、君はケージのなかで、地上でもっともぬめって、恐れられ、胸糞の悪い生き物と一緒になるんだ。蛇とだ。人は蛇の悪夢を見る。這《は》って、滑って、冷血で、卵を産む爬虫類のだ。人は精神科に通う。蛇は我々の集合的無意識において特別なぬめった地位を占めている。それで君は自ら、世界でもっとも毒の強い蛇三十四か四十四とともに閉ざされた空間に入るんだ」

「ぬめったってどういうことですか？　蛇はぬめってなんかいませんよ」

「よく言われている、ぬめってるって話は実は間違いなんだ」ハインリッヒは言った。「彼は五センチの毒牙のガボンクサリヘビとケージに入るんだ。それにたぶん十匹以上のマンバも。たまたまだけどマンバは世界でいちばん速く陸上を動く蛇なんだ。ぬめってるってのは重要じゃないと思うけど？」

「まさにそれが私の言いたいことだ。毒牙だ。蛇に嚙まれる。年間五万人が蛇に嚙まれて死んでいる。昨日の夜テレビで言ってた」

「昨日の夜テレビではあらゆることが言われてますよ」オレストは言った。

この返しには感心した。思うに、私は彼自身にも感心していたのだろう。彼はタブロイド紙が求めるようなものを越えて威厳ある自己を創り出しているところなのだ。絶え間なく訓練し、自分を三人称で語り、炭水化物を詰め込む。トレーナーがいつもそばにいて、友人たちがすさまじい危機のオーラに引き寄せられる。そのときが近づくにつれ、彼は生命力を増していくのだろう。

「彼のトレーナーは昔流に呼吸するにはどうすればいいか教えてるところなんだ。サニー・モスレム流のやり方だよ。一匹の蛇は一つのものでしかない。一人の人間は千の何かでありうるんだ」

「蛇になるんだ」オレストは言った。

「みんなが興味を持ち始めてる」ハインリッヒは言った。「建造が始まったみたいな感じだ。彼は本気でうまくやってしまいそうだし、今やみんな彼を信じてるみたいだ。男のなかの男だよ」

もしも己が死であるのなら、己はまたいかにして死よりも強くなれるのか？

勘定を頼んだ。関係もないのにグレイ氏が頭をよぎった。灰色のパンツと靴下姿で雨に濡れたイメージだ。私は財布から何枚か紙幣を出して、何かくっついていないか確認するため指で強くこすった。モーテルの鏡には妻の全身が映っていた。白い肌で、胸をさらし、ピンク色の膝に、つま先。乱交パーティ中の大学二年生のチアリーダーみたいに、ペパーミント色のレッグウォーマーだけを身につけていた。

帰宅すると、彼女は寝室でアイロンをかけていた。

「何をしてるんだ？」私は言った。

「ラジオを聞いてるの。ただちょうど終わったんだけど」

「君がもうグレイ氏の話は終わったと思っていたとしても、今、話すときだ」

「複数人の集合体としてのグレイさんのことを話すの？それともグレイさん個人のこと？　それでぜんぜん話が違ってくるわ」

「まったくそのとおりだ。デニースが薬を圧縮したよ」

「それって集合体のほうとは、私たちは完全に手を切るってこと？」

「それがどういうことなのかはわからないが」

「あなた、自分の男としての興味をモーテルにいた個人としてのグレイさんに向けてるの？」

「そんなことは言っていない」

「言う必要はないわ。あなたは男よ。男は人を殺す憤怒への道に進む。それは生物学的な道ね。単純で愚かしく盲目的な男の生理という道よ」

「ハンカチにアイロンなんてかけながら、たいそうなうぬぼれだな」

「ジャック、あなたが死ぬときは、私はただ床に倒れてずっとそこにいるわ。最後には、たぶんかなり経ってから、誰かが暗いなか床にかがんでいる私を見つけるでしょうね。しゃべらないし、動かない女を。でもそれまでのあいだ、私はあなたがあの人を、それか彼の薬を探す手伝いはしない」

「アイロンをかけて刺繍をする者の変わることなき英知だな」

「どっちを求めているのかを自分に訊いてみて。太古からの恐怖を消すことか、それとも子供じみて愚かな、傷つけられた男のプライドの恨みを晴らすことか」

私は廊下に出てステフィが荷造りを終えるのを手伝った。スポーツ・アナウンサーが言った。「ブーイングじゃありません。みんなは『ブルース、ブルース』と言っています」デニースとワイルダーも一緒だった。私は何か隠しているような雰囲気から、デニースが離れて暮らす親を訪問するときの秘密のアドバイスをしていたのだと推測した。ステフィのフライトはボストン発で、アイアンシティからメキシコシティまでのあいだに二度着陸することになっていた。だが飛行機の乗り換えの必要はないので、どうにかなるだろうと思えた。

「どうすればママだってわかるかな？」

「去年も会ったじゃないか」私は言った。「ママが好きだったろ」

「もしもママが私を帰さなかったら？」

「そんなことを教えてくれたのはデニースだよな？　ありがとう、デニース。心配ない。ママは君を帰すよ」

「もしそうしなかったら？」デニースが言った。「そういうことは起きてるでしょ」

「今回はそんなことにはならない」

「ステフィを誘拐して取り戻さなきゃいけなくなる」

「そんな必要はない」

「もしそうなったら？」ステフィは言った。

「やってくれるの？」デニースは言った。

「百万年経ってもそんなことは起こらないよ」

「ずっと起きてる」彼女は言った。「片方の親が子供を連れて行って、もう片方の親が子供を取り戻すために誘拐犯を雇う」

「もしママが私を帰さなかったら」ステフィは言った。

「パパはどうするの？」

「メキシコに人を送らなきゃいけなくなる。できることはそれだけね」

「でもするのかな？」彼女は言った。

「君のママは、自分じゃ君の面倒を見られないってわかってるよ」私は言った。「いつも旅してるんだ。そんなの論外さ」

「心配しないで」デニースはステフィに言った。「ここで何を言ってても、もしもそうなったらあなたを取り戻すから」

ステフィはかなりの興味と好奇心を抱きながら私を見てきた。私は彼女に、パパがメキシコまで行って、君を取り戻すためにどんなことでもすると言った。彼女はデニースを見た。

「誰か雇ったほうがいい」年長の女の子が助け船を出した。「そうすれば前にやったことのある人を使える」

バベットが来てワイルダーを拾い上げた。

「ここにいたのね」彼女は言った。「ステフィと空港に行かないと。そう、みんなで。そうそう」

「ブルース、ブルース」

翌日、有害な臭気を理由とした避難訓練をすることになった。SIMUVACの車が至るところに見えた。マイレックスの防護服を着た男たちが道を巡回し、彼らの多くは被害を測定するための機器を運んでいた。避難について考察するこのコンサル会社は、スーパーの駐車場に停まった警察のバンにボランティアを少人数集め、彼らの状態がコンピューターの画面に映し出されていた。三十分ほど、何人かに自ら吐き気を催《もよお》させ嘔吐させていた。その場面はビデオテープに録画され、分析のためどこかに送られた。

三日後には、本物の有害な臭気が川のあたりを漂ってきた。一度立ち止まってじっくりと考えてみようという雰囲気が町に定着したように思われた。車の通行速度は落ち、運転手は極めて礼儀正しくなった。公的な措置がとられる様子はなく、小型バスも原色に塗られた介助サービスカーもいなかった。人々はお互いを直接見るのは避けた。鼻孔を突くいまいましい痛み、舌を突く銅の味。時が経つにつれ、無為無策への意志が深まり、堅固なものとなったようだった。自分が何かしらのにおいを感じたことを否定する者もいた。においというのはいつもそんなものだ。自分たちが何もしないことの皮肉を努めて見ないようにしている者もいた。彼らはSIMUVACの訓練に参加したのに、今は逃げる気にならないのだ。何が臭気をもたらしたのか疑問に感じる者がいて、不安そうな者がいて、専門家が来ていないのだから何も心配する必要などないと言う者がいた。我々の目からは涙が流れ始めた。

我々が最初にそれに気づいて三時間してから、蒸気が突然移動し、公《おおやけ》の協議が不要となった。

36

私はたびたび、寝室に隠したオートマティック式のツムウォルトのことを考えていた。

虫が鬱陶しい季節が到来した。軒からイモ虫がぶらさがる白い家々。私有車道の白い石の数々。夜に道の中央を歩くと、電話で話す女たちの声が聞こえてくる。暖かくなると闇のなかに声が生じる。彼女らは思春期の息子のことを話している。どれだけ大きいか、どれだけ機敏か。息子とはほとんど恐怖に等しいものなのだ。食べる量。玄関からどんなふうに入ってくるか。今は虫だらけの季節だ。芝生にいて、羽目板に張りつき、空中にぶら下がり、木と軒にぶら下がり、網戸に張りついている。女たちは遠くに住む親に成長中の孫息子の話をしている。彼女らはトリムライン型の電話機を共有していた。手編みのセーターを着て、固定収入のある陽気な老人たち。

コマーシャルが終わると、その連中に何が起きるのか？

ある晩私にも電話がかかってきた。オペレーターが言った。「マザー・デヴィさんから、ジャック・グラッドニーさんにコレクト・コールです。お受けしますか？」

「やあ、ジャネット。何の用だ？」

「ただの挨拶よ。どうしてるか聞きたくて。ずっと話してなかったし」

「話す？」

「スワーミーがね、私たちの息子がこの夏は僧院に来るのか知りたがってて」

「私たちの息子？」

「あなたの息子であり、私の息子であり、彼の息子でもある。スワーミーは信徒たちの子は自分の子だと考えているの」

「先週、娘をメキシコに行かせたんだ。娘が戻ったら息子の話もする気になるだろうな」

「スワーミーは、モンタナは男の子にはいいところだろうと言ってるわ。よく成長して、体も大きくなるだろうって。今は感じやすいお年頃でしょ」

「なぜ電話してきたんだ？　ジャック。ここではお互いに挨拶のためだけよ、真面目な話」

「挨拶するの」

「そいつは雪のように白い髭をたくわえた、うさんくさい導師《スワーミー》といった連中の一味か？　見るとおかしく思ってしまうような」

「ここの人たちは真面目よ。歴史のサイクルはたったの四周期。私たちはたまたま最後の周期にいるの。うさんくさいことなんてやってる時間はないわ」

彼女の小さくてかん高い声が静止軌道上にある衛星から跳ね返ってきた。

「もしハインリッヒがこの夏そっちに行きたがるなら、私はかまわない。馬に乗せてやったり、鱒《ます》を釣らせてやったりしてくれ。だが私は、あいつに宗教のような個人的で強烈なものに巻き込まれてほしくはない。ここらでもすでに誘拐の話がある。みな神経質になっている」

「最後の周期は暗黒時代よ」

「わかった。さあ、何が望みか教えてくれ」

「別に何も。私には何でもあるし。心の平安も、目的も、本当の友情も。ただ挨拶したかっただけよ。あなたに挨拶をね、ジャック。あなたが恋しくて。声が聞きたくて。ちょっと話をして、少しのあいだでもわずかでもいいから思い出話に浸りたかっただけよ」

私は電話を切って、歩きに出た。女たちは明かりのついた家のなかにいて、電話で話していた。スワーミーの瞳は輝いていたのだろうか？　彼は私がうまく応じられなかった息子からの問いに答えられるのだろうか？　私のように口喧嘩や議論をあおれるほどの信頼関係を築くことができるのだろうか？　暗黒時代はどれほど終わりに近づいているのか？　それは徹底的な破壊を意味するのか？　ある夜、存在するものがすっかり飲み込まれ、私も一人で死ぬことに怯える必要がなくなるということなのか？　私は女たちが話すのを聞いていた。あらゆる声に、あらゆる心を。

帰宅すると、バベットがスウェットスーツを着て、寝室の窓のそばで夜を見つめているのに気づいた。

ヒトラー学会の登壇者が到着し始めた。およそ九十名のヒトラー学者が、講義に参加し、パネルに登壇し、映画を見てと、この学術会議で三日間を過ごすのだ。彼らは透明の薄いプラスチックケース入りのゴシック体による名札を襟《えり》につけて、キャンパス内を回る。ヒトラーについて世間話をし、総統用防空壕《フューラーブンカー》での最後の数日間にまつわる定番の噂話で盛り上がるのだ。

幅広くさまざまな国、地域から来ているにもかかわらず、それぞれの参加者が非常に似通っているのを目にするのは興味深かった。彼らは明るく、熱心で、笑うときに唾を飛ばし、時代遅れな服装をし、平凡で、時間を守る人間で、甘い物が好きなようだ。

私は彼らを殺風景なまでに現代的な礼拝堂で迎えた。私はメモを見ながら五分間ドイツ語を口にした。主にヒトラーの母親、兄弟、犬のことを話した。彼の犬の名はウルフだった。この単語は英語でもドイツ語でも同じだった。私が講演で使った単語の大半は英独両語で同じか、ほとんど同じものだった。私は数日かけて、辞書を見ながらその手の単語をリスト化していった。発言内容は必然的に支離滅裂で奇妙なものだった。何度もウルフに言及し、母親と兄弟にさらに言及し、わずかに靴と靴下に、ジャズ、ビール、野球に言及した。もちろんヒトラー自身もいた。私はたびたびその名を口にし、あやふやな構文を目立たないものにしてくれるのを願った。

残りの時間、ドイツ人が集団になっているところを避けるよう努めた。黒いガウンにサングラスという出で《い》立ちで、ナチ式フォントによる名札を胸にしていても、彼らを前にし、彼らが耳障《ざわ》りな音を発し、単語を口にし、重金属的な声を出すのを聞くと、私は及び腰になり、死を身近に感じた。彼らはヒトラーについて冗談を言い、トランプでピノクルをした。私にできたのは適当に単音節の単語をつぶやき、空虚に笑いながら体を揺することだけだった。私は多くの時間を自分の研究室に隠れて過ごした。

肌着が積み重なる下に熱帯の昆虫のごとくひそむ拳銃のことを思い出すたびに、私はささやかだが強烈な感覚が自分の内を通り過ぎる気がした。気持ちのいいものなのか、恐ろしいものなのかは確信が持てない。それは特に子供のときに知っていたものだった。秘密を持つという深みある刺激。

　拳銃というのはなんとこざかしい装置か。とりわけ非常に小型なものは。人目についてはいけない狡猾なもので、所持する男の秘密の履歴となっている。私はダイラーを探しながら、数日前にどう感じていたか思い出した。まるで家族の出したゴミを調べるスパイのようだった。私は少しずつ秘密の生活に耽ろうとしていたのか？　私はそうすることが、暴力的にせよ非暴力的にせよ、思いがけず自分に降りかかった災難や、そうしたものを決定する原理や力や混沌に対する、最後の防衛になると考えていたのだろうか？　おそらく、私は前の妻たちと、その諜報機関とのつながりについて理解し始めていたのだった。

　ヒトラー学者が集まり、動き回り、がつがつと食べ、大きな歯を見せて笑った。私は暗いなか自分の机に座り、秘密のことを考えていた。秘密とは、出来事を自身の思いどおりにできるような夢の世界へのトンネルなのだろうか？

　夕方には、娘の乗る飛行機を迎えるために、空港まで急いで向かった。彼女はおおはしゃぎで幸せそうで、メキシコのものを身につけていた。娘が言うには、母親に書評用の本を送ってくる連中は彼女に暇を与えなかった。ダナは毎日分厚い小説を複数冊受け取り、書評を書き、それをマイクロフィルムに収め、秘密のアーカイブに送っていた。彼女は神経過敏と周期的に訪れる極度の精神疲労について文句を口にしていた。ダナはステフィにこの苛酷な状況から脱することを検討していると言っていた。

　朝には私はグラスボロに急行し、医者の助言に従って、さらなる検査をオータム・ハーヴェスト・ファームズで受けることにした。このような出来事がどれほど真面目なものかは、分析用に集めてくるよう指示された体内からの排出物の数に正比例していた。私はいくつか標本入りの瓶を持ってきていた。それぞれに憂鬱な排泄物だか分泌物だかが入っていた。車の小物入れには不気味なプラスチックのロケットだけが入れられていた。私はそれをうやうやしく三重にしたポリ袋に入れていた。口はしっかりと縛ってある。そこにはあらゆる排泄物のうちでもっとも厳粛なものが塗りつけられていた。異国情緒を感じさせる世界の宗教に私たちが結びつけるようになった敬意や畏怖や恐怖の入り交じった気持ちで、それは担当の専門家に確実に見てもらえるのだ。

だがまずは、どこなのか見つけねばならなかった。それは白い煉瓦の実用重視の建物だとわかった。一階建てで、床は厚板で、照明は明るかった。なぜそんな場所がオータム・ハーヴェスト・ファームズなどと呼ばれていたのか？　きらめく精密機器の無機質さとバランスを取るためにそうしたのか？　奇妙な名前によって、我々をだまして前癌状態だと思い込ませようとしていたのか？　オータム・ハーヴェスト・ファームズという名の施設で、いかなる症状と診断されると我々は予測するだろうか？　百日咳か、偽膜性喉頭炎か？　ちょっとしたインフルエンザのようなものか？　ベッドで休み、ヴィックスヴェポラップ軟膏による胸のマッサージが必要になるような、おなじみの古農家での苦難。誰かが『デイヴィッド・コパフィールド』からその部分を読み上げてくれるのだろうか？

私は恐れを抱いていた。彼らは私のサンプルを持って行き、コンピューター機器の前に座らせた。画面上の質問に答えて、私は自分の生と死の物語について少しずつ打ち込んでいった。答えるたびに、容赦なくさらなる質問がセットで、さらにまた別のセットでと続いていった。私は三度嘘をついた。彼らは私にだぶついたよそおいを着せ、身分証としてリストバンドを着けさせた。身体測定、血液検査、脳波測定、心臓の血流の記録のために、彼らは私に狭い廊下を進ませた。各部屋で検査が行われ、部屋が変わるたびに、前の部屋よりもわずかに狭くなり、照明がけばけばしくなり、家具類が少なくなってきているような気がした。必ず新しい専門家が出てきた。迷路のような廊下には決まって自分と同じく無表情な患者たちがいて、同じガウンをまとって部屋から部屋へと移動していた。誰も挨拶などしなかった。彼らは私をシーソーのような装置に乗せ、上げたり下げたりし、六十秒間高いところにいさせた。近くの装置から資料が一枚印刷されて出てきた。彼らはランニングマシーンに私を乗せ、走れ走れと言った。機器が私の腿《もも》に結びつけられ、電極が胸に貼りつけられた。彼らは私を撮影用のブロックのなかに、ある種のコンピューター・スキャナーのなかに突っ込んだ。何者かが座って機器に打ち込み、私の肉体を透明にするだろう指示を機械に送った。私は磁力の流れを耳にし、オーロラのようなフラッシュを目にした。人々はさまよう魂のごとく廊下を移動し、白いビーカーに入った自らの尿を高く掲げていた。私はクローゼットなみに狭い部屋に立っていた。彼らは指を一本顔の前に立て、左目を閉じるよう言った。パネルが閉じて、白いフラッシュが生じた。彼らは私を助けようと、救おうとしていたのだった。

最後には、再び服を着て、白いスモックを着た神経質な若い男が向かいにいる机の前に座った。彼は私のファイルをよく見て、新しく加わったことについてつぶやいた。私はその事実によって自分が動揺しないのに驚いた。むしろほっとしてさえいたのだと思う。

「結果が出るのにどれぐらいかかりますか？」

「結果は出ています」彼は言った。

「ここでは全般的な議論をするのだと思っていました。人間のほうで。機械が見抜けないことを。二、三日で実際の数字が準備できるのだと」

「数字は準備できています」

「自分のほうで準備ができているか確信がないんです。あのぴかぴかの機器類に少し不安になるんです。ああいったもので検査を受けただけで、完全に健康な人間が病気にされるのが、簡単に想像できたんです」

「どうして病気にされるなんてことがあるんですか？あれは世界でいちばん正確な機器類ですよ。私たちにはデータ分析のための洗練されたコンピューターもあります。この装置が命を救うんです。信用してください。私はその様子を目撃してきました。最新のX線機器やCATスキャナーよりもすごい装置がここにはあるんです。さらに深く、さらに正確に見られるんです」

彼は自信を得ているようだった。やわらかな目つきの顔色のよくない男で、スーパーでレジカウンターのすみに立ち、商品を袋詰めする少年のことを思い出させた。

「通常の流れは以下のとおりです」彼は言った。「印刷した資料に基づいて私がいくつか質問し、あなたは能力のかぎりを尽くして答えます。すべて終わったら、私は印刷した資料を入れた封筒を封緘してお渡しし、あなたは医者にかかったときにそれを渡すんです」

「いいでしょう」

「いいでしょう。私たちはだいたい、気分はどうかを聞くことから始めています」

「印刷した資料に基づいてですか？」

「ただ気分はどうかということです」彼はまろやかな声で言った。

「私自身の気持ちは、本当のところは、相対的にはよいと感じています。確かかどうかはなんとも言えませんが」

「通常は続いて疲労の話に入ります。最近疲れたと感じることはありますか？」

「だいたいみんなどう言うのですか？」

「少し疲れた、というのがよくある答えです」

「私もまさにそうだし、心からそれが適切で正確な説明だと納得できます」

彼はこの返答に満足したようで、目の前に広がるページに太字でメモした。

「食欲はどうです？」彼は言った。

「それについてはどちらでも答えられます」

「印刷した資料に基づけば、だいたいそうなるでしょうね」

「つまり、私には食欲増強すべきときもあれば、しなくていいときもあると言っているわけですね」

「いったいあなたは私に教えているのか私に訊ねているのか？」

「数字が何を語るか次第ですよ」

「なら私たちは一緒です」

「いいでしょう」

「いいでしょう」彼は言った。「では睡眠についてはどうですか？ 私たちは通常、カフェイン抜きのドリンクか紅茶はいかがですかと聞く前に、睡眠の話をします。砂糖は提供していません」

「睡眠に問題のある人がたくさん来るのですか？」

「最終段階でだけです」

「睡眠の最終段階ということですか？ その人たちは早朝に目覚めて、再び眠りに戻ることはできないということですか？」

「人生の最終段階ということです」

「それが私の考えていたことです。いいでしょう。私に言えるのは、少し寝起きが悪いことだけです」

「いいでしょう」

「ちょっと眠れなくなるんです。そうでない人なんていますか？」

「寝返りは？」

「します」私は言った。

「いいでしょう」

「いいでしょう」

彼は少々メモを取った。うまくいっているようだ。私はうまくいってるのがわかり勇気づけられた。私は紅茶の提供を断ったが、それで彼は喜んだようだった。我々はまっすぐに進んでいた。

「ここで煙草についてお訊きすることになってます」

「それは簡単です。答えはいいえです。しかも五年か十年前にやめたという話でもないんです。私は吸ったことがありません。十代の頃にも。吸おうとしたこともね。その必要がわからなくて」

「それはつねにプラスになります」

私はものすごく安心し、うれしく感じた。

「我々は前に進んでいる、そうですね？」

「無理矢理何かを引き出すのが好きな人たちもいます」

彼は言った。「自分の健康状態に興味を持ちだしてね。ほとんど趣味みたいになるんです」

「ニコチンが必要なんてどんなやつなのか？　それだけでなく、私はコーヒーをめったに飲まないし、カフェインは摂りません。この完全に人工的な刺激物のなかに人が何を見出すか理解できない。私は森林を歩くだけでハイになります」

「カフェインを摂らないのはつねにいいことです」

そうだと私は思った。私の長所に報いてくれ。命を授けてくれ。

「それから牛乳です」私は言った。「人はカフェインと砂糖だけでは足りません。牛乳もほしいんです。この脂肪酸を。子供のときから牛乳には触れていません。濃厚なクリームに触れていません。淡泊なものを食べています。強い酒にはめったに触れません。騒ぐのがどういうことなのかわかりません。水です。それが私の飲み物です。人はコップ一杯の水を信頼できるんです」

私は彼が、それで寿命が延びるでしょうと言ってくるのを待った。

「水と言えばですが」彼は言った。「あなたはこれまでに産業汚染物質を浴びたことはありますか？」

「何ですか？」

「空中か水中の有毒物質をです」

「普通それは煙草のあとに聞くことなんですか？」

「これは予定のなかに組み込まれていない質問です」

「私がアスベストのような物質があるなかで働いているかということですか？　断じてないです。私は教師です。教えることが私の人生です。私は大学のキャンパス内で人生を過ごしてきました。いったいどこにアスベストの入る余地があるんです？」

「ナイオディン誘導体について聞いたことがありますか？」

「印刷した資料によれば、そうだということになるのですか？」

「血流に痕跡があるんです」

「聞いたことがないのに、どうしてそんなものがありうるんですか？」

「磁器スキャナーによると、あるんです。私は小さな星印のついたかっこ内の数字を見ているところです」

「ちょっとした許容範囲内の流出による被曝から生じた、かろうじて知覚できる症状の最初の曖昧な徴候が、印刷した資料から見出されるとおっしゃっているんですか？」

なぜ私はこんな形式張った言い方をしたのか？

「磁器スキャナーは非常にはっきりしているんです」彼は言った。

時間のかかる、意見の割れそうな掘り下げはせずに、今回のやりとりをスマートに進めていこうという私たちの暗黙の了解に何が起こったのだろうか？

「血液中にその物質の痕跡がある場合、何が起こるのですか？」

「星雲状の塊となります」彼は言った。

「でもナイオディンDが人間に何をなすかは、誰も確かには知らないと思ったんです。ネズミにも。そうです」

「聞いたことがないと言ったばかりですよ。それが何をなし、何をしないかどうやって知ったんですか？」

彼は私をあちら側へとやった。だまされ、遠のけられ、ばかにされたと感じた。

「知識は日夜変化します」彼は言った。「この物質への被曝により、確実に塊ができるとする矛盾したデータがあります」

彼の自信は一気に高まった。

「いいでしょう。次の話に移りましょうか。私はちょっと急いでいるので」

「ここで封緘した封筒をお渡しすることになっています」

「次は運動ですか？　答えは否です。嫌いだし、拒否しますよ」

「いいでしょう。封筒をお渡ししますよ」

「星雲状の塊って何ですか？　単なるくだらない好奇心ですが」

「体内で腫瘍になるかもしれないものです」

「そして、星雲状と言われるのは、そのはっきりとした像を得られないからですね」

「はっきりとした像は得ています。撮影用ブロックで人間にできるなかでもっともはっきりした写真が撮れるんです。星雲状の塊と言われるのは、それにはっきりとした姿、形、境界がないからです」

「最悪の偶発的シナリオではそれはどんなことができるんですか？」

「人を死なせます」

「英語で話してくれよ、お願いだから。こんな現代流の隠語はうんざりだ」

　彼は無礼を許容して受け入れてくれた。私が怒るほど、彼はそれが気に入っていた。彼からエネルギーと健やかさがにじみ出ていた。

「さて、ここで診療所の出入口でお支払いするようお伝えすることになっています」

「カリウムは？　私はそもそも、カリウムが通常よりも高いからここに来たんです」

「カリウムについては何もありません」

「いいでしょう」

「いいでしょう。最後にお伝えすることになっているのは、この封筒を持って行って、医者に渡すようにということです。医者には記号がわかります」

「そういうことですね。いいでしょう」

「いいでしょう」彼は言った。

　気がつけば私は彼と温かく握手していた。数分後には私は路上にいた。男の子が目の前のサッカーボールをつつきながら、扁平足で芝の上を歩いていた。もう一人の子供が芝に腰を下ろし、かかとをつかんで靴下をぐいと引っ張って脱ごうとしていた。なんと文学的なのかと私はいらだちながら思った。英雄が自らの死の最終局面について熟考する一方で、路上には衝動で動く人生の細やかなあれこれがあふれているのだ。雲が少し出ていて、日没が近く、風が弱まってきていた。

　その夜、私はブラックスミスの道々を歩いた。無邪気なテレビ番組の光。プッシュホン式電話機で話す声。遠くでは祖父母が一つの椅子に身を寄せ合い、搬送波が聞き取り可能な信号に変換されると、受話器を熱心に共有するのだ。それは孫の声だ。成長中の男の子で、その顔は電話機のそばにあるスナップ写真で見られる。喜びが彼らの目を走るが、悲しくややこしいことを知らされ、目はかすんでしまう。子供は彼らに何を話すのか？　ひどい顔色なのがつらいって？　学校をやめて、フードランドで正規で働き、日用雑貨の袋詰めをしたいって？　彼は祖父母に袋詰めが好きだというのだ。それは彼が人生において満足感を見出すただ一つのことなのだ。まずは四リットルのボトルを入れ、六本入りパックをまっすぐ平らに並べ、商品が重いときには袋を二重にする。彼はそれをうまくやり、こつをつかんでいて、商品に触れる前から、袋のなかにそれらがどのように入れられているかが見えるのだ。禅みたいなものだよ、おじいちゃん。僕は袋を二枚つかんで、一枚をもう一枚のなかに入れるんだ。果物を傷めちゃだめだ、卵を見なくちゃ、アイスクリームは保冷袋に入れなきゃ。毎日千人が僕のそばを通るけど、誰も僕を見はしない。それがいいんだよ、おばあちゃん、まったく怖くない――そんなふうに僕は人生を過ごしたいんだ。そしてゆえに、祖父母は悲しい気持ちで聞き、彼をいっそう愛するようになり、なめらかなトリムライン型の電話機の、寝室にある白いプリンセス型電話機の、地下のパネルで仕切られた祖父専用の隠し部屋にある地味な褐色のロータリー型電話機の受話器に顔を押しつけるのだ。老紳士はふさふさの白髪頭に手を通し、女の顔には折りたたみ式の眼鏡がかかっていた。西に動く月を雲がよぎり、季節がくすんだモンタージュ写真のように移り変わり、冬の静けさが深まった。沈黙と氷の風景。

あなたのかかりつけ医には記号がわかります。

37

長い散歩は正午に始まった。私はそれが長い散歩になるとは思わず、雑多なものでできた瞑想のようなものになるだろうと思っていた。マーレイとジャックが三十分キャンパスをぶらつくのだ。だがそれには昼間の大半が取られることになり、真面目にソクラテスのごとくぐるっと回って歩き、役立つ結果が引き出されたのだった。

マーレイの自動車衝突のセミナーが終わってから彼と会い、我々はキャンパスの端にそってぶらつき、木々のあいだにおなじみの防衛的な姿勢でそびえる、杉の板葺き屋根のマンションのそばを通り過ぎた。集まった住居は環境にとてもうまく溶け込み、鳥たちは板ガラスの窓に突っ込み続けていた。

「君はパイプを吸うんだね」私は言った。

マーレイは後ろめたそうに笑った。

「見栄えがするんだ。気に入ってるよ。すごいんだ」

彼は笑いながら視線を下げた。パイプは柄が細長く、火皿は立体になっていた。薄茶色で、おそらくアーミッシュかシェーカー教徒の骨董品のような、格式のある家事用品に似ていた。彼がそれを選んだのはそのいくらか険しい顎髭と合わせるためだったのだろうかと、私は考えた。いかめしい美徳の伝統が、彼の動作や表情に漂っているようだった。

「なぜ我々は死については知的でいられないのだろうか？」私は言った。

「そんなの明らかさ」

「そうか？」

「イワン・イリッチは三日間叫んだ。僕らもそれぐらい聡明にはなれる。トルストイ自身は理解しようと奮闘した。彼はそれをひどく恐れていたんだ」

「ほとんどまるで、我々の恐怖がそれをもたらすかのようだ。もしも我々が恐れないでいるようになれたら、私たちは永遠に生きられるのかもしれない」

「自分でそれについて自分を納得させてしまう。そういうことか？」

「自分でも何を言いたいかわからない。私にわかっているのは、自分がただ生きるという動作をしているということだけだ。私は専門的には死んでいるんだ。私の肉体は星雲状の塊を育てている。彼らはそういったものを衛星のように探知する。これは全部、殺虫剤の副産物による結果だ。私の死にはどこか人工的なところがある。浅はかで納得できない。私は地上にも天空にも属していない。彼らは私の墓石にスプレー缶を刻み込むべきだ」

「うまいことを言うね」

うまいことを言うってどういうことだ？ 私と議論して、私の死をより高次元なものにし、私の気分をよくしてもらいたかった。

「不公平だと思うか？」彼は言った。

「もちろんそう思うよ。それともそれは使い古された答えか？」

彼は肩をすくめたようだった。

「私がどう生きてきたか見てくれ。私の人生は狂ったような快楽への突進だったか？ 私は断固として自己破壊に向かっていたか？ 違法薬物を使うだの、車を猛スピードで走らせるだの、飲みすぎるだので？ 大学のパーティで少しドライシェリーを飲むぐらいだ。食べるのは薄味のものだ」

「ああ、君はそうだな」

彼は真面目にパイプをふかし、頬がくぼんできていた。

我々はしばらく黙って歩いた。

「自分の死は時期尚早だと思うか？」彼は言った。

「あらゆる死が時期尚早だ。なぜ我々が百五十歳まで生きられないかに科学的な理由はない。スーパーで目についた見出しによれば、実際にそこまで生きる者たちもいる」

「君がもっとも深く悔いているのは不完全燃焼感だと思うか？　まだ成し遂げたいと強く思っていることがある。やらなきゃいけない仕事、立ち向かうべき知的難題が」

「もっとも深い悔いは死だ。立ち向かわねばならないのは死だけだ。私が考えているのはそれだけだ。ここでの問題はたった一つ。私は死にたくない」

「ロバート・ワイズの映画に、今の言葉と同じタイトルのものがあるね。スーザン・ヘイワードが有罪となる殺人犯バーバラ・グレアムを演じてる。音楽はジョニー・マンデルの強烈なジャズだ」

私は彼を見た。

「それならジャック、君はたとえ人生や仕事で成し遂げたかったことを全部成し遂げたとしても、死は恐ろしいと言ってるんだな」

「狂ってるのか？　もちろんそうだ。そんなのはエリートの考えることだ。君は日用品をビニール袋に詰めている男に、死そのものではなく、まだ袋に入れたい面白そうな日用品があるから死が怖いのですかなんて聞くのか？」

「うまいことを言うね」

「それは死なんだ。私は論文を書けるように、そいつにちょっとももたついててほしいわけじゃないんだ。そいつには七、八十年は離れていてほしいよ」

「運命づけられた者としての地位によって、君の言葉はある種の威光と権威を得ているよ。いいと思う。そのときが近づくにつれ、君が言わなきゃいけないことを周りの人間が聞く気になるのがわかるだろうと思うよ。みんな君を求めるんだ」

「私が友人を勝ち得るための素晴らしい機会だと言ってるのか？」

「自己憐憫と絶望に陥って、生きてる者をがっかりさせることはできないって言ってるんだ。みんな勇敢でいるために君に頼る。人が死にかけの友人のうちに求めるのは、不屈のユーモアもセットになった、強情な感じのガラガラ声の気高さに、屈することへの拒絶だ。僕らが話してるあいだにも、君の威光は増してきている。君は体の周りからぼんやりした光を発しているんだ。僕はそれを気に入らないとね」

我々は傾斜した曲がりくねる道のまんなかを歩いて下った。周りには誰もいなかった。ここら辺の家々は古くて不気味で、ところどころ破損した狭い石の階段の上に建てられていた。

「愛は死より強いと思うか？」

「百万年が過ぎても思わない」

「いいだろう」彼は言った。「死より強いものはない。死を恐れるのは、生に怯える連中だけだと思うか？」

「それは狂ってる。完全にばかげてる」

「そうだ。僕らはみな、それなりには死を恐れる。そうじゃないと言い張る連中は自分自身に嘘をついている。浅はかなやつらだ」

「ナンバープレートに自分のあだ名を入れてる連中だ」

「素晴らしいよ、ジャック。君は死のない生はちょっと不完全だと思うか？」

「どうして不完全ってなるんだ？　死とは不完全にするものだ」

「死についての知識は、人生をもっと大切なものにしないか？」

「大切さが恐怖と不安に基づくなんて何がいいんだ？それは不安で震えるものだ」

「本当にそうだ。もっとも大切なものは僕たちが安心できるものだ。妻や子供。死の亡霊は子供をより大切な存在にするのか？」

「いいや」

「いいや。はかないからという理由で命がもっと重要になると考える理由はない。こんな命題がある。人生を思う存分生き始めるためには、その前に人は自分が死ぬことになっていると言われねばならない。真か偽か？」

「偽だ。ひとたび死が確かなものとなれば、満足のいく生を生きることは不可能になる」

「君は自分の死の正確な日付と時間を知っておきたいか？」

「絶対に嫌だな。知らないことを恐れるのでも十分にひどいんだ。知らないことと向き合うとしても、私たちはそれが存在しないように振る舞うことができる。正確な日付がわかってしまえば多くの者が自殺に追い立てられるだろう。たとえそのシステムをぶち壊すためだけだったとしても」

我々は周りからよく見えないところに位置する、悲しく色あせたあれこれが散らかった古い大通りの橋を渡った。私たちは曲がりくねった道にそう歩道を進み、高校の運動場のすみへと近づいていった。女たちが小さな子供を連れてきて、走り幅跳び用の砂場で遊ばせていた。

「どうすればこれを逃れられるんだ」私は言った。

「君はテクノロジーを信じることができた。それが君をここまで来させたし、それが君をここから抜け出させるんだ。それがテクノロジーの肝心なところだ。一方でそれは不死への欲を生み出す。他方でそれは絶滅の恐れを生み出す。テクノロジーは自然から切り離された欲望だ」

「そうなのか？」

「それは僕らの崩れゆく肉体という恐ろしい秘密を隠すために、僕らが生み出したものだ。でもそれはまた、命だということじゃないのか？　それが生を引き延ばし、すり減ったものに代わる新たな臓器を提供する。新たな装置が、新たな機器が、毎日だ。レーザー、メーザー、超音波。それに身を委《ゆだ》ねるんだ、ジャック。それを信じるんだ。彼らは君をきらめくチューブのなかにぶち込み、宇宙の基本的な要素を君の体に放射するだろう。光、エネルギー、夢を。神のご加護を」

「私はしばらくは医者にかかりたいとは思わないんだ。マーレイ、どうもありがとう」

「それなら、いつでも人は向こう側の生に集中することによって、死を逃れることができる」

「それはどうすればいいんだ？」

「はっきりしてるさ。生まれ変わりとか、輪廻転生とか、超空間とか、死者の復活とかいったことを徹底して研究するんだ。見事なシステムがこういった信仰から進化していくんだ。研究してみろよ」

「そういったのはどんなものも信じてるのか？」

「何百万もの人間が、何千年ものあいだ信じてきたんだ。仲間に加われよ。第二の生を、第二の誕生を信じるのは、ほとんど世界共通だ。これは何か意味があるはずだよ」

「だが見事なシステムはどれもだいぶ違ってるな」

「自分の好きなのを選ぶさ」

「だがそれが好都合な幻想であるみたいな口ぶりだな。いちばん悪質な自己欺瞞だ」

彼は再び肩をすくめたようだった。「僕らの死を超えた生への希求から生まれた、偉大な詩、音楽、ダンス、儀式について考えるんだ。たぶんこういったものは僕らの希望や夢を十分に正当化するんだ。もっともそんなこと死にかけた人間には言わないけどね」

彼は私を肘で突いた。我々は街の商業地区へと歩いて向かっていった。マーレイは立ち止まり、片足を後ろに上げてパイプを蹴り、灰を地面に落とした。それからコーデュロイのジャケットに火皿を下にしてパイプをうまく突っ込んだ。

「真面目な話だが、来世という考えのなかに多大な長続きする慰めを見出せるよ」

「だが信じる必要なんてあるのか？　この世の向こうの外の世界には本当に何かがあって、暗がりのなかでそれがおぼろげに見えてくる、なんて心のなかで思う必要があるのか？」

「来世はどんなものだと思う？　明らかにされるのをただ待つ諸事実については？　アメリカ空軍は密かに来世についてデータ集めをしていて、僕らがその成果を受け入れられるほど成熟してはいないからということで、それを隠したままにしていると思うか？　成果はパニックを引き起こすだろうか？　そんなことはない。来世がどんなものか教えてあげよう。それは甘美でひどく感動的な理念だ。それを受け入れてもいいし、拒絶してもいい。一方で君がしなきゃいけないのは、暗殺の企てを生き残ることだ。それは即効性の喝《かつ》入れになるだろうね。君は特別に気に入られていると感じ、カリスマを増していくんだ」

「さっき君は、死によって私はカリスマを増していくようになると言ったよな。それに、誰が私を殺したがるんだ？」

再び彼は肩をすくめた。「百人が死ぬ鉄道事故を生き残る。エンジンが一つしかないセスナが、離陸のわずか数分後に豪雨のなかで送電線にぶつかり、ゴルフ場に墜落するが、投げ出されて生き残る。暗殺である必要はない。肝心なのは、他の人間たちが動けずに体をひねって倒れているような、くすぶる廃墟のすみに君が立っているということなんだ。そのことによって星雲状の塊の数々の効果を打ち消すことができるだろう。少なくともしばらくは」

我々はしばらくウィンドウショッピングをして、やがて靴屋に入った。マーレイはウィージャンズ、ワラビーズ、ハッシュパピーズを見た。我々は太陽に向かってぶらついた。ベビーカーに乗った子供たちが我々を横目で見ていた。我々のことをどこか胡乱《うろん》な連中と思っているらしかった。

「ドイツ語は役に立ったか？」

「そうとは言えないな」

「今まで役に立ったことは？」

「何とも言えないよ。わからない。そんなの誰にわかるんだ？」

「この数年間、何をしようとしていたんだ？」

「自分を呪縛の下に置いたんだと思うな」

「正解だ。恥じることなんて何もないよ、ジャック。こんなふうに振る舞ってしまうのは単に恐怖のせいにすぎない」

「私の恐怖のせいにすぎない？　私の死のせいにすぎない？」

「僕らは君の成功の欠如に驚くべきじゃないよ。どれだけドイツ人が強かったって言うんだ？　結局、彼らは戦争に負けたんだ」

「デニースが言ってることだな」

「こんなことを子供と話すのか？」

「上辺《うわべ》だけな」

「寄る辺なく恐れを抱いている連中は、彼らを怯えさせ、暗いなかぼんやりと現れるような、魔術的人物、神話的人物、叙事詩的な男に引き込まれるんだ」

「ヒトラーのことだよな」

「ある者たちは生よりも大きい。ヒトラーは死よりも大きい。君はヒトラーが自分を守ってくれると思っていた。本当によくわかるよ」

「そうなのか？　自分がそうだったらいいのにと思うから言っているのだが」

「そんなのまったく当たり前だ。君は助けてもらいたかったし、逃げ場を求めていたんだ。圧倒的な恐怖は君自身の死を考えるための余地を残さなかっただろう。『私を隠してくれ』と君は言った。『私の恐怖を吸い取ってくれ』と。ある次元では君はヒトラーとその達成に逃げ込みたかった。別の次元では自身の重要性と強さを増すために、君はヒトラーを使いたがった。僕は手段の混同を感じているよ。だからって批判しているわけじゃない。君がしたのは勇敢なことだ、勇敢な前進だ。ヒトラーを使う。たとえそれがすっかりくだらないとわかっていても、僕はその企てを賞賛できるよ。もっとも、お守りをつけたり木をたたくのと同じぐらいにくだらないとは言わないけどね。六億のヒンドゥー教徒は、朝に悪い徴候が出たら仕事を休んで家にとどまる。だから君だけを選び出してるわけじゃない」

「巨大で恐ろしい深淵だ」私は言った。

「もちろん」彼は言った。

「無尽蔵だ」

「わかるよ」

「あまりにも巨大で名もなきもの」

「そうだ、そのとおり」

「巨大な暗闇」

「たしかに、たしかに」

「恐ろしく終わりなき巨大さ」

「言いたいことはよくわかるよ」

　彼は斜めに停まった車のフェンダーをたたき、少し笑った。

「なぜ間違ったんだ、ジャック」

「手段の混同だ」

「正解だな。死を逃れるには数多くの方法がある。君は同時にその二つを使おうとした。一方で抵抗し、他方で隠れようとした。この企てにどんな名をつけようか？」

「くだらない」

　私は彼についてスーパーマーケットに入った。さまざまな色彩があふれ、波のような音が重なっている。私たちは不治の病への寄付となる宝くじを宣伝する派手なたれ幕の下を歩いた。宣伝文句は、当選者が病気にかかるのを示唆するような代物だった。マーレイはたれ幕を、チベットの祈禱用の旗にたとえた。

「なぜ私はこんなに執拗に長く恐怖を抱き続けているのだろう？」

「はっきりしてるよ。どうやって抑圧すればいいかわからないんだ。僕らはみな、死から逃れられないのに気づいている。この破壊的な知識とどう折り合いをつけるか？　抑圧し、偽り、埋め、締め出す。他の連中よりうまくやるやつがいる。それだけだ」

「どうすれば上達する？」

「君には無理だ。必須の偽装作業を行うための無意識の道具を、単に持たない者たちがいるということなんでね」

「道具が無意識のもので、私たちの抑圧しているものの偽装が非常にうまくいっているとしたら、どうやって抑圧が存在することを知ればいいんだ？」

「フロイトがそう言ってたよ。おぼろげに出現するものについて語って」

　彼はハンディ・ラップⅡの箱を手に取り、宣伝文句を読み、色を調べていた。粉末スープの小袋のにおいをかいでいた。今日の商品は強烈だった。

「どう抑圧すればいいかわからないから、私はなんとか健康でいられるんだと思うか？　継続的な恐怖は人間にとって自然な状態であり、恐怖を間近にして生きることで、私は実際には英雄的なことを行っているという可能性はあるか、マーレイ？」

「英雄的だと感じているか？」

「いいや」

「ならたぶんそうじゃないんだ」

「だが抑圧は不自然ではないか？」

「恐怖は不自然だ。稲妻と雷は不自然だ。痛み、死、現実。こういったものはみな不自然だ。私たちはこういったもののあるがままの姿に耐えられない。あまりにも知りすぎているんだ。だから僕らは抑圧、妥協、偽装という手に出る。これが我々の宇宙での生き残り方だ。これぞ種《しゅ》の自然言語だ」

　私は彼を注意深く見た。

「私は運動している。体のことを大事にしてるんだ」

「いいや、君はそうじゃない」彼は言った。

　彼は年配の男がレーズンパンの情報を読むのを手助けした。子供たちは銀色のカートに乗り、堂々と進んでいた。

「ティグリン、デノレックス、セルサン・ブルー」

　マーレイは小さな手帳に何かを書き込んでいた。私は彼が、卵のケースが落ちて、壊れた容器から黄身のようなものが流れ出ているあたりを器用に歩き回るのを眺めた。

「なぜ私はワイルダーといるときに、気分がとてもよくなるのだろう？　他の子たちといるときとは違うんだ」

　私は言った。

「君は彼の完全なる自己と、限界からの自由を感じ取っているんだ」

「どんなふうに、あの子は自分の限界から自由なんだ？」

「彼は自分が死ぬということを知らない。死というものをまったく知らないんだ。君はこの愚か者の幸せを、害悪からの免除を大切にしているんだ。彼に近づき、彼に触れ、彼を見て、彼を吸い込みたい。彼はなんて幸運なんだろう。無知の雲に覆われた、全能の小さな人間。子供はすべてであり、大人は何ものでもない。そのことを考えるんだ。一人の人間の全人生は、この対立を解きほぐすことなんだ。私たちが困惑し、たじろぎ、取り乱すのも不思議じゃない」

「あまりにも進みすぎじゃないか？」

「僕はニューヨーク出身だ」

「我々は美しく、永久に残るものを生み出し、巨大な文明を建造した」

「きらびやかなはぐらかしだな」彼は言った。「ものすごい逃避だ」

ドアが光電子によって開いた。我々は外に出て、ドライクリーニング店、美容室、眼鏡店の前を歩いた。マーレイは再びパイプに火をつけ、印象深い動作で吸い口から吸った。

「僕らは死を逃れる方法について話した」彼は言った。「僕らは、互いを打ち消し合うような二つの方法を、君がすでに試したという話をした。僕らはテクノロジー、列車事故、来世への信仰に言及した。他にも方法はあって、僕はそういったものの一つについて語りたいと思う」

我々は通りを渡った。

「思うにね、ジャック、世界には二種類の人間がいるんだ。殺す者と死ぬ者だ。僕らのほとんどは死ぬ者だ。僕らには殺す者になる気質も怒りも、あるいはそうなるよう駆り立てるいかなるものもない。僕らはただ死が起こるにまかせるんだ。僕らは倒れて死ぬ。でも殺す者になるのがどんなものか考えてみるんだ。理論上で、目の前の人間を殺すのがどれだけわくわくすることか考えてみるんだ。そいつが死んだら、君は死ねないんだ。そいつを殺すと、命の預金を得る。殺せば殺すほど、預金を貯め込むんだ。それが、大量虐殺、戦争、処刑におけるあらゆる数字の説明になる」

「歴史上人間は、自分の死を逃れようとするために、他人を殺してきたと君は言ってるのか？」

「明らかだ」

「それで、わくわくするようなことだと言うのか？」

「僕は理論について話しているんだ。理論上は、暴力は再生の一形態さ。死ぬ者は受動的に屈服している。殺す者は生き長らえる。なんて素晴らしい等式だ。略奪集団が死体を積み重ねるほど、連中は強さを増す。強さは神からの贈り物のように蓄積される」

「それが私とどう関係するんだ？」

「これは理論だ。僕たちは散歩する一組の学者だ。でも内臓のショックを想像してみるんだ。君の敵が塵のなかで血を流しているのを見て」

「君はそうすると、銀行での決済のように個人の預金が貯蓄されると思っている」

「虚無は正面から君を見つめている。完全なる永久の忘却。君は存在するのを終えることになる。ジャックであることを。死ぬ者はそれを受け入れて死ぬ。殺す者は理論上、他人を殺して自分の死を乗り越えようと企てる。彼は時間を買い、彼は人生を買う。他人がもがくのを見るんだ。血が塵に滴るのを見るんだ」

　私は驚いて彼を見た。満足そうにパイプをふかし、虚ろな音を立てた。

「それは死を制御する手段だ。究極的優位を得る手段だ。変化のために殺す者になるんだ。誰かを死ぬ側にするんだ。理論的には、その役割について、自分と交代させるんだ。そいつが死ねば、君は死ねない。そいつが死に、君が生きる。素晴らしいぐらいに単純だろ」

「それが何百年ものあいだ、人間がやってきたことだと君は言ってるんだな」

「今もやってるさ。親密な人間とのあいだで小規模にもやるし、集団や群衆や大衆でもやる。生きるために殺すんだ」

「ずいぶんひどい話みたいだな」

　彼は肩をすくめたようだった。「虐殺はあべこべじゃない。多く殺せば殺すほど、君は自身の死に対して多くの力を得る。もっとも野蛮で無差別な殺しにおいて、物事は密やかに正確に進んでいる。これについて語るのは殺人を宣伝することじゃない。僕らは知的な環境にいる二人の学者だ。思考の流れを精査し、人間の行動の意味を研究するのは僕らの仕事だ。だが、死を賭《と》した闘いで勝者になること、糞野郎が血を流すのを眺めるときには、どれほどわくわくするか」

「殺人を企てろと言ってるんだな。だが、あらゆる企ては実質的には殺人だ。我々がわかっていようがいまいが、企てることは死ぬことだ」

「企てることは生きることだ」彼は言った。

　私は彼を見た。彼の顔と両手をじっくりと眺めた。

「僕らは人生を混沌から、ざわめきから始める。世界に流れ込むとき、僕らは形と計画を工夫する。ここには尊厳があるよ。人生全体が企てであり、計略であり、ダイアグラムなんだ。それは失敗した計略だが、そこは重要じゃない。企てることは人生を肯定することであり、形と制御を求めることである。死んだあとでさえも、とりわけ死んだあとにも、探求は続く。埋葬の儀式は、祭儀という形で計略を完成させる企てだ。国葬について思い描いてみるんだ、ジャック。それは完全に正確で、詳細を詰め、秩序だっていて、設計されている。国民は息をのむ。巨大で強力な政府の尽力は、混沌の最後の痕跡をまき散らす儀式を圧迫するためにもたらされるのさ。もしすべてがうまくいけば、もし彼らがそれをやってのければ、完全な自然法が守られたということになる。国民は不安から解放され、死んだ者の生は贖《あがな》われ、生それ自体が強化され、再び肯定される」

「本気でそう思ってるのか？」私は言った。

「企て、何かを目指し、時空間を形作ること。そうやって僕らは人間の意識という技術を前進させたんだ」

我々は大きく弧の形を描いてキャンパスへと戻っていった。道々には深く無音の日陰があり、収集を待つゴミ袋が置かれていた。我々は日が沈むなか、立体交差を渡り、少し立ち止まって車が勢いよく飛び出すのを眺めていた。太陽の光が車の窓や外装に反射している。

「君は殺す者と死ぬ者のどっちだ、ジャック？」

「君は答えを知ってるだろ。私は今までの人生でずっと死ぬ者だった」

「それについて君には何ができる？」

「誰だろうと死ぬ者に何ができる？　気質的に彼らは変われないというのは暗黙にわかっていることではないか？」

「それについて考えてみよう。そうだな、野獣の本質について考えてみよう。オスの動物についてだ。オスのプシュケーには潜在的な暴力性の蓄えなり、水たまりなり、貯水池なりがないだろうか？」

「理論上はあると思うな」

「僕らは理論について話しているんだ。それがまさに僕らが話していることとさ。道の木陰で二人の友達がね。理論以外の何なんだ？　もしも機会があれば誰かが開発するような、深い採掘地帯や原油の埋蔵地帯のようなものはないだろうか？　オスの憤怒という大きな闇の貯水池が」

「それはバベットが言ってることだ。人を殺す憤怒。君はまるで彼女みたいだ」

「びっくりな女性だな。彼女は正しいのか、間違ってるのか？」

「理論的にか？　彼女はたぶん正しいよ」

「君がむしろ知りたがらない泥沼の領域もあるんじゃないか？　恐竜が地上を闊歩し、人間が石の道具で闘った先史時代の残滓が？　殺すことは生きることだった時代の？」

「バベットはオスの生態について語っている。生態だったか地質だったか？」

「そんなの重要か、ジャック？　僕たちはただそこにあるかどうか知りたいだけだ。もっとも分別があり、控えめな魂のうちに埋められているのか」

「そう思うよ。そうでありうる。それ次第だ」

「それは存在しているのかいないのか？」

「存在してるよ、マーレイ。だから何だ？」

「ただ君がそう言うのを聞きたかったんだ。それだけだ。僕はただ君がすでに手にしている真実を引き出したかっただけだ。君がある基本的な次元ではつねに知っていた真実を」

「君は死ぬ者が殺す者になりうると言ってるのか？」

「僕はただの訪問講師だ。理論化し、散歩し、木々や家々を讃える。学生がいて、下宿があって、テレビがある。ここでは言葉を拾い、あっちでは映像を拾う。芝生やポーチを讃える。ポーチとはなんと素晴らしいのか。腰を下ろすためのポーチがなければ、僕はこれまでどうやって生きただろう？　僕は思索し、熟考し、メモをとり続けてきた。僕は考えるため、知るためにここにいる。君に警告させてくれ、ジャック。僕はおとなしくはしないぞ」

我々は、私がいつも通る道を過ぎ、キャンパスへと続く丘を上っていた。

「君の医者は誰だ？」

「チャクラヴァーティだ」私は言った。

「彼はいいのか？」

「どうすればわかるんだ？」

「肩が脱臼しやすいんだ。昔のセックスがらみの怪我だ」

「彼のところに行くのが怖いんだ。洋服ダンスのいちばん下の引き出しに、私の死について印刷した資料を入れてある」

「君がどう感じてるかはわかるよ。でもきつい部分はまだ来てない。君は自分以外のみんなに対しては別れを告げている。人はいかにして自分自身に別れを告げるか？これは興味深い実存的ジレンマだ」

「たしかにそうだ」

我々は事務棟の前を歩いて通り過ぎた。

「自分が言うのは嫌なんだがな、ジャック、それでも言わなきゃいけないことがあるんだ」

「何だ？」

「僕ではなく君でよかった」

私は厳《おごそ》かにうなずいた。「どうして言わなきゃいけないんだ？」

「なぜなら友達どうしはお互いに対して野蛮なまでに正直でないといけないからだ。もしも自分が思っていることを君に言わなかったら、ひどいことをした気になってしまっていたよ。特にこんなときにはね」

「感謝するよ、マーレイ。本当にだ」

「それに、これは死という普遍的な経験の一部だ。それについて意識的に考えていようといなかろうと、君はある次元では周りを歩く人々が『自分ではなくあいつでよかった』と自身に言い聞かせてるのに気づいている。単に当然のことだ。君は彼らを責められないし、彼らが病気になるよう願うこともない」

「妻以外の全員だな。彼女は私より先に死にたがってる」

「そんなに断言するなよ」彼は言った。

我々は図書館の前で握手した。正直に語ってくれたことに礼を言った。

「最後にはそうなるんだ」彼は言った。「人は他人に別れを告げることで人生を過ごす。自分自身に対してどうやって別れを告げればいいか？」

私は写真立てを、金属製の本立てを、コーラのコースターを、プラスチックのキーホルダーを、赤チンとワセリンの瓶を、かたくなった絵筆を、いろいろとこびりついた靴ブラシを、凝固した修正液を捨てた。使いかけの蠟燭を、布を重ねたランチョンマットを、ほつれた鍋つかみを捨てた。洋服ハンガーを、マグネットつきのメモ用のクリップボードに襲いかかった。私は復讐心に燃え、野蛮に近い状態だった。私はこういったものたちに対して個人的な怨恨を抱いていた。こいつらが私をこんなに苦しい立場に追いやったのだ。こいつらが私を堕落させ、逃げるのを不可能にさせたのだ。娘二人が私の周りをうろつき、敬意を持って沈黙しながら観察していた。私は使い古したカーキ色の水筒を捨て、ばかみたいな腰までの長靴を捨てた。卒業証書を、学位記を、受賞の記念品を、表彰状を捨てた。娘たちが止めに入ったときには、私はバスルームで作業しており、使いかけの石鹸、湿ったタオル、縞模様のラベルでふたのなくなったシャンプーボトルを捨てていた。
ご確認ください。数日で新しいＡＴＭ用銀行カードが郵送で届きます。それが銀のストライプの入った赤いカードならば、暗証番号は現在のものと同じになります。

それがグレイのストライプの入った緑色のカードならば、ご登録している支店まで、カードをご持参の上ご来店いただき、新たな暗証番号を設定する必要があります。誕生日に基づく番号が一般的です。**警告**。番号を書き出さないでください。番号は持ち歩かないでください。**ご注意を**。番号が適切に入力されなければ、口座をご利用できません。番号をおぼえておいてください。誰にも番号を知らせてはいけません。番号によってのみ、システムのご利用が可能になります。

38

私の顔は彼女の乳房の上にあった。最近はそこで多くの時間を過ごしているような気がしていた。彼女は私の肩をなでた。

「問題は我々が恐怖を抑圧していないことだとマーレイは言ってるよ」

「抑圧するって？」

「その才能がある者もいれば、ない者もいるんだ」

「才能が？　抑圧なんて時代遅れだと思ってたわ。長年、恐怖と欲望を抑圧しないように言われてきた。抑圧は緊張、不安、不幸、山のような病気や症状を引き起こす。私たちがしそうにないとされているのが、何かを抑圧することだって思ってた。恐怖について語り、自分の感情を自覚するようにと言われてきた」

「死を自覚するというのは念頭になかったことなんだよ。死はとても強烈だから我々は抑圧せねばならない。我々のうちでそのやり方がわかる者は」

「でも抑圧は完全に間違っているし、機械みたいよ。みんなそれがわかってる。私たちは自分たちの本性を否定するようにはなってないわ」

「マーレイによると、私たちが本性を否定するのは自然なことなんだ。そこが動物との完全な違いだ」

「でもそんなの狂ってる」

「それが生き残るための唯一の方法だ」私は彼女の乳房から言った。

彼女は私の肩をなで、それについて考えた。私の頭のなかではダブルベッドのそばに立つ静止した男の姿が灰色にひらめいていた。その肉体は歪み、わずかに波打ち、はっきりとした形とならない。私は彼とモーテルで一緒だった女のことを想像する必要はなかった。我々の肉体は一つになっていた——彼女のものと私のものがだ——

が、触れ合う喜びはグレイ氏に先を越されていた。私が経験したのは彼の快楽だった。彼が安っぽい、薄っぺらな力でバベットを抱いたのだ。廊下からは熱い声が聞こえてきた。「もしも糸玉を変なところに置いてしまうなら、バーニーのバスケットに入れて、クリップをキッチンのコルクボードにつけ、バスケットをクリップで固定しましょう。とっても簡単！」

翌日から私はオートマティック式のツムウォルトを学校に携帯し始めた。講義中はジャケットのポケットに入れ、研究室に来客があると机のいちばん上の引き出しにしまった。その銃は私が住まう第二の現実を生み出した。空気は新鮮で、首の周りを渦巻いていた。名もなき感情が私の胸をわくわくさせながら圧迫していた。それは私が制御し、密やかに支配できる現実だった。

丸腰で研究室に来るなんて、こいつらはいったいどれだけ愚かなのか。

ある午後の遅い時間に、私は銃を机から取り出し、注意深く調べてみた。弾倉に残っている弾は三発だけだ。ヴァーノン・ディッキーがなくなった鉄砲玉（あるいは銃器類に慣れた連中によって銃弾の呼び名となるあらゆるもの）をどう使ったのか不思議だった。ダイラーの四つの錠剤に、ツムウォルトの三つの銃弾。なぜ私は銃弾が間違いなく銃弾の形をしているのがわかって驚いたのだろうか？　おそらく、私がさまざまなものとその機能を初めて意識して以来数十年間で、新たな名称と形態がほとんどすべてのものに与えられたと考えたからということなのだろう。武器は銃の形をし、小さな先の尖った投射物は紛《まご》う方なき銃弾の形をしていた。それらはまるで、四十年ぶりに遭遇した子供時代の品々のようであり、今初めてその真価が見えるのだった。

その晩ハインリッヒが部屋でふさぎこんで、「ラレードの通り」を歌うのが聞こえてきた。私は立ち寄って、オレストはもうケージに入ったのか聞いた。

「人道的じゃないって言われたんだ。表立ってやらせてくれるところはどこにもなかった。彼は地下組織を利用しなきゃならなかった」

「地下組織ってどこのだ？」

「ウォータータウンさ。オレストとトレーナーがね。二人はそこで公証人を見つけたんだ。その人は、オレスト・メルカトルが有毒な爬虫類とどれだけ多くの日数閉じ込められたかなんてどうでもいいことを記した書類に、証人として署名してくれるって言ってて」

「ウォータータウンのどこでガラス製の大きなケージを見つけられたんだ？」

「無理だった」

「二人は何を見つけたんだ？」

「たった一つだけあったホテルの一室さ。それから、蛇はたったの三匹だけだった。そして彼は四分で噛まれた」

「ホテルが毒蛇を部屋に入れるのを許したってことか？」

「ホテル側は知らなかったんだ。蛇を用意した男は航空会社のバッグに入れて連れてきた。それは何もかもすさまじいぺてんだったんだけど、男は双方で合意した二十七匹ではなく、三匹だけ連れて現れたんだ」

「つまり、そいつは彼らに蛇を二十七匹用意できると言ってたんだな」

「毒のあるのをね。でも毒蛇じゃなかったんだ。だからオレストは無駄に噛まれただけなんだ。まぬけだ」

「いきなり彼はまぬけになるんだな」

「彼らは自分たちが使うことさえない解毒剤をたくさん持っていた。最初の四分でだよ」

「彼の気分はどうだ？」

「自分がまぬけだったらどう感じる？」

「生きててうれしく思うな」私は言った。

「オレストは違った。彼は視界から消えた。すっかりこもってしまったんだ。それが起きてから誰も彼を見ていない。ドアをたたいても、電話をしても出てこないし、学校にも来ない。男のなかの男だ」

　私はぶらつきながら研究室まで向かい、最終試験の答案に目を通すことにした。ほとんどの学生はもういなくなっていて、今年もまた、手足を剝き出しにして過ごす夏恒例のお楽しみを開始する気で満々だった。キャンパスは暗く、がらんとして、霧でぼんやりとしていた。並木道を通ると、私は二十五メートルほど後ろに誰かがいるのを感じた。見てみると、道には誰もいなかった。私を不安にしているのは銃だろうか？　銃というのは暴力を引きつけ、それを取り囲む力の場に別の銃を引き寄せるのだろうか？　私は素早く百周年記念ホールへ歩いていった。砂利の上を進む足音が聞こえた。ざくざくという目立つ音だ。誰かがそこにいた。駐車場の端に、木々と霧のなかに。銃を持っているのに、なぜ私は怯えているのだろうか？　怯えているのに、なぜ私は走らないのだろうか？　私は五歩数え、すぐに左を見て、誰かが道を並行して歩き、深い影が動くのを目にした。私はよたよたしながらも早足になり、ポケットのなかで銃に手を触れてつかんだ。もう一度見てみると、そいつはいなかった。私は油断せずに速度を落とし、広い芝生を進み、何者かが走るのを耳にした。ドシドシという足の音がリズムをなしていた。そいつは今度は右から来て、全力で速く近づいてきた。私はジグザグに走りだし、自分の背中を狙う何者かにとって、とらえがたい標的となっていることを願った。かつてジグザグに走ったことなど一度もなかった。頭を下げたままにし、かっきりと予測不可能なふうに、進行方向をずらしていた。興味深い走り方だった。私は可能性の範囲に驚いた。左か右にそれるという枠組み内で数多くの組み合わせがありえたのだ。私は小さく左に進み、その幅を拡げ、突如として右へ方向転換し、左に行くよう見せかけ、左に進み、大きく右に進んだ。オープンエリアの端まで二十メートル弱になったところから、ジグザグをやめてアカガシワの木まで可能なかぎり速くまっすぐに走った。私は左腕を突き出し、その木のところを大慌てで反対方向に滑るように回り、同時に、右手を使ってジャケットのポケットからツムウォルトを引き抜いた。そしてついに自分が逃げている人間に立ち向かったのだ。そいつは木の幹に守られているが、私の銃の準備はできている。

これまでに、こんなに器用に何かをしたことはほとんどなかった。襲撃者がどさっと小さな足音を立てながら近づいてくると、私は濃い霧の向こうをじっと見た。おなじみの奇妙なぴょんぴょん歩きを目にして、私は銃をポケットに戻した。もちろん、ウィニー・リチャーズだった。

「こんにちは、ジャック。最初は誰だかわからなかったからまどろっこしい策に出たの。あなただって気づいて、ちょうど会いたかった人だって心のなかで思ったわ」

「どうしてだ？」

「秘密の研究集団のことを聞いてきたときをおぼえてる？　死の恐怖について研究してる人たちのことを？　薬を完成させようとしてる人たちのことを？」

「そうだな――ダイラーだ」

「昨日研究室に、専門誌が転がってたの。『アメリカン・サイコバイオロジスト』よ。興味深い話が載ってたわ。そういう集団がたしかに存在していた。多国籍巨大企業の支援を受けていて。アイアンシティからちょっと離れたところの、看板のない建物内でトップ・シークレットで動いているの」

「どうしてトップ・シークレットなんだ？」

「明白よ。競合する大企業によるスパイ活動の防止のためね。肝心なのは、彼らが目的達成まで非常に近づいたってこと」

「何が起きたんだ？」

「たくさんのことがね。その組織にいる天才で、プロジェクト全体の背後にいる実力者の一人はウィリー・ミンクというやつよ。彼は賛否の分かれる人だということがわかった。彼はとにかく賛否両論を巻き起こすようなことをしてるの」

「たぶん私には彼が最初に何をしたかわかるよ。ゴシップだらけのタブロイド紙に広告を出して、危険な実験のボランティアを募ったんだ。**死の恐怖**と記してある」

「すごいわ、ジャック。どうでもいい新聞の小さな広告だった。彼は連絡してきた人たちとモーテルの部屋で面接し、情緒の統合についてテストし、各人の死について のプロフィール作成のため、他にも十以上の事項のテストをした。モーテルで面接したの。科学者と弁護士連中がそれに気づくと、彼らはちょっとキレちゃって、ミンクを懲戒し、全資源をコンピューターでの実験に投入した。キレた連中が表向きはそんな反応をしたの」

「だがそこで話は終わらない」

「そのとおり。ミンクは今では注意深く監視されているという事実があるにもかかわらず、ボランティアの一人がなんとか監視の網をすりぬけた。それからまったく未知で、試験も承認もされてないし、鯨を浜に引き上げるかもしれないぐらいの副作用のある薬を使って、統制されていない人体実験が始まった。統制下にない体格のいい人でね」

「女だ」私は言った。

「大正解。彼女はもともと面接をしたのと同じモーテルで、ミンクに定期的に報告した。タクシーで来ることも、おんぼろでどんよりしたバス停から歩いて来ることもある。ジャック、彼女は何を着ている？」

「わからないな」

「スキーマスクよ。スキーマスクをかぶった女性。他の人たちがミンクがまさにやっている悪巧みに気づいて、口論、憎悪、起訴、屈辱の期間が長く続いた。製薬大手には、あなたや私と同じく、倫理規定がある。プロジェクトの責任者ははずされ、そのプロジェクトは彼なしで進むことになる」

「その記事には彼がどうなったか書いてあったか？」

「執筆者は彼を追跡した。彼はすべての論争の発生源になったのと同じモーテルで暮らしている」

「どのモーテルだ？」

「ドイツ街のよ」

「どこにあるんだ？」私は言った。

「アイアンシティのね。昔のドイツ人区域よ。鋳物工場の裏の」

「アイアンシティにドイツ街という区画があるなんて知らなかった」

「もちろんドイツ人はいなくなったわ」

私はまっすぐに家へ向かった。デニースは『無料長距離電話帳』というペーパーバックにチェックを入れていた。バベットがワイルダーのベッドに座り、物語を読み聞かせていた。

「ランニング用の服装それ自体はどうでもいい」私は言った。「スウェットスーツはときによってはとても実用的な服装だ。でも寝る前にワイルダーに物語を聞かせるときや、ステフィの髪を結ぶときには着ないでほしい。そんな瞬間にはランニング用の服装によって危険にさらされるような、胸を打つ何かがあるんだ」

「でも私がランニング用の服を着てるのは理由あってのことかもしれないのよ」

「どんな？」

「走りに行くの」彼女は言った。

「それは賢明か？　夜なのに？」

「夜って？　一週間に七回夜になるのよ。どこに特異性なんかがあるの？」

「暗いし、湿ってる」

「私たちは目のくらむような砂漠の陽光のなかで生きてるの？　湿ってるって何よ？　私たちは湿気のなかで生きてるのよ」

「バベットはそんな話し方はしないぞ」

「地球の半分が暗くなってるからって、生命は停止しなきゃいけないの？　夜には物理的に走るのを邪魔してくるようなところがあるの？　私は息を切らしてあえぐ必要があるわ。闇って何？　たんに光の別名でしょ」

「私の知っているバベットという人間が、夜の十時に本当に競技場の階段を上りたがっているなんてことを私に納得させられる者は誰もいない」

「望んでいるんじゃなくて、必要なの。私の人生はもう望みかどうかなんていう領域にはないの。私はやらなきゃいけないことをやるの。息を切らしてあえぐ。走る人たちはみんな、それが必要だってわかってる」

「どうして階段を駆け上がらなきゃいけないんだ？　君は砕けた膝を再強化しようとするプロのスポーツ選手じゃない。平らなところを走ればいい。そこにエネルギーを注ぎすぎるなよ。今日ではあらゆることにエネルギーを注ぐことになってるんだから」

「これが私の人生なのよ。私はエネルギーを注いでしまうの」

「そんなの人生なんかじゃない。ただの運動だろ」

「走る人間には必要なのよ」彼女は言った。

「私も必要としてるし、今夜は車が必要なんだ。私を待たずに先に寝ててくれ。いつ戻るかわからないから」

私は、どんな不思議な案件で雨の降りしきる夜に車を運転しなければならず、帰りの時間もわからないのかと彼女が問うてくるのを待った。

彼女は言った。「私は競技場まで歩けないし、五、六回階段を駆け上がってから、歩いて家に戻るなんてできないわ。私をあそこまで車で連れて行って、私を待って、家に戻る。そうしたら車はあなたの自由よ」

「そんなのは求めていないよ。何を考えているんだ？　車がほしいなら、持って行けばいい。道は滑りやすくなっている。それがどういうことかわかるよな？」

「どういうこと？」

「シートベルトを締めるんだ。それに空気が冷えている。空気が冷えてるってのがどういうことかはわかってるね」

「どういうこと？」

「スキーマスクをかぶれってことだ」私は彼女に言った。

温度調節器が音を立て始めた。

私はジャケットを着て外へ出た。空中毒物事件以来、隣人のストーヴァー一家は車をガレージではなく私有車道に置き、公道に向け、鍵はさしっぱなしにしていた。私はストーヴァー家の車道を歩き、車に乗った。ダッシュボードと座席の後ろにはゴミ入れがかかり、そのなかのビニール袋はガムの包み紙、チケットの半券、口紅で汚れたティッシュ、つぶれたソーダ缶、しわくちゃのチラシにレシート、灰皿の残骸、アイスキャンディの棒にフライドポテト、しわくちゃのクーポンにペーパーナプキン、歯の欠けた小型の櫛《くし》などでいっぱいになっていた。こうして慣れてきたところで、私はエンジンをかけ、ライトをつけ、発進した。

ミドルブルックを越えるとき、私は赤信号を突っ切った。高速道路の入口に着いたときには他の車に道を譲らなかった。アイアンシティに向かう途上でずっと、私は夢のなかにいるような、解放的、非現実的な感覚を抱いていた。料金所では速度を落としたが、わざわざかごに二十五セント硬貨を投げ込みはしなかった。警報が鳴ったが誰も追いかけてこなかった。何十億も負債のある州にとって二十五セント硬貨一枚が何だというのだ？　我々が九千ドルの盗難車について語っているときに二十五セントが何だというのだ？　こうやって人は大地に引き寄せられるのから逃れているに違いない。我々を刻々と死へと近づける、重力による木の葉のひらめきから。単に服従をやめるのだ。買うのではなく盗み、話すのではなく撃つ。私は雨の降るなかアイアンシティに向かう道で、さらに二つライトをつけた。遠くにある建物群は横長で背が低く、魚と農産物の市場、古い木製の張り出し屋根のついた肉屋があった。街に入るとラジオをつけた。話し相手というものは、周りに何もない幹線道路にいるときではなく、丸石で舗装された空虚さがこびりつく道を、ナトリウムのガス灯が光るなかを進むときに必要となるのだ。あらゆる町には地区というものがある。私は、車の捨てられた地区、ゴミが収集されていない地区、スナイパーが銃撃する地区、ソファから煙が立ち窓ガラスが割れた地区を車で進んでいった。タイヤの下でガラスの破片がガリガリと音を立てていた。私は鋳物工場へ向かっていた。

ランダムアクセスメモリー、後天性免疫不全症候群、相互確証破壊。

私はまだ極度に気軽でいた。空気よりも軽く、色もにおいもなく、目に見えない。だが軽やかで夢見心地ななかで、何か別のものが、別の秩序の感情が強まっていた。激情のうねりに意志に煽動。私はポケットに手を伸ばし、拳をツムウォルトのざらついたステンレスの鉄の銃身にこすりつけた。ラジオで男が言った。「しちゃだめな場所で小便するんだ」

39

私は鋳物工場の周りを車で二周し、かつてドイツ人がいたことを示すものを探した。私は並んだ家々の前を通り過ぎていった。それらは急な坂道にある玄関の小さな木造家屋で、屋根の傾斜はきつかった。打ちつける雨のなか、私はバス停を通り過ぎた。モーテルを見つけるのにはしばらくかかった。平屋の建物で、高架道路のコンクリートの支柱に隣接していた。ロードウェイ・モーテルという名だった。

束の間の愉悦を過激な手管で。

そのあたりには誰もおらず、スプレーの落書きが目立つ、倉庫群と軽工業の区画だった。モーテルには九か十の部屋があり、すべて暗く、車はその前に一台も停まっていなかった。私はその光景をよく見ながらモーテルの前を三度通り、半ブロック離れた高架下の砂利の上に車を停めた。それから私はモーテルに歩いて戻った。それらは私の計画の最初の三要素だった。

計画はこうだ。何度か現場の前を車で通り、少し離れたところに車を停めて、徒歩で戻り、本名か偽名を使うグレイ氏の居所を突き止め、痛みが最大になるようはらわたを三回撃ち、武器の指紋を拭き取り、被害者の動かぬ手に置き、クレヨンか口紅を見つけ、全身鏡に自殺者による意味不明の言葉を殴り書きし、被害者の備蓄していたダイラーの錠剤を持ち出し、車にこっそりと戻り、高速道路の入口まで進み、ブラックスミスに向けて東へと進み、高速から古い川ぞいの道に降りて、トレッドウエル老のガレージにストーヴァーの車を停め、ガレージの扉を閉め、雨と霧のなか、家へと歩くのだ。

優雅だ。軽やかな気分を取り戻してきた。私は正気を保ちながら進んでいた。自分が一つ一つ手順を進めていくのを眺めた。手順を進めるごとに、経過、構成要素、他と関連した各事柄について、私は自覚的になっていったのだった。水がしずくになって地表に落ちていた。私は物事を新しい視点から見た。

事務所のドアの上にアルミの天幕がかかっていた。ドアのくぼみには小さなプラスチックの文字がさしてあり、メッセージとなっていた。メッセージは以下のものだった。NU MISH BOOT ZUP KO.

ちんぷんかんぷんだが、高尚なちんぷんかんぷんだ。

私は壁ぞいに進んでいき、窓の向こうを見た。計画はこうだった。壁に背中をつけて窓のそばに立ち、首を回して部屋のすみまで見る。何もかかっていない窓もあれば、ブラインドかほこりっぽい日よけのかかっている窓もあった。暗い室内のどこらへんに椅子やベッドがあるかがある程度はわかった。トラックが頭上でガタガタと音を立てて進んでいた。端から一つ手前の部屋で弱々しい明かりがちらついた。私は窓のそばに立ち、耳をすませた。首を回し、右目のすみから部屋を覗いた。何者かが低い肘掛け椅子に座り、ちらつく明かりを見上げていた。私は自分が建物と排水路のネットワークの一部になったような気がした。私にはこの出来事の本質がわかっていた。暴力に、激烈な破壊に向かうにつれ、私は実際の姿をした物事に近づいていた。しずくとなった水が落ち、その表面はきらめいていた。

ノックの必要もないことがわかった。ドアは開くのだろう。ノブをつかみ、ドアをそっと開き、部屋に滑り込んだ。こっそりとだ。簡単だった。何もかも簡単だろう。私は部屋のなかに立ち、物事を感じ、部屋の様子に、濃密な空気に注目した。さまざまな情報が押し寄せ、ゆっくりと漸増していった。その人物はもちろん男で、脚の短い椅子に体を大の字にして座っていた。アロハシャツにバドワイザーの短パンという格好だった。ビニールサンダルが足に引っかかっていた。みすぼらしい椅子に、しわくちゃのベッドに、業務用カーペットに、ぼろぼろのドレッサーに、哀愁漂う緑色の壁に、天井に入ったひび。テレビは金属の支柱で高いところに設置され、彼のほうに向いていた。

ちらつく画面から目を離さずに、彼のほうが先に話した。

「あんたは思い悩んでいるとか落胆してるとかか？」

私はドアのそばに立った。

「ミンクだな」私は言った。

ついに彼は私を見た。なで肩でありふれた顔をした、大柄で人なつこそうな人物を見たのだった。

「ウィリー・ミンクとはどういった名前なんだ？」私は言った。

「下の名前と苗字だ。他の誰とも同じようにな」

彼の口調には訛りがあっただろうか？　その顔はくぼんで奇妙な感じで、額と顎は突き出ていた。彼は音声なしでテレビを見ていた。

「こういう頼もしいオオツノヒツジのなかには無線機能がついたのがいたんだ」彼は言った。

私は圧迫感と物事の濃密さを感じた。あまりにも多くのことが発生していた。私は脳内で分子が神経系経路を進みながら活性化するのを感じた。

「あんたはダイラーのためにここにいる。もちろん」

「もちろんだ。他に何がある？」

「他に何がって？　恐怖を取り除くんだ」

「恐怖を取り除く。鉄格子を取り除く」

「鉄格子を取り除く。そのためにみな俺のところに来る」

計画はこうだった。事前の知らせなしに入り、彼の信頼を得て、無防備になる瞬間を待ち、ツムウォルトを取り出し、苦痛が最大になるようゆっくりと彼のはらわたを三回撃ち、銃を彼の手に置き孤独な男が自殺したように見せかけ、一貫性に乏しいことを鏡に書き、ストーヴァーの車をトレッドウェルのガレージに置いておく。

「ここに来たのならば、あんたはあるふるまいに同意することになるんだ」ミンクは言った。

「どんなふるまいだ?」

「部屋でのふるまいだ。部屋について重要なのはそれが内側にあるということだ。それを理解しないやつは、誰も部屋に入るべきじゃない。人は室内ではあるふるまいをし、路上や公園や空港では別のふるまいをする。部屋に入るということは、別の種類のふるまいに同意するということだ。そうすると、これが室内で行われる種類のふるまいということさ。駐車場やビーチとは反対に、これが標準だ。それが部屋の要諦だ。この要諦を知らずには、誰も部屋に入るべきじゃない。部屋に入る者と、入られる部屋の主とのあいだには、野外劇場や屋外プールと違って、明文化されない合意があるんだ。部屋の目的は、部屋のこの特殊な性質に由来する。部屋は内側に存在している。それが室内にいる者が合意しなきゃいけないことだ。芝生、草原、野原、果樹園との違いだ」

私は完全に同意した。それはしかと意味をなす。視界内のものをはっきりとさせて固定し、それにねらいをつけるのでなければ、私はなんのためにここにいたことになるのか? 私は雑音を耳にした。それはかすかで、単調で、白かった。

「セーターを編み始めるには」彼は言った。「まずはどんな袖が自分の必要を満たすか問うことになる」

彼の鼻は低く、肌の色はプランターズピーナッツのようだった。スプーン型の顔はどこに由来しているのか? 彼はメラネシア人か、ポリネシア人か、インドネシア人か、ネパール人か、スリナム人か、オランダ系中国人か? 混ざっているのか? ダイラー目当てで何人来たのか? スリナムはどこだったか? 私の計画の進行具合はどうだろうか?

私は彼の着たゆるめのシャツにちりばめられた椰子の木のプリントと、バミューダショーツの表面に多数ある、バドワイザーの模様をじっくりと見ていた。短パンは大きすぎだった。目は半分閉じていた。髪は長く先が尖っていた。空港で足止めされ、退屈必至の待ち時間と喧騒に長いこと打ちのめされた旅行者のように、彼は手足を大の字にしていた。私はバベットを哀れに思い始めた。こんなやつが彼女にとっての逃避先、心の平安を得るための最後の希望だったのだ。この生気のないくたびれた男が。今やよくいる薬物商人にすぎず、先の尖った髪をし、静まりかえったモーテルで狂おうとしているやつが。

音の断片、ぼろきれ、宙を舞うほこり。高尚なものとされた現実。透明でもある濃密さ。表面がきらめいていた。水が球状の塊、球体、しぶきとなって、屋根を打っていた。暴力が間近だ。死が間近だ。

「ストレスにさらされたペットには食事の処方が必要かもしれない」彼は言った。

もちろん彼はいつもこうだったのではなかった。彼はプロジェクト責任者であり、活動的で人使いが荒かった。今でさえも、私はその顔と瞳に、ビジネスマン的なそつのなさと知性の微弱な残滓を見出せた。彼はポケットに手を伸ばし、白い錠剤をいくつか手に取り、口のほうへと投げた。口に入ったものもあれば、入らずに飛んでいってしまったものもあった。あの円盤型の錠剤だ。恐怖を終わらせるもの。

「もともとはどこの出なんだ？　ウィリーと呼んでいいかな？」

彼は考え込み、思い出そうとしていた。私は彼を落ち着かせ、自分自身について、ダイラーについて話すよう仕向けたかった。私の計画の一部について。計画はこうだった。首を回して部屋を見て、彼を落ち着かせ、無防備になる瞬間を待ち、痛みを最大限に感じさせられるようはらわたに三発撃ち、ダイラーを奪い、川ぞいの道で降り、ガレージのドアを閉め、雨と霧のなか家に向かうのだ。

「俺はいつもあんたが今目にしてるような人間だというわけじゃなかったんだ」

「まさに今考えていたことだよ」

「俺は重要な仕事をしてたんだ。自分に嫉妬したよ。俺は文字どおり出資されてたんだ。恐怖なしの死はありふれたものだ。それがあれば生きられるんだ。俺はアメリカのテレビ番組を見ながら英語を身につけた。俺はテキサスのポートオーサンで初めてアメリカ流のセックスをした。連中が言ったことは全部正しかった。思い出せたらいいんだが」

「君は恐怖の要素がなくなれば、我々の知っている死というものはなくなると言っているんだな。みなそれに順応し、必然として受け入れると」

「ダイラーは失敗だった。不本意だけど。でも絶対にできる。今かもしれないし、でも無理かもしれない。手の熱で実際に、蠟紙に金箔をくっつけられるだろうね」

「ついには効果的な薬ができると君は言っているんだな。恐怖の治療薬が」

「偉大な死がそれに続く。さらに効果的で生産的なものが。それは、ウーライト洗剤でスモックをこするような科学者連中には理解できないものだ。だからって、俺はメトロポリタン・カウンティ・スタジアムの高みから見た死に対して、個人的な反感は何も抱いてないがな」

「君は死が順応すると言ってるのか？　我々が説得しようとする試みを、死が逃れるのか？」

　それは前にマーレイが言っていたことと似ていた。マーレイもまた言っていた。「内臓への一発を思い浮かべるんだ。敵がほこりのなかで血を流すのを見る。そいつは死に、君は生きる」

　死が近い。金属製の投射物が肉にめり込み、内臓に一発喰らわせるのが近い。私はミンクがさらに錠剤を顔に投げつけ、甘い物のようになめ、ちらつく画面に目を向けながら、薬を摂取するのを眺めた。波動に、光線に、凝集した光。私は物事を別の観点から見た。

「あんたと俺のたった二人のあいだで」彼は言った。「俺はこれをキャンディのように食べる」

「ちょうどそのことを考えていた」

「どれぐらい買いたい？」

「私にはどれぐらい必要だ？」

「俺の目ではあんたは五十ぐらいのがっしりした白人の男だ。それがあんたの苦しみの説明になっていないか？　俺の目ではあんたは灰色の上着に薄茶色のズボンという格好の人間だ。どれぐらい正しいか教えてくれ。華氏を摂氏にすること。それがあんたのやることだ」

　沈黙が訪れた。ものが輝き始めた。みすぼらしい椅子、ぼろぼろのドレッサー、しわくちゃのベッドが。ベッドにはキャスターがついていた。私は思った。こいつが私を苦しめる灰色《グレイ》の人物なのだ。妻を寝取った男。彼がベッドに座って錠剤を飲み込んでいるときに、彼女はベッドを押して部屋中を動き回っていたのだろうか？　それぞれがベッドの片側にうつぶせになり、車輪に手を伸ばしていたのだろうか？　二人はその営みによってベッドを動かしていたのだろうか？　小さな車輪つきの台の上での枕とシーツによる些事で？　今の彼を見てみるんだ。暗がりのなかで輝き、老人のようににっこりとしている。「俺はこの部屋で過ごしたときのことをほとんどおぼえていないんだ」彼は言った。「俺が間違える前のことだが。スキーマスクをかぶった女がいて、今は名前が抜落ちてしまっている。アメリカ流のセックスだ。言わせてくれ。それで俺は英語を習得したんだ」

空中には第六感でしかわからない物質が満ちていた。死にさらに近づき、予知したものにさらに近づいた。濃密な破壊。私は部屋の中央へと二歩進んだ。計画は優雅だった。だんだんと近づき、彼の信頼を得て、ツムウォルトを取り出し、はらわたに最大限の苦しみを与えるため彼の体の中心に三発の銃弾を打ち込み、武器の指紋を拭き取り、鏡と壁に自殺を思わせるカルト的メッセージを書き込み、ダイラーの残りを奪い、車に密かに戻り、高速道路の入口まで運転し、ブラックスミスに向けて東へ進み、ストーヴァーの車をトレッドウェルのガレージに残し、雨と霧のなかを家に向かって歩く。

彼はさらに錠剤を飲み込み、バドワイザーの短パンの前の部分に落としていた。私は一歩進んだ。砕けたダイラーの錠剤が、難燃性のカーペットの至るところに散っていた。踏みつけられ、踏みつぶされていた。彼はいくつかの錠剤をテレビ画面に投げつけた。テレビは銀色の金具のついたウォルナットの薄板のなかにあった。映像がひどく揺れた。

「さて俺はメタリックゴールドのチューブを取って」彼は言った。「パレットナイフと無臭のニスを使って、パレット上の絵の具を濃くするんだ」

私は薬の副作用についてのバベットの発言を思い出していた。試しに言ってみた。「飛行機が落ちる」

彼は私を見て、椅子の肘掛けを握った。その目にパニック発生の最初の徴候が現れた。

「急落する航空機」一語一語を歯切れよく命令的に発音しながら、私は言った。

彼はサンダルを足から放り出し、体を丸めて墜落時に推奨される姿勢を取った。頭を前方にやり、両手を膝の下で結んでいた。彼はその動作を自動的にとり、まるで子供かものまね師のごとく、非常な体のやわらかさで器用にそれに専念した。興味深い。この薬は使用者に、言葉とそれが指し示すものを混同させるだけでなく、やや型どおりの行動を取らせもするのだ。私は彼がそこでへたり込み、震えているのを目にした。これが私の計画だった。部屋のすみを見て、予告なしに入り、彼を震えさせ、最大で三回彼を銃撃し、川ぞいの道で降り、ガレージのドアを閉める。

私は部屋の中央に向けてさらに一歩進んだ。テレビの映像が飛び込み、ゆらめき、もつれると、ミンクはよりはっきりと見えるようになった。事件の正確な性質。実際の状態にある物事。ついに彼はしっかりと丸まった状態を解いて、うまく立ち上がり、あわただしい雰囲気のなか、その輪郭をあらわにした。ホワイトノイズが至るところから聞こえてくる。

「鉄分、ニコチン酸、ビタミンB2を含みます。俺は英語を飛行機で習得したんだよ。航空業界の国際語だ。なぜあんたはここにいるんだ、白人が？」

「買うためだ」

「ずいぶん白いな、自分でわかってるか？」

「それは私が死にかけてるからだ」

「これであんたは治るよ」

「それでも私は死ぬんだ」

「でもそれは重要じゃない。同じことになるんだ。あの元気なイルカたちには無線機能を持ったやつらがいるんだ。あの動物が広範囲にわたって移動することは、俺たちにいろいろと教えてくれているよ」

私は意識しながら進み続けた。ものが輝き、そこから秘密の生活が立ちのぼっていた。縦長の球形になった水が屋根を打っていた。私は初めて雨とは本当は何かを知った。湿気とは何かを知った。私は脳内の神経化学と夢の意味（予感の廃棄物）を理解した。素晴らしいものが至るところにあり、部屋中をゆっくりと駆けめぐっていた。豊かさに濃密さ。私はすべてを信じていた。私は仏教徒であり、ジャイナ教徒であり、ダック・リバー・バプティストだった。私の唯一の悲しみはバベットだ。こんなえぐれた顔にキスしなければならなかったなんて。

「彼女は俺の顔にキスしないですますためにスキーマスクを身につけていたんだ。そんなのはアメリカ的じゃないと彼女は言ってたけど。俺は彼女に部屋は内側にあると言ったんだ。そのことに合意せずに部屋に入ってはいけない。それが肝心なところだ。水中から現れる海岸線や大陸プレートと違ってな。あるいはあんたは天然の穀物、野菜、卵を食べ、魚と果物は食べない。あるいは果物、野菜、動物性蛋白質を食べ、穀物と牛乳は摂らない。あるいはB12のために多くの豆乳を摂り、インシュリンの放出を制御するために多くの野菜を摂り、でも肉、魚、果物は摂らない。あるいは白身の肉を摂り、赤身の肉は摂らない。あるいはB12は摂るが、卵は摂らない。あるいは卵は摂るが、穀物は摂らない。有効な組み合わせが無限にあるんだ」

もう殺す準備はできていた。だが私は計画を曲げたくなかった。計画は手の込んだものだった。何度か現場を車で通り、モーテルに徒歩で近づき、首を回して部屋のすみを覗き、本名のグレイ氏を特定し、事前に何も言わずに入り、彼の信頼を得て、だんだんと近づき、彼を震えさせ、無防備な瞬間を待ち、二十五口径のオートマティック式ツムウォルトを取り出し、深く強烈な痛みを与えられるよう、最大限にゆっくりとはらわたに三発ぶっぱなし、指紋を拭き取り、武器を犠牲者の手に置き、モーテルにこもった輩によるありふれた新鮮味のない自殺に思わせ、品のない言葉を犠牲者自身の血で塗りつけて彼の最後のカルトがらみの狂乱の証拠とし、ダイラーの残りを奪い、車にこっそりと戻り、ブラックスミスまで高速に乗り、ストーヴァーの車をトレッドウェルのガレージに置き、ガレージのドアを閉め、雨と霧のなかを家に向かって歩くのだ。

私は光がちらつくあたりまで進み、陰からぼんやりと現れたように見えるよう努めた。ポケットに手を入れ、武器をつかんだ。ミンクは画面を見ていた。私は彼に向けて穏やかに言った。「銃弾の嵐を」私の手はポケットに入ったままだった。

彼は床に倒れ、バスルームへと這って進み、肩越しに振り返り、子供のように、ものまねをしながら、大袈裟な反応をしてはいたが、本当の恐れと輝かしいへつらった恐怖を示していた。私は彼についてトイレに入り、疑いの余地なく彼がバベットとポーズを取ったはずの全身鏡の前を通った。彼の毛深い手足は反芻動物のごとくだらりとたれた。

「集中砲火だ」私は囁いた。

彼は便器の向こうで体をくねらせ、両手を頭の上にやり、両足をぴたりとくっつけていた。私は入口のところにぼんやりと現れた。ミンクの視点を考慮して、意識的にぼんやりと現れ、自分を大きく、恐ろしく見せていた。自分が誰かを知らしめる時だった。それも計画の一部だった。私の計画はこうだった。私が誰かを知らしめ、なぜ彼はゆっくりと苦しんで死ぬことになるのか理由を知らしめるのだ。私は名前を明かし、スキーマスクの女との関係を説明した。

彼は両手を股の上にやり、便器の向こうのトイレのタンクの下に身を突っ込もうとしていた。室内の雑音はあらゆる周波数で同じくらいに強烈だった。音があたりに満ちていた。私はツムウォルトを取り出した。大いなる名もなき感情が胸にぶち当たった。私は意味の編み目のなかで自分が何者なのかがわかっていた。水がしずくになって落ち、地面は光っていた。私は物事を新しい視点から見た。

ミンクは片手を股から上げ、ポケットからさらに錠剤をつかみ、自分の開いた口に放り込んだ。その顔は白い音がざわつく、惑星の地表にある白い部屋のすみに浮かび上がっていた。彼は体を起こし、もっと錠剤を見つけるためにシャツのポケットを切り裂いた。その恐怖は美しかった。彼は私に言った。「なぜだか不思議に思ったことはないかい？　三十二本の歯のうちで、この四本がとにかく問題を起こすのを。俺はすぐに答えられるぜ」

私は銃で、武器で、ピストルで、火器で、オートマティックで撃った。白い部屋で音が雪だるま式に響き、反響が増していた。私は犠牲者の体のまんなかから血がほとばしるのを眺めていた。優美な弧を描いている。私は色彩の豊かさに驚嘆し、無核細胞の色彩を引き起こす作用を知った。その流れはしずくへと変わっていき、タイルの床に拡がっていった。言葉を失って私は見ていた。私は赤がどんなものなのかを知り、それを主波長、輝度、純度という観点から見たのだった。ミンクの痛みは美しく、強烈だった。

私はただ撃つために二発目を撃ち、その経験を和らげ、音波が室内で層をなすのを聞き、衝動が私の腕を上げるのを感じた。銃弾は右の座骨に命中した。短パンとシャツに赤ワイン色のしみが現れた。彼に注目するために私は動きを止めた。彼はトイレの便器と壁のあいだに座ってかたまり、片足のサンダルが脱げ、すっかり白目になっていた。私は自分をミンクの視点から見ようとした。ぼんやりと現れ、優勢で、生命力を得て、命の貯金を貯めている。だが彼は視点など持てないぐらいに遠くまで行ってしまっていた。

上手くいっていた。どれだけ上手くいったがわかってうれしかった。トラックが頭上でガタガタと走っていた。シャワーの水よけカーテンからはカビの生えたビニールのにおいがした。豊かさに、強烈な破壊。私は血を踏んで足跡を残してしまわないよう気をつけながら、座っている人物に近づいた。ハンカチを取り出し、武器をきれいにふいてからミンクの手に置き、注意しながらハンカチを引き離し、なんとか彼の骨張った指の一本一本で台尻をつかませ、慎重に人差し指を引き金にかけた。彼は少しだが、口から泡を吹いていた。私は打ち砕くような瞬間の残滓を、社会の暗い周縁での下劣な暴力と孤独な死の現場を調べるために後ろに下がった。これが私の計画だった。後ろに下がり、下劣さを見つめ、物事が正しく配置されているか確認した。

ミンクの両目は頭骨から落ちくぼんでいた。それは少しのあいだ光った。彼は片手を上げて引き金を引き、私の手首を撃った。

世界が内向きに崩壊し、あらゆる鮮明な感触と関連性が日常的な事物の堆積のなかに埋もれた。私は失望した。痛くて、呆然とし、そして失望した。謀略を実行するうえで私が用いた高次のエネルギーに何が起きたのか？　痛みは焼けつくようだった。血が前腕、手首、手のひらを覆っていた。私は後ろによろめき、うめき、指先から血が滴るのを眺めていた。私は悩み、困惑した。視界のすみに色のついた点が現れた。おなじみの飛び交う斑点だ。次元を超え、知覚を超えた何かが、目で見える混乱や、飛び回るさまざまな無意味なものへと変えられてしまった。

「そしてこれが温かな空気の到来を示すのかもね」ミンクは言った。

私は彼を見た。生きている。膝は血まみれだ。物事と感覚の通常の秩序を取り戻して、私は自分が初めてミンクを一人の人間として見ているのを感じた。昔ながらの人間の混乱と気まぐれが再び生じた。同情、悔恨、慈悲。だがミンクを助ける前に、私は自分のために基本的な手当てをしなければならなかった。今一度、私はハンカチを取り出し、右手と歯を用いて左手首にできた銃弾によるくぼみのちょうど上を、つまりは傷と心臓のあいだをしっかりと縛った。それからなぜだかはよくわからないが、傷の部分を吸い、そのため口に入った血とどろどろしたものを吐き出した。銃弾は手首の表面をかすっただけで、進路がそれていた。無傷のほうの手を使って、私はミンクの何も履いていない足をつかみ、血がまだらになったタイルの上を引っ張っていった。まだ銃を拳でつかんでいた。ここには何か贖罪のようなものがあった。足を持ってタイルの上を引きずり、薬の落ちたカーペットの上を引きずり、ドアを抜け、夜のなかへと進む。大きく、偉大で、眺めのよい何か。悪事を犯し、高貴なる行いによって埋め合わせようとするのは、頑なに中立的な人生を生きるよりも優れたことだろうか？　暗く誰もいない道をひどい怪我をした男を引きずって進みながら、自分が高潔ぶっていること、自分が血まみれで堂々としていることに、私は気づいていた。

雨はやんでいた。私はあとに残した血の量に驚いていた。多くは彼のものだ。歩道は縞模様になっていた。興味深い文化的遺物だ。彼は弱々しく手を伸ばし、ダイラーを喉に落とした。銃を持った手はだらりと垂れていた。

私たちは車にたどり着いた。ミンクの足が勝手にばたつき、体は揺れに揺れ、少し魚のようだった。疲れ果てたあえぐような音を発していて、酸欠状態だった。私は人工呼吸を試みることにした。彼のほうに体を傾け、親指と人差し指で鼻をふさぎ、それから顔を彼のほうへと下ろしていった。この行為のぎこちなさと気味の悪い親密さが、この状況においてそれを余計に威厳のあるものとしていた。大きければ大きいほど、より寛大になる。彼の肺に強烈な空気を送るため、私は彼の口に近づいていった。唇を丸め、吹き込む用意はできていた。彼の目が私を追った。おそらく彼はキスされようとしていると思ったのだろう。私はその皮肉を味わった。

彼の口は、もどしたダイラーの泡、噛みかけの錠剤、蠅の糞のような高分子のかけらであふれていた。私は怒りを超えて、自分が大きくなり、無私の感覚を得たように感じていた。これが無私への鍵だったのだ。あるいは、車道の下のゴミだらけの路上で、怪我をした男の上でひざまずいて、リズミカルに息を吐いているとそんなふうに思えた。嫌悪を通り越すんだ。汚れた肉体を許せ。それをしっかり抱きしめるんだ。それから数分が過ぎると、彼が意識を取り戻し、順調に呼吸するのを感じた。私は彼の上にとどまり、我々の口はほとんどくっつきそうだった。

「俺を撃ったのは誰だ？」彼は言った。

「君がやったんだ」

「誰があんたを撃ったんだ？」

「君がやったんだ。銃を手に握っているだろ」

「俺がやろうとしたことの肝心なところは何だ？」

「自分を抑《おさ》えられなかったんだ。君に責任はない。私は君を許すよ」

「あんたは誰なんだ、いったい？」

「通行人。友人だ。そんなのどうでもいい」

「ヤスデには目があるのと、ないのがいるんだ」

多大な努力によって多くの嘘が始まり、私は彼を車の後部座席に乗せた。彼はうめきながら体を伸ばしていた。私の手と服についた血が、彼のものなのか自分のものなのかもはや区別しようがなかった。私の人間らしさが空高く舞った。私は車を発進させた。片腕はずきずき痛むが、今は燃えさかるほどではなかった。誰もいない道を片手で運転し、病院を探した。アイアンシティ産科。慈悲の母。哀れみと信頼。あるものなら何でも利用するつもりだった。たとえ街のうちで最悪の部分にある緊急病院でも。結局のところ、そこが我々の属する場所だった。複数の切り傷があり、浅い傷と深い傷があり、鈍器による傷があり、心的外傷があり、薬物の過剰摂取があり、強烈な精神錯乱があったのだ。道を走っているのは、牛乳配達のバンに、パン屋のバンに重量トラックがいくつかだけだった。空が明るくなりだした。我々は入口にネオンで光る十字架のある場所まで来た。それは三階建ての建物で、ペンテコステ教会か、デイケアセンターか、組織化された若者による何らかの運動の世界本部のように思われた。

車椅子用のスロープがあり、ということは私がミンクの頭を階段に打つことなく、玄関の扉まで引っ張っていけるということだった。私は彼を車から出し、太い足をつかんでスロープを上がっていった。彼は血の流れを止めるため、片手を体のまんなかに当てていた。銃を持った手は引きずられていた。夜明けだ。この瞬間には広大さがあり、叙事詩的な哀れみと同情があった。彼を撃っておきながら、撃ったのは自分自身だと彼に信じさせ、私は我々両方に、我々全員に敬意を表したように感じた。二人の幸運を混ぜ合わせ、物理的に彼を安全なところまで連れてきたことによってだ。重たい彼を引っ張りながら、私はゆっくりと大股で歩んだ。罪を贖おうという人間の試みによって、今償《つぐな》おうとしている罪を犯したときにその者の感じた高揚感を長引かせてくれるかもしれないということは、私には思い浮かばなかった。

私はベルを鳴らした。数秒で何者かが扉のところに現れた。年配の女で修道女だった。黒い修道服とヴェールに身を包み、杖にもたれている。

「我々は撃たれました」手首を宙にかかげて私は言った。

「ここではよく目にすることです」彼女は訛りのある声で事務的に言い、振り返ってなかへと進んでいった。

私はミンクを引きずり、入口をくぐった。この場所は診療所のようだった。待合室や仕切られたブースがあり、

X線、視力検査と書かれた扉があった。我々は年配の修道女についていき、外傷診療室に入った。力士のようながっしりとした体つきの二人の用務員が現れた。彼らはミンクをテーブルの上に乗せ、慣れた手つきで彼の服を引き裂いた。

「インフレ調整後の実質所得」彼は言った。

さらに多くの修道女が来たが、精力的で老齢で、互いに対してドイツ語で話しかけていた。彼女たちは輸血用の機器を運び、きらめく器具を入れたトレーを台車に載せて運んでいた。最初に出てきた修道女はミンクに近づき、彼の手から銃を取り去った。彼女がそれを机の引き出しに放り投げると、そのなかには他に、拳銃が十丁ばかりとナイフが六本入っているのが見えた。壁にはジョン・F・ケネディとヨハネス二十三世が天国で握手をしている絵がかけられていた。天国はやや曇った場所だった。

医者が到着した。スリーピースのみすぼらしいスーツを着た初老の男だった。彼は修道女にドイツ語で話し、今では部分的にシーツで覆われているミンクの体を調べた。

「なぜ海鳥がサンミゲルまで来たのか誰にもわからない」ウィリーは言った。

私は彼のことが好きになってきていた。最初に出てきた修道女が私をブースまで連れて行き、傷を見てくれた。私は発砲について説明しだしたが、彼女はまったく興味を示さなかった。私はそれが弱い弾の入った古い銃によるのだと話した。

「なんて暴力的な国なのかしら」

「あなたは長いことドイツ街にいるのですか?」私は言った。

「私たちは最後のドイツ人です」

「ここで今暮らしているのは誰なんです、たいていは?」

「ほとんど誰もいません」彼女は言った。

さらにたくさんの修道女が重いロザリオをベルトからぶら下げてそばを通った。私はそれが陽気な光景だと思った。空港で同じような人々を目にして思わず微笑んでしまうといった感じだ。

私は修道女に名をたずねた。シスター・ヘルマン・マリー。私は好感を得ようとして、ドイツ語を少し知っていると言った。少なくとも初期段階——自分がうまく優位に立てるかもしれないという希望を恐怖と不信感が押しつぶすより前——には、私はあらゆる医療関係者に同じことをしていた。

「グート、ベッサー、ベスト」私は言った。

微笑みが彼女のしわだらけの顔に浮かんだ。私は彼女のために数を数え、ものを指さし、その名を言った。彼女は幸せそうにうなずき、傷口を清め、殺菌したパッドで手首を包んだ。彼女は私には添え木は必要ないだろうと言い、医者が抗生物質の処方箋を書くだろうと私に伝えた。我々は十まで一緒に数えた。

さらに修道女が二人現れた。しおれていて、がたがきていた。我が修道女は彼女たちに何かを言い、じきに、我々四人全員が素敵なことに子供らしい対話に熱中した。我々は色彩、洋服、体の各部分をドイツ語で言った。私はヒトラー学者といるときより、ここでドイツ語話者と一緒にいるほうがはるかに落ちついた。ものの名を口にすることには、神を喜ばすほど無垢な何かがあるのだろうか？

シスター・ヘルマン・マリーは銃弾による傷口に仕上げの触診をした。座っている椅子から、私にはケネディと教皇が天国にいる絵がはっきりと見えた。私は密かに絵に感嘆していた。それを見ると気分がよくなり、気持ちが穏やかになった。大統領は死後も生き生きとしている。教皇の平凡さはある種の輝きである。なぜそれが本当ではいけないのか？　なぜ彼らが未来のどこかで会い、ふわふわの積雲を背にして手を握ってはいけないのか？なぜ我々はみな、プロメテウスのような神々と凡庸な人間についての叙事詩のごとく、空高く、よく形作られた、輝かしい場所で会ってはいけないのか？

私は我が修道女に言った。「今日では教会は天国についてどう言ってるんですか？　それは今でもあんなふうな、空の上にある昔ながらの天国でしょうか？」

彼女は振り返って絵をちらりと見た。

「私たちのことをばかだと思っていますか？」彼女は言った。

私はその返事の力強さに驚いた。

「ならば、教会によれば天国とは何なんですか？　もしもそれが神と天使たちと救われし者たちの魂の住処《すみか》でないならば」

「救われしですって？　救われるって何です？　頭が悪いんですね、こんなところに天使の話をしに来るなんて。天使を見せてくださいよ、さあ。見てみたいものだわ」

「でもあなたは尼さんです。尼さんはそういったものを信じるのでしょう。我々が尼さんを目にすると、勇気づけられるし、それは魅力的で愉快なんです。天使や聖人やあらゆる伝統的なものをまだ信じている人たちがいると思い出せて」

「そんなふうに思っているなんてずいぶんと頭が悪いんでしょうね？」

「大事なのは私が何を信じるかじゃない。あなたが何を信じるかです」

「そのとおりです」彼女は言った。「信じない者には信じる者が必要なんです。彼らは誰かが信じているのを必死で求めているんです。でも聖人を見せてくださいよ。聖人の体から取った毛を一本でもくださいよ」

彼女は私のほうに体を傾けた。そのこわばった顔は黒いヴェールでふちどられていた。私は不安になりだした。

「私たちはここで病人と怪我人のお世話をしています。ただそれだけです。天国のお話をなさるなら、他の場所を見つけてください」

「他のところの尼さんたちはドレスを着ています」私は理知的に言った。「ここではあなた方は古い衣装を身にまとっています。修道服に、ヴェールに、コツコツと音を立てる靴。あなた方は伝統を信仰しているに違いありません。昔ながらの天国と地獄にラテン語のミサ。教皇は無謬《むびゅう》であり、神が六日間で天地を創造した。昔からの偉大なる信仰。地獄とは燃えさかる湖であり、翼を生やした悪魔たちがいる」

「路上から血を流してここに来て、それで私に宇宙を作るのに六日かかったというんですか？」

「神は七日目に休息していた」

「あなたは天使について語るんですか？　ここで？」

「もちろんここでです。他にどこがあるっていうんです？」

私はいらだって困惑し、叫びそうになっていた。

「なぜ世界の終わりにおいて天空で闘う軍隊についてではないのですか？」

「なぜって？　なぜあなたはとにかくも尼さんなんですか？　なぜあんな絵を壁にかけているんですか？」

彼女は後ろへ下がり、その両目は蔑《さげす》むような喜びに満ちていた。

「あれは他の人たちのためのものです。私たちのためではありません」

「でもそんなのばかげてる。他の人たちって何です？」

「他のすべての人々のことですよ。私たちは信じていると信じることに人生を費やす人たちのことです。誰も真剣に受け止めないものを信じることが、私たちのこの世界での任務なんです。そういった信仰を完全に手放したら、人類は死に絶えるでしょう。だから私たちがここにいるんです。ごくわずかの少数派です。古いものを、古い信仰を体現するために。悪魔に、天使に、天国に、地獄をです。私たちがこういったものを信じるふりをしなければ、世界は崩壊するでしょう」

「ふり？」

「もちろんふりですよ。私たちをばかだと思っているんですか？　出て行ってくださいよ」

「天国を信じていないんですか？　尼さんが？」

「あなたが信じていないなら、なぜ私がそうしなければいけないんですか？」

「もしもあなたが信じるなら、私もそうするだろう」

「もしも私が信じるなら、あなたはそうする必要がなくなりますよ」

「昔ながらの混乱と気まぐれだ」私は言った。「信仰、宗教、永遠の生。古くからの人間の偉大なるだまされやすさ。あなた方はそういったものを真剣に受け止めていないと言ってるのか？　あなた方の献身は見せかけだと？」

「私たちの見せかけが献身なんです。誰かが信じているように見えなければなりません。私たちの人生は、実際に信念、信仰を抱いている場合よりも不真面目ということにはなりません。世界から信仰が縮小していくにつれて、誰かが信じているのがさらに重要であると人は気づくんです。洞穴のなかの燃える目をした男たち。黒に身を包んだ修道女たち。口をきかない修道士たち。私たちは信じたままなのです。愚かであり、子供である。信仰を捨てた者たちは、それでも私たちを信じなければなりません。彼らは自分たちが信じないのは正しいと確信してますが、信仰が完全に消えてはならないということも知っています。地獄とは信じる者がいないときです。信じる者はつねに存在しなければならないんです。ばかに、愚か者に、声を聞いた者に、未知の言語で話す者。私たちはあなた方のための狂人なんです。私たちはあなた方が無信仰でいられるために、人生を捧げているんです。あなた方は自分が正しいと確信しているけれど、すべての人が自分と同じように考えるのを望んではいないんです。道化なしにはいかなる真理もない。私たちはあなた方の道化であり、狂女なんです。夜明けに起きて祈り、蠟燭に火をつけ、彫像に向かって健康と長寿を祈る」

「あなたは長生きしている。たぶんそれは効果があるんです」

彼女はからからと笑い、年のせいでほとんど透けている歯を見せた。

「たぶんもう無理ね。信じる者がいなくなるでしょうね」

「その歳月のあいだずっと、あなた方が祈ってきたのは、何のためでもなかったのですか？」

「世界と、愚かな頭脳のために」

「そして何も生き延びなかったのですか？　死が終わりであると？」

「私が何を信じるか、それとも何を信じているふりをしているかを知りたいですか？」

「そんなのは聞きたくない。ひどいものでしょう」

「でも本当ですよ」

「あなたは尼さんですよ。そういうふうに振る舞ってください」

「私たちは誓いを立てます。清貧、貞潔、服従。真剣な誓いです。真剣な人生です。私たちがいなければ、あなた方は生き残れないでしょう」

「あなた方のなかにふりではなく、本当に信じている者もいるに違いない。私にはわかります。何百年もの信仰が数年で尽き果てなどはしません。こういった主題に捧げられた研究分野がありました。天使論です。天使のための神学からの派生分野です。天使の科学です。偉大なる知性がこういったことについて議論しました。現在も偉大なる知性は健在です。彼らはいまだに議論し、いまだに信じています」

「あなたは、路上から足をつかんで一人の人間の体を引っ張ってきて、天空に住まう天使について語る。ここから出て行ってください」

彼女はドイツ語で何かを言った。私は理解しそこねた。彼女は再び話したが、それなりの長さで、顔を私のほうに向け、言葉は荒々しく湿っぽく耳障りなものになっていった。その両目から、私が理解できないのをひどく喜んでいるのがわかった。彼女は私にドイツ語を浴びせていた。言葉の嵐。話が続くほど、彼女は生き生きとしてきていた。上機嫌な激烈さが彼女の声に入り込んでいた。さらに速く、表情豊かに話した。血管が彼女の瞳と顔面で輝いていた。私はリズムを、整然とした拍子を見抜き始めた。彼女は何かを暗唱しているのだと私は判断した。連禱か、賛美歌か、教理問答か。おそらくロザリオの神秘だ。軽蔑的な祈りで私を嘲っているのだ。
奇妙なのは、私がそれを美しいと思ったことである。
彼女の声が弱まると、私はブースを出て、あたりをぶらつき、年配の医者を見つけた。「お医者様《ヘル・ドクトル》」と、まるで映画に登場する人物のように、私は呼んだ。彼は補聴器を作動させた。私は処方箋をもらい、ウィリー・ミンクは大丈夫か訊ねた。大丈夫ではなかった。少なくともしばらくは。だが彼はまた死にもしないだろう。それによって彼は私に対して優位に立った。

運転して家に戻るのに、特に何も起こらなかった。私は車をストーヴァーの家のそばの私道に置いておいた。後部座席は血にまみれていた。ハンドルにも血がつき、ダッシュボードとドアの開閉レバーにはさらに血がついていた。文化的行為と人間の発達の科学的研究。文化人類学。

私は二階に行き、しばらく子供たちを眺めた。全員眠り、夢のなかをうろつき、閉ざされたまぶたの下で目が素早く動いている。私はベッドに入り、バベットに寄りそった。私は靴以外は全身しっかりとした服を着ていたが、彼女はそれを奇妙に思わないだろうとわかっていた。だが心が高鳴っていて、私は眠れなかった。しばらくして、私はキッチンへと下り、コーヒーをいれて座り、手首の痛みと高鳴る鼓動を感じていた。

次の日没を待つ以外にすることはなかった。そのとき空は銅のような輪を描くのだ。

40

それは、ワイルダーがプラスチックの三輪車に乗り、街区中を進み、右に曲がって行き止まりへと至る道に入り、やかましくペダルをこぎながら行き止まりへと向かった日のことだった。ガードレールのそばを通るときは三輪車から降りて歩き、植物が生い茂った区画を通り、二十段のコンクリートの階段まで曲がりくねって進む舗装された歩道を移動するときには、再び三輪車に乗って進んだ。プラスチックの車輪はがたがたと進み、キーッと音を立てて止まった。木々のあいだにある背の高い家の二階の裏側のベランダから眺めていた、恐れおののいた二人の初老の女に、ここでの再現は依拠している。彼は三輪車を降り、歩いて階段を下っていった。三輪車を義務であるかのような感情のこもらない手つきで運んでいき、右側でがたがたいわせ、まるでそれは奇妙な姿の小さな弟のようだったものの、必ずしも大事にしてはいなかった。彼は再び乗り、道路を横切り、歩道を横切り、高速道路と接する草の生い茂った斜面へと進んでいった。ここで女たちが声をかけ始めた。ねえ、ねえと彼女たちは言った。最初は少しためらいがちで、自分たちの目の前で展開される経過の意味合いを受け入れる用意が整っていなかった。男の子は対角線的にペダルをこいで斜面を下り、利口にも下りの角度をゆるめ、下まで達すると停止して、三輪車の先を、渡る距離が最短になりそうに見える反対側の地点に向けた。ねえ、坊や、だめよ。彼女たちは腕を振って、健康な体をした歩行者が現場に現れないか狂ったように探した。一方で、彼女たちの叫びを無視したか、ハッチバックやバンがヒューッと飛ばして走る音が続いたために、それが聞こえなかったワイルダーは、ペダルをこいで大通りを渡ろうとし始め、奇妙なことに突進していった。女たちは口を開いて見ていることしかできなかった。それぞれが片手を空中に上げ、現場が巻き戻しになるよう祈った。朝のテレビ番組での漫画キャラクターのように、あせた青と黄色のおもちゃに乗った彼が、後ろ方向にペダルをこぐのだ。運転手たちにはよく理解できなかった。シートベルトで締めつけられた姿勢の彼らには、この光景が大通りで疾走する意識――それは幅広のリボン状になったモダニスト的流れだった――に属するものでないのがわかっていた。速さのなかに意味があった。標識のなかに、模様のなかに、引き裂かれた第二の生のなかに。それはどういうことだったのか、この小さく回って霞むものは。世界における何がしかの力がねじれていたのだ。彼らは方向を変え、ブレーキをかけ、長い昼に、動物の嘆声のようなクラクションを鳴らした。子供は彼らを見ることさえせず、ペダルをこいで、青い草の細く生えた中央分離帯にまっすぐ進んだ。彼は熱心に、うぬぼれて、手は足と同じぐらい速く動いているように映り、愚か者が意を決してダンスをするみたいに卵形の頭が揺れ動いていた。彼は盛り上がった中央分離帯につきそうになると速度を落とさねばならなかった。分離帯に入れるよう前輪を浮かせたが、その動きは極度にわざとらしく、いくつかの計略に従っているようだった。そして車はかん高い音を立てて通り過ぎ、遅まきながらクラクションが鳴り、運転手の目はバックミラーのなかを探った。彼は三輪車を降りて草の上を歩いた。女たちは彼が再び座席にしっかりとまたがるのを眺めた。そこにいて。彼女たちは声をかけた。行かないで。だめ、だめよ。外国人が単純なフレーズを使うみたいだ。車は来続け、高速道路の終わりなき交通の筋に加わっていた。彼は残った三車線を渡るために出発し、バウンドするボールのごとく、前輪から後輪へと中央分離帯を下りていった。それから頭を振りながら反対側へと急いで進む。車は素早くかわし、脇へそれ、縁石に乗り上げ、窓から驚いた人々の顔が飛び出した。猛烈にペダルをこぐ男の子には、ベランダにいる女たちの視点から自分がどれほどゆっくり移動しているように見えるかなど知りようがなかった。女たちはもう静かになり、事件から離れた。突然疲れてしまったのだ。どれほど彼はゆっくり進んでいることか。自分が風を切っていると彼が思っているならば、それはどれだけ勘違いなのか。それで彼女たちはくたびれたのだった。クラクションは鳴り続け、音波が空中で混じり合い、音の高さが下がり、去った車から大声が飛び出し、しかりつける。彼は反対側にたどり着き、わずかだが車に並行して走り、バランスを崩したようで三輪車から落ち、端《はた》から見るとカラフルに土手へ転がり落ちていった。すぐに再び見えるようになると、彼はところどころで途切れながらも大通りぞいに延びる小川から流れ出た水たまりに尻をつけていた。気が動転して、彼は泣きわめくことに決めた。そうするまでに少し間があった。泥と水にまみれ、横には三輪車があった。女たちは再び声をかけ始め、誰かに行動を起こさせるよう片手を上げた。男の子が水のなかに。彼女たちは言った。見て。助けて。溺れちゃう。そして水たまりで三輪車にまたがり、わーわー泣いている彼は、初めて彼女たちの声を聞いたようだった。土手の上を見上げ、高速道路の向こうの木々のあいだを眺めた。このことによって彼女たちは余計に恐れることとなった。二人は声をかけて手を振り、恐怖を抑えられなくなる初期段階に近づいていた。そのときそこを通った自家用車運転者――そのような人々はこう呼ばれる――が注意深く車を端に停めて降りてきて、土手を滑りながら進み、男の子をどろどろの浅瀬から抱き上げ、やかましく叫ぶ老女たちのために、彼を高々と掲げた。

我々はいつも立体交差に行く。バベットとワイルダーと私でだ。アイスティーを魔法瓶に入れ、車を停め、沈んでいく太陽を眺める。雲が出ていてもやめない。雲はドラマを強化し、光を閉じ込めて形作る。空がかなり雲に覆われていてもほとんど効果はない。光は突き抜け、弧を描く。雲に覆われることでムードが強められる。お互いに対して言うことはほとんど何もない。車がさらに来ると、住宅地に至るまで列ができる。人々は勾配を歩いて上り、立体交差に進む。果物にナッツと冷たい飲み物を手にしていて、主に中高年だ。折りたたみ式のビーチチェアを持ってきて歩道に座る者もいる。だが若いカップルもいて、ガードレールのところで腕を組み西を見ている。空は空虚ではなく、情感に満ち、高尚な生の物語を思い起こさせる。色彩が束になって空高く舞い、それを構成する部分へと分離していくようだ。巻き貝状の空、光の嵐、やわらかく落ちていく光が拡がっている。我々がこれをどう感じればいいかを知るのは難しい。日没を恐れる者もいれば、気分が高揚するという者もいる。だが我々のほとんどはどう感じるべきかわからず、どちら側にもなれる準備が整っている。雨が降ってもやめない。雨はさまざまな風景と、素晴らしく移ろう色彩をもたらす。さらに車が増えると、人々は勾配を歩いて上る。こんな暖かい夕暮れの精神を描き出すのは難しい。空気から予感を得ることはあっても、それは一貫した先例と確かな反応の歴史のある、草野球の試合でジャケットを着ていないシャツ姿の群衆による期待に満ちた真夏のざわめきとは違っている。こうやって待つことは内省をうながし、ぎこちなく、ほとんど後ろ向きで、ためらいがちで、沈黙へと向かわせるのだ。それ以外にどう感じればいいのか？　たしかに畏敬がある。完全なる畏敬だ。それはかつての畏怖のカテゴリーを超越している。だが我々には自分が驚異と恐怖のどちらのなかで見ているのかわからない。自分が何を見ているのか、あるいはそれがどういうことなのかわからない。それが永遠に続くものなのかわからない。我々がだんだんと適応し、我々の感じる不確かさが最後には飲み込まれてしまうほどの経験なのか、それとも単にすぐに過ぎ去る大気中の不思議にすぎないのか。折りたたみ式の椅子が開かれ、老人たちが座る。言うことなんて何がある？　日没はなかなか消えず、我々もそれに倣《なら》う。空は、強力で層をなす魔法の下にあった。ときどき車が実際に立体交差を渡り、ゆっくりと、うやうやしく進んでいく。人々は勾配を上り続け、そのなかには病気で体がねじれた車椅子の者もいて、彼らを世話する者は体を曲げ、車椅子を押して傾斜を上る。暖かい夜のおかげでたくさんの人々が立体交差に集まって初めて、障害があり助けが必要な人々が町にどれぐらいいるのかを私は知った。車が我々の下を駆け抜ける。西から、高くそびえる光のほうから来るのだ。そして我々は、まるで何かの徴《しるし》であるかのように、その色の塗られた表面が日没の残滓を、かろうじて見える光沢や隠しきれないほこりの靄を運んでいるかのように、車を眺める。誰もラジオをかけないし、囁き以上の大きさの声では会話しない。金色の何かが、やわらかさが空中を伝わる。犬の散歩をする人々がいて、自転車に乗る子供たちがいて、カメラと長焦点レンズを手にして絶好の瞬間を待つ男がいる。闇が落ちてしばらく経ち、暑いなか虫が鳴きだしてからやっと、我々は恥ずかしげに、礼儀正しく、一台また一台と散り始め、一人一人バラバラの、自分で守ることのできる自己のなかへと戻っていった。

マイレックスの防護服を着た男たちはまだ黄色いテープで囲まれた区画にいて、ひどいデータを集め、赤外線装置を地面と空に向けている。

チャクラヴァーティ医師は私と話したがっているが、私のほうは関わらないようにしている。彼は私が死へとどれほど進行しているか知りたがっている。おそらく興味深い事例なのだ。彼は再び私の内臓を透視したいのだ。だが私は透視が恐ろしい。その磁場と原子の波動が恐ろしい。それによって自分のことが明らかになるのが恐ろしい。

私はどの電話も取らない。

スーパーの棚は並べ替えられていた。予告なしにある日そうなっていた。通路では動揺とパニックが生じ、年配の買い物客はうろたえた顔をしていた。彼らは夢うつつ状態で歩き、進んでは止まる。きちんとした服装をした人々が通路で凍りついて塊をなし、パターンを理解し、背後に存在する論理を見抜き、シリアルをどこで見たか思い出そうとしている。彼らには理由はまったくわからず、意味も見出せない。スポンジが今ではハンドソープと一緒になり、調味料がバラバラに配置されている。男も女も年配であればそれだけ、服装と身だしなみが整っている。男はサンサベルトのスラックスに明るいニットシャツだ。女はおしろいを塗ったごてごてした見てくれで、自意識過剰で、何か不安な出来事に備えている。彼らは間違った通路に向かい、棚を見つめ、たまに突然止まり、他のカートとぶつかる。ノーブランドの食品だけが以前と同じ場所にあり、白い無地のパッケージに簡単なラベルが貼られていた。男たちはメモを見て、女たちはそうしない。今やさまよっているという感覚が、目的もなく取り憑かれているような雰囲気があり、感じのいい人々がすみに追いやられていた。彼らはパッケージの細かな文字をよく見て、第二のさらなる裏切りに用心していた。男は印字された日付を見て、女は原料を見る。多くの人々は記された言葉を理解するのに苦労している。こすれた印刷に、幽霊のようなイメージ。変わってしまった棚や響くうめきのなかで、自分たちが衰えたという明確で残酷な事実のなかで、彼らは困惑を乗り切って自分の道を拓こうとしている。だが最後には、彼らが見るものも、自分たちで見ているると思っているものも重要ではない。終点にはホログラフ式のスキャナーが設置され、全商品の二進法による秘密を誤りなしに読み込む。これは波動と放射による言語であり、死者が生者に語りかける方法である。そしてここが年齢にかかわらず、カートに鮮やかな色の商品を積み重ねた状態で、我々がともに待つ場所である。素晴らしいことに列の進みがゆっくりなので、我々はラックにあるタブロイド紙を目にできる。食品と愛情以外で我々に必要なものはすべて、このタブロイドのラックのなかにある。超自然と地球外生命体の物語。ミラクルビタミン、癌の治療、肥満の薬。著名人と死者への熱狂。

訳者解説

都甲幸治

本書は一九八五年に刊行されたドン・デリーロの長編『ホワイトノイズ』（*White Noise*）の全訳である。この著作によって、一九七一年の長編デビュー以来、批評家からは高く評価されているものの広く知られることのない前衛的なカルト作家、という位置を出なかったデリーロは全米図書賞を獲得し、アメリカ現代文学の中心に躍り出た。言い換えれば、アメリカ現代社会の暴力や矛盾を正面から描くメジャーな作家として広く認知されることになったのだ。

一読すればわかるように、この本にはすべてがある。メディアがますます高度化し、現実とバーチャルリアリティの区別がどんどんなくなっていく後期資本主義社会（フレドリック・ジェイムソン）の現状。だが、その永遠の若さの謳歌とも言える文化のなかで死すべき身体を持ち、密《ひそ》かに自らの肉体の限界や消滅に恐れを抱く人々。人間が作り出した物質により環境汚染は悪化し、そのことで地球自体が人類に復讐を遂げているかのような不安定な状況。日々の底知れぬ不安のなか、強い指導者を求めて自己を明け渡してしまう人々。こうした二〇二〇年代の現在にもそのまま通じる作品を、ほぼ四十年前にすでに書いていたというところからも、デリーロの先見性がうかがわれる。

それでは、『ホワイトノイズ』はどういう作品なのか。ざっとおさらいしてみよう。本書の舞台はアメリカ中西部のとある町である。小さな大学があり、主人公であるジャック・グラッドニーはそこで、ヒトラー学という学問を教えている。彼は妻のバベットと子供たちと暮らしている。ある日この町で、タンク車から強力な殺虫剤の成分である化学物質が漏れ出す。巨大な黒い雲となって襲ってきたこの化学物質から、グラッドニーは家族とともに車で逃げ出す。だが途中でこの物質を吸い込み、そのまま死を宣告されてしまう。ただし、その死がいつ訪れるのかは科学者たちにもわからない。

一方、普段から密かに死の恐怖に怯《おび》えていたバベットは、家族にも内緒でダイラーという新薬の実験台になっていた。科学者のウィリー・ミンクが作り出したこの薬は、脳にある死の恐怖を司る部分に作用して、死の恐怖自体を取り除く。だがこの薬には強い副作用がある。薬を飲んだせいで彼女は死ぬかもしれないのだ。しかし彼女はミンクに近づき、最後は彼に体を与えてまでダイラーを手に入れる。

グラッドニーはこの薬を家で発見し、ついにミンクがモーテルに滞在していることを突き止める。彼は拳銃でミンクに銃弾を撃ち込む。そして自殺に見せかけようとミンクの手に銃を握らせる。すると、実は彼はまだ生きていた。そしてミンクに手首を撃たれてしまう。彼はミンクを連れて二人で病院に行く。そしてまた何も解決しないまま、日常生活が始まる。

この作品で最も印象的なのは、巨大な有毒の雲が近づいてくるなか、自分たちはあくまで安全だ、とグラッドニーが家族に言い続ける場面である。その根拠として彼が指摘するのは、自分が大学教授であるという事実だ。

「私は大学教授だ。テレビのなかの洪水の映像で、自宅の前の道路に浮かべたボートを漕いでいる大学教授なんて見たことがあるか？」

そもそも大きな災害に遭っているのはつねに、テレビニュースに登場する、貧困な地域に住む人々ではないか。しかし知的エリートであり、金銭的にも恵まれた存在である自分のような人間が、そんな目に遭っている場面は見たことも聞いたこともない。だから自分たちは大丈夫だ。

この倒錯した論理には裏の理由がある。もともとグラッドニーは死の恐怖に取り憑かれて日々を生きていた。彼がヒトラー学の研究を始めたのもそれが原因だ。宗教が力を失った現代において神を信じ切ることはできない。ならば六百万ものユダヤ人たちの命を左右し、この世から葬り去ったヒトラーは、膨大な量の生命を左右する力を持っていたという点で、神にも通じる存在なのではないか。そしてヒトラーについて詳細に学ぶことで、自分はヒトラーに準ずる存在になれるのではないか。

もちろんこの論理が完全に狂っていることは自明である。そもそもヒトラーこそ無残にも戦争で敗れ、自殺に追い込まれたのではないか。けれどもあまりの恐怖に非合理的な判断をしてしまうグラッドニーの狂気には、現代的なリアリティがある。

だがグラッドニーの思い込みとは逆に、黒い雲は彼が大学教授であることなど気にしない。いよいよ家族で避難することになるが、彼の車にはガソリンがあまり入っていない。途中でガス欠になり、彼はガソリンスタンドで給油を試みる。黒い雲のなかで息を止めながら作業を続けるが、彼は有毒物質を吸い込んでしまう。

避難所で検診を受けるが、私は死ぬんでしょうか、と係員に訊ねても、十五年後には事態は今より明らかになっているでしょう、と言われるだけだ。

「私なら、自分で見たり感じたりできないものについては考えませんね〔……〕前に進んで自分の人生を生きます。結婚して、家を買い、子供を作ります。今いろいろ言われたからって、そういうふうにしていけないわけじゃないですよ」

気にせず生きろ、と言われても、もちろん気にせずにはいられない。死の恐怖は無意識から日々突き上げてきて彼を苦しめるだろう。意識的にきちんと今までの日々を続けようとしても、形のない死への恐れが、彼の意識をいわばハイジャックし、とんでもない行為へと駆り立ててしまう。

グラッドニーが研究しているヒトラーは、かつて強制収容所に建設したガス室で囚われたユダヤ人たちを組織的に殺していた。そして研究を通じてヒトラーに準じた、死を超えた存在になろうと努めてきたグラッドニーは、自分の住む町そのものが巨大なガス室となることで、ここに至って現代のユダヤ人としての位置にまで追い込まれる。

だが、このアイロニーを読者である我々は笑うことができない。なぜなら資本主義の狂騒のなか、ますます汚染されていく環境において破滅へとひた走っているのはグラッドニーも我々も同じだからだ。疫病は過去のものであると思い込んだ瞬間、地球上すべてがコロナウイルスに覆い尽くされてしまい、なかなか克服できずにいる現在のことを考えても、我々が死を超えた存在とは程遠いものであることは自明である。言うなれば我々は、いまだ本書『ホワイトノイズ』の問題系の真っただ中にいるのだ。

さて、避難民として隔離されたジャック夫妻にとって、生は極端に不安定なものになる。もはや消費では満たされず、メディアの垂れ流す言葉も彼らを慰めてはくれない。そんななか、ウィリーという科学者がある新薬を開発する。ダイラーと呼ばれるその薬は、言葉によって作られるバーチャルリアリティと現実の区別をなくすことで、我々を死の恐怖から救うという。ダイラーを飲んだ上で、事故など何の問題もない、我々は永遠に健康だと自分に言い聞かせれば、それで不安はすべて消滅する。化学的に合成された悟りとでも呼ぶべきだろうか。

実は事故前に、妻のバベットは自らの肉体と引き換えにダイラーを手に入れていた。彼女はウィリーと寝ることで被験者の地位を手に入れたのだ。それを知ったグラッドニーは、ウィリーをピストルで射殺してダイラーを奪おうと企む。まるでウィリーの命を断ち切れば、彼への復讐を遂げられるだけでなく、自分の命も延びるとでもいうように。それは完全に狂った妄想だが、「科学的にはすでに死んでいる」はずのグラッドニーにとっては生きるための必死の戦いでもある。

だがもちろん、そのグラッドニーの試みは現実に復讐される。自らの不死を手に入れようとする戦いの途中で、逆にミンクに手首を撃ち抜かれ、強烈な痛みとともに、彼は自らの体を思い出す。皮膚から侵入し、肉体の境界を突き破った穴は、まるで十字架に磔《はりつけ》にされたイエス・キリストの手のひらの穴のようだ。

だがそこで奇妙な運動が起こる。ついに死を越えられない自分の肉体に穴が空き、それに伴ってグラッドニーの心にも穴が空く。そして彼は自らの境界を突き破り、ミンクに救いの手を差し伸べる。ここでなぜそんな他者への運動が起こるのか。それまで彼は極端なまでにエゴイスティックだったのに。

その理由は本作では触れられない。ただその場面が提示されるだけだ。しかしここにこそ本書『ホワイトノイズ』の持つ大きなメッセージが存在するのではないか。我々は一人では生きられない。生き延びるためにはつねに理解もできず、好きにもなれない他者とともに手を携《たずさ》えていかなければならない。

たとえば、カリ・ニクソンが『パンデミックから何を学ぶか――子育て・仕事・コミュニティをめぐる医療人類学』（みすず書房）で述べているように、政治的、そして階級的な差異を超えて協力しなくては、我々はコロナウイルスのような自然の猛威に打ち勝つことはできない。こうした、言葉や思想を超えた何ものかを通じて自らを他者へと開いていくという運動こそ、デリーロ文学の核心に存在するものだ。

一九三六年生まれのドン・デリーロは、同じくポストモダン文学の代表者であるトマス・ピンチョンより一歳上だ。しかし彼が注目を集め始めたのは、一九八五年の『ホワイトノイズ』以降であり、一般にまで知られるようになったのは一九九七年の『アンダーワールド』からである。言ってみれば、デリーロはその年齢にかかわらず、我々にとってはごく新しい作家であり続けている。

彼が扱う主題は多岐にわたる。テロリズム、グローバリゼーション、社会の高度なヴァーチャル化、核の恐怖、移民や貧困層の生きざまなどだ。それらに共通するのは、流動化し、ますます理解不能となる現代社会の不安である。デリーロは言う。「五、六十年前と現在とで我々の暮らしは何一つ変わりないんだ、と読者に思わせ、慰めを与えるようなフィクションと私の作品は違う」(*Contemporary Popular Culture* Interview)。

なぜそんな作品を書くのか。デリーロにとって、一九六三年のケネディ大統領暗殺が決定的だった。「私の本がケネディ暗殺以前に書かれ得たとは思いません。そしてダラスのあの瞬間によって生じた混乱と精神的な混沌、すべては偶然だという感覚の直接的な結果として、私の作品にある種の暗さがもたらされたのだと思います。あの瞬間のおかげで、私は作家になったとも言えるでしょう——良かれ悪かれね」(*New York Times Magazine* Interview)。果たして大統領を誰が殺したのか。報告書は出たものの、いまだ国民的な合意があるわけではない。そして国の代表である大統領を殺した犯人すらわからないとしたら、はっきりとわかることなど何もない。

貧しいイタリア系移民の子としてブロンクスで育ったデリーロは、カトリックの教育を受けたあと、広告業界で数年働き、そのあと小説家となった。長いあいだ作品が売れず極貧生活を続けながらも、彼はほとんど大学で教えようとはしなかった。一九七一年に『アメリカーナ』で長編デビューをしたあと、彼が脚光を浴びるのは実に十四年後、『ホワイトノイズ』を出版して以降である。この作品で全米図書賞を受賞、次いでケネディ暗殺を扱った『リブラ——時の秤』(一九八八年)でも高い評価を受ける。

テロリズムに巻き込まれる作家を描いた『マオII』(一九九一年)ではペン/フォークナー賞を受

賞、冷戦時代と核の関係を膨大なページでたどる『アンダーワールド』（一九九七年）では国際的な文学賞であるエルサレム賞を受賞した。ついに彼は、トマス・ピンチョン、フィリップ・ロス、コーマック・マッカーシーと並んでアメリカで最も偉大な作家だ、と批評家ハロルド・ブルームに讃えられるほどの存在になったのである。

二十一世紀に入ってもデリーロの快進撃は続く。二〇〇三年の『コズモポリス』では、投資ファンドを率いる若き大富豪のエリックが白いリムジンに乗り込み、まる一日かけて狭いマンハッタン島を横切る。どうしてこんなに時間がかかるのか。たまたま大統領のパレードに行き合わせたのだ。だがそのあいだに彼は日本円の下落に賭けてほぼ全財産を失う。そして両親とともに少年時代を過ごした貧困地区にたどり着くと、自分の命を狙うベノ・レヴィンと対決する。だがエリックは銃でベノではなく自らの手のひらを撃ち抜き、敵であるはずのベノに介抱してもらう。高度な数学的理論を駆使して達成した経済的成功も一日で消滅し、残るのは体の痛みだけだ。本作は二〇一二年にデヴィッド・クローネンバーグによって映画化され話題を呼んだ。

二〇〇一年、テロリストが操縦する飛行機がニューヨークの世界貿易センタービルに突っ込み、多くの人の命が失われた。二〇〇七年の『墜ちてゆく男』でデリーロは、このトラウマ的な事件を作品化する。あの日、燃えさかるビルから二百人もの人々が飛び降りた。その記憶を反復強迫のごとく繰り返すのが、本書に登場するパフォーマンス・アーティストだ。彼は自らを建物から逆さまにロープで吊るし、あの日死んでいった人々の姿を再現する。なぜそんなことをするのか。忘却に抗うためだ。そしてまた、平穏な日常がある日突然、グローバルな規模の事件と遭遇することは十分にあり得ることを人々に伝えるためだ。現代において死とどう向きあうべきかを、彼は本書で読者に問いかける。

二〇一〇年に書かれた『ポイント・オメガ』の主な舞台は、カリフォルニアの砂漠である。二〇〇三年から始まったイラク戦争にブレーンとして参加したエルスターは、この砂漠の別荘で引退生活を送っている。彼はテイヤール・ド・シャルダンの宇宙論を引きながら、壮大な規模の理論を若者に向かって語り続けた。だがある日、彼を訪ねてきていた娘が砂漠に姿を消す。彼は苦しみに悶《もだ》えながら、自分が加担した戦争が多くの人々にどれほどの傷を負わせたか、今になってようやく気づく。

『天使エスメラルダ――9つの物語』（二〇一一年）は著者初の短編集である。大学の新入生二人が寒い屋外で老人のあとをつけ、彼の過去をでっち上げながら、自らの寂しさや不安に思いを馳せる「ドストエフスキーの深夜」。そして、現代美術を見ながら、絵に表れた十字架にインスピレーションを得て、たとえテロリストでさえ救われ得るのではないか、と主人公の女性が問いかける「バーダー＝マインホフ」など、興味深い作品が多く収録されている。デリーロお得意のテーマがたくさん出てくる本書は、彼の入門編とも言えるだろう。

作家としての生涯の功績が認められたデリーロは二〇一三年にアメリカ議会図書館賞を贈られ、二〇一五年にはアメリカ文学への著しい貢献に対する全米図書賞メダルを授けられた。ついに彼は名実ともに現代アメリカ文学を代表する存在となったのだ。

二〇一六年の『ゼロ・K』（*Zero K*）で主人公は、気づけば中央アジアのどこかの施設にいる。ここで金持ちたちが死を前にして自らの身体を凍結し、科学の進歩を待って復活しようと目論んでいるのだ。離婚した父親ロス・ロックハートの愛する女性もまた、この施設に収容されようとしている。父は言う。自らも彼女のあとを追い、自分の体を凍結すべきではないか。冷凍保存されている身体は時に、頭部を切り離されてさえいる。生のあらゆる徴《しるし》を持たないこれらの人々は、人なのか、物なのか。いや、そもそも人間の生とは何なのか。

そして現時点における最新作である『沈黙』（二〇二〇年）では、年に一回のスーパーボウルの日に、世界中の画面が突然消えてしまう。コンピューターも、スマートフォンも、テレビも、何もかもだ。どうやらすべての電子機器が突然壊れてしまったらしい。理由は分からない。なぜなら、そうした機械に心身のすべてを捧げ尽くしてきた我々は、もはや情報を入手する手段を何も持っていないからだ。命からがらニュージャージー州のニューアーク（Newark）にあるアパートの一室に集まった登場人物たちは、ここ数年で初めて電子機器から完全に切り離され、自らの身体や孤独や過去の記憶と向き合う。こうした沈黙のなかでこそ、自分自身の存在が圧倒的なリアリティを持って立ち現れてくるのだ。

本作の翻訳には長い年月がかかってしまった。まずは『早稲田文学』に第一部を連載し、そのあと若き俊英である日吉さんの助けも仰いで、ようやく刊行までこぎつけることができた。日吉さんには感謝してもしきれない。本書には一九九三年に出た先駆的な翻訳が存在する（森川展男訳、集英社）。インターネットもまだ十分に普及していない八〇年代に、メディアや環境や身体性といった現代的なテーマをめぐって書かれたこの作品を、原書刊行からたった八年で訳した功績は素晴らしい。しかしながら、それから三十年経って、我々が得られる情報は画期的に増えた。そしてまたテクノロジーの進展により引き起こされた問題も格段に深刻化している。今回、本書の新訳を出すことによって初めて、デリーロが『ホワイトノイズ』によって問いかけていたものが我々にもきちんと伝わる状況を作ることができたのではないか、と自負している。編集者の小泉直哉さんにはつねに丁寧なサポートをいただいた。どうもありがとうございます。

二〇二二年十月二十六日　夕刻の研究室にて

著者・訳者について――

ドン・デリーロ（Don DeLillo）　一九三六年、ニューヨークに生まれる。アメリカ合衆国を代表する小説家、劇作家の一人。一九七一年、『アメリカーナ』で小説家デビュー。代表作に、本書『ホワイトノイズ』（一九八五年）の他、『リブラ――時の秤』（一九八八年／邦訳＝文藝春秋、一九九一年）、『マオⅡ』（一九九一年／邦訳＝本の友社、二〇〇〇年）、『アンダーワールド』（一九九七年／邦訳＝新潮社、二〇〇二年）、『堕ちてゆく男』（二〇〇七年／邦訳＝新潮社、二〇〇九年）、『ポイント・オメガ』（二〇一〇年／邦訳＝水声社、二〇一九年）、『ゼロ・K』（二〇一六年）などがある。

＊

都甲幸治（とこうこうじ）　一九六九年、福岡県に生まれる。現在、早稲田大学文学学術院教授（アメリカ文学）。主な著書に、『偽アメリカ文学の誕生』（水声社、二〇〇九年）、『生き延びるための世界文学――21世紀の24冊』（新潮社、二〇一四年）、『教養としてのアメリカ短篇小説』（NHK出版、二〇二一年）など、訳書に、ジュノ・ディアス『オスカー・ワオの短く凄まじい人生』（共訳、新潮社、二〇一一年）、ドン・デリーロ『ポイント・オメガ』（水声社、二〇一九年）などがある。

日吉信貴（ひよしのぶたか）　一九八四年、愛知県に生まれる。現在、明治学院大学等非常勤講師（現代英語文学）。翻訳家。主な著書に、『カズオ・イシグロ入門』（立東舎、二〇一七年）、『カズオ・イシグロ『わたしを離さないで』を読む――ケアからホロコーストまで』（共著、水声社、二〇一八年）など、訳書に、キャサリン・バーデキン『鉤十字の夜』（水声社、二〇二〇年）、ドン・デリーロ『沈黙』（水声社、二〇二一年）などがある。

装幀――宗利淳一

ホワイトノイズ

二〇二二年一二月二〇日第一版第一刷印刷　二〇二二年一二月三〇日第一版第一刷発行

著者――ドン・デリーロ

訳者――都甲幸治＋日吉信貴

発行者――鈴木宏

発行所――株式会社水声社

東京都文京区小石川二―七―五　郵便番号一一二―〇〇〇二

電話〇三―三八一八―六〇四〇　ＦＡＸ〇三―三八一八―二四三七

［**編集部**］横浜市港北区新吉田東一―七七―一七　郵便番号二二三―〇〇五八

電話〇四五―七一七―五三五六　ＦＡＸ〇四五―七一七―五三五七

郵便振替〇〇一八〇―四―六五四一〇〇

URL : http://www.suiseisha.net

印刷・製本――精興社

ISBN978-4-8010-0681-2